“中西叙事传统比较研究”
编撰人员名单

总 主 编：傅修延

副总主编：陈　茜　肖惠荣

本卷撰写人员：周兴泰　张泽兵　唐伟胜　陈国女
徐丽鹃　王文勇　刘碧珍　蔡　芳

中西叙事传统比较研究

诗歌卷

傅修延 总主编

周兴泰 等著

图书在版编目 (CIP) 数据

中西叙事传统比较研究 . 诗歌卷 / 傅修延总主编 ; 周兴泰等著 . --北京 : 北京大学出版社，2024. 10. --ISBN 978-7-301-35448-3

Ⅰ . I0-03

中国国家版本馆 CIP 数据核字第 20240JN493 号

书　　名	中西叙事传统比较研究 · 诗歌卷 ZHONGXI XUSHI CHUANTONG BIJIAO YANJIU · SHIGE JUAN
著作责任者	傅修延　总主编　周兴泰　等著
组稿编辑	张　冰
责任编辑	刘　虹
标准书号	ISBN 978-7-301-35448-3
出版发行	北京大学出版社
地　　址	北京市海淀区成府路 205 号　100871
网　　址	http://www. pup. cn　　新浪微博 : @ 北京大学出版社
电子邮箱	编辑部 pupwaiwen@pup.cn　　总编室 zpup@pup.cn
电　　话	邮购部 010-62752015　发行部 010-62750672　编辑部 010-62759634
印　刷　者	涿州市星河印刷有限公司
经　销　者	新华书店
	720 毫米 ×1020 毫米　16 开本　17.75 印张　285 千字
	2024 年 10 月第 1 版　2024 年 10 月第 1 次印刷
定　　价	116.00 元

内容简介

中西诗歌比较是比较文学研究的热点，但学界诸多研究并未坚守同类比较的原则，往往以中国的抒情传统观照西方的叙事传统，甚至轻易地得出孰优孰劣的结论，这无疑是失之偏颇的。本书从叙事角度切入，将中西诗歌叙事传统置于异质文化及其冲突融合的语境中进行比较。

中国人重直觉感悟的象形思维，西方人重逻辑关系的理性思维。中西不同的思维方式直接关系到诗歌意象的选择、音韵的使用、事件的叙述、情感的表达乃至风格的偏好，由此揭橥中西诗歌叙事传统差异的深层动因。中西诗歌与口头传统之间也存在紧密的关联，主要体现有二：一是中国早期诗歌作品中出现了大量的“重著”现象，正如西方史诗中的“程式”，是诗歌口头传统向书面创作过渡的鲜明遗痕。二是主题作为一种中西诗歌固定的套语创作方式与观念群，起到了导引故事情节发展的作用。在不同的文化背景与传统惯性的影响下，中西诗歌在叙事时，呈现出不同的范式。如“诗史”范式与“史诗”范式，前者体现为“以韵语纪时事”与“感事”等特征，后者体现为“述事”与“吁请叙事”等特征；在抒情诗歌中，“感事”与“叙事”各有区分，但其间亦存在一个“感事—叙事”连续体，这有助于准确把握诗歌中“事”的修辞形态。家园叙事范式与远游叙事范式，前者关涉物性家园、亲情家园、乡土家园、精神家园等众多维度，后者则包含为实现生活的自由而去冒险的身体之行与探索人生终极价值的精神之旅两个内容。在用典叙事范式方面，中西方诗人在理据性、互文性、蕴藉性方面呈现出相同的倾向；同时，中国诗歌的用典叙事，多源于“崇古重史”的思想文化，多用比兴思维，多重伦理道德情境。叙述者、隐含作者亦是诗歌叙事研究的核心概念。中国诗歌叙述者的文本存在较为隐性化，不易察觉；西方诗歌叙述者则更为明显，在文本之中表现为较为自觉的叙述角色，这种差异的根源在于中西方对叙事的传统认知与不同看法。“隐含作者”则体现为“代体”“男子作闺音”“无名氏”等几大典范类型，这有助于我们对真实作者的创作立场、姿态、思想、人格等作全面深入的理解。中西诗歌中也不乏内心独白叙事的运用，不仅独白主体存在直接内心独白、间接内心独白等多样形态，而且它对于叙事的进程、人物的生成亦产生了重要的作用。中西诗歌亦注重听觉叙事，都对声音事件有着细腻的描摹，其中尤为关注大自然的声音，这些声音构成了诗歌叙事的内在动力。中国诗歌更重应用和传播，瞽、矇、瞍等以口头韵诵的方式进行传播，广泛运用于“赋诗言志”的政治外交活动，由此诗歌成为一种新的符号，被赋予新的意义。英国浪漫主义诗歌就是听觉叙事的语料库，其中的音景再现，为重读英国经典诗歌提供了一条理想而又新颖的路径。《诗经》与中国诗歌叙事传统关联紧密，它不仅善于营造日常化的事境、采用重复性套语叙事与隐喻叙事的策略，而且还呈现出“事在诗内”与“事在诗外”的叙事形态。

立足中国诗歌叙事传统，以西方诗歌叙事传统为参照，考察两大叙事传统的异同及相互影响，目的在于彰显中国诗歌叙事传统的本土特色，而这对于讲好中国故事无疑是有裨益的。

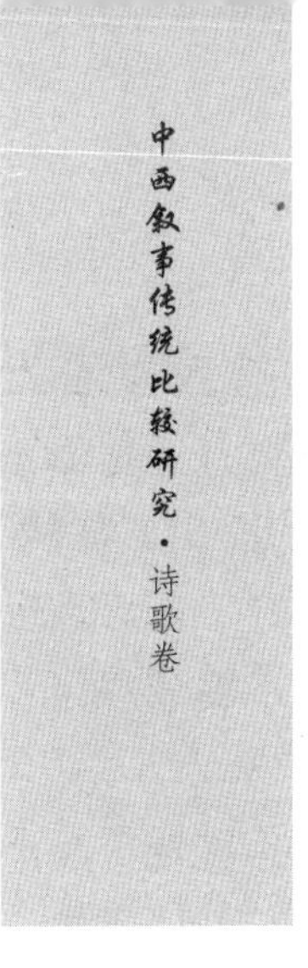

总序
叙事传统有文明维系之功

傅修延

“中西叙事传统比较研究”（共七卷）为国家社科基金重大项目“中西叙事传统比较研究”的成果结晶，2016 年该研究获立项资助（批准号：16ZDA195），2018 年获滚动资助，2022 年以“优秀”等级结项（证书号：2022&J020），2023 年获国家出版基金资助。除了这套七卷本研究成果，本研究还有一批成果以论文形式发表于《中国社会科学》《文学评论》《文学遗产》《外国文学评论》和 *Neohelicon* 等国内外权威刊物。2021 年前期成果《中国叙事学》被译成英文在施普林格出版社出版，2022 年阶段性成果《听觉叙事研究》列入国家社科基金中华学术外译项目推荐书目，2023 年《听觉叙事研究》英译本获准立项。此外，成果中还有两篇论文获得江西省社会科学优秀成果一等奖（2019 年和 2021 年），两部专著获得教育部高等学校科学研究优秀成果奖（人文社会科学）二等奖（2020 年）。

以下介绍本研究的缘起、目的、内容、学术价值和观点创新。

一、缘起

叙事学（亦称叙述学）在当今中国热闹非凡，受全球学术气候影响，一股势头强劲的叙事学热潮如今正席卷中国。翻开人文社会科学领域的报刊与书目，以“叙事”或“叙述”为标题或关键词的著述俯拾皆是；高等学校每年生产与叙事学有关的本科、硕士和博士学位论文的数量近年来呈节节攀升之势。在 CNKI 数据库中分别检索，从 2012 年 8 月 3 日至 2022 年 8 月 3 日这十年中，篇名中包含“叙事”与“叙述”的学术论文，前者检索结果总数为 50658 条，年均 5065.8 篇；后者检索结果总数为 5378 条，年均 537.8 篇。除了使用频率大幅提高之外，“叙事”的所指泛化也已达到令人叹为观止的地步，在一些人笔下该词已与“创作”“历史”甚至“文化”同义。

但是，迄今为止国内的叙事学研究，还不能说完全摆脱了对西方叙事学的学习和模仿——“叙事学”对国人来说毕竟是一个舶来名词，学科意义上的叙事学（Narratology）诞生于 20 世纪 60 年代的法国，迄今为止这门学科的主导权还在西方。以笔者的亲身经历为例，中外文艺理论学会叙事学分会近二十年来几乎每两年就举办一次叙事学国际会议，西方知名的叙事学家大多都曾来华参加此会。这种在中国举办的国际会议本应成为东道主学者展示自己成果的绝好机会，但由于谦让和其他原因，多数人在会上扮演的还是聆听者的角色。相比之下，西方学者大多信心满满、侃侃而谈，他们仿佛是叙事学的传教士，乐此不疲地向中国听众传经送宝。这种情况并非不可理解，处于后发位置的中国学者确实应当虚心向先行一步的西方学者学习。但西方学界素有无视中国学术的习惯，一些西方学者罔顾华夏为故事大国和中华民族有数千年叙事经验之事实，试图在不了解也不想了解中国的情况下总结出置之四海而皆准的叙事理论，这当然是极其荒唐的，也是不可能做到的。在西方一些大牌教授心目中，中国文学无法与欧美文学并驾齐驱。法国结构主义叙事学当年在归纳“叙事语法”上陷于困境，视野狭窄是其原因之一。

以上便是本研究起步时的学术语境。总而言之，如同许多兴起于西方的学科一样，西方学者创立的叙事学主要植根于西方的叙事实践，他们的理论依据很少越出西欧与北美的范围，在此情况下，中国学者应当向世界展示自己的叙事传统，并在一个更为广阔的时空背景下描述中西叙事传统各自的形成轨迹以及相互之间的冲突与激荡。所以本研究内含的真正问题是：西方话语逻辑能否建构出具有普适性的叙事理论？全球化进程下的叙事学研究难道还能继续无视中国的叙事传统？对中西叙事传统作比较研究是否有利于叙事学成长为更具广泛基础、更具歌德和马克思憧憬的“世界文学”意味的学科？

提出问题是为了解决问题，相关问题实际上又内含了一种面向中国学者的召唤:我们在中西交流中不应该总是扮演聆听者的角色,中西叙事传统比较这样的研究任务目前只有中国学者才能承担。近代以来"西风压倒东风"局面产生的一大文化落差,是谢天振先生称之为"语言差"的现象:操汉语的国人在掌握西语并理解相关文化方面,比母语为西语的人掌握汉语和理解中国文化要来得容易,这种"语言差"使得中国拥有一大批精通西语并理解相关文化的专家学者,而在西方则没有同样多的精通汉语并能理解博大精深的中国文化的同行。① 与"语言差"一道产生的还有谢天振所说的"时间差":国人全面深入地认识西方、了解西方已有一百多年历史,而西方人开始迫切地想要了解中国,也就是最近这短短的二十至三十年时间。② "语言差"与"时间差"使得"彼知我"远远不如"我知彼",诚然,在中华国力急剧腾升的当下,西方学者现在并不是不想了解中国,而是他们中的大多数尚不具备跨越语言鸿沟的能力。可以设想,如果韦勒克、热奈特等西方学者也能够轻松阅读和理解中国的叙事作品,相信其旁征博引之中一定会有许多东方材料。相形之下,如今风华正茂的中国学者大多受过系统的西语训练,许多人还有长期在欧美学习与工作的经历,这就使得我们这边的学术研究具有一种左右逢源的比较优势。

二、目的

本研究致力于为"讲好中国故事"提供学术助力,任何"接地气"的讲述方式都离不开本土叙事传统的滋养。

传统的一大意义在于其形成于过去又不断作用于当下,为了讲好当下的中国故事,需要回过头来认真观察自己的叙事传统,从中汲取有益的经验与养分。同时还要将其与西方的叙事传统作比较参照,此即王国维所云"欲完全知此土之哲学,势不可不研究彼土之哲学",他甚至还说"异日发明光大我国之学术者,必在兼通世界学术之人"。③ 20世纪初学界就有"列强进化,多赖稗官;大陆竞争,亦由说部"④的认识,小说固然不可能

---

① 谢天振:《中国文学走出去:问题与实质》,《中国比较文学》2014年第1期。

② 同上。

③ 王国维:《奏定经学科大学文学科大学章程书后》,载方麟选编:《王国维文存》,南京:江苏人民出版社,2014年,第50—55页。

④ 陶曾佑:《论小说之势力及其影响》,载郭绍虞主编:《中国历代文论选》(下),北京:中华书局,1963年,第420—421页。

独力承担疗世救民的使命,但这说明叙事中蕴含的巨大能量已为今人所觉察。面对当今世界范围内各种思想文化激烈交锋的新形势,中央要求哲学社会科学发挥作用以"提高我国在国际上的话语权",本研究正是对这一号召的学术响应。

叙事诸要素包括行动、时间、空间和人物等,讲述者对叙事要素的不同倚重导致不同的"路径依赖"。以古代的史传叙事为例,如果说《左传》是"依时而述",《国语》是"依地而述",那么《世本》及后来的《史记》就是以时空为背景形成"依人而述",这种以人物为主反映行动在时空中连续演进的纪传史体,最终成为皇皇"二十六史"一以贯之的定式。又如,史官文化先行使得后来的各类叙事多以"述史"为导语:"奉天承运"的皇帝圣旨多祖述尧舜汤武,共和以后的政治文告亦往往从前人的贡献起笔,四大古典小说更是用"自从盘古开天地,三皇五帝到如今"之类的表述作开篇。今天为民众喜闻乐见的各种故事讲述,仍在一定程度上沿袭着这种模式——用前人之事来为自己的讲述"鸣锣开道",容易获得某种"合法性"与"正统性"。再如,中国自古就有以重器纪事的习惯,商周青铜器有不少是铭事之作。将叙事功能赋予陈放在显著位置上的贵重器物,一是有利于将事件牢固地记录下来,二是时时提醒在生之人这一事件的存在,三是昭告冥冥之中的神灵和先人。青铜时代开启了这种叙事传统,以后每逢有重大事件发生,便会出现相应的勒石铭金之作,人神共鉴的叙事意味在形形色色的碑碣文、钟鼎文和摩崖文中不绝如缕。到了无神论时代,这一传统仍然保留了下来,无论是人民英雄纪念碑还是为特定事件铸造的警世钟和回归鼎之类,都有告慰在天之灵的成分。世代相传的故事及其讲述方式凝聚着我们祖先的聪明智慧,只有弄明白自己从何处来,才可能想清楚今后向何处去。

人类学认为孤立地研究一个民族的神话没有意义,只有将多个民族的神话相互参照发明,才能见出神话后面的意义与规律。古埃及象形文长期未被破译,载有三种文字对照(古希腊文、古埃及象形文与埃及纸草书)的罗塞塔碑出土之后,学者通过反复比对,终于发现了理解这种文字的重要线索。同样的道理,要想真正懂得中华民族的叙事传统,不能只做自己一方的研究,还需要将其与域外的叙事传统相互映发。例如,中国古代小说的“缀段性”被胡适看作“散漫”和“没有结构”[①]，这种源于亚里士多德《诗学》的判断现在看来相当武断，因为如今美国的电视连续剧基本上都是每集叙述一个相对独立的小故事，以此连缀全剧，看到这一点，就会发现我们的“缀段性”叙事传统并不像某些人说的那样不合理，西方叙事到头来与我们的章回体叙事殊途同归。再如，一般人不会想到古代小说家中也会出现形式探索的先驱，而如果以西方的“元叙述”理论为参照，便可看出明清之际董说的《西游补》是一部最早的“元小说”，因为这部小说确切无疑地用荒诞无稽的讲述揭穿了叙事的虚妄，说明我们的古人早就洞悉了叙事这门艺术的本质。有了这种认识，就会发现张竹坡、毛氏父子为代表的小说评点已有归纳叙事规则的迹象，鲁迅《中国小说史略》中更有总结中国叙事经验的自觉意识。

中美双方的比较文学学者首次聚会时，美方代表团团长、普林斯顿大学教授厄尔·迈纳在闭幕式上用“灯塔下面是黑暗的”这句谚语，说明比较文学研究的意义：只研究自己国家的文学是远远不够的，需要另一座“灯塔”来照亮。本研究坚持以对中国传统的讨论为主线，西方传统则是以副线和参照对象的方式存在。这种“以西映中”的主副线交织，或许会比不具立场的“平行研究”更具现实意义，因为比较中西双方的叙事传统，根本目的还是深化对自己一方的认识——研究者都不是生活在真空之中，不存在什么立场超然的比较研究。只有把自己与他人放在一起，客观地比较彼此的长短、多寡与有无，才能发现自己过去看不到的盲区，更深入地理解自己“从何而来”及“因何如此”。

本研究还有一个重要目的，就是纠正20世纪初年以来低估本土叙事的偏见。众所周知，欧美小说的大量输入与中国小说的现代换型之间存在着某种因果关系，但在效仿西方小说模式的同时，一种认为中国小说统统不如西洋小说的论调在学界占了上风。胡适声称：“这一千年的（中国）

---

① “《儒林外史》虽开一种新体，但仍是没有结构的；从山东汶上县说到南京，从夏总甲说到丁言志；说到杜慎卿，已忘了娄公子；说到凤四老爹，已忘了张铁臂了。后来这一派的小说，也没有一部有结构布置的。所以这一千年的小说里，差不多都是没有布局的。内中比较出色的，如《金瓶梅》，如《红楼梦》，虽然拿一家的历史做布局，不致十分散漫，但结构仍旧是很松的；今年偷一个潘五儿，明年偷一个王六儿；这里开一个菊花诗社，那里开一个秋海棠诗社；今回老太太做生日，下回薛姑娘做生日，……翻来覆去，实在有点讨厌。”胡适：《五十年来中国之文学》，载胡适：《胡适古典文学研究论集》（上册），上海：上海古籍出版社，2013年，第128—129页。

小说里，差不多都是没有布局的。”[①]陈寅恪也说：“至于吾国小说，则其结构远不如西洋小说之精密。”[②]这种对西方叙事作品的钦羡，在相当长时期内遮蔽了国人对自身叙事传统的关注。

如果以大范围和长时段的眼光回望历史并与西方作比较，便会认识到没有什么置之四海而皆准的叙事标准。中西叙事各有不同的内涵、渊源与历史，高峰与低谷呈现的时间亦有错落，其形态与模式自然会千差万别，不能简单地对它们作高低优劣之判断。《红楼梦》问世之时，英国的菲尔丁等小说家还未完全突破西班牙流浪汉小说的形式桎梏，就连艺术价值远低于《红楼梦》的《好逑传》(清代章回体小说)也曾获得歌德的高度称赞。我们不能因取石他山而看低自己，更不能一味趋从别人而将本土传统视为“他者”。西方叙事传统虽有古希腊罗马文学这样辉煌的开端，但西罗马的灭亡导致西方文化坠入长达千年的困顿，所以西方叙事学家经常引述的作品大多是18世纪以后的小说，出现频率较高的总是那么十几部，其中一些用我们叙事大国的眼光来看可能还不够经典。

相比之下，中国叙事传统如崇山峻岭般逶迤绵延数千年，不同时代的不同文体都对故事讲述艺术做出了贡献，且不说史传、传奇、杂剧和章回体小说等人所共知的叙事高峰，即使过去只从抒情角度看待的诗词歌赋——包括《诗经》、楚辞、汉赋、乐府和唐诗、宋词等在内，其中亦有无数包含叙事成分的佳作，它们合在一起构成了一座储藏量极为丰富的宝库。作为这笔无价遗产的继承人，中国的叙事学家有条件做出超越国际同行的理论贡献。

三、内容

中国和西方均有自己引以为豪的叙事传统，本研究秉持“中西互衬”和“以西映中”的方针，对中西叙事传统展开全方位的比较研究。具体来说，本研究突破以小说为叙事学主业的路径依赖，将对象扩大到包括作为初始叙事的神话、民间种种涉事行为与载事器物、戏剧与相关演事类型、

---

① 胡适：《五十年来中国之文学》，载胡适：《胡适古典文学研究论集》(上册)，上海：上海古籍出版社，2013年，第128页。

② 陈寅恪：《论再生缘》，载陈寅恪：《寒柳堂集》，北京：生活·读书·新知三联书店，2001年，第67—68页。

含事咏事的诗歌韵文以及小说与前小说、类小说等。扩大研究范围的理据在于，如果完全依赖以语言文字为载体的叙事文本，无视汇入中西叙事传统这两条历史长河的八方来水，对它们所作的比较研究就无法达到应有的深度与广度。选择以上对象作中西比较，是因为它们与叙事传统的形成有着不容忽视的强关联：神话是人类最早的讲故事行为，在叙事史上的凿空作用自不待言；民间叙事作为“在野的权威”和“地方性知识”，对叙事传统的形成有一种潜移默化的影响；戏剧在很长时期内一直是大众接受故事的主要来源，其在社会各阶层的传播远超别的叙事形态；诗歌的叙事成分经常被其抒情外衣所遮蔽，因此有必要彰显其“讲故事”的属性；小说及其前身一直是叙事传统最重要的体现者，更需要在前人工作的基础上予以深化和推进。此外，本研究还包括叙事理论及关键词以及叙事思想等方面的中西比较。以下为各卷的主要内容：

1.《**中西叙事传统比较研究·关键词卷**》

本卷旨在梳理中西叙事理论关键词的概念内涵与渊源演进，考察其知识谱系、理论意义及文化意味，将学界对中西叙事理论的认知与理解推向深入。一是勾勒中西叙事理论各自的发展轮廓，从共时性角度比较其形态特征；二是对中西叙事理论的研究领域进行分类，主要从真实观念、文本思想、情节意识、人物认知、修辞理念及阅读观念等方面开展比较研究，以求深化关于中西叙事传统的认识与理解；三是持以西映中的方法论立场，对中西叙事理论中的若干关键词进行比较研究，彰显中国叙事理论话语的体系结构、实践效用与文化意义；四是构建中国特色的叙事理论话语体系的基本原则、主要方法与实际意义。

2.《**中西叙事传统比较研究·叙事思想卷**》

本卷集中探讨中西叙事思想几个比较重要的方面。一是文学叙事思想，一方面讨论了中西古代小说的主要差异，认为西方小说比中国小说更接近现实，西方文学侧重叙事要素本身的呈现，中国文学侧重叙事要素之间的关系，中国小说重视要素的密度，西方小说重视要素的细度；另一方面讨论了中西小说的虚构观，认为中国小说围绕“奇”做文章，西方小说强调“摹仿”与“再现”。二是历史叙事思想，分析中西历史不同的发展轨迹、叙事观念，指出中国史传文的高度发达及文学叙事中的“慕史”倾向对文学叙事具有重要的影响。三是叙事伦理思想，从故事伦理与叙事伦理两个方面，分析中西叙事伦理不同的主题、价值取向、文化规约、叙事方式。

四是身体叙事，从理论与实践两个方面分析了中西身体叙事思想的异同。

3.《**中西叙事传统比较研究·神话卷**》

本卷对作为文化源头的中西(古希腊、希伯来)神话叙事传统进行系统的比较研究，分十章从神话文本的存在形态、讲述者类型、话语组织向度、形象的角色化程度、行动元类型与故事模式、创世神话的时空优势意识、神秘数字的组织作用等方面，对中西上古神话叙事特征和传统进行比较研究，得出中国上古神话叙事具有空间优势型特征，西方神话叙事具有时间优势型特征的结论。在此基础上，从思维、语言、以经济生产方式为基础的社会生活等方面对导致中西神话叙事和思维特征时空类型差异的深层原因进行深层次探讨，勾勒出其各自对后世叙事传统的深远影响。

4.《**中西叙事传统比较研究·小说卷**》

本卷立足于中国古代小说叙事本位，通过互衬来凸显中西小说各自的叙事特征，借此彰显中西小说叙事传统之差异。主要内容：一是频见于西方叙事学视界而治中国小说者用力不足之比较叙事研究，如中西小说的功能性叙事、评论性叙事、反讽性叙事以及小说叙事中的人物观念等，通过以西映中式的比照，在比较中呈现中国古代小说的叙事面貌，彰显中西小说同中有异的叙事特征；二是多见于中国小说叙事场而西方叙事学少有关注的博物叙事、空白叙事，分析中西小说此类叙事传统的文化成因及其价值；三是常见于中国古代小说叙事领域而难见于西方小说之缺类比较研究，如中国古代小说的插图叙事，意在揭示中国小说叙事之个性。

5.《**中西叙事传统比较研究·戏剧卷**》

本卷考察中西戏剧自萌芽至现代转型期间所出现的林林总总的演事形态，以见中西戏剧叙事传统之异同。主要内容：一是梳理中西戏剧叙事传统的形成与发展，主要以中国戏剧叙事传统为主，西方戏剧叙事传统为辅，沉潜到戏剧史的各个阶段，沿波讨源，考察戏剧叙事的演进脉络；二是采用中西对读的方式，专题比较中西戏剧角色叙事、叙述者、剧体叙事、伦理道德叙事等之异同，彰显中西戏剧同中有异的叙事形态与特色；三是突破戏剧文本叙事的单向研究，引入戏剧形态学的视野与方法，挖掘中西戏剧舞台的“演事”传统，揭示中国戏剧以表演为中心的叙事传统，形成角色叙事、听觉叙事、博艺叙事、行走表演叙事等与西方戏剧迥异的表演叙事方式，深化对中国戏剧演剧形态的认识；四是深入中西戏剧动态、开放的戏剧文化场域，从戏剧创编、演剧场合、故事传统等方面，考察中西戏剧叙事传统形成的机制与文化原因，发掘出戏剧叙事的多元方式。

6.《中西叙事传统比较研究·诗歌卷》

本卷将中西诗歌叙事传统置于异质文化及冲突融合的语境中进行比较，由此彰显中国诗歌叙事传统的特色。主要内容：一是分析不同的思维方式如何影响中西诗歌叙事传统，如形象/感性思维与抽象/理性思维的差异，直接关系到诗歌意象的选择、事件的叙述、情感的表达乃至风格的偏好；二是比较中西诗歌叙事的口头传统，如"重述"与"程式"是诗歌口头传统的鲜明遗痕，主题作为一种固定的观念群则起到了引导故事情节发展的作用；三是比较中西诗歌的叙事范式，如"诗史"范式与"史诗"范式、"感事"范式与"述事"范式、"家园"范式与"远游"范式等；四是探讨中西诗歌的叙述者、隐含作者、内心独白叙事、听觉叙事等，它们是叙事主体想象力扩张的重要标志；五是从《诗经》叙事性层面觇探中国诗歌叙事传统的特质。

7.《中西叙事传统比较研究·民间卷》

本卷以叙事载体为分类依据，区分出口传、文字、非语言文字三个大类，对其内涵、特征以及在中西叙事传统中的发生发展进行梳理和比较。主要内容：一是中西民间口传叙事传统比较研究。民间故事、口头诗歌、民歌、谣谶是口传叙事当中的主要形态，从源流、叙事特征、叙事模式以及与文人叙事的关系等方面，对这四种具体的叙事形态进行比较。二是中西民间文字叙事传统比较研究。主要研究以文字为载体的中西民间叙事形态，其中以私修家谱叙事最具代表性，着力从源流、叙事体例、叙事话语等方面进行比较研究。三是中西民间非语言文字叙事传统比较研究。中西陶绘瓷绘等民间艺术中有着丰富的叙事元素，本卷着重研究蕴含在以陶瓷图绘为代表的图像艺术中的叙事现象。上述三大类研究涵盖了中西民间叙事的主要形态，能多维度透析中西民间叙事传统及其价值。

四、学术价值

叙事学兴起之初，西方一些学者效仿语言学模式总结过各种各样的"叙事语法"，但这些尝试最终都归于失败，原因主要在于"取样"范围过小。要想让一门理论具备普遍适用性，创立者须有包容五湖四海的胸襟。但西方叙事学主要表现为对欧美叙事规律的归纳和总结，验之于西方之外的叙事实践则未必全都有效。一些傲慢的西方学者甚至把一切非西方的学问看作“地方性知识”,中国的叙事经典因此难入其法眼。事实上如果真有所谓“普遍性知识”的话,那么它也是由形形色色的“地方性知识”汇聚而成的——无论是西方还是东方的叙事学,统统属于“地方性知识”的范畴,单凭哪一方的经验材料都不可能搭建起“置之四海而皆准”的叙事学理论大厦。进入21世纪后,由于中国学者的努力,这种情况已经有所改善,但在归纳一般的叙事规律时,一些不懂汉语的西方学者依旧背对东方,他们甚至觉察不到自己的理论体系中缺少东方支柱。所以中国学者在探索普遍的叙事规律时,不能像西方学者那样只盯着西方的叙事作品,而应同时“兼顾”或者说更着重于自己身边的本土资源。这种融会中西的理论归纳与后经典叙事学兼收并蓄的精神一脉相承,可以让诞生于西方的叙事学接上东方的“地气”,成长为更具广泛基础、更有“世界文学”意味的理论学科。通过深入比较中西叙事传统,我们有可能实现对叙事规律的总体归纳,实现对叙事各层面各种可能性的全面总结。这种理论上的归纳和总结告诉人们,中西叙事实践中还有许多可能性尚待实现,还有不少“缺项”和“弱项”可以互补与强化;只有补足这些“缺项”和“弱项”的叙事学才能真正发挥理论指导实践的作用。

本研究的另一学术价值,是为中西叙事传统的比较研究确定一套常用的概念体系,这对建设有别于西方的中国话语体系也有重要意义。福柯指出,只有话语创新和范式转换才有可能实现真正意义上的“创始”,本丛书朝此目标迈出的一大步,表现为对以下四个关键性概念作了专门论述。其一为“叙事”,此前对叙事的认识多从语义出发而未深入本质,本研究将其还原为讲故事行为,指出叙事最初是一种诉诸听觉的信息传播,万变不离其宗,不管传媒变革为后世的叙事行为增添了多少手段,从本质上说它们都未摆脱对原初“讲”故事行为的模仿。只有紧紧抓住“讲故事”这条主线,才有可能穿透既有的学科门类壁垒,使叙事传统的脉络、谱系与内在关联性复归清晰。其二为“叙事传统”,本研究首次对这一概念作了界定,将其定义为世代相传的故事讲述方式——包括叙事在内的所有活动都会受惯性支配。人们一旦习惯了某种路径,便会对其产生难以自拔的依赖,惯性力量导致“路径依赖”不断自我强化,对故事的讲述习惯就是这样逐步发展成叙事传统的。其三为“中国叙事传统”,影响了一代又一代的叙事,成为中国叙事传统的显性特征。笔者一贯主张研究中国叙事学须扣紧叙事传统这条主线,为此倾注了半生心血——在前期成果奠定的学术基础上，本研究通过扩大调查范围与提前考察时代，将中国叙事传统的面貌描摹得更为全面和清晰。其四为"西方叙事传统"，本研究对西方叙事传统作了系统考辨，指出古希腊罗马文学之所以在西方叙事史上产生巨大深远的影响，原因在于它为未来的故事讲述奠定了方法论基础，后古典时期的叙事进程则表现为将前人辟出的小径踩踏成大道；在生产方式的影响下，西方人讲述的故事多涉及旅途奔波、远方异域以及萍水相逢的陌生人，这使得流浪汉叙事成为其叙事传统的显性特征。

本研究还为叙事学及相关领域开辟出新的文献资料来源。叙事如罗兰·巴特所言，存在于一切时代与一切地方；鲁迅曾说：为官方所不屑的稗官野史和私人笔记，从某种意义上说要比费帑无数、工程浩大的钦定"正史"更为真实。本研究专设"民间卷"这一分卷，把以往不受关注的民间谱牒等纳入叙事研究的视野，分卷作者通过实地调研和网络搜索等手段，从中国国家图书馆和世界数字图书馆等处收集到中西私修家谱近百套。引入这些私人性质的记述材料后，中西叙事传统的面貌呈现得更为清晰。

尤为值得一提的是，本研究还将目光投向语言文字之外的陶瓷图像，陶瓷器物上的人物故事图因具有"以图传文、以图演文、以图补文"的功能，加之万年不腐带来的高保真特性，可以作为文字文献的重要补充。瓷器为中国的物质符号，瓷都景德镇就在丛书大多数作者的家乡江西，本研究充分利用了这一本土优势。此外，分卷作者这几年遍访国内外博物馆、研究所、展览会、古玩店与拍卖行等，通过现场拍摄、网站搜索及向私人收藏家购买等多种途径，收集到中西陶瓷图片8000余幅，其中包括中国外销瓷和"中国风"瓷上的1500幅图像，它们构成16至19世纪中西文化交流的重要文献。众所周知，景德镇生产的瓷器最早在全球范围广泛流通，许多欧洲人知道中国文化，最初便是通过景德镇外销瓷上的人物故事图。为了将陶瓷图像与其他材质的图像进行比对研究，分卷作者还收集了大量漆器、金银器、玉雕、木雕、竹雕、砖石雕、象牙雕、木版年画、壁画、糕模等民间器物上的图像，并对其进行了分类整理，建成了一座非语言文字的民间器物图像数据库。

五、观点创新

第一，中西叙事的不同源于各自的语言观、形式观乃至相关观念下发展的文化,而归根结底是因为中西文化在视觉和听觉上各有倚重。

既然是对中西叙事传统作比较研究,就要找出两者差异的根源所在。本研究认为,在听觉模糊性与视觉明朗性背景下形成的两种冲动,不仅深刻影响了中西文化各自的语言表述,而且渗透到中西文化中人对事物的认识之中。以故事中事件的展开方式为例,趋向明朗的西式结构观(源自亚里士多德)要求保持事件之间的显性和紧密的连接,顺次展开的事件序列之中不能有任何不连续的地方,这是因为视觉文化对一切都要作毫无遮掩的核查与测度;相反,趋向隐晦的中式结构观则没有这种刻板的要求,事件之间的连接可以像“草蛇灰线”那样虚虚实实、断断续续,这也恰好符合听觉信息的非线性传播性质。所以西式结构观一味关心代表连贯性的“连”,而中式结构观中除了“连”之外还有“断”。受西式结构观影响的胡适等人不喜欢明清小说中的“穿插”,金圣叹、毛氏父子等却把“穿插”理解为“间隔”,指出其功能在于避免因“文字太长”而令人觉得“累缀”,借用古人常用的譬喻“横云断山”与“横桥锁溪”,正是因为“横云”隔断了逶迤绵延的山岭,“横桥”锁住了奔腾不息的溪水,山岭与溪水才更显得“错综尽变”和气象万千。

用文化差异来解释叙事并不新鲜,从感觉倚重角度入手却是首次。本丛书作者多年来致力于探讨中国叙事传统的发生与形成,一直念兹在兹地思考为什么它会是今天所见的这种样貌,接触到麦克卢汉的“中国人是听觉人”之论后,感到他的猜测与我们此前的认识多有契合,中国传统叙事的尚简、贵无、趋晦、从散等特点,只有与听觉的模糊性联系起来,才能理得顺并说得通。将“媒介即信息”(感知途径影响信息传播)这一思路引入研究,许多与中国叙事传统有关的问题就可获得更为贯通周详、更具理论深度的解答。

第二,生产方式对叙事传统亦有影响,新形势下的中国叙事应与时俱进。

不同的生产方式形成了中西不同的叙事传统。西方人历史上大多为海洋与游牧民族,他们习惯于在草原、大海与港湾之间穿行,其讲述的故事因而更多涉及远方、远行与远征。古希腊神话和荷马史诗中的英雄多有外出历险、漂洋过海和遇见形形色色的陌生人的经历,《奥德赛》甚至以奥德修斯九死一生的还乡为主线。中世纪的骑士文学、《神曲》《十日谈》《巨人传》、西班牙流浪汉小说与《堂·吉诃德》等都离不开四处游历、上天入地、朝拜圣地和流浪跋涉；18世纪欧洲小说中的鲁滨孙、格列佛、汤姆·琼斯等仍在风尘仆仆地到处旅行；19世纪以来西方叙事作品虽说跳出了流浪汉小说的窠臼，但拜伦、歌德、雨果、狄更斯、马克·吐温、罗曼·罗兰、乔伊斯、毛姆和塞林格等人的作品还是喜欢以闯荡、放逐、游历或踟蹰为主题。

相比之下，农耕文化导致国人更为留恋身边的土地、家园与熟人社会。出门在外必然造成有违人性的骨肉分离，人们因而更愿意遵循“父母在，不远游”和“一动不如一静”的古训。在安土重迁意识的影响下，离乡背井的出游成了有违家族伦理的负面行为，远方异域和陌生人的故事自然也就没有多少讲述价值。当然我们古代也有《西游记》与《镜花缘》这样的作品，但它们提供的恰恰是反证：唐僧师徒名义上出国到了西天，沿途的风土人情却与中华故土大同小异；唐敖和多九公实际上也未真正出境，他们看到的奇形怪状之人基本上还是《山海经》中怪诞想象的延续。这些都说明，抒写路上的风景确实不是我们古人的强项。由于叙事传统的惯性作用，我们这边直到晚近仍然热衷于讲述熟人熟事，以异域远方为背景的叙事作品堪称凤毛麟角，人们习惯欣赏的仍是国门之内的“这边风景”（王蒙有部反映国门内故事的长篇小说就叫《这边风景》）。

古代叙事较少涉及出游、远征与冒险，表面看来似乎说明国人缺乏勇气与冒险精神，但实际上这是顺应时势的一种大智慧。古代中国人主要是农民，男耕女织的田园生活能维持基本的衣食自给，这种无须外求的生活导致我们的祖先缺乏对异域的向往与好奇。中国能够一步一步地发展到今天这个规模，很大程度上是因为前人选择了稳扎稳打的发展模式，葛剑雄就说：“……中国……没有像有些文明古国那样大起大落，它们往往大规模扩张，却很快分裂、消失了，而中国一直存在下来。”[①]不过放眼未来发展，形成于农耕时代的中国叙事传统亟待变革。全球化已是当前世界的大势所趋，一个国家如果没有大批视野宏阔、胸怀天下的国民，不可能创造出良好的外部发展环境，而一国之民拥有何种视野与胸怀，是否对外部世界抱有强烈的好奇心与浓厚的兴趣，又与国民经常倾听什么样的故事有密切关系，如梁启超就说叙事变革可以带来人心与人格的变

---

① 葛剑雄讲述、孙永娟整理：《儒家思想与中国疆域的形成》（下），《文史知识》2008年第12期，第140页。

革——“欲新一国之民，不可不先新一国之小说”[1]。中国文化要想真正“走出去”，一方面要摒弃“外面的世界不是我的世界”的心理，另一方面要更多讲述中华儿女志在四方的故事。

第三，中华文明垂千年而不毁，与中国叙事传统的群体维系功能有关。

中华文明之所以在世界古文明中硕果仅存，中华民族这一人数最多的群体之所以存续至今而未分裂，与我们叙事传统的维系功能大有关系。本研究之阶段性成果《人类为什么要讲故事——从群体维系角度看叙事的功能与本质》等认为，与灵长类动物的彼此梳毛一样，人类祖先通过“八卦”或曰讲故事建立起来的相互信赖与合作，促进了群体的形成、维系和扩大，最终使人类从各种竞争中脱颖而出成为“万物的灵长”。世界上没有哪个民族不会讲故事，但不是所有的民族都能把自己的故事讲好，许多民族都曾以自己为主导发展成规模极大的群体，后来却因内部噪声太多而走向四分五裂。与此形成鲜明对照，中华民族作为一个群体，其发展历程虽然也是人数越聚越多，圈子越画越大，但这个圈子并没有像其他圈子那样因为不断扩大而崩裂，这与我们祖先善于用故事激发群体感有关。

中国故事关乎“中国”，这一名称从一开始就预示了“中国”不会永远只指西周京畿一带黄河边上的小地方，秦汉以来中原以外地区不断“中国化”的事实，让我们看到中心对边缘、中央对地方具有难以抗拒的感召力与凝聚力。还要看到汉语中“中国”之“国”是与“家”并称，这一表述的潜在意思是邦国即家园，国家对国人来说是像家一样可以安顿身心的温暖地方。由于中华民族内部存在着“剪不断，理还乱”的亲缘关系，中国历史上很少发生主体民族对少数民族的无故征伐与屠戮，因而也就没有世界上一些民族间那种不共戴天的深仇大恨。见于史书、小说和民间传说中的“七擒孟获”之类的故事，反映的是以仁德感召为主的攻心战略，唐太宗李世民更主张对夷夏“爱之如一”[2]。“中国”之名的向心性和中华民族的内部融通，无疑对中国故事的讲述产生了深刻影响。《三国演义》因为讲

---

① 梁启超：《论小说与群治之关系》，载梁启超：《饮冰室合集 · 2 · 文集 10—19》（即第二册），北京：中华书局，1989 年，第 6 页。

② 司马光编著、胡三省音注：《资治通鉴》（全二十册），卷一百九十八 · 唐纪十四，北京：中华书局，1956 年，第 6247 页。

述魏蜀吴三国鼎立的故事，所以开篇时要说“天下大势，分久必合，合久必分”[①]，但小说结束时叙述者又把话说了回来：“自此三国归于晋帝司马炎，为一统之基矣。此所谓‘天下大势，合久必分，分久必合’者也。”[②]用“分久必合”作为小说的曲终奏雅，说明作者认识到“合”才是中国历史的大势所趋。

不独《三国演义》，古往今来所有的中国故事，不管是历史的还是文学的，官方的还是民间的，只要涉及分合话题，都在讲述“合”是长久“分”为短暂，“合”是正道“分”为歧路，“合”是福祉“分”为祸殃。中国历史上不是没有出现过分裂，而是这种分裂总会被更为长久的大一统局面所取代；中华民族内部也不是没有出现过噪声，而是这些噪声总会被更为强大的和谐之声所压倒。历史经验告诉国人，分裂战乱导致生灵涂炭，海晏河清才能安居乐业，因此家国团圆在我们这里是最为人喜闻乐见的故事结局。一般情况下老百姓不会像上层人士那样关心政治，而统一却是从上到下的全民意志，有分裂言行者无一例外被视为千秋罪人，这一叙事传统从古到今没有变化。

总之，一时代有一时代之学术，没有走向全面复兴的时代大潮，没有历史创伤的痊愈和文化自信的恢复，就不会有本研究的应运而生。

是为序。

2023年8月于豫章城外梅岭山居

---

① 罗贯中：《三国演义》(上)，北京：人民文学出版社，1953年，第1页。

② 同上书，第990页。

目　录

绪　论

自现代学术建立以来，受古典诗学“诗言志”与“诗缘情”观念的影响，学者们多以为中国诗歌长抒情而略叙事，中国文学归根结底都是“抒情传统”。早在1918年，胡适《建设的文学革命论》就说中国文学中“韵文只有抒情诗，绝少纪事诗，长篇诗更不曾有过”[①]。1926年，朱光潜《中国文学之未开辟的领土》也说：“做抒情诗，中国诗人比西方诗人却要高明些。”[②]同时也承认中国的长篇叙事诗不发达。1971年，陈世骧发表《论中国抒情传统》一文，明确指出：“中国文学传统从整体而言就是一个抒情传统。”[③]此说引起了海外及港台学者的热烈反响，踵继者比比皆是。应该说，中国人的确擅长抒情，中国文学的抒情传统亦源远流长，但它并非唯一、独尊的传统，更不能涵盖整个中国文学。因此，陈世骧亦清醒地意识到：“抒情精神成就了中国文学的荣耀，也造成它的局限。”[④]与其说这是抒情精神所造成的局限，不如说是研究视角的遮蔽。假定我们不预设某种固有的观念，而深入中国诗歌的原生状态，便不难发现，中国人在诗歌中不仅擅于言志抒情，同样亦不废记人叙事，潜藏于抒情传统光辉下的叙事传统，亦渊源有自，经脉分明。

西方诗歌叙事传统很早就得到了确立。古希腊时期，人们不仅用双

---

① 胡适：《胡适古典文学研究论集》，上海：上海古籍出版社，1988年，第64页。

② 朱光潜：《朱光潜全集》（第8卷），合肥：安徽教育出版社，1993年，第135页。

③ 陈世骧：《中国文学的抒情传统：陈世骧古典文学论集》，北京：生活·读书·新知三联书店，2015年，第6页。

④ 同上书，第5页。

管、竖琴吟唱出优美的抒情诗,行吟诗人们更用诗歌叙写英雄人物和宏大历史,诞生了著名的《荷马史诗》。从《荷马史诗》到古罗马《埃涅阿斯纪》,从但丁《神曲》到弥尔顿的《失乐园》,再到拜伦《唐璜》、歌德《浮士德》、雪莱《解放了的普罗米修斯》等,建构起一个宏大的诗歌叙事传统。西方诗歌叙事传统不仅是诗歌发展史的主流,对小说、戏剧等文体也产生了深远的影响。同时,在后经典语境下的"泛叙事"观的影响下,诗歌叙事学也逐渐兴起,涌现出彼得·霍恩、布莱克·麦克黑尔等著名学者,他们认为诸多叙事理论都与诗歌叙事有着密切关系,不仅将《荷马史诗》作为叙事学的"试金石",甚至对抒情诗进行叙事学分析①。

关于中国诗歌叙事传统的研究,目前主要集中在叙事诗上,例如程相占《中国古代叙事诗研究》、高永年《中国叙事诗研究》等,探讨了"叙事诗"的定义及各时期叙事诗的发展概貌。其实,中国诗歌叙事传统不只局限于叙事诗当中,很多抒情诗、哲理诗也具浓厚的叙事色彩。吴世昌、张海鸥等人即对词体的叙事问题作了专门探讨②;董乃斌、谭君强等则在大量的个案基础上,倡导从叙事视角研究中国古典诗词甚至是抒情诗,引起了学界的广泛关注③

中西诗歌各自的特点,是比较文学研究持续不断的热点。不过,很多研究并没有坚守同类比较的原则,即以中国的抒情传统观照西方的叙事传统,甚至轻易地得出孰优孰劣的结论。因此,我们拟从叙事角度切入,描述出中国诗歌的叙事传统,尝试着将中西叙事传统置于异质文化及其冲突融合的语境中进行比较,以凸显各自的异同。既要历时性地描述出中西方诗歌叙事传统形成的历程,剖析出各自生成的文化背景;同时又需共时性地比较中西方诗歌叙事的不同范型,以西方叙事传统为参照,挖掘出中国诗歌叙事传统中的独特现象和要素,从而彰显中国诗歌叙事传统的本土特色。

---

① 参看彼得·霍恩、詹斯·基弗:《抒情诗叙事学分析:16—20世纪英诗研究》,谭君强译,北京:北京师范大学出版社,2020年。

② 请参吴世昌:《论词的读法》,《吴世昌全集》(第四卷),石家庄:河北教育出版社,2003年;张海鸥:《论词的叙事性》,《中国社会科学》2004年第2期,第148—161页。

③ 董乃斌:《古典诗词研究的叙事视角》,《文学评论》2010年第1期,第25—32页;《李商隐诗的叙事分析》,《文学遗产》2010年第1期。谭君强:《论抒情诗的叙事动力结构——以中国古典抒情诗为例》,《文艺理论研究》2015年第6期;《从互文性看中国古典抒情诗中的"外故事"》,《思想战线》2016年第2期。

一

“言志”“缘情”固然是中国诗学的主流话语，但古典诗论中言及“叙事”“记事”的文献俯拾即是。即以“诗言志”而言，闻一多《歌与诗》考释出“志”有三义——记忆、记录、怀抱，并引《管子·山权数》篇“诗者所以记物也”语，证明诗具有记载、记录事物的功能[①]。这不仅重新诠释了“诗言志”内涵，也奠定了中国诗歌叙事传统的理论基础。中国古代诗歌，很多表面看似与叙事无关；但诗人的情感并非凭空而起，而多“缘事而发”。班固《汉书·艺文志》就说汉乐府“感于哀乐，缘事而发”，白居易继承了乐府的叙事传统，明确提出：“文章合为时而著，诗歌合为事而作。”（《与元九书》）“闻见之间，有足悲者，因直歌其事。”（《秦中吟序》）具体到一些作品，中国诗歌不仅有大量的叙事诗，抒情诗中类似“引”“序”也多为叙事文字。此外，类似《诗经·蒹葭》、李商隐《锦瑟》这样纯粹的抒情诗，也都含藏着一个动人而凄婉的故事。

西方很早就明确了诗歌与叙事之间的密切关系。亚里士多德《诗学》认为史与诗的区别在于：“一叙述已发生的事，一描述可能发生的事……诗所描述的事带有普遍性，历史则叙述个别的事。”[②]这种论断为诗歌叙事奠定了强有力的合法性基础。黑格尔《美学》分诗为史诗、抒情诗、戏剧体诗，并说：“史诗以叙事为职责，就须用一件动作（情节）的过程为对象，而这一动作在它的情境和广泛的联系上，须使人认识到它是一件与一个民族和一个时代本身完整的世界密切相关的意义深远的事迹。”[③]明确指出史诗的本质在于完整地叙述一件涉及一个民族和时代的事迹。显然，就诗歌能否叙事这一问题，中西方都予以了肯定的回答，只不过对于“所述之事”的认识，西方似乎更显深刻，甚至上升到哲学的层面；而中国诗歌所叙之事，大体为诗人亲历之事、民间逸事，宏大叙事略显不足，像《孔雀东南飞》、杜甫“二吏”“二别”等，无不如此。

中国古人还探讨了诗歌如何叙事的问题。《周礼·春官·大师》有“六诗”说，虽然历来对它们的涵义、所指，论争纷纭；但其中的“赋”，显然

---

① 闻一多：《闻一多全集》(10)，武汉：湖北人民出版社，1993 年，第 10 页。

② 亚里士多德：《诗学》，罗念生译，北京：人民文学出版社，1962 年，第 29 页。

③ 黑格尔：《美学》(第三卷下册)，朱光潜译，北京：商务印书馆，1996 年，第 107 页。

具有强大的叙事功能。郑玄注曰："赋之言铺，直铺陈今之政教善恶。"[①]朱熹云："赋者，敷陈其事而直言之者也。"[②]明确指出"赋"就是直陈其事，实属叙事艺术的范畴。清人黄生《一木堂诗麈·诗学手谈》曰："诗有写景，有叙事，有述意，三者即三百篇之所谓赋、比、兴也。事与意，只赋之一字尽之，景则兼兴、比、赋而有之。"[③]概括了构成诗歌的三要素，即景、事、意三者，也隐约指出了"赋"就是"叙事"。刘熙载《艺概·诗概》论诗歌作法说"伏应转接，夹叙夹议，开阖尽变，古诗之法"[④]，叙事与议论(抒情)同等重要，如果一味偏颇，则"诗偏于叙则掩意，偏于议则病格"[⑤]。

西方关于诗歌叙事艺术、手法的论述角度多异。亚里士多德在《诗学》中涉及诗歌叙述者的问题："假如用同样媒介摹仿同样对象，既可以像荷马那样，时而用叙述手法，时而叫人物出场，[或化身为人物]，也可以始终不变，用自己的口吻来叙述。"[⑥]所谓"像荷马那样"，指的是史诗或者叙事类作品，叙述者可以是第一人称，同时让作品中的人物自述。而"用自己的口吻来叙述"，针对的是抒情诗，它们往往以第一人称即自己的口吻叙述。麦克黑尔则从段位划分层面探讨诗歌叙事的问题，他指出，在某种意义上，"段位性"(segmentivity)和"反分段性"(countermeasurement)构成了诗歌叙事学的主要特征，因为"诗歌的段位性、诗歌的空白就是诗歌意义生产的主引擎"[⑦]。由此，麦克黑尔认为，如果诗歌既可以是分段的又可以是反分段的，那么叙事也同样如此。在诗歌叙事中，叙事自身的段位与诗歌的段位形成互动，由此奏响了不同种类段位之间的"音符"。这种从诗歌形式角度来探讨诗歌叙事特别是叙事性与段位性之间相互消长关系的批评观念颇具新意，为诗歌叙事学的构建起到了重要的推动作用。

---

① 郑玄注，贾公彦疏：《周礼注疏》，阮元校刻：《十三经注疏》，北京：中华书局，1980年，第796页。

② 朱熹集撰：《诗集传》，赵长征点校，北京：中华书局，2017年，第6页。

③ 黄生：《一木堂诗尘》，张寅彭编：《清诗话三编》(第一册)，上海：上海古籍出版社，2014年，第101页。

④ 刘熙载撰：《艺概注稿》，袁津琥校注，北京：中华书局，2009年，第347页。

⑤ 同上书，第398页。

⑥ 亚里士多德：《诗学》，罗念生译，北京：人民文学出版社，1962年，第9页。

⑦ 布赖恩·麦克黑尔：《关于建构诗歌叙事学的设想》，尚必武、汪筱玲译，《江西社会科学》2009年第6期。

二

中西诗歌叙事传统，因为不同的文化背景和诗歌体式，它们的形成过程呈现出不同的轨迹。大体而言，中国诗歌叙事传统的成型要远远晚于西方，其影响也不如后者。

中国诗歌叙事传统既有其自身发展规律，同时也深受其他文化的影响。它的形成大致经历了孕育、生长、成型、繁衍的过程。第一阶段：上古至两汉——孕育肇始期。此一时期，中国人的叙事思维与能力由稚嫩而逐步成长，从远古歌谣到《诗三百》《楚辞》，再到汉乐府的盛行、《古诗十九首》的登场，中国诗歌的叙事内涵经历了由“饥者歌其食，劳者歌其事”到“感于哀乐，缘事而发”的不断孕育与丰富。第二阶段：魏晋至唐中叶——培植生长期。此一时期，五言诗取代四言诗，成为诗歌的主要体式。尽管抒情诗甚为炽盛，但很多诗人开始用诗歌叙写当代史实，例如曹操《蒿里行》等“以乐府旧题写时事”，杜甫《自京赴奉先县咏怀五百字》等“即事名篇，无复依傍”，白居易、元稹倡导新乐府运动，主张“为君、为臣、为民、为物、为事而作”，留下诸如《秦中吟》《田家词》等优秀诗篇。这种“写时事”“即事名篇”的创作倾向，成为中国诗歌叙事传统新的形态。第三阶段：唐中叶至南宋末——确立成型期。董乃斌认为，经过与抒情传统几百年的相互摩荡，诗歌的叙事传统从唐中叶开始逐渐明晰，至南宋末最终确立化成。[①] 这一时期，文论家比较清醒地认识到叙事对诗歌创作的重要意义，基本确立了“诗史”的标准与内涵。在此背景下，诗歌叙事呈现出多样化的形态，如本末式叙事、传记式叙事、代言体叙事、纪实型叙事等。同时，诗歌叙事可以灵活运用于不同体裁（如乐府、歌行、律诗、绝句、联章组诗）与不同题材（如咏史怀古诗、社会政治诗、山水诗、纪行游览诗、记梦诗）。第四阶段：元明清时期——增长繁盛期。此一阶段，叙事文学（小说、戏曲）占据文坛主流，但传统诗文也不甘示弱。一方面，诗歌的抒情传统影响小说、戏曲等叙事文学；另一方面，小说、戏曲的叙事观念、方法对诗歌叙事也发生着影响，不仅出现了数量不少的纪事诗、咏史诗、咏剧诗，而且

---

① 董乃斌主持2015年度国家社科基金重大招标项目“中国诗歌叙事传统研究”，课题组经过考察辨析，认为中国诗歌叙事传统历经漫长发展，至此一时期得以完型，笔者亦赞同这一提法，故予以参考。

诗歌叙事也呈现出口语化、通俗化趋势，诗歌叙事传统与抒情传统的关系也更显紧密。

西方诗歌叙事传统内涵深厚，历史悠长。它大致经历以下几个发展阶段。第一阶段：古希腊、罗马时期——确立期。一般认为，《荷马史诗》即确立了叙事诗的基本模式。史诗大多为鸿篇巨制，颂扬历史或传说中的英雄人物，常采用倒叙的方式讲述故事，集中笔墨描述某一时段的事情。古希腊史诗，一般都由行吟诗人口头吟诵；但到了古罗马时期，维吉尔史诗《埃涅阿斯纪》虽模仿《荷马史诗》创作而成，却已失去了口头文学的特点，成为欧洲"文人史诗"的开端。第二阶段：中世纪——繁衍期。中世纪文学，是东方文化与西方文化、基督教文化与世俗文化冲突交融的产物。这一时期的诗歌，主要有史诗与抒情诗。《贝奥武甫》《罗兰之歌》等承续了英雄史诗的传统，多用象征、隐喻表现睡梦征兆或上帝显灵等观念，这显然是基督教留下的印记。但丁的《神曲》，是此时期史诗的典范，它以幻游、对话的形式展现了诗人游历三界的故事。这种以亲身经历为线索的叙述模式深刻影响了后世诗歌和小说。第三阶段：文艺复兴时期——拓境期。文艺复兴倡导人文主义精神，反抗神权，深刻地影响了西方诗歌的发展，抒情诗也具有明显的叙事色彩。例如，薄伽丘《菲洛斯特拉托》、乔叟《特洛伊拉斯和特莱西德》等，以长篇形式叙写男女爱情故事。彼得拉克《歌集》歌颂男女爱情，抒情、叙事并重，从而确立了十四行诗的基本规范。史诗以斯宾塞《仙后》为代表，采用了不同于以往叙事模式的"交织叙事"形式，即频繁地切换不同的叙事线索。第四阶段：古典主义时期与启蒙主义时期——发扬期。弥尔顿三部长篇史诗，遵从并发扬了古典史诗的传统。如《失乐园》全诗 12 章依古典史诗模式布局，以史诗所需的正统英雄风格表达了"人的堕落"这一圣经主题。此外，蒲柏模仿荷马和维吉尔史诗创作了两部仿英雄体史诗《夺发记》《愚人记》，以"英雄双韵体"的形式，嘲弄讽刺英雄史诗中的经典形象。第五阶段：浪漫主义时期——流变期。浪漫主义诗人创作了数量可观的叙事诗，如华兹华斯的无韵体叙事诗《迈克尔》，通过讲述其儿时所闻的平常故事，将人的向善的希望引向大自然；拜伦的叙事长诗《唐璜》，着力塑造"拜伦式英雄"；济慈的叙事诗《伊莎贝拉》《圣亚尼节前夕》等作品中洋溢着浪漫情调。这些叙事诗常在作品中设立一个叙述者——抒情主人公，其主要功能不是用来表达诗人情感，而是直接跳出来发表评论，形成诗歌叙事与评论干预相互交融的局面。

三

经过了长期的积淀，中国诗歌叙事传统至宋代真正成型，而且与抒情传统相互依存、相互交融；而西方诗歌的叙事传统早在古希腊罗马时期就得以确立，并占据着诗歌发展史的主流。这种差异的形成，与中西不同的思维方式、语言文字、文体规制、史官文化等密切相关。

中国属于农耕文明，经济自给自足，地理环境相对隔绝，造就了中国人偏重主观内心而不善外求的性格特征、重直觉感悟而轻逻辑推理的思维模式。西方社会是相对开放的商业社会，崇尚个人主义和向外征服，敢于冒险与战斗，强烈的好奇心理，使西方人形成了注重逻辑关系的分析性的思维方式。

不同的文字、语言，也影响着中西方的思维模式。总体来说，汉字是表意文字，西方文字属表音文字，二者在音、形、义、语法等层面均存在很大的差异。汉字是单音节，每字皆有声调；而西方文字既有单音节，又有多音节，无声调区别，但有轻重音之别。汉字是象形文字，方块形、建筑型的结构，具有很强的形象性；而西方文字，是表音文字，完全是高度抽象性的符号。汉字的这种特点，使中国形成了主要靠灵感和直觉而非逻辑论证的思维模式；而西方语言求衔接而多推理，形成了西方人擅长逻辑线性分析的思维模式，重理路而轻直觉。

中西方诗歌经过数千年的发展，形成了各具特征的诗体规制。中国诗歌虽有二言、六言、九言、杂言诸体式，但仍是以四言、五言、七言为主，句式齐整划一，特别是唐代之后成型的近体诗更严格要求平仄、对仗和押韵。加之中国语言文字在词法方面没有性、数、格、时态、前缀、后缀的特征，汉字功能灵活自由，实词虚化、词性活用现象常见，这一方面极大地提升了词的表现力，使诗人以极简之文字进行叙事抒情，造成了一种模糊含蓄的表现效果，当然另一方面这不利于诗人进行长篇铺陈。西方诗歌虽亦讲求音韵、节奏，但并不要求规整的句式，诗行长短错落不一，与中国诗歌相比，相对更显自由。例如，蒲柏“英雄双韵体”，每行五个音步，每步两个音节，一轻一重，两行成一组，互相押韵。但西方文字音步并不等同于单词，所以每句中的词语并不固定，同时，行中停顿点也多有变化，不仅每行之中必有一顿，而且每半行之中也有一顿，从而达到音与义的互相增益。加之西方语言文字多有严格的性、数、格、时态、前缀、后缀，以及主、谓、宾、定、补、状，词的定位灵活性差，词性、语法成分基本固定不变，此种特征更利于客观和长篇的叙述，而不利于含蓄朦胧意境的营构。由此可见，不同的诗体规制对于中西诗歌各自叙事传统影响的差异是明显的。

中西不同的思维方式，对各自的诗歌叙事传统亦有非常明显的影响。中国人的内向型的性格及感悟式思维，使诗人在作品中常常直抒胸襟，由此形成了中国诗歌强大的抒情传统。中国诗人也尝试以诗歌叙事，只是在强大的抒情传统的笼罩下，叙事思维一开始显得较为薄弱，经过了长时间的实践摸索，中国诗人的叙事思维才逐渐成熟，终于在唐中叶至南宋时期，才真正确立其叙事传统。而外向型性格及重逻辑思维的西方人，认为美的本质在于对自然的摹仿、再现，体现在诗歌作品中，他们往往以叙述的方式直接摹仿外在的客观世界，并注重外在客观事物、事件的因果逻辑联系，这使得西方诗歌在一开始就确立其叙事传统。而古希腊的海上冒险经历更为文学创作提供了大量素材，为史诗的最早出现奠定了基石。

中国古代有着非常发达的史官文化。史官的设置，最早可追溯到远古时期，至周代已建立起了较完备的史官制度，诸史官（有外史、内史、左史、右史）职责分明，分工合作，记载与政治相关的言论和历史大事。史官制度，各朝虽屡有增益，但一直绵延至清末，故中国的史学极为昌盛。史家们秉持“实录”“良史”的精神，历朝历代既有官方所修正史，还有大量个人编纂的私史，从《尚书》《春秋》的简括精炼到《左传》《战国策》《史记》的繁复细腻，中国人的叙事思维与能力在修史行为得到了淋漓尽致的展现。不可否认，中国诗歌强大的抒情传统，的确影响了诗歌叙事传统的形成；而史学的昌盛，也延迟了诗歌叙事传统的确立。历史上的宏大事件的记载，几乎都由史家来完成，诗人们则更多地关注个体生命、亲身所历或民间逸事，这便是中国史诗贫弱的重要原因。然而，西方则大异其趣。古希腊时期，西方人不仅没有建立起像中国那样完备的史官制度，甚至没有专门的史官，记载重大事件的往往就是行吟诗人。这些行吟诗人记载战争进程、英雄事迹，并以口唱的形式，向世人传播，《荷马史诗》即是如此。行吟诗人承担着史官的职责，他们在诗歌作品中充分展现了记录历史的叙事能力，展现出西方强大的诗歌叙事传统。中世纪，受制于基督教神学史观的影响，史学发展更显迟缓和落后，记载宏大事件的使命即落到诗人的肩上。

四

朱光潜《诗论》曰："西诗以直率胜，中诗以委婉胜；西诗以深刻胜，中诗以微妙胜；西诗以铺陈胜，中诗以简隽胜。"[①]极为精炼地概括出中西诗歌的差异，特别是"铺陈""简隽"二语，已涉及中西诗歌叙事传统之不同。若拓展开来，中西诗歌叙事传统，在构成、内涵、表现、范式诸方面，均存在相当的差异。

（一）中国"诗史"与西方"史诗"

中国是否有民族史诗？此问题一直争论不休。尽管《格萨尔王传》《玛纳斯》等大型史诗，极大地充实了中国的民族史诗传统。然而，这些史诗大多是民间流传的少数民族史诗，而汉民族史诗仍相形见绌。《诗经·大雅》虽有《生民》《公刘》《绵》等叙写周部族兴衰的史诗，但这一传统并没有在后世文人诗中得到延续。记载民族、英雄、帝王、将相的历史，仍主要见诸史书当中。中国诗歌叙写历史，主要是"诗史"范式。孟棨《本事诗》首用"诗史"一词评杜诗："杜逢禄山之难，流离陇蜀，毕陈于诗，推见至隐，殆无遗事，故当时号为'诗史'。"[②]到了宋代，"诗史"一词更被文人们广泛称引。《新唐书·文艺传》曰："甫又善陈时事，律切精深，至千言不少衰，世称'诗史'。"[③]邵雍《诗史吟》曰："史笔善记事，长于炫其文。……诗史善记事，长于造其真。"[④]明确地指出"诗史"的标准就是"造其真"，即以逼真的情境、真实反映社会现实、记载历史事件，并将个人情怀融入历史事件之中，呈现出强烈的现实主义精神，诗篇规模不大，时间跨度较短。例如，杜甫的"三吏""三别"，所载皆是安史乱中的所见所闻、所历所感，故尤显真实。中国的"诗史"传统，不仅弥补了强大抒情传统所造成的缺憾，亦可补正史之阙，正正史之误。

西方诗歌叙事传统的主导范式是"史诗"范式。中国的"诗史"，篇幅短小，多以诗人亲历事件或民间佚事为叙事对象，以细节映现历史真实。西方早期的"史诗"，篇幅宏大，多叙写具有重大意义的历史事件或者神话

---

① 朱光潜：《朱光潜全集》(第3卷)，合肥：安徽教育出版社，1993年，第76页。

② 丁福保辑：《历代诗话续编》，北京：中华书局，1983年，第15页。

③ 欧阳修、宋祁：《新唐书》，中华书局，1975年，第5738页。

④ 邵雍：《伊川击壤集》，上海：学林出版社，2003年，第239页。

传说，以英雄人物为中心，人物性格鲜明，情节完整，风格崇高，富于戏剧性；特别是《荷马史诗》，不仅叙事准确客观、情感爱憎分明[①]，而且具有口头文学"程式化"的传统特征[②]。当然，西方的史诗传统亦非一成不变。例如，弥尔顿的《失乐园》《复乐园》《力士参孙》在继承了希腊和罗马史诗传统的基础上，复吸取中世纪史诗的象征和寓意手法，充分展现人物的心理活动，由此将古典诗歌推向一个新的境界。传统的这种微妙变化正如艾略特在《传统与个人才能》中所言，"过去决定现在，现在也会修改过去"[③]。

（二）中国"感事"与西方"述事"

叙事，即讲故事，是人类共同的、与生俱来的能力。但是如何叙事？叙什么事，在中西诗歌领域存在相当的差异。

中国诗歌所叙之"事"，大体有两种情况：其一，一个相对完整的故事。这主要体现在叙事诗中，要求较细致地描绘所述之事，展现事件的来龙去脉、前因后果，董乃斌将此种范式定义为"述事"。其二，描述与作品相关的事态、事象、事境、事由、事脉，注重截取事件片段、场景以叙述抒情，此可称为"感事"范式。这种范式，主要出现在抒情色彩较浓的作品中，事件过程往往被诗人奔腾流淌的情感所冲淡，叙事饱蘸情感，线索若隐若现。按照"事"与"文"关系的亲疏远近，董乃斌又将"感事"分为"含事""咏事"两类。所谓"含事"，是指事件只是作为一种遥远模糊的背景，或兴起某种情感的因素，它深深隐藏在情感的背后，有时甚至没有在文本中呈现。所谓"咏事"，事件虽略显具体清晰，但它仍不是作品主要的叙述对象，而只是诗人抒情咏叹的依傍或根据[④]。

西方诗歌的叙事，主要是"述事"，即讲述一个有因有果、首尾相合的

---

① "荷马之伟大在于其传统之伟大。他在知识及情感方面所营造的广博与共鸣，他在表现具体的人与事时所展示的客观性与准确性，他的虔诚与讽刺所体现的爱憎分明，这些成就乃属于名为'荷马'的古希腊史诗传统。"（罗伯特·斯科尔斯、詹姆斯·费伦、罗伯特·凯洛格：《叙事的本质》，于雷译，南京：南京大学出版社，2015年，第22页。）

② 帕里和洛德师徒二人长期致力于研究口头传统，他们发现《荷马史诗》是高度程式化的（诗歌中反复出现的词语、诗句，被称为"程式"），而且这种程式来源于悠久的口头传统。详参约翰·迈尔斯·弗里：《口头诗学：帕里—洛德理论》，朝戈金译，北京：社会科学文献出版社，2000年。

③ 托·斯·艾略特：《艾略特文学论文集》，李赋宁译注，南昌：百花洲文艺出版社，1994年，第1—11页。

④ 董乃斌：《中国古典小说的文体独立》，北京：中国社会科学出版社，1994年，第38页。

故事，强调矛盾冲突、结构、情节、人物个性的描写，凸显时间性与再现性。这与中国诗歌的叙事范式有着明显的差异。叙事范式的差异，使得中西诗人在处理“情”与“事”关系时也呈现出一定差异。中国诗人在叙事型诗篇中往往将情感隐藏在叙事的字里行间，而在那些非叙事型诗篇中故事模糊而情感浓烈，这充分地体现了中国诗歌抒情传统与叙事传统齐头并进的趋势。而西方诗歌“史诗”“述事”范式凸显，使诗人们以史诗、叙事诗为最高追求，创作出著名的抒情诗《夜莺颂》的济慈，其实更在意的是未完之作《海披里安》。与中国诗歌不同的是，西方长篇叙事诗中还经常直接出现叙述者，例如，拜伦的《恰尔德·哈洛尔德游记》通过主人公哈洛尔德在欧洲的漫游，描绘风光，追忆历史，抨击时政，作品中除了哈洛尔德这一叙事主人公之外，还有一个叙述者（即作者的化身），在作品中公然站出来，面对现实，直抒胸臆。可见，西方诗歌的抒情传统是无法与其强大的叙事传统相抗衡的。

五

本书从宏观与微观相结合的角度进行中西诗歌叙事传统的比较，共八章。

第一章探讨思维方式与中西诗歌叙事传统的关联。中西诗歌叙事传统的生成发展有各自不同的文化背景，其体现之一就是思维方式。思维方式直接关系到诗歌意象的选择、音韵的使用、事件的叙述、情感的表达乃至风格的偏好。中国人更重象形思维，“观物取象”的物象思维在早期诗歌叙事传统的奠基时期就表现突出，后来的诗词作品中，缺乏行动、缺少叙述性元素的“事象”则强化了象形思维的形成。比较而言，中国诗歌叙事传统的理性思维发育缓慢，且多偏于趣味性、哲理性。西方人更重理性思维，理性思维在诗歌叙事传统中根深蒂固，评论性话语、事件的分析等充满理性智慧的语言随处可见。比较而言，西方诗歌叙事传统的象形思维的发育较慢，且多重视对于意象的追求。从思维方式入手考察，目的在于揭橥中西诗歌叙事传统差异的深层动因。

第二章比较中西诗歌叙事的口头传统。以往学界对《荷马史诗》等作品的研究，多立足于书面文学的立场，相对忽视对其本身“口头性”的分析。帕里、洛德师徒长期致力于研究口头文学传统，并创造性地提出“口头程式理论”来理解口头诗歌的构造法则。以此观照中国古典诗歌，我们发现其与口头传统之间也存在着紧密的关联，主要体现有二：一是中国早期诗歌作品中出现了大量的“重著”现象，正如西方史诗中的“程式”，是诗歌口头传统向书面创作过渡的鲜明遗痕。二是主题作为一种固定的套语创作方式与观念群，需要从听众那里得到本能的反应与期待，所以起到了导引故事情节发展的作用。特别值得一提的是，中国古典诗歌作品中关于人物服饰、装扮的主题，程式化铺衍的特征异常鲜明，但在中国文学强大的抒情传统中，它却往往被视为一种描绘技巧。若以西方文学为参照，我们毋宁将其当作一种叙述方式，是对主叙事的补充或辅助。就是这样一些重复性、稳定性的主题和程式，大大帮助歌手在现场表演的压力下快速流畅地叙事，这为中国文学存在抒情叙事两大传统的共生景象提供了一个合理的解释。

第三章比较中西诗歌的叙事范式。在不同的文化背景与传统惯性的影响下，中西诗歌在叙事时，呈现出不同的范式：一、“诗史”范式与“史诗”范式，前者体现为“以韵语纪时事”与“感事”等特征，后者体现为“述事”与“吁请叙事”等特征。二、在抒情诗歌中，“感事”与“叙事”各有区分，但其间亦存在一个“感事—叙事”连续体，这有助于准确把握诗歌中“事”的修辞形态。三、家园叙事范式与远游叙事范式。中国自古是一个农耕文明的社会，安土重迁的传统悠久深厚，故中国诗人在叙事时，往往呈现出浓重的家园意识。它关涉物性家园、亲情家园、乡土家园、精神家园等众多维度，由此达成安身立命、滋养情性、文化寻根乃至诗意栖居的人生目标。西方是一个海洋文明的社会，西方人多好远洋冒险、对外扩张，故西方诗人在叙事时，多重远游精神的表达，它包含两个维度：一个是为实现生活的自由而去冒险、征服的身体之行；另一个则是为探索、追求人生的终极价值的精神之旅。四、用典叙事。用典（又称“用事”“使事”“隶事”），是中西方诗人叙事的常用手段。恰当的用典，能够使作品文辞典奥、内涵丰富，充分展现诗人博雅的文学修养，是诗人援古证今、借古抒怀的重要方式。中西方诗人的用典叙事在理据性、互文性、蕴藉性方面呈现出相同的倾向。如李商隐《马嵬》、艾略特《一位女士的画像》“你是无往不胜的，你没有阿基里斯[1]的脚踵”等，皆需从典源出发，调动一定的知识储备与联

① 阿基里斯，又译阿基琉斯、阿喀琉斯。本书各章行文中分别涉及不同出处，保留不同译法。——编者注

想力，才能领会典故的意义。李商隐《安定城楼》“贾生年少虚垂泪，王粲春来更远游”，移植对接妥帖切合；艾略特《荒原》中的多处典故来自《圣经》当中具备启示文学体裁特征的文本。李商隐《酬别令狐补阙》、济慈叙事诗《拉米亚》，对典故进行加工、重组、改写，从中寄寓自己的情感诉求或哲学思考。这些用典叙事皆能达到言简意丰、虚实相生的艺术效果，并使历史呈现为一种原型，从而获得一种永恒的庄严感。同时，因不同的文化背景，中西方诗人的用典叙事又显现出差异性的一面。与西方比较而言，中国诗歌的用典叙事，多源于“崇古重史”的思想文化、多用比兴思维、多重伦理道德情境。中国诗人喜欢用事，不仅与他们重学问、“掉书袋”相关，还与中国诗严谨的格律密切相关。严格的平仄、对仗、押韵，给叙事造成不便，因此，诗人们充分施展其剪裁运思与遣词造句的能力，将前代的神话传说或历史故实浓缩成几个字或一句话，置于全诗的字里行间与整体情境之中，目的在于委婉含蓄地表达其情感。

第四章比较中西诗歌的叙述者。叙述者是诗歌叙事研究的核心概念之一。中西诗歌叙述者存在一定的差异性。具体来说，从叙述者的呈现效果而言，中国诗歌叙述者的文本存在较为隐性化，不易察觉，如《诗经》中除少数篇章末尾“自述其名”之外，其他篇章基本上找不到明显的诗歌叙述者，且多为第一人称叙事。西方诗歌叙述者则更为明显，在文本之中表现为较为自觉的叙述角色，如《荷马史诗》的叙述者均是故事的见证者，即见证叙述者，《伊利亚特》的叙述者颇具神性，所以文本中频繁呼唤艺术女神缪斯；《奥德赛》为流浪者叙事，并设置歌手的人物形象，阐释叙述者自身叙事的合理性，故而更具现实性。从叙事文本结构的维度看，中西诗歌叙述者差异的根源离不开中西方对叙事的传统认知与不同看法。《诗经》与《荷马史诗》对“事”的理解就存在很大的不同。《诗经》的“事”多为祭祀之“事”，更具神圣性；《荷马史诗》重点叙述战争、英雄及流浪之事，故而更为世俗化。《诗经》叙事之“面”具有显著的内陆文化重“农”特色，而《荷马史诗》叙事之“面”则打下了古希腊海洋文明的深刻烙印。

第五章比较中西诗歌的隐含作者。“隐含作者”是西方叙事学理论的一个核心概念，它首先与真实作者创作时采取的立场、姿态密切相关，是作者的“第二自我”；同时，它又与读者对作品的感受分不开，是读者从作品中获取的对作者的印象、认识。此概念不应仅仅限于小说等叙述文本，而应扩大到所有的符号文本。将“隐含作者”概念引入中国古典诗歌的研究，我们发现，它外在体现为“代体”“男子作闺音”“无名氏”等几大典范类型。尤其是“男子作闺音”，是中国诗歌叙事的一大重要特质。它指的是男性文人代女性设辞，假托女性的身份、口吻进行文学创作，如曹植《七哀诗》、李白《子夜吴歌》《长干行》、李益《江南曲》等。表面上看，这些男性诗人代替女性在言语、行动与思考，但其中隐含着与作者相关的种种复杂的人格、心理或者社会人事的变化。多样复杂的隐含作者，是诗歌叙事主体想象力扩张的重要标志，也是中国诗歌叙事走向成熟的鲜明体现。对这种种不同的“隐含作者”的考察，不仅有利于纠正以往视作者与作品主人公为一体的研究偏颇，更重要的是，有助于我们对真实作者的创作立场、姿态、思想、人格、性情等有全面深入的理解。

第六章比较中西诗歌的内心独白叙事。内心独白在小说、戏剧等文体中颇为常见，但在中西方诗歌中也不乏内心独白手法的灵活运用。如汉乐府《上邪》、敦煌曲子词《菩萨蛮》，即是运用内心独白叙事抒情的典范。荷马、维吉尔等人对于人物行动的关注尽管要胜于对人物内心思想的关注，但其对于人物内心独白手法的运用也不乏高超的驾驭力。第一，中西方诗歌的独白主体存在多样形态。以直接内心独白叙事的诗歌如李白的《行路难·其一》和英国诗人华兹华斯的《廷腾寺》，其独白主体是抒情主人公，它与真实的作者在情感、认知和身份上非常接近。而白居易的《上阳白发人》和英国诗人柯尔律治的《老水手行》，抒情主人公与人物叙述者并置于同一首诗，这是间接内心独白或戏剧性独白，全诗几乎为人物叙述者一个人的声音，他是在抒情主人公的观照之下进行的，抒情主人公对人物及其遭遇有所评判。第二，当中西方诗歌的内心独白呈现于诗歌时是内在声音的流露，因此它也属于一种声音叙事。它对于叙事的进程、人物的生成产生了重要的作用。在中国诗歌中，独白是抒情的一种表现形式，它不一定推动叙事的进程，甚至有时是叙事过程的停顿；而西方诗歌以内心独白形式呈现的抒情是叙事的一部分，它往往促成人物的下一个行动，从而推动情节发展。不论是《诗经·卫风·氓》《白头吟》等中国古典诗歌，还是雨果的《穷苦人》、丁尼生的《尤利西斯》等西方诗歌，其共同点就在于通过内心独白来生成人生形象。更进一步，内心独白往往是诗人的自我叙事，召唤着读者进入，从而让作者、叙述者、人物、读者更能达成共情。

第七章从听觉叙事的角度比较中西诗歌。听觉与视觉一样，都是人类感知外部世界、相互交流的重要渠道。先秦诗歌主要靠瞽矇瞍等人通过歌、赋、诵等方式进行传播，由此体现出诉诸听觉的特性。春秋时期盛行的赋《诗》言志活动，最为人所称道。这样一种以三百篇中的诗歌代言并进行口头传播的微妙复杂的表意行为，不仅要求赋诗者善于赋诵，亦要求听诗者善于倾听。听诗者的身份多为世族公卿，他们掌握了丰富的文化知识，具备深厚的礼乐修养，拥有干练的外交才能、卓越的政治见识与敏捷的反应能力。在此基础上，他们不仅要听懂赋诗者声音所蕴含的意义，更注重倾听赋诗者的语气、口吻、声调、节奏等，因为这些声音形式本身有时比声音意义更能激起他们倾听的兴趣。先秦诗、乐是合一的，而音乐又多与政教密切关联，在此意义上，我们可说，听诗即是听政。英国浪漫主义诗歌，是一个体现语言感性层面的声音王国。听觉感知所具有的瞬时性、在场性、不确定性和包容性等特点，赋予了想象空间更大的表现力。从听觉叙事角度看，华兹华斯、拜伦、雪莱、济慈等浪漫主义诗人作品中音景再现的特征非常鲜明。首先需明确声音在诗歌创作中的重要性，它是诗人强烈情感表达的切入点；进而瓦解视觉的中心地位，指出视听在诗歌叙事中平分秋色；并通过分析耳纳心声、返璞归真，反映声音与诗歌叙事的密切关联。由此可知，听觉不是叙事的“画外音”，而是决定诗歌叙事发展的最本真的内在力量。

第八章为缺类研究，专门对《诗经》与中国诗歌叙事传统的关联进行阐论。在中国古典诗歌叙事传统的视阈下观照《诗经》，我们发现《诗经》有非常鲜明的叙事性。《诗经》不仅善于营造日常化的事境、采用重复性套语叙事与隐喻叙事的策略，而且还呈现出“事在诗内”与“事在诗外”的叙事形态。而《诗经》本身所具有的赋比兴手法、四言体式对于《诗经》的叙事亦有重要的推动作用，由此形成了中国诗歌叙事传统的一大重要特质——“感事”传统。而这亦能证明，作为中国文学的源头之一，《诗经》在中国文学史叙事抒情两大传统交响共鸣的历史景象中具有不可忽视的地位和影响。

第一章 思维方式与中西诗歌叙事传统

思维方式是人们认识世界、解释世界和把握世界的基本方式。思维方式的形成因素众多,自然环境、生产生活等都会影响人们的思维方式。它的表现形式也比较多样,中西文化在其发展过程由于自然环境、生产方式等方面的差异,认识和把握世界的基本方式有不同的特点。“任何思维之间的联系又是不能脱离有形的载体而存在。精神联系或思维联系以空灵的特性,使得这一联系总是要通过一定的‘文化形态’表现出来。”[①]对于诗歌叙事而言,思维方式直接关系到诗歌意象的选择、诗歌音韵的使用、诗歌事件的叙述和诗歌情感的表达方式,不同的思维方式最终会影响到诗歌整体风格偏好。从一个长时间的发展特点来看,思维方式对于诗歌的叙事文化特点会有比较明显的影响。本章的分析紧扣诗歌中的人物、叙述者、行动这几个叙事的主要元素,从思维方式的角度对比中西传统诗歌叙事传统,也许我们会发现中国诗歌叙事传统中的一些有趣问题。

第一节 象形思维与中国诗歌叙事传统

中国在早期文明形成的过程一直属于农耕文明为主导,小农意识浓厚,经济自给自足,地理环境相对隔绝,这种状况造就了中国人偏重主观内心而不善外求的性格特征,重直觉感悟而轻逻辑推理的思维模式。“古

① 刘建军:《关于文化、文明及其比较研究等问题》,《东北师范大学学报》2002年第2期。

者庖羲氏之王天下也，仰则观象于天，俯则观法于地，旁观鸟兽之文与地之宜，近取诸身，远取诸物”（《易传・系辞下》），周易里的这句话内涵丰富，就思维方式来说，这句话指出了“取象观物”这一中国传统思维方式。这种“观物取象”的思维方式对中国古代文明的影响深远。

一、“观物取象”与中国诗歌叙事的奠基

一种思维方式的形成有着多重影响因素，语言和文化艺术也是思维方式形成的重要因素，诗歌也是其中重要方面。在先秦时期的中国诗歌叙事传统奠基时期，“观物取象”的物象思维在诗歌中的表现主要体现在，人物行动的描述较少，物象事物较多。自《诗经》开始，这种对诗歌物象的偏好，作者、叙述者就开始隐身幕后，不出现在诗歌中，人物缺乏动作，没有行动，其叙事性也就很弱。如《关雎》多名词，后面虽然有“思服”“辗转”思服，用琴瑟、钟鼓取悦交往对象的动作，动作之间更多作为一个意象，故事不是那种行动因果，描述性动词。《蒹葭》也是如此，“蒹葭苍苍，白露为霜。所谓伊人，在水一方。”（《诗经・国风・秦风》）诗中唯有“溯游从之”逆流寻她这个动作，整个动作也没有前后支撑动作，成为单个动词的动作，只能理解为一种意象性的动词。《离骚》这一骚体诗从作者祖先以及屈原自己的出生、取名、成长等写起，诗歌中涉及的人和物比较多。如“杂申椒与菌桂兮，岂惟纫夫蕙茝！彼尧舜之耿介兮，既遵道而得路。何桀纣之猖披兮，夫惟捷径以窘步。惟夫党人之偷乐兮，路幽昧以险隘。”作者借用尧舜、桀纣等以明志。诗歌以自传的手法写，所涉及的人物有屈原的祖先、父亲，尧舜、桀纣等以明志的人，这些人物都可以说一种人物意象，这些人物承载着特殊含意，与香草美人一起构成人物意象群体。不是叙述事件，所以诗歌中的动词也不多。

《诗经》《离骚》对中国诗歌叙事传统的影响深远，从《诗》《骚》开始，中国的诗歌就有意地较少人物、叙述者、行动等元素在诗歌中出现。即使有人物，也更多作为一种意象的人物，有行动，也更多作为一种意象的行动。从深层思维方面来看，要深刻理解中国诗歌叙事传统，有必要重新提出“象事”。“象事”最早是班固在《汉书・艺文志》中提出造字法的“六书”中的一种，其中四种主要的构字法为“象形、象事、象意、象声”（即象形、指事、会意、形声）。班固提出“象事”主要总结汉字的造字种类。在此重新使用“象事”主要为解释诗歌中的叙事现象。在诗歌中，事件也是模仿的

对象，也是“象”的对象之一，也就是说，诗歌中的事件不是为了完整地叙述事件，而是作为诗歌的审美“意象”出现。叙事的主要要素“人物、叙述者、行动”在中国古典诗词中往往成为意象性的人物、意向性的叙述者或意向性的动作，也就是说人物成为一个审美对象的人物，不是故事施动者的人物。行动也是颇富韵味的审美对象，也可以称为动作性意象。在我们传统的诗词理论里，意象往往专指花鸟虫鱼、山水自然等物象。对于中国古典诗词中的“行动”不如从意象的角度去重新解释。在中国古代诗词里，充满意蕴之“象”并不像诗歌中的意象，不仅仅是静物，也可以是一件有玄理的事件或者一些动作。作者往往把那些具有玄理的事件、具有韵味的动作放到一起，让人在情趣盎然之中接受一个意向性动作。行动作为一种意象在诗词中成为与“事象”“物象”并行的审美对象，动作是核心的，动作中寄予情思，这样，意象叙事在阐释中国的诗歌或叙事作品时会更有弹性，更具有丰富的内涵。

从思维方式的形成来看，诗歌中的这种缺乏行动、缺少叙述性元素的“象事”方式强化了“象思维”的形成。事件被诗歌意象所包含、隐藏，这种“隐事”的方法，也使得许多研究者认为中国的诗歌传统缺乏叙事性。每一种表述方式自有其优点，无所谓优劣之分，只能说是一个文化偏好。“中国则在‘象形’中心前提下，形成了悟性的诗意的‘象思维’方式。这就是最终达到体悟主客一体，即与动态整体一体相通来把握整体。具体表现为，在‘象的流动与转化’中，‘观物取象’和‘象以尽意’之体悟。”[①]诗歌中的这种思维方式使诗人在作品中常常直抒胸襟，对于中国诗歌抒情传统的形成有深刻的影响。

二、“事象”与中国古代诗词中的叙事

一种思维方式一旦形成，它在各个领域的表现会更加成熟。在中国古代诗词中也是如此，象形思维也被隐身于诗词歌赋之中。并且，在中国传统如连绵山峰般的诗歌艺术长廊中，诗歌中的事件成为“事象”的处理更加成熟，更加得心应手。动作、事件也会被浓缩成诗歌意象。

诗歌中用动词少，这种现象在魏晋南北朝的诗歌中依然表现明显，这种特点使得为数不多的动作和事件呈现出“事象”的方式。曹操《观沧海》

---

① 王树人：《文化观转型与“象思维”之失》，《杭州师范大学学报》2008年第3期。

在开头两句有动作，“东临碣石，以观沧海”，到东海岸观海这么一件事，后边全是景。最后一句“幸甚至哉，歌以咏志”发了感叹，基本看不出多少叙事性的存在，叙述者形象也没有在诗歌中出现。曹操的《短歌行》也是隐去了作者，只有动作“对酒当歌”，后面基本是发人生感叹，借助景物来抒发自己的感情，如“周公吐哺，天下归心”。叙事要素里叙述者不出现，人物也就没有，只有简笔的写意性的动作。再看陶渊明《饮酒》“采菊东篱下，悠然见南山”。这首诗里有两个动作“采”和“见”，其他都是景的描写。《归园田居·其三》“种豆南山下，草盛豆苗稀。晨兴理荒秽，戴月荷锄归。”“种、理、归”几个动作是描述性的，并不带有故事性的动作，用几个简单写意性的动作把田园生活场景勾勒出来，动作与景一起，写出了一个田间劳作的作者形象。《木兰词》是中国南北朝时期北方的一首长篇叙事民歌，记述了木兰女扮男装，代父从军，征战沙场，凯旋回朝，建功受封，辞官还家的故事，充满传奇色彩。这首诗叙事性比较强，从木兰决定代父从军，到准备出征，十来年的征战生活，再到她还乡与亲人团聚，是比较完整的故事。但我们仔细分析其动作，如“东市买骏马，西市买鞍鞯，南市买辔头，北市买长鞭”。这里的“买”不是具有戏剧性的、逻辑连贯性的动作，也就是说不像我们现代叙事情节中的动作，而是可以独立存在、具备独立审美特性的动作。从以上这几首诗歌我们可以看出，“事象”里的事是可以具有独立审美特性的，充满写意性的事件，不能作为故事情节的事件来理解。正是这种特点，使得中国古代诗歌的叙事性不强。

象形思维在诗歌领域中催生的“象事”这种独特的人物和事件处理方式在唐诗宋词中同样普遍存在。人物、行动和事件都被诗人们演变成单独审美意象的“象”，成为独特的“象事”。李白诗歌中的诗人自我形象即诗歌中李白具有文士、志士、侠士、狂士、道士、隐士等多重角色和气质，只有在他人的笔下或传说中，才能充分展现自我、实现自我。但他诗歌中的这些形象都是作为意象的“我”，而不是作为故事人物或叙述者的我出现。李白《下终南山过斛斯山人宿置酒》共十四句，只在最后写出“我醉君复乐，陶然共忘机”。前面的诗句都是隐去了作者或者叙述者。醉与忘都是描述性的动词，并不是冲突或改变事件形态的动词。《月下独酌》中“我”也是作为一个意象出现，而不是一个故事的施动者出现。“我歌月徘徊，我舞影零乱”，这里的我不是作为一个故事的人物形象出现，而是诗歌意境中的我，是与“花”“酒”“月”统一的诗歌意象。《梦游天姥吟留别》也是作者以狂人形象出现在诗歌中。当然也有特殊的,如《古风》中出现叙述者“吾”,“大雅久不作,吾衰竟谁陈”。这是以大雅的形式写的诗歌,大雅是史诗。讲述秦皇故事。但是他写历史不是去写历史中的各种事件,秦始皇故事只不过是他用于写自己的引子,引出自己遇见真人、变身仙人。这里的“吾”重新回到了一个作为意象的我的形象。《春思》出现了一次人物“是妾断肠时”,这里的“妾”是一种男子作闺音的写法,实际上是写出一个相思女子的意象。在更多的中国古典诗词中动作和人物在诗歌中出现的频率并不高,自《诗经》开始就很少用动词,多用名词和形容词。如《关雎》几乎都是名词。诸如《木兰词》《琵琶行》之类的叙事诗虽也用动词,但都不是冲突剧烈的动词,而是描述性的意象性的动词。这与“叙事”一词的界定也是相通的,没有“动作”“行动”,叙事也难称为叙事。张九龄《感遇》二首,都是写物,写景,“草木有本心”,将物也写成了人。“何求美人折”虽用“折”这一动词,但不是实指的发出行动动作。杜甫《奉赠韦左丞丈二十二韵》从杜甫自己少年时的经历开始,是一首自身经历的诗歌。里面讲述杜甫的很多遭遇,怀才不遇的经历。类似“甫昔少年日”这种叙事性强于意向性的行动、人物的诗作在中国古典诗词中并不多。

在宋词也有较为普遍的“象事”这种独特的人物和事件处理方式。晏殊《浣溪沙》“一曲新词酒一杯。去年天气旧亭台。夕阳西下几时回?无可奈何花落去,似曾相识燕归来。小园香径独徘徊”。整首词隐去了作者,人物不出现,落花、归燕、夕阳西下都是诗歌意象,整首词几乎没有动词。欧阳修《蝶恋花·庭院深深深几许》“庭院深深深几许,杨柳堆烟,帘幕无重数。玉勒雕鞍游冶处,楼高不见章台路。雨横风狂三月暮,门掩黄昏,无计留春住。泪眼问花花不语,乱红飞过秋千去。”整首词也没有人物,人物隐藏着。动词不多,“不见章台路”“泪眼问花”基本可以理解为事象,动作是一种意象。因为缺少连贯的动作以及动作之因果逻辑,所以缺乏故事性,而只是作为意象的动作。柳永的《八声甘州·对潇潇暮雨洒江天》:“对潇潇暮雨洒江天,一番洗清秋。渐霜风凄紧,关河冷落,残照当楼。是处红衰翠减,苒苒物华休。惟有长江水,无语东流。不忍登高临远,望故乡渺邈,归思难收。叹年来踪迹,何事苦淹留?想佳人、妆楼颙望,误几回、天际识归舟。争知我、倚阑干处,正恁凝愁!”上阕没有动词,也没有人物出现。下阕人物依然隐身,登高望远和归思、叹息这几个动词勾画出一个登高睹物思人充满凄苦之情的人物形象。正是这种“象思维”

下的"象事"方式的大量使用，中国诗歌呈现出的"抒情"特征远比"叙事"特征明显，这也是许多中国叙事学研究者一直感到困惑之处，为什么中国诗歌叙事传统一直不被许多研究者接受，甚至诗歌叙事传统这种提法受到一定程度的排斥。

三、中国诗歌叙事传统中的理性思维

在中国诗歌叙事传统中，也不只是具有象思维，理性思维也曾于诗歌中有表现，其中玄言诗和理趣诗较为明显地引理性智慧进入诗歌之中，它们与西方理性思维下的诗歌有何不同？

中国古代的玄言诗约起于西晋之末而盛行于东晋，代表作家有孙绰、许询、庾亮、桓温等，这个流派在后世影响不大，但其诗歌实践还是值得一提。那就是引入理性思考进入诗歌，所谓"玄言诗"，也就是将一些含有哲理的、充满理性思考的见解、观点引入到诗歌之中。孙绰《表哀诗》："感昔有恃，望晨迟颜。婉娈怀袖，极愿尽欢。奈何慈妣，归体幽埏。酷矣痛深，剖髓摧肝。"用"剖髓摧肝"这样的形象来描述痛苦，诗歌美好的东西荡然无存。许询《答庾僧渊诗》："众妙常所晞，维摩余所赏。苟未体善权，与子同佛仿。悠悠诚满域，所遗在废想。"把观赏的过程，思考的过程也写入诗歌，这种尝试在古典诗词中不多见。东晋玄言诗的代表人物孙绰和许询并称"孙许"。由于玄言诗大多"理过其辞，淡乎寡味"(《诗品·序》)，缺乏艺术形象及真挚感情，文学价值不高，所以作品绝大多数失传。

理趣诗在唐开始出现，至宋代在诗作中较多出现。宋代诗人喜欢在诗歌作品中蕴含一定的道理、哲理或义理，表达自己认识世界的真理性，或者是体味人生的启迪性。在钱锺书先生看来，理趣是"理寓物中，物包理内，物秉理成，理因物显"[1]。要作理趣诗，要求诗人对所写对象进行细致观察，并感悟其中的"理"，将自身所悟、难言之道通过具体生动的物象展现出来。对自然界客观规律的观察与思考总结是做好理趣诗的关键。杨万里《晓行望云山》："霁天欲晓未明间，满目奇峰总可观。却有一峰忽然长，方知不动是真山。"诗中作者以一个思考者的身份思考奇峰异景，真实山景经过诗人的一番思考、审视，已经超越了眼前的实景的山。魏野的《盆池萍》："乍认庭前青藓合，深疑鉴里翠钿稠。莫嫌生处波澜小，免得漂

---

① 钱锺书：《谈艺录》，北京：生活·读书·新知三联书店，2008 年，第 571 页。

然逐众流。”前两句诗人细致地描摹盆池萍的外形，是典型的咏物手法，后两句诗人由物象生发出了感想，表达了一种不随波逐流，安于自身生活现状的人生态度。整首诗有哲理意蕴，又富有诗歌的情趣。黄庭坚“长江淡淡吞天去，甲子随波日日流。万事转头同堕甑，一身随世作虚舟。”诗人以“虚舟”比喻个体生命的渺小，以“长江”比喻自然的广阔，将禅理寄托于艺术形象之中，描写了人生飘忽不定的寂灭感，富有禅理诗趣。从玄言诗和理趣诗，我们可以看到，中国古典诗词也有运用理性思维，将所思所想所悟写入诗歌中的文本，但还是需要借助物象，不是直接将思考的结果写在诗歌里。

中国诗歌中的理性思维，充满个人的理性思辨，不是多声部的。将理性思维的趣味性、哲理性在诗歌中表现出来。杨万里《过松源晨炊漆公店》“莫言下岭便无难，赚得行人错喜欢。正入万山圈子里，一山放过一山拦。”充满思辨色彩去写山水，山水似乎具有了人格特征，充满情趣的比拟，把山水写活了。这里的理性思辨与西方辩论人生哲理、历史得失道理不同，思辨中充满人们的生活情趣。苏轼的《题西林壁》：“横看成岭侧成峰，远近高低各不同。不识庐山真面目，只缘身在此山中。”在“格物致知”的理学风尚之下，美景美色都需要做一番思考，欣赏美的过程、疑问都写进了诗歌之中。

中国现代诗歌受到西方诗歌的影响，也将思考的东西用诗歌表达出来。朦胧诗兴起于20世纪70年代末80年代初，是伴随着文学全面复苏而出现的一个新的诗歌艺术潮流，以舒婷、北岛、顾城、梁小斌、江河、食指、芒克等先驱者为代表。朦胧诗以内在精神世界为主要表现对象，采用整体形象象征、逐步意向感发的艺术策略和方式来掩饰情思，从而使诗歌文本处在表现自己和隐藏自己之间，呈现为诗境模糊朦胧，诗意隐约含蓄、富含寓意，主题多解多义等一些特征。北岛：“他们便开始产生一种悖逆心理，怀疑起自己和周围的一切：‘告诉你吧，世界，/我—不—相—信！’”（北岛《回答》）“一切都是命运/一切都是烟云。”（北岛《一切》）这就是一代人在特定时期所怀有的特有情绪。（顾城《远和近》）“你/一会看我/一会看云/我觉得/你看我时很远/你看云时很近。”（顾城《一代人》）“黑夜给了我黑色的眼睛/我却用它寻找光明。”都在诗歌中传达出理性思考的火花，理性思维主导这些诗歌，把读者带入一种思考境地。

21世纪以来，诗歌的边缘化已经是不争的事实。从思维上看，诗人在诗歌创作中一直纠结于用什么样的姿态、什么样的思维方式开始自己的写作。现代生活很难用“意象”表达，而理性的思维又不是我们所擅长。于是我们的诗歌在内部进入了一个困顿的时代。如何将现代生活中的人、物、事件写入诗歌，使其凝聚成诗歌的“意象”，中国当代诗歌创作还在不断摸索。改革开放的四十多年来，中国社会实现沧海巨变，各种传统诗歌意象在社会变革中都已经变成了“现代”，花草虫鱼、星辰月亮都不再具有传统的诗意，而与现代人生活密切相关的地铁、汽车、飞机、高楼、大桥如何变成诗歌的意象，这恐怕是现代生活留给当代诗人最大的诗歌创作障碍。传统的诗歌意象已经无法找到自身生命体验的东西，现代生活记忆、生命体验的事物又无法进入到诗歌之中，这恐怕是当下诗歌边缘化、退缩一隅，成为小众化写作与消费的主要原因。随着地球成为地球村，大量世界各地的新鲜事物同时出现，如何在诗歌中成为“意象”，这也是当代诗歌创作的难题。

第二节 理性思维与西方诗歌叙事传统

希腊文明与希伯来文明是西方文明的两大源头，希腊文明是西方文明理性、哲学的根源，而希伯来文明是西方文明宗教性的根源，二者在西方文明的历史中交相辉映，全方位地、长远地影响着人类社会的各个方面。从总体上看，两希文明发源于地中海沿岸，自然资源禀赋不如中国，城邦的兴起造就了相对开放性的商业社会，崇尚个人主义和向外征服，敢于冒险与战斗，强烈的好奇心理，使西方人形成了注重逻辑关系的分析性的理性思维。

如果说生存环境、生活方式等是西方理性思维形成的外在因素和物质因素，那么语言文化和艺术哲学等方面则是理性思维方式形成的内在因素和文化因素。“与中国的情形不同，西方文化则是以‘概念本质论’为出发点的思维方式所建构起的文化体系，即一切从一个原初的本质性的概念或观念，亦即‘逻各斯’出发，并由较为严密的逻辑推演而成。”[①]西方的思维方式对于概念、逻辑的重视，与其论辩之风有很大关系。古希腊学

① 刘建军：《思维方式差异与中西文化的不同特性》，《上海交通大学学报》2021年第2期。

术的集大成者亚里士多德首开西方论辩研究之滥觞，他不仅善于雄辩，还首次把修辞学理论系统化，把论辩提高到哲学高度进行理论总结。西方希腊文、拉丁文等以语音为中心的语言系统在理性思维的形成中起着作用也不容忽视。“西方在‘语音’中心前提下，形成了理性的逻辑概念思维方式。这就是把不同实体作为现成对象进行概念规定式的把握。具体表现为定义、判断、推理、分析、综合或数理逻辑的演算而形成公理系统等等。”[①]尽管古希腊和古希伯来文化二者之间存在差异，但从总体特征上看，希腊文明高举人类的理性，崇尚智慧，而基督救恩的核心是人的罪性与局限导致无可挽回的败坏。

一、理性思维与西方诗歌叙事的奠基

在西方诗歌中，理性思维有着重要的影响。外向型性格及重逻辑思维的西方人，往往以叙述的方式直接摹仿外在的客观世界，并注重外在客观事物事件的因果逻辑联系，这使得西方诗歌在一开始就确立其叙事传统。而古希腊的海上冒险经历更为文学创作提供了大量素材，为史诗的最早出现奠定了基石。理性思维在诗歌中的影响主要表现在，对诗歌中多种叙述声音的肯定，在诗歌中鼓励出现多种声音、多种评论、多种意见，因此在诗歌中常常出现许多评论性诗句。同一件事，不同人物都需要发表意见，或者借助人物发表意见，这是典型的理性思维特征，推崇智慧，善于辩驳，用各种道理理性来思考事物、事件背后的原因，概括事物发展的规律，事件与事件之间的逻辑关系，历史事件对各类人群的影响，战争带来的残酷等等。西方诗歌喜欢将这种思辨的过程写入诗歌之中，将论辩的各方观点也在诗歌中淋漓尽致地展现出来。在诗歌中可以质疑、可以诘问、可以有争吵，可以反思、可以有直白的高声颂扬。很多形式在中国诗歌中是没有的。

这种理性思维在古希腊影响深远的《荷马史诗》中表现突出，《荷马史诗》对于理性思维在西方诗歌叙事传统的形成有很大的作用。《荷马史诗》在古希腊常被当作道德和宗教劝谕的重要材料。通过神明和预言家之口，他们预先得知了自己的那个不可更改的定数。即使在其中最为强烈的抒情色彩的诗段中，理性气息同样明显。如在《伊利亚特》第六卷“世

---

① 王树人：《文化观转型与“象思维”之失》，《杭州师范大学学报》2008年第3期。

代如落叶”的一段叙述中，狄奥墨得斯问“我”的家世，引发“我”的一番感叹，借树叶的荣枯和春秋的变化发了一番感叹，是充满理性思考的智慧。《伊利亚特》第六卷关于“赫克托尔与安德罗玛克话别”的叙述也是充满感情的诉说。赫克托尔询问妻子的下落，匆忙寻找妻子，妻子抱着幼小的孩子，她向他倾诉，回忆自己家庭被阿基琉斯[①]或杀或俘的经历，劝赫克托尔舍大家保小家。赫克托尔以家族的荣耀、血债血偿等理由劝说和安慰妻子，最后温柔心拥抱孩子，为妻儿祈祷。里面有借助人物如赫克托尔和他妻子对战争带来的苦难做的控诉，对长年战争的厌倦，对美好生活的向往。这实际上是在对事件进行理性的反思。无论是从国家、城邦存亡的角度还是其妻子从个体生命的角度去看待这场战争，都充满理性智慧的辩论。在《伊利亚特》里，作为大海统治者的波塞冬，既加入众神的纷争，也参与凡人事务的议决，支持阿开亚人一方，坚定地与特洛亚为敌。《奥德修斯》比较多向神求证，表面看神性与理性是背离的，实际上这里的神是作为获得证实的信息源来处理。作为一种比较可靠的信息，还是属于求助理性思维来处理诗歌中的事件。

《荷马史诗》之外的其他诗作中，这种理性思维同样普遍存在，评论性话语、事件的分析等充满理性智慧的语言随处可见。赫西奥德《工作与时日》写农事与农时，诗中叙述人类生活的艰苦，全诗谴责贵族的骄横、歌颂辛勤劳动的农民。诗作既为了训诫兄弟，也用以劝谕世人。萨福的《致阿尔开奥斯》中直接把道理说清楚，为“身正不怕影子斜”进行理直气壮的辩护。古罗马维吉尔的《埃涅阿斯纪》是罗马民族的史诗。诗人充分发挥了自己的风格和特长，写人物心理细致入微，应用比喻贴切优美，全诗故事性强、语言典雅。这首长篇叙事诗有大量此类历史事件缘由的分析，造成战争的原因分析，请求缪斯的启发等细节。不管是人还是神，都充满智慧，对话充满理性精神。如腓尼基的狄多刚看到埃涅阿斯，就有一连串的疑问：“女神之子，是什么样的命运驱赶着你历尽这么多的艰危？是什么力量把你赶到这蛮荒之地？你真是埃涅阿斯吗？是特罗亚安奇塞斯和慈爱的维纳斯在西摩伊斯河畔所生的埃涅阿斯吗？’”[②]诗中的这段话充分

---

① 阿基琉斯，又译阿基里斯、阿喀琉斯，本书中各章分别使用与所引版本相同的译法。——编者注

② 维吉尔：《埃涅阿斯纪》，杨周翰译，南京：译林出版社，1999年，第22页。

体现了理性思维在诗歌中的运用，判断与辩解之词构成了《埃涅阿斯纪》这节诗歌的主要内容。卢克莱修的哲理长诗《物性论》是古希腊罗马流传至今的唯一完整而系统的哲学长诗，主要阐述古希腊唯物主义哲学家伊壁鸠鲁的原子论，旁及自然界的种种现象和人类社会的重大问题。全诗规模宏大，风格崇高，诗歌中充满科学精神。其中不少比喻形象生动，使抽象的哲学概念变得浅显易懂，富有说服力。

二、理性思维与西方近现代诗歌

在欧洲近现代诗歌创作中，理性思维依然起着主导作用。这与中国古典诗歌致力于诗歌“意象”的营造有很大的不同。诗歌中的人物可以跟小说人物一样，各种事件的叙述也如同小说一般丰富，并且，诗歌中可以辩论，可以大量地评论、感叹等，这就使得理性思维深刻地深入西方近现代的诗歌创作之中。理性思维成为西方近现代诗歌的主导型思维特征。

早在西方近代诗歌的发展起初，理性思维特征就表现无遗。乔叟《坎特伯雷故事集》有一万七千多行，里面出现的人物有骑士、修女、商人、学生、旅店老板等三十多人，他们的生活状况、衣着外表、行为举止、个人才华与经历、所思所想等都细致展现出来。事件的描述也颇为详尽，如骑士征战、战斗、决斗等等都有细致的描述。兰格伦的《农夫皮尔斯之幻象》7400多行，诗中所涉及形形色色的人物，农夫、商人、乞丐、艺人、僧侣、律师、贵胄、市民等有上百人之多。诗中常常出现现实的人与概念化的人。正如诗中所描述的：“有的人作了私商，他们善于经纪，看上去生意十分兴盛。/有些人边弹边唱像吟游艺人一样，用歌声赢得赏钱——绝对不是昧心钱。/那些小丑——犹大的子孙，/编造荒诞的故事，装疯作痴，/他们头脑伶俐，巧舌如簧很听使唤。”斯宾塞长诗《仙后》只完成计划中的六卷，从现存的诗行中我们可以发现，他的诗歌中有辩论，有争论，有质问。如其中《爱情小唱》第十五首“做买卖的商人！你们辛苦经营，/为了牟利寻找最贵重的东西，/东西印度的宝物都被你们搜尽，/其实何必徒劳地走遍大地？”以质问蔑视的口吻对于谋利的商人提出质疑。第五十四首“我笑她讥讽，等我泪流满脸，/她却大笑而心肠如冰块，/什么能感动她？哭笑都不是，/那么她非女人，而是顽石。”诗中可以讨论不朽的问题，也可以互相争论质辩。这种方式在中国诗歌中很难找到，从这些诗作我们可以感受到强烈的理性思维方式在起作用。

理性思维特征在诗歌中还表现在增加了心理活动的描述，大量描述诗歌中人物的反思、哀伤、赞叹等。莎士比亚的十四行诗充满对自己命运的哀伤、感叹、埋怨，反思自身使得他的十四行诗充满戏谑情绪，以自己的命运来展开对生命的反思。如同他的剧本一样，“充满哈姆雷特式”的疑虑和对生死问题的沉思。第二十九首：“天也昏聩，我空自仰天呼喊，/反身自顾，则埋怨命运不幸……”第三十首：“为许多永远消逝的情景而伤悲；/我又为过去了的忧怨而再忧怨……”约翰·多恩则在他的诗歌《别离辞：节哀》中将天文学、航海术、测量学、数学等引入诗歌，也在诗歌中反复辩论女人对爱情的忠诚等。将科学中的事物引入诗歌。本·琼森《规模》“长得像大树一样粗壮，/未必会使人长出高尚；/耸立了三百年的橡树，/到头来只剩下枯枝。”时间长短的对比，规模大小的对比。数字大小的对比构成诗歌趣味。罗伯特·赫里克《无章的情趣》大量采用矛盾的修辞方法，增强诗歌的表现力。“有一种美好的边幅不修，/使无拘的衣衫显得荡荡悠悠；/上等细麻布披在肩上随风飘舞，/纷纷扬扬自有一种优美的风度……”乔治·赫伯特《珍珠》“我知道‘学识’的途径：是头脑/和输管给压添料，并使它运行；/什么法则是理性从大自然中借到，/或理性，如同织女，把自己织成/法律和政令；什么是星宿商定……”印刷机、榨酒机以及各种现代工艺都进入诗歌之中，成为诗歌理性思维表达的一种重要诗歌意象，以激发读者对现代生活的思考。

在诗歌中写科学知识是诗歌理性思维的另一种表现形式。华兹华斯认为诗歌是“一切知识的开始和终结，同人心一样不朽”，诗人是“人性的最坚强的保卫者，是支持者和维护者，他所到之处都播下人的情谊和爱”。他的《写于早春》“我躺卧在树林之中，/听着融谐的千万声音，/闲适的情绪，愉快的思想，/却带来了忧心忡忡。”诗歌词句优美，诗人也把作者的自我形象写进诗歌之中，我思考、我忧愁，一个思考着的诗人形象呈现在读者面前。这与中国古典诗词的物我融情于景写法还是不一样的，中国诗歌里面一般不会频繁出现人的整个情绪过程，情思的各种表现，而华兹华斯的情景交融写出了人的所思所想的所有细节。《反其道》“大自然带来的学问何等甜美！/我们的理智只会干涉，/歪曲了事物的美丽形态，/解剖成了凶杀。”这种“物”与“我”之间不是呈现情感的交融，而是“物”引发“我”的各种怪异情感。

在西方的现代派诗歌中，增添了许多抽象的哲理的思考。谢尔·波德莱尔被视为“现代诗歌的最初一位诗人”，他的《恶之花》将时间、羞耻、愤怒、仇恨、美、死亡、偶然等抽象观念都拟人化，运用象征手法，把复杂的、深邃的哲理通过具体的意象表达出来。尽管失去了诗歌的叙事性，但我们可以从诗歌中感受到强烈的理性思维。T. S. 艾略特的《荒原》以“荒原”为意象，枯萎的荒原——庸俗丑恶、虽生犹死的人们——复活的希望，作为一条主线贯穿了全诗阴冷朦胧的画面，深刻地表现了人欲横流、精神堕落、道德沦丧、生活卑劣猥琐、丑恶黑暗的西方社会。“可爱的泰晤士，轻轻地流，我说话的声音不会大，也不会多。/可是在我身后的冷风里我听见/白骨碰白骨的声音，慝笑从耳旁传开去。/一只老鼠轻轻穿过草地/在岸上拖着它那黏湿的肚皮/而我却在某个冬夜，在一家煤气厂背后/在死水里垂钓/想到国王我那兄弟的沉舟/又想到在他之前的国王，我父亲的死亡。/白身躯赤裸裸地在低湿的地上，/白骨被抛在一个矮小而干燥的阁楼上，/只有老鼠脚在那里踢来踢去，年复一年。”[①]在诗歌中，作者采用了象征里套象征、神话里套神话、神话和现实交错、古与今杂糅、虚与实融汇的手法，使得诗歌高度地抽象化、哲理化。

三、西方诗歌叙事传统中的象形思维

理性思维下的西方诗歌并非不要意象，相反，西方现代诗歌对于“意象”的追求更加重视，象征主义诗歌和意象派是其中的典型。西方主流学术界认为象征主义文学的诞生是古典文学和现代文学的分水岭。“象征主义”的基本美学原则是“象征”，它是非理性的，也是神秘主义的。重要的是反映个人的主观感觉，使个人从现实中超脱出来，把他引向虚无缥缈的“理念”世界。所以在象征主义作品中所能感受到的只是形象的抽象性和不稳定性，是那种强烈的主观色彩和含义的朦胧晦涩。

谢尔·波德莱尔的诗集《恶之花》的发表是象征主义文学史上的一个重要事件。在题材上，它转向大城市，把社会之恶和人性之恶作为审美的对象来写，揭示了现代城市巴黎—他称之为“地狱”—的种种丑恶现象。“当沉重的低天象一个盖子般/压在困于长闷的呻吟的心上/当他围抱着天涯的整个周围/向我们泻下比夜更愁的黑光；//当大地已变成了潮湿的土牢——/在那里，那“愿望”像一只蝙蝠般，/用它畏怯的翅去把墙壁打

---

① T. S. 艾略特著：《荒原》，赵萝蕤等译，北京：北京燕山出版社，2006年，第51页。

敲，/又用头撞着那朽腐的天花板”[①]“蝙蝠”“铁栅”“丑蜘蛛”“灵怪”等一系列诗歌意象的使用，使得全诗充满怪异、荒凉之感，这些诗歌意象背后是诗人对现代性困境的诗性表达，充满知性因素的分析。正如袁可嘉所说的，“这些地方可以看出作者运思中的知性因素和象征因素如何把浪漫主义诗歌向现代主义方向推进了一步。”[②]现代事物进入诗歌的一种尝试，打破了过去那种事物之间、行动之间的叙事连贯性。人物也隐退了，动词的使用也减少了，这是他们在诗歌创作中追求“意象”的结果。法国后象征主义的主要代表人物保尔·瓦雷里继承马拉梅的纯诗传统，注重抒写内心的意识活动以及感性与理性、行动与冥思、生与死、变化与永恒等。对立统一关系的哲理问题，讲究严实的结构和美妙的音韵。象征主义沿用理性思维进行思考创作，将抽象的道理，深刻的哲理用诗歌形象表达，从诗歌思维的角度看，但是在诗歌表达方式用那种线性的、叙事性，讲故事式的诗歌表达方式改变了，采用象征意象叠加的办法。

英美意象诗派是1914—1917年活跃于英美诗坛的现代诗歌流派，活动的时间较短，但影响深远。最主要的七个成员是：四位美国诗人——艾兹拉·庞德、希尔达·杜里脱尔、约翰·各尔特·弗莱契、爱米·罗厄尔，三位英国诗人——理查德·阿尔丁顿、F. S. 弗林特、D. H. 劳伦斯。休姆在《浪漫主义与古典主义》中认为，诗歌最重要的目的在于正确的、精细的、明确的描写，必须是视觉上具体的使你持续地看到有形的东西，防止滑进抽象的过程。如庞德在《诗章》词与词、句与句之间的逻辑关系靠上下文暗示和推理，往往省略介词、连词等连接词，有时甚至省略动词，只是一个一个名词的罗列。另一方面，汉语句子组织较灵活，没有时、性、数、格的限制，可以灵活表现意象的时空关系、主宾关系。美国意象派诗歌中的意象注重在主、客体的对立中求统一。他自己的《地铁车站》就是最具代表性的作品。在这首诗里，庞德捕捉并记录了那一刹那一瞬间的感觉。

---

① 戴望舒：《戴望舒译诗集》，长沙：湖南人民出版社，1983年，第139页。

② 袁可嘉：《象征主义诗歌》(上)，《外国文学研究》1985年第10期。

小 结

以上对于思维方式与中西诗歌叙事传统的简要分析，目的在于让我们从思维方式的角度来考察诗歌叙事在主题、意象、事件、修辞等方面存在的差异性。如果把诗歌叙事看作是人类把握和认知世界的一种诗性方式，那么这种叙事思维会通过将特定的人物或事件以诗歌意象的方式归入一个范畴或者概念之中，通过情节化、情景化的诗性语言，将特定事件放到整体的事件序列中理解人物与事件。

在中国诗歌叙事传统中，象形思维占据着主导地位。自先秦时期的中国诗歌叙事传统奠基，“观物取象”的物象思维就表现突出。诗歌中的事件不是为了完整地叙述事件，而是作为诗歌的审美“意象”出现。诗歌中的这种缺乏行动、缺少叙述性元素的“象事”方式强化了象形思维的形成。事件被诗歌意象所包含、隐藏，这种“隐事”的方法，也使得许多研究者认为中国的诗歌传统缺乏叙事性。相比较而言，中国诗歌叙事传统的理性思维发育较慢，且更多侧重于趣味性、哲理性。

在西方诗歌叙事传统中，理性思维占据着主导地位。自《荷马史诗》伊始，理性思维在其诗歌叙事传统中就根深蒂固，评论性话语、事件的分析等充满理性智慧的语言随处可见。诗歌中可以辩论，可以大量地评论、感叹等，这就使得理性思维深刻地深入西方近现代的诗歌创作之中。这种诗歌叙事传统一直延续到西方的近现代诗歌之中。相比较而言，西方诗歌叙事传统对于象形思维的发育较慢，直到将象征主义和意象派的出现，他们才将诗歌的“意象”作为一种美学追求产生一定影响。

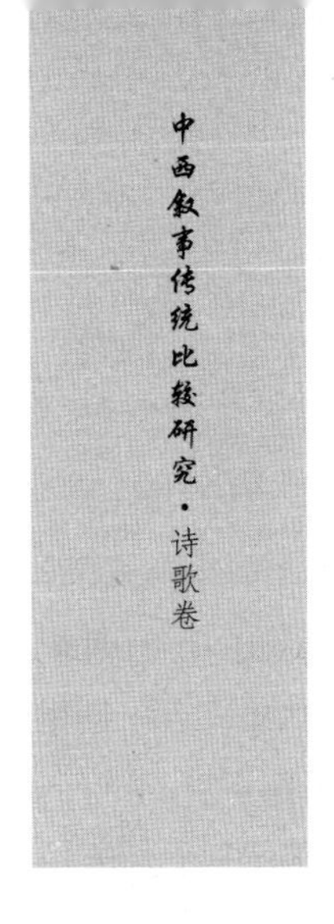

第二章 中西诗歌叙事的口头传统之比较

早在两千多年前，伟大的口传史诗就已产生，如古希腊的《荷马史诗》、古巴比伦的《吉尔伽美什》、印度的《摩诃婆罗多》《罗摩衍那》等。当然，中国少数民族也有诸如《格萨尔》《玛纳斯》《江格尔》等长篇口传史诗。胡适曾说，Epic在中国起来得很迟，是世界文学史上一个少见的现象。值得注意的是，胡适并未将"Epic"译为"史诗"，而是称之为"故事诗"。他还区分了故事诗(最伟大的作品当属《孔雀东南飞》)与叙事诗(Narrative，如《孤儿行》《上山采蘼芜》)的差异，认为"故事诗的精神全在于说故事"，而叙事诗"虽然也叙述故事，而主旨在于议论或抒情，并不在于敷说故事的本身"[①]。陈寅恪《论再生缘》谓："读其(指天竺希腊)史诗名著，始知所言宗教哲理，固有远胜吾国弹词七字唱者，然其构章遣词，繁复冗长，实与弹词七字唱无甚差异。"[②]意即汉民族史诗之未能成形，与其宗教、哲理及民族文化的特质有莫大关联，然汉民族弹词之"构章遣词，繁复冗长"的艺术性质，似与印欧史诗如出一辙。其实，在中国文学的发展进程中，弹词是一种晚起且浅俗的艺术形式。而诗歌这种文体却源远流长，且和文一道被尊为中国文学的正宗。学界对中国古典诗歌的认识，也往往将其视为擅长抒情的书面文学的典型。本章拟以帕里、洛德师徒的"口头程式理论"观照中国古典诗歌，并与西方史诗相比较，由此可觇诗歌与口头传统、叙事传统之紧密关联。

---

① 胡适：《白话文学史》，上海：上海古籍出版社，1999年，第48页。

② 陈寅恪：《寒柳堂集》，北京：生活·读书·新知三联书店，2001年，第1页。

第一节 诗歌与口头传统

说到“口头传统”(Oral Tradition),不能不提到约翰·迈尔斯·弗里(John Miles Foley)。作为口头传统研究的领军人物,早在1986年,弗里便在密苏里大学建立了“口头传统研究中心”(The Center for Studies in Oral Tradition),并创办了学术期刊《口头传统》,这大大推动了口头传统研究的发展。关于口头传统的研究,可追溯到18世纪、19世纪。到了20世纪,口头程式理论、表演理论、民族志诗学,成为跨学科的“口头传统”研究领域中的三大主要流派。

口头传统是民俗学、人类学研究的一个重要支点,“所谓‘口头传统’包含两层意思,广义的口头传统指口头交流的一切形式,狭义的口头传统则特指传统社会的沟通模式和口头艺术。民俗学和人类学意义上的口头传统研究通常是指后者”[①],歌谣、民间故事、神话传说、史诗、叙事诗、说唱文学等通常也属于后者。在帕里、洛德之前,对《伊利亚特》《奥德赛》《罗兰之歌》等伟大作品的研究,多立足于书面文学的立场,相对忽视对其本身“口头性”的分析,至于“口头性”是怎样构成、如何体现等问题更是挖掘不够。帕里、洛德师徒提出的“口头程式理论”为这些问题提供了合理的解答。他们长期致力于研究口头文学传统,对于“谁是荷马?他是怎样创作出被我们称之为《荷马史诗》作品的”这个被学界称为“荷马问题”的问题也有自己独到的理解,他们发现荷马史诗是高度程式化的,而且这种程式来源于悠久的口头传统。在此基础上,他们对口头史诗进行了系统的总结,发明了一些结构性的单元,如程式、主题和故事范型等,来理解口头诗歌的构造法则,并解释为什么一个文盲歌手能够在现场流畅地吟诵成千上万的诗行,由此让我们意识到语言艺术即便不借助文字也能达到高度的水平。

在人类文明的进化过程中,口头传统具有不可替代的作用,不论是知识的传承、人文精神的涵养,还是社会规则的制定,都在口头传统中代代繁衍。洛德于1968年,就明确提出“口头诗学”的概念:

---

① 朝戈金:《口头传统:人文学术新领地》,《光明日报》2006年5月29日。

> 现在荷马研究所面临的最核心的问题之一，是怎样去理解口头诗学，怎样去阅读口头传统诗歌。口头诗学与书面文学的诗学不同，这是因为它的创作技巧不同的缘故。……我们必须自觉地运用新的手段去探索主题和范型的多重形式，而且我们必须自觉地从其他口头诗歌传统中汲取经验。否则，"口头"只是一个空洞的标签，而"传统"的精义也就枯竭了。[①]

正如文学研究长期忽略民间口头文学一样，口头诗学在以往的诗学研究中也往往受到忽视。口头诗学文本与书面诗学文本在版本、语言、结构等方面呈现出差异。例如，书面文学基于阅读与文字；口头文学则诉诸听觉与声音。书面文学的结构力求避免重复，往往鲜明体现作家的构思，或体现某一时期的审美心理、文化观念，如长篇小说的"复调结构"、戏剧的"三一律"等；而口头诗人却高度依赖程式化结构，那些民族史诗的故事类型不外乎"征战""婚姻""结盟""传记"等几种。洛德等人的贡献就在于在书面诗学之外对口头诗学的重视，并对其创编、演述、传播、接受等问题进行理论的探讨和总结，他认为，不是用口头吟诵的诗歌就叫作口头诗歌，口头诗歌是在口头演述中创编的。换句话说，口头文学的创作、传播和接受是在同一时空中开展和完成的，而书面文学的创作、流通和接受，是彼此分离的，甚至是跨时空的，这是口头文学与书面文学最本质的差别。

挪威汉学家何莫邪（Christoph Harbsmeier）指出《荷马史诗》与《诗经》的相似之处，在于它们"都明显地源自口头诗歌"，"肯定最早是由目不识丁的人来表演"。何莫邪进一步说："事实上，至少迟至公元3世纪，没有什么学识的刻工知道和理解《诗经》文本，是凭借它们的读音，而不是凭借它们的字形，新近出土的《老子》写本中的引诗方式就说明了这一点。总的说来，在考古资料中发现越来越多的近音假借字，肯定说明了这些文本主要通过读音而不是通过字形被记住。"[②]何莫邪讨论诗经口头传播问题时，还以古希腊文明作为参照，认为中国先秦如古希腊一样，是一个绝大多数人不能读写的社会（illiterate society），文化传承主要依靠口头与

---

① Albert B. Lord, *Homer as Oral Poet*, Havard Studies in Classical Philology, Vol. 72, 1968, p. 46.

② Christopher Harbsmeier, *Science and Civilisation in China*, *vol.* 7, *Part I*: *Language and Logic*, Cambridge: Cambridge University Press, 1998, pp. 41－42.

记忆，而不是依靠书面文字。《诗经》里有“寺人孟子，作为此诗。凡百君子，敬而听之”之类的诗句，正可印证早期中国诗歌注重口头、诉诸听觉的传统特征。

中国著名学者顾颉刚、钟敬文等，从20世纪30年代起就从民歌角度研究《诗经》的赋比兴与重章叠唱等艺术形式。顾颉刚《论诗经所录全为乐歌》一文对乐歌和徒歌作了区分，认为徒歌章段回环复沓的极少，而乐歌是受乐谱的支配的，有合乐的要求，重在回环复沓。重章叠唱的《诗经》本为乐歌无疑。[①] 钟敬文《关于诗经中章段复叠之诗篇的一点意见》认为两人以上的和唱造成了歌谣的回环复沓，强调了诗歌的表演层面。[②] 顾、钟等人的探讨已涉及诗歌的口头创作、口头文体诸问题，但还未超越艺术形式分析的局限，未形成一种真正意义上的方法论。

作为人类交流与传播的主要手段，口头与书写之间固然存在差异，但学者们逐渐开始重视两者之间的联系，不再一味坚持它们之间的鸿沟。有些诗歌本是口头创作，但又被记录以书写形式传播；有些诗歌本是书面创作，但又以口头表演的形式传播，两者相互交融、相互影响。洛德就非常重视表演对口头文学的影响，认为表演与创作相辅相成，甚至说：“对于口头诗人来说，创作的那一刻就是表演。……一部口头诗歌不是为了表演，而是以表演的形式来创作的。”[③]哈佛大学的格雷戈里·纳吉是帕里—洛德理论的追随者，尤其重视诗歌的“演述”，认为创编、演述、流布三位一体、相互作用，其中“贯穿始终的关键要素就是第二个——演述。没有演述，口头传统就不是口头的。没有演述，传统就不再是传统。没有演述，有关荷马的观念本身也就失去了它的完整性”[④]。那么，诗歌的演述需要书写吗？纳吉的答案是肯定的。他提出，书写是演述的等效物。在文本定型的过程中，只要口头传统还有活力，每一次演述中就会出现某种程度的再创编，即使传统本身显示出自身特有的、绝对的固定性。

朝戈金说：“诚然，口头文本是活的，其核心形态是声音，对声音进行‘文本化’后的文字文档，不过是通过这样那样的方式对声音文本的固化。

---

① 顾颉刚：《古史辨》（三），上海：上海古籍出版社，1982年，第608—657页。

② 同上书，第669页。

③ 阿尔伯特·贝茨·洛德：《故事的歌手》，尹虎彬译，北京：中华书局，2004年，第17页。

④ 格雷戈里·纳吉：《荷马诸问题》，巴莫曲布嫫译，桂林：广西师范大学出版社，2008年，第36页。

然而，恰恰是这种对口传形态的禁锢和定型，又在另外一个层面上扩大了声音文本的传播范围，使其超越时空，并得以永久保存。"[①]大量学者对诗歌口头传统的重视与探讨，让我们更加坚信在书写文明越来越凸显的时代，口头传统不仅不会消亡，相反会更加焕发出新的生命力。

第二节　程式与重著——中西诗歌叙事的口头传统遗痕

在口头诗学理论中，诗歌中反复出现的诗句，往往被称为"程式"或"套语"。代表人物洛德在《故事的歌手》里这样说：

> 在《荷马史诗》研究中，曾几何时，人们还不能够充分地解释《荷马史诗》中的"重复""常备的属性形容词""史诗套语"，以及"惯用的词语"等等。这样的一些术语不是太模糊，就是过于限定，这时需要一种精确性。米尔曼·帕里的工作最大限度地满足了这种需要。他的研究成果之一便是程式概念："在相同的格律条件下为表达一种特定的基本观念而经常使用的一组词。"[②]

洛德的老师米尔曼·帕里发现《荷马史诗》中存在大量重复出现的单词、短语、句子、段落、场景、情节等，他称之为"程式"。这"程式"是史诗的基本材料，由此构成了一个庞大而完整的系统，诗歌中几乎没有任何事物和事件是无法用程式来表达的。那些用以描绘神或英雄的名词属性形容词程式最能说明程式概念，如"飞毛腿阿喀琉斯""灰眼睛的雅典娜女神""受尽煎熬的奥德修斯"。这些名词属性形容词程式往往具有共同的特点：它们是修饰性的；它们在诗行中总是处于固定的位置，且必须符合步格要求；它们是传统的，历经漫长岁月的积淀。就是这样一些具有重复性和稳定性的词组，大大帮助歌手在现场表演的压力下快速流畅地叙事。

帕里、洛德师徒开创的"口头程式理论"影响深远，其精髓可以概括为三个结构性单元的概念：程式（Formula）、主题或典型场景（Themeor Typical scene）、故事型式或故事类型（Story-pattern or Tale-type），它们

---

① 朝戈金：《"回到声音"的口头诗学：以口传史诗的文本研究为起点》，《西北民族研究》2014年第2期。

② 阿尔伯特·贝茨·洛德：《故事的歌手》，尹虎彬译，北京：中华书局，2004年，第40页。

构成了口头程式理论体系的基本骨架。[①] 这一理论"在每一个层次上都借助传统的结构,从简单的片语到大规模的情节设计,所以说口头诗人在讲述故事时,遵循的是简单的然而威力无比的原则,即在限度之内变化的原则"[②],也就很好地解释了口头诗人如何能够在现场紧张的气氛中流畅地表演成千上万的诗行的问题。

受帕里、洛德"口头程式理论"的影响,西方汉学家也将其应用于中国古典文学研究,如 1969 年傅汉思发表了一篇名为《中国民歌〈孔雀东南飞〉里的套语语言》的论文[③];而后旅美华人王靖献出版了《钟与鼓——〈诗经〉的套语及其创作方式》一书,将程式理论用于《诗经》研究。他首先确立了《诗经》套语的定义:

> 以帕里的定义为基础,我对《诗经》的套语作如下定义:所谓套语者,即由不少于三个字的一组文字所形成的一组表达清楚的语义单元,这一语义单元在相同的韵律条件下,重复出现于一首诗或数首诗中以表达某一给定的基本意念。[④]

据此,他总结出《诗经》诗句总数为 7284 行,整句套语的诗句为 1531 行,占比率为 21%;如果连句法套语也统计在内,那么套语的比率将会大大增加。王靖献将《诗经》中的套语分为以下六类:一是重复出现于数首诗中的诗句,如"悠悠我思"(《秦风 · 渭阳》《邶风 · 终风》《邶风 · 雄雉》《郑风 · 子衿》);二是在同一首诗中重复出现的诗句,如"赠之以芍药"(《郑风 · 溱洧》)、"滔滔不归"(《豳风 · 东山》);三是语义上作为同一整体,只是由于韵律结构而在长短上有所不同的重复出现的诗句,如"我心伤悲兮"(《桧风 · 素冠》)和"我心伤悲"(《召南 · 草虫》《小雅 · 鹿鸣》《小雅 · 四牡》《小雅 · 杕杜》);四是只有感叹词不同的诗句,如"乃如之人兮"

---

① 约翰 · 迈尔斯 · 弗里:《口头诗学:帕里—洛德理论》,朝戈金译,北京:社会科学文献出版社,2000 年,第 15 页。

② 约翰 · 迈尔斯 · 弗里:《口头程式理论——口头传统研究概述》,朝戈金译,《民族文学研究》1997 年第 1 期。

③ 宇文所安说:"傅汉思提出了用于研究无名氏乐府的基本的口头程序理论,Gary Shelton Williams 1973 年的博士论文《汉乐府的口头性质研究》在口头程序理论的基础上详尽地讨论了乐府诗。"参见宇文所安:《中国早期古典诗歌的生成》,胡秋蕾等译,北京:生活 · 读书 · 新知三联书店,2012 年,第 12—13 页。

④ 王靖献:《钟与鼓——〈诗经〉的套语及其创作方式》,谢谦译,成都:四川人民出版社,1990 年,第 52 页。

(《邶风·日月》)和“乃如之人也”(《鄘风·蝃蝀》);五是含有形体不同而基本意义相同的词的诗句,如“我遘之子”(《豳风·伐柯》)和“我觏之子”(《小雅·裳裳者华》);六是含有可以相互替代的同义字的诗句,如“食我农人”(《小雅·甫田》)和“食我农夫”(《豳风·七月》)。我们且看《小雅·出车》的后三章:

昔我往矣,黍稷方华。今我来思,雨雪载途。王事多难,不遑启居。岂不怀归?畏此简书。

喓喓草虫,趯趯阜螽。未见君子,忧心忡忡。既见君子,我心则降。赫赫南仲,薄伐西戎。

春日迟迟,卉木萋萋。仓庚喈喈,采蘩祁祁。执讯获丑,薄言还归。赫赫南仲,玁狁于夷。[①]

上述诗文的每一句,几乎都在《诗经》的其他篇章中出现过,如《小雅·采薇》:“不遑启居,玁狁之故。……王事靡盬,不遑启处。……昔我往矣,杨柳依依。今我来思,雨雪霏霏。”《周南·草虫》:“喓喓草虫,趯趯阜螽;未见君子,忧心忡忡。亦既见止,亦既觏止,我心则降。”《豳风·七月》:“春日载阳,有鸣仓庚。……春日迟迟,采蘩祁祁。”对《诗经》中这些重复出现的诗句、短语,其实古代诸贤已有所留意,只不过他们往往将这些习语进行归纳总结,并从语言训诂的角度,旁征博引,阐释出它们的应有意义。如清代学者王念孙通过对《诗经》中全部出现的“王事靡盬”进行归类分析,得出“盬”即“息”的结论:

《鸨羽》曰:“王事靡盬,不能艺稷黍。”《小雅·四牡》曰:“王事靡盬,我心伤悲。”又曰:“王事靡盬,不遑启处。”又曰:“王事靡盬,不遑将父。王事靡盬,不遑将母。”《杕杜》曰:“王事靡盬,继嗣我日。”又曰:“王事靡盬,忧我父母。”……引之谨案:“如毛郑所解,则王事无不坚固,是以劳苦不息。劳苦不息,是以不得养父母。王事靡盬之下,须先述其劳苦不息,而后继之以不能艺稷黍云云,殆失之过矣。”今案:“盬者,息也。王事靡盬者,王事靡有止息也。王事靡息,故不能艺稷黍。王事靡息,故不遑启处,不遑将父母也。王事靡息,故我心伤悲也。王事靡息,故继嗣我日也。《尔雅》曰:‘栖迟,憩休,苦,息也。’苦,读与‘靡盬’之‘盬’同。……解经者,于

① 本章中所引《诗经》例句皆出自程俊英、蒋见元:《诗经注析》,北京:中华书局,1991年。

《诗》之'靡盬'则训为'不攻致''不坚固',而不知其即《尔雅》'苦,息也'之'苦';于《尔雅》之'苦,息也',则误读为'劳苦'之'苦',不知其即《诗》之'靡盬'。"[1]

这种研究上古语言的方法,其实就是口头程式理论的不经意运用。闻一多在《风诗类钞·序列提纲》中将《诗经》诗体分为三种,且读法各异:一是歌体(数章词句复叠,只换韵字,则用横贯读法,取各章所换之字合并解释;二是诗体,用直贯读法,自上而下依次解释,以一章为一段落;三是综合体[2]。闻一多用横贯读法来研究《诗经》中歌体的复叠词句,与王靖献借助套语系统来研读《诗经》的方法是接近的,遗憾的是闻一多未能将此提纲加以详细申述。陈世骧则有意从"套语"角度研究《诗经》,他认为含有"阜螽"主题的诗句与"未见君子,忧心忡忡。既见君子,我心则降"之类的诗句,都可证明"这些(兴句)来自于一个古老而又普遍的共同惯例之源,而并非诗人灵感来临之时各自眼前的所见之景",因为这些诗句"也作为套语出现于其他地方"[3]。

口头诗学把"这一簇簇诗行、程式,常常互相纠缠在一起,重复出现"看成是"口头文体的一个富有特色的标志"[4],上述《诗经》中的套语表达,就带有口头传统的鲜明痕迹。但《诗经》毕竟不是口头文学,它是"中国上古由口头文学创作转化为书写文学创作的第一部诗集"[5],这恰恰反映了中国文学发展的一个事实,即在口头文学与书面创作之间存在着一个过渡阶段。王靖献的《诗经》研究揭示了这个事实:"西周王朝的这一衰落时期也许正相当于中国古典诗歌的'过渡时期';在此期间,口述创作与书写创作同时并存"[6],"在过渡时期,诗歌的文人作者,还没有认识到语言独创性的需要,他们经常利用来源于职业歌手口头语言的套语式短语"[7]。当然,这个过渡时期的事实也为世界文学发展研究所证明:"人们也发现,

---

① 王引之:《经义述闻》,南京:江苏古籍出版社,1985年,第136页。

② 闻一多:《闻一多全集》(4),武汉:湖北人民出版社,1993年,第457页。

③ 陈世骧:《诗经:其在中国文学史及诗学中的普遍意义》,《"中研院"历史语言研究所集刊》39卷1期,1969年,第401页。

④ 阿尔伯特·贝茨·洛德:《故事的歌手》,尹虎彬译,北京:中华书局,2004年,第80页。

⑤ 夏传才:《诗经讲座》,桂林:广西师范大学出版社,2007年,第10页。

⑥ 王靖献:《钟与鼓——〈诗经〉的套语及其创作方式》,谢谦译,成都:四川人民出版社,1990年,第35页。

⑦ 同上书,第107页。

与洛德原来的结论不同,在口头和书面文学之间有一个过渡性的阶段。有一些文本来自口头传统,但并不属于表演中的创作的文本”[①]。

《诗经》之后,楚辞中也出现了大量重复性的词语、句子,对于这种现象,古今学者有多种不同的说法,有的认为是模仿,如叶梦得曰:“尝怪两汉间所作骚文,未尝有新语,直是句句规模屈、宋,但换字不同耳。至晋、宋以后,诗人之词,其弊亦然。”[②]有的认为是抄袭甚或伪作,如胡念贻说:“一些可疑的作品在遣词造句上和《离骚》等篇很多雷同。《惜往日》《悲回风》常和《离骚》等篇语意重复,看来是有意模拟。这种情形在《远游》中更加严重,它对《离骚》简直是整段整句的抄袭。命意遣词,前后作品有些相同之处,这不奇怪,奇怪的是作品中表现出来的思想感情有差异而语句却雷同。这说明作者可能并非屈原,却在模拟屈原作品。”[③]当然,也有人认为这是作者真切情感的一种抒发方式:“《惜往日》《悲回风》又其临绝之音,以故颠倒重复,倔强疏卤,尤愤懑而极悲哀,读之使人太息流涕而不能已。”[④]

如果说是抄袭,屈原自己的作品中此现象就非常鲜明。如何正确认识这种现象呢?我们不妨先看看屈原作品中的一些例子,如《离骚》:

(1)朝发轫于苍梧兮,夕余至乎悬圃。
朝发轫于天津兮,夕余至乎西极。
(2)心犹豫而狐疑兮,欲自适而不可。
欲从灵氛之吉占兮,心犹豫而狐疑。
(3)世溷浊而不分兮,好蔽美而嫉妒。
世溷浊而嫉贤兮,好蔽美而称恶。
(4)纷总总其离合兮,斑陆离其上下。
纷总总其离合兮,忽纬繣其难迁。

又如《九歌》《九章》中的诗句:

(1)宁逝死而流亡兮。(《悲回风》)
宁溘死而流亡兮。(《惜往日》)

---

① 尹虎彬:《古代经典与口头传统》,北京:中国社会科学出版社,2002年,第121页。
② 叶梦得:《石林诗话》,见何文焕辑:《历代诗话》,北京:中华书局,1981年,第434页。
③ 胡念贻:《先秦文学论集》,北京:中国社会科学出版社,1981年,第321页。
④ 朱熹:《楚辞集注》,黄灵庚点校,上海:上海古籍出版社,1979年,第73页。

(2)望夫君兮未来。(《湘君》)
望美人兮未来。(《少司命》)[①]

上述诗例,结构基本相同,字词重复频见。熊良智说:"既然都是屈原的诗歌,我们没有理由将同一作者的作品诗句重复称为模仿,更不可能作为真伪的判断依据。由此我们更相信它们的真实性,并进而探讨这种现象存在的意义。"为此,他进行了大量的细致统计,并得出结论:"屈原诗歌重著诗句共264句次,涉及屈原的18篇诗歌,这当然不是偶然的个别作品的遣词造句,而是屈原及楚辞作家诗歌的一种艺术表现方式。"[②]对于这种重复的现象,屈原其实早已将其称作"重著",他在《惜诵》中说:"恐情质之不信兮,故重著以自明。"对此,王逸解释道:"复重深陈饮食清洁,以自著明也。"[③]意为反复申明。黄文焕的解说更为明确:"重著者,语多重叠也。曰侘傺,曰申侘傺,曰干傺;曰背众,曰众人,曰众兆;曰不群,曰离群;曰专惟君,曰待君,曰亲君,无一而非重著也。屡言情,屡言志,屡言路,又无一非重著也。"[④]不惟《惜诵》,《怀沙》《离骚》等作,亦都是"重著以自明"的例证。清人朱骏声曾将《离骚》中三种语言现象都归为重复:第一种是"复句,如:纷总总其离合,心犹豫而狐疑";第二种是"复调,如:愿竢时乎吾将刈,延伫乎吾将反";第三种是"复字,如朝夕凡六见,灵修三见"。其实,这三种语言的重复,都是诗歌"重著"的艺术表现。汤炳正认为这是一种修辞手法,并称之为"重现","是古代诗歌由口头文学到书面创作所遗留下的痕迹"[⑤]。

诗歌发展至汉代,乐府民歌中的程式也非常明显。"程式"包括全行程式和句法程式,前者是全句的重复,后者则是以句法结构为核心的重复。[⑥] 我们再看《孔雀东南飞》中的一些例子:

---

① 本章所引楚辞例句皆出自洪兴祖:《楚辞补注》,北京:中华书局,1983年。

② 熊良智:《口头传统与文人创作——以楚辞的诗歌生成为中心》,《中国社会科学》2016年第8期。

③ 洪兴祖:《楚辞补注》,北京:中华书局,1983年,第127页。

④ 黄文焕:《楚辞听直》,《续修四库全书》(第1301册),上海:上海古籍出版社,2002年,第595页。

⑤ 汤炳正:《屈赋新探》,济南:齐鲁书社,1984年,第362页。

⑥ 详参阿尔伯特·贝茨·洛德:《故事的歌手》,尹虎彬译,北京:中华书局,2004年,第40—95页。洛德认为,句法程式"遵循节奏、句法上的基本模式,至少有一个词在诗行中的固定位置,重复出现在其他诗行之中"。

阿母得闻之，槌床便大怒。
府君得闻之，心中大欢喜。
阿母得闻之，零泪应声落。
府吏得闻之，堂上启阿母。
阿女默无声，手巾掩口啼。
府吏默无声，再拜还入户。
东家有贤女，自名秦罗敷。
中有双飞鸟，自名为鸳鸯。[①]

上述“××得闻之”“××默无声”“自名为××”等句式，在《孔雀东南飞》中反复出现，可谓典型的句法程式；特别是“自名为××”程式，已不仅仅在《孔雀东南飞》中出现，在其他的汉乐府诗中也颇为频繁，如《陌上桑》“秦氏有好女，自名为罗敷”，又如《秦女休行》“秦氏有好女，自名为女休”等。

对此问题，中国古代前贤已有所察觉，只不过他们仅仅认为这是一种艺术“照应法”而已，如明代陈祚明在《采菽堂古诗选》中评曰：

凡长篇不可不频频照应，否则散漫。篇中如“十三织素”云云，“吾今赴府”云云，“磐石”“蒲苇”云云，及“鸡鸣”之与“牛马嘶”，前后两“默无声”，皆是照应法。然用之浑然，初无形迹，故佳。乃神化于法度者。[②]

陈氏之见，聊备一说。如以“口头程式理论”视之，则其中的习语、场景的重复，并非“初无形迹”，而是颇为鲜明；其“频频照应”，并非全出于结构安排的需要，而是一种基本的重著创作手法。

程式为早期诗歌所采用的主要创作方式，这已在不同文学、不同传统的诗歌中得到印证。宇文所安在讨论中国早期五言诗时说：

早期五言诗的语法模式不出意料地非常有限。一些诗句成为我所说的程序句(template lines)，这些句子的语法结构通常在同一位置有固定的一个或两个字，句中的其他位置可以用同义词或概念类别相同的字词代替(比如，“披衣”“揽衣”“蹑履”“曳带”)。一些程序

---

① 本章中所引乐府例句皆出自郭茂倩：《乐府诗集》，北京：中华书局，1979年。

② 陈祚明评选：《采菽堂古诗选》(卷二)，李金松点校，上海：上海古籍出版社，2008年，第49页。

句与某个特定主题中的话题紧密联系在一起，另外一些程序句则在一首诗的安排顺序中占据功能性的位置。后者的一个例子是出现在诗歌开头的句式：××有××（或者××多××）。[①]

程式是传统的，程式化用语的形成和发展经历了漫长的岁月。以此观照中国早期诗歌，亦无不如此，“在讨论《孔雀东南飞》之时，除了在本诗之中取证之外，不妨也将《诗经》《楚辞》等传统作品纳入考察的范围，同时也将整个汉末魏晋以降的诗歌视作一个整体。这样，对于孔雀东南飞中的另一些程式，方可再作一些探讨”[②]。《孔雀东南飞》中的起头句“孔雀东南飞，五里一徘徊”，便是一个典型的程式。类似的句子在汉魏诗歌中也常见，如：

飞来双白鹄，乃从西北来。……五里一反顾，六里一徘徊。（《飞鹄行》）

五里一顾，六里徘徊。（曹丕《临高台》）

“朝……夕……”是楚辞中最常见的程式之一，如“朝搴阰之木兰兮，夕揽洲之宿莽”“朝饮木兰之坠露兮，夕餐秋菊之落英”“朝发轫于苍梧兮，夕余至乎县圃”“朝发轫于天津兮，夕余至乎西极”等，这一程式在魏晋六朝的五言诗中亦常用，如：

朝采南涧藻，夕息西山足。（陆机《招隐诗》）
朝发晋京阳，夕次金谷湄。（潘岳《金谷集作诗》）
朝食琅玕实，夕饮玉池津。（江淹《杂体诗》）

宇文所安认为，中国早期的五言诗，可以说是某一些诗歌属于“同一种诗歌”，它们“来自一个共享的诗歌原材料，经由同样的创作程序而产生”[③]，上面所举之例，已颇能说明中国早期诗歌创作的重著问题了。

---

① 宇文所安：《中国早期古典诗歌的生成》，胡秋蕾等译，北京：生活·读书·新知三联书店，2012年，第19—20页。

② 孙立尧：《〈孔雀东南飞〉与古典叙事诗的潜流》，《清华大学学报》2018年，第2期。

③ 宇文所安：《中国早期古典诗歌的生成》，胡秋蕾等译，北京：生活·读书·新知三联书店，2012年，第3页。

第三节　主题与中西诗歌叙事的口头传统

主题是口头程式理论的另一个核心概念。按照洛德理解，主题是“在以传统的、歌的程式化文体来讲述故事时，一些经常使用的意义群”①，是介于“程式”与“故事型式”之间的叙事单元。洛德的主题概念有几个显著特点：一、与其说它们是词汇群，不如说它们是成组的观念群；二、它们的结构允许压缩、歧分（分化、分解）、增补等形式上的变化；三、它们具有个别的，同时又有语境关联的双重特异质。也就是说，主题这个叙事单元的核心是一组意义群，而非一组词。同一主题的诸多版本之间允许存在限度之内的变化。为了展示自己的才能，达到既定的目的，一个歌手自己可以主动掌握某一主题演唱时间的长短或出现的位置；同时，它又受传统的影响，传统的力量使歌手不能轻易地破坏主题群，从而保证了史诗传统的相对稳定性②。因主题是能引向更大的故事情节结构的指标作用的一组观念群，是情节或行动的有机组成部分，所以它适用于长篇叙事诗。同时，我们也应看到，主题作为一种固定的套语创作方式且需要从听众那里得到直接的认可，所以它既适用于长篇叙事诗，也适用于抒情诗。

王靖献在《诗经》套语分析的基础上提出“兴即主题说”，认为诗歌传统创作方式中所谓的“主题”，或“典型场景”，或“旨式”，与中国抒情艺术中的所谓“兴”几乎完全是同一回事。兴句中所咏的事物不一定是诗人和听者正在亲历的实景实事，而是平时贮存于诗人记忆之中的现成套语结构，它们与诗歌的主题之间有着内在的联系，例如“仓庚于飞”与新婚主题有关，“习习谷风”与弃妇主题有关等③。

且看《邶风·谷风》与《小雅·谷风》：

习习谷风，以阴以雨。黾勉同心，不宜有怒。采葑采菲，无以下

① 阿尔伯特·贝茨·洛德：《故事的歌手》，尹虎彬译，北京：中华书局，2004 年，第 96 页。

② 约翰·迈尔斯·弗里：《口头诗学：帕里—洛德理论》，朝戈金译，北京：社会科学文献出版社，2000 年，第 99—100 页。

③ 详参王靖献：《钟与鼓——〈诗经〉的套语及其创作方式》，谢谦译，成都：四川人民出版社，1990 年，第 125—151 页。

体。德音莫违,及尔同死。

行道迟迟,中心有违。不远伊迩,薄送我畿。谁谓荼苦,其甘如荠。宴尔新昏,如兄如弟。

泾以渭浊,湜湜其沚。宴尔新婚,不我屑以。毋逝我梁,毋发我笱。我躬不阅,遑恤我后。

就其深矣,方之舟之。就其浅矣,泳之游之。何有何亡,黾勉求之。凡民有丧,匍匐救之。

不我能慉,反以我为雠。既阻我德,贾用不售。昔育恐育鞫,及尔颠覆。既生既育,比予于毒。

我有旨蓄,亦以御冬。宴尔新婚,以我御穷。有洸有溃,既诒我肄。不念昔者,伊余来塈。

——(《邶风·谷风》)

习习谷风,维风及雨。将恐将惧,维予与女。将安将乐,女转弃予。

习习谷风,维风及颓。将恐将惧,置予于怀。将安将乐,弃予如遗。

习习谷风,维山崔嵬。无草不死,无木不萎。忘我大德,思我小怨。

——(《小雅·谷风》)

两篇同样是弃妇诗,同样是以“习习谷风”起兴。按照洛德与王靖献的理解,“谷风”主题并非一组词,而是人们头脑中的一组观念,这个观念就是丈夫的喜新厌旧与忘恩负义、弃妇的被弃与哀怨。“谷风”主题的结构允许变化,如前一篇中的“习习谷风,以阴以雨”已变为后一篇中的“习习谷风,维风及雨”“习习谷风,维风及颓”“习习谷风,维山崔嵬”。歌手根据自己的安排,在《邶风》中,“谷风”主题只在开头演唱一次;而在《小雅》中则在每一章开头重复演唱三次。尽管如此,传统的力量又使歌手不能轻易地改变“习习谷风”的固定套语与观念。此兴句所吟咏的景、事不一定是诗人即目所见,而是诗人在抒发妇女被弃的哀怨主题时,自然而然地就调动起的记忆中现成的“习习谷风”套语结构。接下来,《邶风》就以女子的口吻叙述了一个琐细而完整的爱情故事。首章女子回忆丈夫当初立下的山盟海誓,并希望丈夫不要违背誓言。而后写丈夫喜新厌旧,抛弃自己,心中不免怨恨万分。最后追述以前与丈夫过贫苦日子时辛苦操劳家务的情况,与日子好过之后丈夫对她的又打又骂形成鲜明对照,由此揭露丈夫的忘恩负义。陈子展《诗经直解》曰:“《谷风》实为民间故事诗,可作一篇韵文小说读。篇中可说有故事，有结构，有主题，有琐细而完整、突出而概括之艺术手法，如出短篇小说能手。”[①]陈先生所谓的“结构”，更多指的是其回忆与现实的交织。我想，此诗的“谷风”主题结构对于故事的叙述更有极大的指引作用。“谷风”主题的传统解释是“东风谓之谷风，阴阳和而谷风至，夫妇和则室家成，室家成而继嗣生”[②]，象征暗示夫妻婚姻幸福和谐。但值得注意的是，此套语后一般都皆有“以阴以雨”“维风及雨”之类的套语，由此其蕴含的观念发生了变化，即和谐的婚姻生活不再，取而代之的是如阴雨天气般丈夫的暴怒无常，以下故事朝着什么方向发展也就一目了然了。这样一种固定而普遍的套语创作方式也就在听众那里得到了本能的反应与期待。

我们再看看《孔雀东南飞》中的两段文字：

> 十三能织素，十四学裁衣。十五弹箜篌，十六诵诗书。十七为君妇，心中常苦悲。
>
> 十三教汝织，十四能裁衣，十五弹箜篌，十六知礼仪，十七遣汝嫁，谓言无誓违。

也不妨视为口头程式理论中的“主题”（或“典型场景”），它们重复出现，并具有共同的描述特征，展现的是刘兰芝的知书达礼及人生命运的主题，“十三能织素”变为“十三教汝织”，“十七为君妇”变成“十七遣汝嫁”，显然是因为叙述人称由刘兰芝替换为刘母的缘故。对于口头诗人而言，这些“主题”是非常有用的，因为它们允许他表达一个独一无二的情景，却用了一种传统的结构。

《孔雀东南飞》中的典型场景，还有两处引人注目，分别是：

> （1）妾有绣腰襦，葳蕤自生光。红罗复斗帐，四角垂香囊。箱帘六七十，绿碧青丝绳，物物各自异，种种在其中。
>
> （2）鸡鸣外欲曙，新妇起严妆。著我绣夹裙，事事四五通。足下蹑丝履，头上玳瑁光，腰若流纨素，耳著明月珰。指如削葱根，口如含朱丹。纤纤作细步，精妙世无双。

---

① 陈子展：《诗经直解》，上海：复旦大学出版社，1983年，第109页。

② 毛亨传，郑玄笺，孔颖达疏：《毛诗正义》，阮元校刻：《十三经注疏》，北京：中华书局，1980年，第303页。

此为刘兰芝服饰装扮的描绘，在其他同类诗歌作品中也可得到印证。如《陌上桑》："头上倭堕髻，耳中明月珠。缃绮为下裙，紫绮为上襦。"辛延年《羽林郎》："长裾连理带，广袖合欢襦。头上蓝田玉，耳后大秦珠。两鬟何窈窕，一世良所无。"这些都可算作是同一原材料下经由同样的程式创作的作品，它们并不具有多少新颖性和独创性。

在古希腊罗马史诗中，程式化主题也非常突出。以《伊利亚特》为例，对人物装束的描摹也反复出现，如第 3 卷第 330—338 行描绘亚阿勒珊德罗斯：

> 他首先把胫甲套在腿上，胫甲很美观，
> 用许多银环把它们紧紧扣在腿肚上，
> 再把同胞兄弟吕卡昂的精美胸甲
> 挂在身前，使它合乎自己的体型；
> 他又把一柄嵌银的铜剑挂在肩上，
> 再把一块结实的大盾牌背上肩头，
> 一顶饰马鬃的铜盔戴在强壮的头上，
> 鬃毛铜盔顶上摇摆，令人心颤；
> 他手里拿着一把很合用的结实的长枪。

又如第 16 卷第 131—139 行对帕特罗克洛斯装束的描绘，与上述描写大致相同，都可谓对史诗英雄的程式化描绘：

> 他先给小腿披上
> 精美的胫甲，用银扣把它们牢牢扣紧，
> 接着又把埃阿科斯的捷足后裔的
> 星光闪灿的美丽胸甲挂到胸前。
> 他把那柄饰满银钉的铜剑背起，
> 再把那面坚固的大盾挎上肩头，
> 然后把精制的战盔戴到强健的头上，
> 盔上的马鬃顶饰可怕地巍巍晃颤。
> 最后他抓起两支合手的坚固长枪。[①]

---

① 本章所引《荷马史诗》的例句皆出自荷马：《荷马史诗 · 伊利亚特》，罗念生、王焕生译，北京：人民文学出版社，1994 年。

诗人对英雄、武器、城堡、骏马、美女、风景、宴会、节日庆典、葬礼等某些特定事件或情境的铺张描绘，就是《荷马史诗》中的主题或典型场景。它们是史诗必不可少的建构材料，对诗人快速高效地构筑诗行提供了极大的便利。诗人在运用这些主题时，有些诗行是相同的，但有些在文本和内容的细节上呈现出变化。主题出现得越频繁，其文本和内容就越趋稳定，这也是造就口头史诗传统质量上乘的关键一点。

值得进一步指出的是，叙事诗中的这种程式化的铺衍，本是一种叙述方式，是主叙事的补充或辅助，但在中国的文学传统中，它却往往被视为一种描绘的技巧。自汉以降，铺张描绘更成为辞赋的固有要义乃至专利，而在中国强大的抒情传统的影响下，它不仅没有走向叙事一途，反而不得不向抒情方向发展。陈世骧在《论中国抒情传统》一文中说：

> 抒情精神已成为萦绕不散的一缕精魂。作为韵文与散文的奇异驳杂体，赋把个体于公于私的感兴抒怀，混入客观的描写和渺远的视境之中。无论从形式、风尚还是意图来看，赋都说不出一段史诗式的故事，演不出一幕戏。然而由于赋没有足以撑持繁重结构的故事情节、剧场扮演和动作，赋家的文学绝技的精髓，反而更靠近阿博克罗姆比观察所得的抒情诗要义："透过语言中悦耳和令人振奋的音乐性，把要说的话有力地送进我们的心坎里。"我往往会这样解说：赋中若有些微的戏剧或小说的潜意向，这意向都会被转化，转成抒情式的修辞；赋中常见铺张声色、令人耳迷目眩的词藻，就是为了要达成这抒情效应。

陈先生力主赋的核心、本质就是抒情精神、感兴抒怀，但他也承认赋也有客观的描写、渺远的视境，偶尔也有故事情节、人物动作甚至些许小说化的倾向，只不过这些最终都是要达成抒情效应。但我们不能忽略的是，赋中出现的客观的描写等，就是赋中包含的种种"事"的要素，这些"事"也许有时比抒情精神更为凸显。所以，陈先生也意识到："赋所显露的抒情精神的优点，与其局限一样多"[①]赋的抒情精神是优点，但它也有局限，这局限更大可能应由叙事精神或叙事传统来弥补。即是说，我们不仅应将诗歌或辞赋身上的这种繁缛的铺衍视为一种抒情精神，更应视其为一种叙述方式。饶宗颐认为："中国非无史诗，其侈陈寓言，讲说故事，

---

① 陈世骧：《中国文学的抒情传统》，北京：生活·读书·新知三联书店，2015年，第5页。

曾经发展为纵横家之'说'。陆机《文赋》云:'说炜晔而谲诳。'李善注:'说以感动为先,故炜晔而谲诳。'谲诳可作寓言看,炜晔可作卮言看。《庄子》一书,实亦'说'之一型,极尽夸饰之能事。其流衍为赋,发展至庾信之《哀江南赋》,可以看作词藻繁缛之一种史诗,与印欧之史诗文学实异曲同工。"[①]依饶宗颐之见,就词藻繁缛这点来讲,不仅中国辞赋与印欧史诗异曲同工,中国古典诗歌也与印欧史诗不谋而合,这对中国文学的叙事传统是一种极大的丰富与滋润。

小 结

通过上面的阐述,我们可以得出以下几点认识:

1. 中西诗歌都有注重口头、诉诸听觉的特征,与口头传统之间关联紧密,这在古希腊罗马史诗、中国早期诗歌那里已得到了印证。

2. 将《诗经》、楚辞、汉魏六朝诗歌等视为一个整体考察,我们发现,中国早期诗歌作品中出现了大量的"重著"现象,正如西方史诗中的"程式",是诗歌口头传统向书面创作过渡的鲜明遗痕。就是这样一些具有重复性和稳定性的词组,大大帮助歌手在现场表演的压力下快速流畅地叙事。

3. 主题作为一种固定的套语创作方式,作为一组能引向更大的故事情节的指标作用的观念群,且需要从听众那里得到直接的期待与认可,所以它既适用于长篇叙事诗,也适用于抒情诗。特别是诗歌作品中关于人物服饰装扮的主题,因其突出的程式化的铺衍,而成为主叙事的补充或辅助。但在中国文学强大的抒情传统中,不论是诗歌作品还是辞赋作品,它却往往被视为一种描绘的技巧。若以西方文学为参照,我们与其将这种繁缛的铺衍视为一种抒情精神或描绘技巧,毋宁当作一种叙述方式,这对于我们重新认识中国文学的叙事传统乃至中国文学存在抒情叙事两大传统的共生景象应有极大的帮助。

---

① 施议对编纂:《文学与神明——饶宗颐访谈录》,北京:生活·读书·新知三联书店,2011年,第89页。

第三章
中西诗歌叙事范式之比较

范式，是美国托马斯·S.库恩科学哲学思想体系中的一个核心概念。库恩多次使用范式一词，却未给范式下过定义，在《必要的张力——科学的传统和变革论文集》一书中，库恩对"范式"有一段重要论述："'范式'一词无论实际上还是逻辑上都很接近于'科学共同体'这个词。一种范式是，也仅仅是一个科学共同体成员所共有的东西。反过来说，也正由于他们掌握了共有的范式才组成了这个科学共同体。"[①]林学俊在《试论库恩的范式及其在科学认识中的作用》一文中将"范式"的基本含义概括为："某一科学共同体在某一专业或学科中所具有的共同信念，这种信念规定了他们的共同的基本观点、基本理论和基本方法，为他们提供了共同的理论模式和解决问题的框架，从而形成该学科的一种共同的传统，并为该学科的发展规定了共同的方向。"[②]由此可知，范式指的是某一科学共同体所共同遵守的观点、理论、方法、模式、传统等，将其运用到中西诗歌叙事传统的比较研究中来，有助于我们更加清晰地把握中西诗歌各自不同的发展脉络。从诗歌发展的实际出发，对中西诗歌叙事范式的分析不妨从以下四个方面入手。

---

① 托马斯·S.库恩：《必要的张力——科学的传统和变革论文集》，纪树立等译，福州：福建人民出版社，1981年，第291页。

② 林学俊：《试论库恩的范式及其在科学认识中的作用》，《科学技术与辩证法》1997年第1期。

第一节　中国“诗史”范式与西方“史诗”范式

一、中国“诗史范式”——“以韵语纪时事”与“感事”

自“诗史”概念提出以来，学者对它的讨论、阐释纷纭复杂，总括而言，约有以下两个方向：(1)对“诗”与“史”关系的辩证。王夫之说：“夫诗之不可以史为，若口与目之不相为代也，久矣。”[①]强调诗与历史是两种不同的文体，二者不能混淆。施闰章指出：“古未有以诗为史者，有之自杜工部始。史重褒讥，其言真而核；诗兼比兴，其风婉以长。故诗人连类托物之篇不及记言记事之备。”[②]也是从诗、史各自的书写特性来对两者加以区分。钱锺书否定“诗史”说，认为文学与历史应有严格区别，他说：“谓诗即以史为本质，不可也。脱诗即是史，则本未有诗，质何所本。若诗并非史，则离合于史，自具本质，无不能有，此即非彼。”[③]肯定“诗史说”的学者，则认为诗与史之间有着密切关联，主要以“以史证诗”“以诗证史”“诗史互参”等观点呈现。如清代浦起龙《读杜心解》说：“代宗朝诗，(杜诗)有与国史不相似者：史不言河北多事，子美日日忧之；史不言朝廷轻儒，诗中每每见之。可见史家只载得一时事迹，诗家直显出一时气运。诗之妙，正在史笔不到处。”[④]可见诗有史家不到处，诗能补史之阙。(2)对“诗史”说与抒情传统关系的论述。历代有关“诗史”的论述中尤为重视诗歌中“情”的功用，他们认为诗歌应通过比兴、美刺等手法来记载现实，从而保持诗歌抒情言志的传统。孟棨在《本事诗》中就强调“情”[⑤]，后来此倾向愈加鲜明。如杨慎认为诗歌要“道性情”[⑥]，许学夷说“风人之诗，虽正变不同，而皆出

---

① 王夫之著，戴鸿森笺注：《姜斋诗话笺注》，北京：人民文学出版社，1981年，第24页。

② 施闰章：《江雁草序》，《施愚山集》(一)，合肥：黄山书社，1992年，第68—69页。

③ 钱锺书：《谈艺录》，北京：生活·读书·新知三联书店，2008年，第102页。

④ 浦起龙：《读杜心解》，北京：中华书局，1961年，第11页。

⑤ 孟棨《本事诗·序目》曰：“诗者，情动于中而形于言。故怨思悲愁，常多感慨。抒怀佳作，讽刺雅言，著于群书，虽盈厨溢阁，其间触事兴咏，尤所钟情，不有发挥，孰明厥义？”可见其重视诗歌中“情”的作用。

⑥ 杨慎：《升庵诗话》卷十一，载丁福保辑：《历代诗话续编》，北京：中华书局，1983年，第868页。

乎性情之正”[①]，王夫之主张“诗以道性情，道性之情也”，明确诗歌是用来表现性中之“情”的；具体到“诗史”问题，则要求诗歌“即事生情”，意思是诗歌即使要叙事，其最终目的是“生情”，由此进一步提倡“情景交融”“情景事合成一片”，可见其对“情”的重视。张晖在《中国“诗史”传统》一书中，尽管也承认“诗史”说蕴含着诗歌反映现实、记载现实的内涵，但囿于强大的抒情传统的影响，他认为“诗歌要在保持诗歌抒情美学特征的基础上记载现实”[②]。

此外，学界对“诗史”说中的“叙事”问题亦有所关注，如陈平原认为“叙事”是“诗史”的重要内涵，但“诗史”中的历史兴亡感与忧患意识等情感因素的突出，却大大削弱了它的叙事功能[③]。蔡英俊认为，“叙事”在“诗史”论述中有重要影响，但“比兴”仍然是诗歌最重要的创作手法，因此，诗歌的情感因素要远多于叙事功能，“诗史”概念，可以扩大抒情的文学史的范围和内容[④]。他们对“诗史”说中“叙事”的关注，给我们的研究以极大启发，遗憾的是，他们最后皆将“诗史”说纳入中国文学抒情传统的轨道。假如我们转换思维，将“诗史”说放在中国文学史存在着抒情、叙事两大传统的理论预设下进行审视，看看它对中国文学的叙事传统到底产生了怎样的影响，相信这会有助于我们更深入地理解中国文学史的本质。

（一）以韵语纪时事的传统

杜诗被冠以“诗史”之名，始见于晚唐孟棨的《本事诗·高逸第三》。孟棨认为：“杜逢禄山之难，流离陇蜀，毕陈于诗，推见至隐，殆无遗事，故当时号为诗史。”[⑤]已见杜诗毕陈时事的特点。欧阳修、宋祁《新唐书·杜甫传赞》曰：“甫又善陈时事，律切精深，至千言不少衰，世号诗史。”[⑥]“千言不少衰”应指杜甫的排律，用排律来再现时事，可见杜诗的叙事性。明人徐师曾《文体明辨序说》曰：“大抵排律之体，不以锻炼为工，而以布置有

---

① 许学夷著：《诗源辩体》（卷一），杜维沫校点，北京：人民文学出版社，1987年，第8页。

② 张晖：《中国“诗史”传统》，北京：生活·读书·新知三联书店，2016年，第285页。

③ 陈平原：《中国小说叙事模式的转变》附录二《说“诗史”——兼论中国诗歌的叙事功能》，上海：上海人民出版社，1988年，第300—323页。

④ 详参蔡英俊：《“诗史”概念再界定——兼论中国古典诗中“叙事”的问题》，《诗歌与历史：论诗史的历史成分及其叙述的转向》，两文收录于蔡英俊：《语言与意义》，武汉：华中师范大学出版社，2011年。

⑤ 孟棨：《本事诗》，载丁福保辑：《历代诗话续编》，北京：中华书局，1983年，第15页。

⑥ 欧阳修、宋祁：《新唐书》，北京：中华书局，1975年，第5738页。

序、首尾通贯为尚。”[①]即强调排律的叙事功能。相较其他诗体，排律的篇幅更长，这有利于其更自由地陈述时事，从而达到叙事的清晰有序与首尾相合。宋祁之说，或许是从此着眼的。宋人陈岩肖《庚溪诗话》卷上云：“杜少陵子美诗，多纪当时事，皆有据依，古号诗史。”[②]明人方沆认为：“少陵抚时悯事，往往形诸篇什。”[③]亦持大致相同的观点，认为“诗史”是以诗歌的形式反映、叙述、记载事件，且具有实录的特点。宋代李复在《与侯谟秀才》中明确用“叙事”来理解诗史：“杜诗谓之诗史，以班班可见当时事。至于诗之叙事，亦若史传矣。”[④]“可见当时事”，强调的是杜诗善陈时事、记载时事的功能。而重视杜诗的叙事如同史传的叙事，是李复的独见，惜其未作进一步申说。此外，蔡居厚《蔡宽夫诗话》云：“子美诗善叙事，故号诗史。其律诗多至百韵，本末贯穿如一辞，前此盖未有。”[⑤]显然，他也认为诗史主要是就杜诗的叙事成就而言；至于律诗的本末贯穿，则指其故事的来龙去脉。

杨慎认为“诗不能兼史，诗与《易》《书》《春秋》体旨判然有别”，并评论说“宋人以杜子美能以韵语纪时事，谓之‘诗史’。鄙哉宋人之见，不足以论诗也”“直陈时事，类于讪讦，乃其下乘末脚”。[⑥] 杨慎站在诗歌尚含蓄蕴藉、重言外之意的角度，认为其无法承担记载历史的功能，由此批评宋人的“诗史”说。王世贞针对杨慎的看法提出了反驳意见：“《诗》固有赋，以述情切事为快，不尽含蓄也。”[⑦]认为《诗》有赋、比、兴三种基本的创作方法，其中“赋”可以直陈时事，不尽含蓄，杨慎的不足就在于过分强调比兴，而忽略了“赋”的重要性。由此看来，诗歌是可以叙事的，且具有“以韵语纪时事”的鲜明特性。

“以韵语纪时事”的诗歌，不仅叙个人之事，更重要的是书一代之时事，且多具有高度的典型性与逼真性。邵雍《诗史吟》曰：“诗史善记事，长

---

① 徐师曾：《文体明辨序说》，北京：人民文学出版社，1962年，第108页。

② 陈岩肖：《庚溪诗话》，北京：中华书局，1985年，第5页。

③ 仇兆鳌：《杜诗详注》第五册《诸家论杜》，北京：中华书局，1979年，第2321页。

④ 李复：《潏水集》，《四库全书》（影印文渊阁本）第1121册，上海：上海古籍出版社，1987年，第50页。

⑤ 蔡居厚：《蔡宽夫诗话》，载郭绍虞：《宋诗话辑佚》，北京：中华书局，1980年，第393页。

⑥ 杨慎：《升庵诗话》卷十一，载丁福保辑：《历代诗话续编》，北京：中华书局，1983年，第868页。

⑦ 王世贞：《艺苑卮言》卷四，载丁福保辑：《历代诗话续编》，北京：中华书局，1983年，第1010页。

于造其真。”[①]明确指出，一首诗之所以被称为“诗史”，在于其记载事实之“真”。明末清初诗人吴伟业等亦追求“于诗最真，论其事最当”(《梅村诗话》)。清人王懋竑《书杜北征诗后》曰：“老杜洞观于兴废存亡之故，以为不诛国忠、不诛贵妃必不能成中兴之功……其词慷慨壮烈，所以谓之诗史也。昔黄涪翁论《北征》《南山》诗，以词语论则《南山》胜，若书一代之事，与《国风》《雅》《颂》相表里，则《北征》不可无，而《南山》虽不作亦可。”[②]这段话集中体现了他对“诗史”的理解，主要包括三个方面：一、杜诗在叙事中有洞见；二、杜诗叙事的风格是慷慨壮烈的；三、杜诗能够书一代之事。王懋竑的“诗史”说涉及诗歌创作的内容、风格、技巧等，可谓对杜诗叙事功能的全面总结。

杜甫诗歌切实体现了“一国之事系一人之本”的诗歌创作原则，即是说，杜诗的创作不仅关注个人，更重要的是，它往往超越个人而将笔墨更多地放在百姓、社会、国家、民族之事上，将纷纭复杂的世间万象统统摄入其笔端，并作出真实丰富的展现。杜甫对现实生活的关注，在早期作品如《兵车行》《丽人行》中就有所体现，但安史之乱后的作品，才真正称得上“诗史”。杜甫目睹了安史之乱造成的国家危难、社会动荡、人民流离，因此，他的诗歌用更切实具体的笔触记述战乱带来的现实苦难，如《悲陈陶》《哀江头》《北征》《羌村三首》，“三吏”“三别”等一系列作品。且看《新安吏》：

> 客行新安道，喧呼闻点兵。借问新安吏：“县小更无丁？”“府帖昨夜下，次选中男行。”“中男绝短小，何以守王城？”肥男有母送，瘦男独伶俜。白水暮东流，青山犹哭声。“莫自使眼枯，收汝泪纵横。眼枯即见骨，天地终无情！我军取相州，日夕望其平。岂意贼难料，归军星散营。就粮近故垒，练卒依旧京。掘壕不到水，牧马役亦轻。况乃王师顺，抚养甚分明。送行勿泣血，仆射如父兄。”

安史之乱后，杜甫从洛阳回华州，路过新安，闻见朝廷征兵，于是写下这首诗。诗歌聚焦于军队抓丁与骨肉分离的场面，上阕因官府征调未成年的“中男”上前线而发出“莫自使眼枯，收汝泪纵横。眼枯即见骨，天地

---

① 邵雍：《伊川击壤集》，上海：学林出版社，2003年，第239页。

② 王懋竑：《白田杂著》，《四库全书》(影印文渊阁本)第859册，上海：上海古籍出版社，1987年，第731—732页。

终无情"的控诉，揭露兵役制度的不合理，但此时的战争性质不同于《兵车行》所反对的扩边战争，值此民族存亡之秋，为了平定叛乱，下阕作者强压心头的悲愤，转而宽慰被抓壮丁及其家人："送行勿泣血，仆射如父兄"。杜甫的内心是矛盾的，其中既有对百姓的深刻同情，也有对官府的严厉鞭挞，但从国家前途、民族命运出发，又开导鼓励平民子弟积极参军上战。归根到底，其最显著的诗史精神就在于一切以民族命运与民生苦难为中心，这也正是中国诗歌叙事传统的一大重要体现。

《北征》一诗亦集中体现了将个人与家国命运系于一体的强烈意识，浦起龙认为此诗"归省家人，本事也。回念国事，本心也"（《读杜心解》），一语中的。许德楠甚至直接指出，只有这"时事"关涉到民族兴亡的命运主题，才有可能成为"诗史"[①]。每当中华民族处于危难关头时，此传统往往就会在诗歌乃至其他的文学创作中得以凸显，宋元之际汪元量《湖州歌》、文天祥《正气歌》，明末清初吴伟业《圆圆曲》、钱谦益《投笔集》诸诗、顾炎武《京口即事》、钱澄之《哀江南》、吴嘉纪《过兵行》等，或反映重大的政治事件，或叙写社会矛盾，或表现民生疾苦，它们往往也被人尊为"诗史"，如"水云之诗，亦宋亡之诗史也"（李珏《书汪水云诗后》），"（顾炎武）抚时感事诸作，实为一代诗史，踵美少陵"（徐嘉《顾亭林诗笺注 · 凡例》），"梅村亦可称诗史矣"（赵翼《瓯北诗话》卷九）等。钱仲联在《清诗纪事》前言中说道："中国古典诗歌创作思想历来以'言志''缘情'为传统，重抒情而不重叙事……叙事性是清诗的一大特色，也是所谓'超元越明，上追唐宋'的关键所在。"[②]可见明末清初"诗史"之作的群体性涌现，对清诗叙事特色的形式具有先导作用，也证明了诗歌叙事传统的强大与深远。

闻一多在《歌与诗》一文中，提出"志"应有"记忆""记载""怀抱"三义。他认为无文字时专凭记忆，文字产生以后，则用文字记载以代记忆。沿着这样的思路，论证了散文产生之前"诗即史"，诗、史之间存在着不可分离的关系[③]。《孟子 · 离娄下》云："王者之迹熄而《诗》亡，《诗》亡然后《春秋》作。"说明《诗》本来是为纪三代以前的先王事迹而存在的。受此影响，钱谦益、黄宗羲、陈寅恪等人，持"诗能证史""诗能补史之阙""诗史互证"

---

① 详参许德楠：《论"诗史"的定位》，《中国文化研究》1999 年 03 期。

② 钱仲联：《清诗纪事》，南京：江苏古籍出版社，1987 年，第 3—5 页。

③ 闻一多：《闻一多全集》（第 10 册），武汉：湖北人民出版社，1993 年，第 5—15 页。

的观念。如钱谦益说："伯原诗史，一旦洗而出之，可谓大块。……书此以订唐史之误。"[①]"《中州》之诗，亦金源之史也。吾将仿而为之。吾以采诗，子以庀史，不亦可乎？"[②]强调用诗歌来补充正史的记载。他甚至主张"删诗定史"，具体而言，即："孟子曰：'《诗》亡而后《春秋》作。'《春秋》未作以前之诗，皆国史也。人知夫子之删《诗》，不知其为定史。人知夫子之作《春秋》，不知其为续《诗》。《诗》也，《书》也，《春秋》也，首尾为一书，离而三之者也。"[③]作为后学的黄宗羲，在"诗史"说上，深受钱谦益的影响，他说："今之称杜诗者以为诗史，亦信然矣。然注杜者，但见以史证诗，未闻以诗补史之阙，虽曰诗史，史固无籍乎诗也。"[④]在诗、史关系上，他不但主张以史证诗，还明确提出了"以诗补史之阙"的重要观点。在此基础上，黄宗羲进一步指出"诗以述事，其诗即其史也"，诗歌如果叙事，那么，诗歌就是历史，说明"叙事"是"诗史"形成的必要条件。陈寅恪主张"以诗证史"，认为诗具有史的真实性，"唐代诗歌保留了大量历史记录，唐史的复杂性与接触面广这些特点，都在唐诗中有反映，成为最原始的实录。文章合为时而作，所以唐诗中也反映了当时社会的现实"[⑤]。清初浙东学派的李邺嗣曰："杜公尤善叙其所历时事，发于忠愤感激，读之遂足当一代之史。"[⑥]这些观点，不但指出了诗歌的叙事性，更为重要的是凸显了诗歌叙事与历史叙事在真实性上的契合点。

通过上述论述，我们可得出对于"诗史"的基本认识："诗史"以韵语纪时事的传统，恰好印证了其诗性与史性兼具的特点。史的本质在于真实记录事实。一首诗之所以能够称为"诗史"，在于其记载事实能够达到"真"的程度，这点正是"诗"与"史"发生关联的基本前提。宋代邵雍在打破诗、史界限方面倒是有非常明确的意识，那么，他所强调的"真"究竟是什么呢？陈国球说："某单一史实的传达或者再现并非诗歌艺术最关切的对象，重要的反而是事件背后的普遍意义……诗中所讲的'天下非一事'

① 钱谦益：《跋朱长文琴史》，《牧斋初学集》（卷八十四），上海：上海古籍出版社，1985 年，第 1766 页。

② 钱谦益：《列朝诗集序》，《列朝诗集小传》附录，北京：中华书局，1959 年，第 819 页。

③ 钱谦益：《胡致果诗序》，《牧斋有学集》卷十八，上海：上海古籍出版社，1996 年，第 300 页。

④ 黄宗羲：《南雷续文案・万履安先生诗序》，《黄梨州文集》，北京：中华书局，1959，第 346 页。

⑤ 陈寅恪：《金明馆丛稿二编》，北京：生活・读书・新知三联书店，2001 年，第 227 页。

⑥ 李邺嗣著，张道勤校点：《杲堂诗文集》，杭州：浙江古籍出版社，1988 年，第 562 页。

'非一人''非一物''非一身'等,都是就普遍意义立说,此所以'其人长如存''其事长如新'。"[①]可见,邵雍所谓"诗史"记载之"真",是一种超越具体事件、人物的普遍意义之"真"。换言之,"诗史"追求的是由生活本质的真实而达到的艺术真实,而这又正是其"诗性"的重要体现。

(二)"感事"的传统

自现代学术建立以来,受古典诗学"诗言志"与"诗缘情"观念的影响,学者们多以为中国诗歌长抒情而略叙事,中国文学归根结底都是"抒情传统",中国是一个抒情的国度。固然,中国人擅于抒情,中国文学(包括诗歌)的抒情传统悠久深厚,但细细考察,我们可以说它不是唯一、独尊的传统,它不能涵盖整个中国文学。如果我们换一种视角,即从叙事视角观照中国文学,我们发现,中国人不仅擅于抒情,同样也长于叙事,由此形成了一个源远流长的、与抒情传统共生并行的叙事传统。[②] 要真正认识并承认中国文学的叙事传统,需要从文学的两大表现手段(抒情、叙事)说起。抒情,即抒发情感;叙事即叙述故事,当然,这可能是一个因果完整的故事,也有可能只是故事的一个片段或场景。一个表现主观,一个反映客观,两者看似没有联系。然而,在具体的诗歌创作中,抒情与叙事绝非毫无纠葛,而是呈现出抒情中有叙事、叙事中有抒情的密切联系,只不过有时叙事性占主导,有时抒情性占主导,但一方占主导并不意味着另一方不存在。由此,中国古代诗歌形成了一个独特的"感事"传统。傅修延先生在谈到《诗经》及中国的"感事诗"时,曾对"感事"一词下过一个这样的定义:"即带着强烈的情感倾向来叙事,情感的冲动撞击时常影响着叙事的完整,以致抒情性成为外显的主要特征。"[③]细加考察,"感事"说的源头,似可追溯至"饥者歌其食,劳者歌其事"(《春秋公羊传注疏》何休注,徐彦疏)、"感于哀乐,缘事而发"(《汉书·艺文志》)等表述。到了钟嵘的笔下,这种表达更为明晰:

> 嘉会寄诗以亲,离群托诗以怨。至于楚臣去境,汉妾辞宫。或骨

---

① 陈国球:《锻炼物情时得意,新诗还有百来篇——邵雍〈击壤集〉诗学思想探析》,《中国诗学》第七辑,北京:人民文学出版社,2002年,第177—178页。

② 董乃斌主张用抒情与叙事两大传统来贯穿中国文学史,以取代抒情传统唯一、独尊的观点。此主张看似回归常识,却显示出先生宏通的历史眼光与强烈的变革意识。详参董乃斌:《中国文学叙事传统论稿》,上海:东方出版中心,2017年。

③ 傅修延:《先秦叙事研究:关于中国叙事传统的形成》,北京:东方出版社,1999年,第111页。

横朔野，或魂逐飞蓬。或负戈外戍，或杀气雄边，塞客衣单，孀闺泪尽。又士有解佩出朝，一去忘返；女有扬蛾入宠，再盼倾国。凡斯种种，感荡心灵，非陈诗何以展其义，非长歌何以释其情？

把种种之事当作诗歌创作的根本动因，“事”是“感”的对象，诗人情怀的抒发，围绕所感之“事”而展开，“‘感事’视野中的‘事’，不单要显现为诗人抒情写景的事由或事脉，更常演进为具体事态的叙写，成为‘感’的中心对象和诗篇所要表现的主要内容……由于立足于‘感’，‘事’要为‘感’服务，故事态叙写上常只求提供最能引发情感体验的场景片断，不必定要组成完整的场面和情节”①，也就是说，感事之“事态”，尽管比“事由”“事脉”更具体，但却没有构成完整的故事进程与复杂的人物关系，它注重的是事件梗概的粗陈，是某些场景、细节、片段的描摹，是生动的事态的叙写。建安文人“以乐府旧题写时事”的诗章，就是“感事”的典范。如王粲《七哀诗》(其一)：

西京乱无象，豺虎方遘患。复弃中国去，委身适荆蛮。亲戚对我悲，朋友相追攀。出门无所见，白骨蔽平原。路有饥妇人，抱子弃草间。顾闻号泣声，挥涕独不还。未知身死处，何能两相完？驱马弃之去，不忍听此言。南登霸陵岸，回首望长安，悟彼下泉人，喟然伤心肝！

此诗首先展现了一个历史大背景，即汉末中原地区遭受战乱之后白骨蔽野的残酷景象。在这一大背景下，叙写了一个具体的“妇人弃子”的典型场景。这种悲惨的百姓流离图景的刻画，是为下面的“感”而张本。一方面，妇人弃子使诗人不堪其言；另一方面，面对目前长安的惨状，诗人表现出对贤明君主的思念与太平之世的向往。将社会时政引入叙事之中，“感事”与“感时”相结合，这大大拓宽了诗歌反映现实的广度。杜甫在建安文人“感事”与“感时”结合的叙事传统的基础上，又所有创新，形成了自己的特色，即将感怀与叙事融合，所叙之“事”，既包括个人身世经历，也包括社会时事，故所感之“怀”，也是个人身世之怀与社会时事之怀的交

① 陈伯海：《“感事写意”说杜诗——论唐诗意象艺术转型之肇端》，《上海师范大学学报》2014年第2期。

融。黄宗羲说:“夫诗之道甚大:一人之性情,天下之治乱,皆所藏纳。”[①] 诗歌的理想境界在于,它不仅要抒发一人之性情,也要体现天下之治乱,即将个人的命运融入时代的洪流中。胡宗愈说“先生以诗鸣于唐。凡出处去就,动息劳佚,悲欢忧乐,忠愤感激,好贤恶恶,一见于诗,读之可以知其世,学士大夫,谓之诗史”(《成都新刻草堂先生诗碑序》),浦起龙评杜诗“一人之性情,而三朝之事会寄焉者也”(《读杜心解》),康有为说杜甫“上念君国危,下忧黎元疴,中间痛身世,慷慨伤蹉跎”(《避地槟榔屿不出,日诵杜诗消遣》),评论的着眼点,无不在个人身世与国家时局、百姓生活的融会。

且以杜甫自叙生平经历的《自京赴奉先县咏怀五百字》为例来看其鲜明的“感事”特色。题名“咏怀”前加上“自京赴奉先县”等字,即表明在纪行时感怀、在叙事时抒情的特点。全诗分为三大段落,第一段是临行前的感怀,抒发自己“窃比稷与契”的人生志向与“穷年忧黎元”的热烈衷肠。第二段从岁暮天寒、半夜时出发,重点叙述途经骊山时的所见所闻。诗人行走在雾塞寒空、湿冷路滑的崖谷中,只见唐玄宗君臣在骊山温泉欢乐宴饮,感怀之意已寓于这一冷一暖的对比叙事中。而后,诗人又由“彤庭所分帛,本自寒女出。鞭挞其夫家,聚敛贡城阙”的贫富不均的现象生发开来,联想到各级官吏盘剥百姓、骄奢淫逸的生活,“朱门酒肉臭,路有冻死骨”,差距之大,触目惊心,至此,诗人的感怀又更进了一层。第三段写渡河归家途中的艰辛及抵家后面临幼子因饥饿夭折的打击,更重要的是,诗人并未沉浸于个人的家庭悲剧之中,而是由己及人,推想到社会底层广大人民群众的苦难生活,从而舒泻其内心更为深广的忧思。通观整个诗篇,它的凸显之处就在于通过纪行叙事以感怀,融叙事与抒情为一体,且能从眼前之事联想到历史之事,从一己之情推广到百姓之群体情感。这种“感事”传统,正是构成中国诗歌叙事传统的重要一环,“叙事传统不废以个人为中心的抒情咏怀,但强调将家庭的悲欢离合、个人的喜怒哀乐与国族安危大事紧密结合,把小家的聚散苦乐放在大家乃至国家安危存亡的背景之下,形成崇高而感人的家国情怀”[②],而家国情怀的集中体现就是忧国忧民的意识。

---

① 黄宗羲:《黄梨州文集 · 诗历题辞》,北京:中华书局,1959 年,第 387 页。

② 董乃斌:《从诗史名实说到叙事传统》,《文艺理论研究》2019 年第 1 期。

仇兆鳌说:“甫当开元全盛时,南游吴、越,北抵齐、赵,浩然有跨八荒、凌九霄之志。既而遭逢天宝,奔走流离,自华州谢官以后,度陇客秦,结草庐于成都瀼西,扁舟出峡,泛荆渚,过洞庭,涉湘潭。凡登临游历,酬知遣怀之作,有一念不系属朝廷,有一时不痌瘝斯世斯民者乎?读其诗者,一一以此求之,则知悲欢愉戚,纵笔所至,无在非至情激发,可兴可观,可群可怨,岂必辗转附会,而后谓之每饭不忘君哉!”[①]认为杜甫诗歌不仅带有强烈的自传性,而且具有深厚的忧患意识。浦起龙认为“老杜爱君,事前则出以忧危,遇事则出以规讽,事后则出以哀伤”(《读杜心解》),杜甫心心念念的是“致君尧舜上,再使风俗淳”“穷年忧黎元,叹息肠内热”,即使自身流离,仍然“每依北斗望京华”。苏轼《王定国诗集叙》云“流落饥寒,终身不用,而一饭未尝忘君也”,黄彻《砻溪诗话·序》云“流落困踬之中,未尝一日忘朝廷也”,左岘《杜工部草堂记》曰“彼其心曷尝须臾忘故国哉”,其忧国忧君、悯时伤乱之心无处不可见、无时不可见。“以韵语纪时事”的“诗史”之所以不自觉地倾向于抒发忧患意识与家国情怀,陈平原认为这受到了诗骚传统的影响:“诗人的着眼点已从客观的‘国变’,转为主观的‘感’‘伤’‘哀’。选择史诗题材,而后创造‘诗史’,保留其历史兴亡感、忧患意识与深沉博大的主导风格,但大大削弱其叙事功能,突出情感因素……使‘诗史’从‘纪事’转为‘感事’。”[②]不可否认,历史兴亡感、忧患意识等情感因素在“诗史”中是比较凸显的,但这并未削弱其叙事功能,反而大大升华了叙事的意义,两者的关系不是对立的,而是相辅相成的。也就是说,在“诗史”作品中,叙事与抒情、纪事与感事是交融互渗的。这点在中国古代文论家的笔下其实早已有充分的论述。

王夫之说:“诗有诗笔,犹史有史笔,亦无定法,但不以经生详略开合脉理求之,而自然即于人心,即得之矣。”即是指诗与史有各自不同的创作方法,至于两者的区别究竟何在?王夫之试图从叙事与抒情相结合的角度加以探讨:“诗有叙事叙语者,较史尤不易。史才固以檃括生色,而从实着笔自易;诗则即事生情,即语绘状,一用史法,则相感不在永言和声之中,诗道废矣。此《上山采蘼芜》一诗所以妙夺天工也。杜子美仿之,作

① 仇兆鳌:《杜诗详注·原序》,北京:中华书局,1979年,第1—2页。

② 陈平原:《中国小说叙事模式的转变》附录二《说“诗史”——兼论中国诗歌的叙事功能》,上海:上海人民出版社,1988年,第323页。

《石壕吏》,亦将酷肖,而每于刻画处犹以逼写见真,终觉于史有余,于诗不足。”[①]“诗有叙事叙语”,意为诗歌如同历史一样可以记事记言,但与历史相比却更难,原因在于历史忠实记录较易,但诗歌在叙事时,须将情抒发出来,在叙述人的言语时,须摹写说话时的情状,更加凸显的是,如若诗歌采用实录的史笔,则其韵律之美就会消失,诗之道也就不存在了。王夫之在这里充分强调诗歌具有叙事记言的功能,只不过在叙事记言的同时也要注重“生情”“绘状”“永言和声”,如此才能达到巧夺天工的境界,汉乐府《上山采蘼芜》即是典范。比较而言,杜甫的《石壕吏》因为太过逼真写实,因此将杜诗誉为“诗史”是不妥帖的。可见,王夫之不满的并不是“诗史”说本身,而是诗歌在叙事记言时丢掉了诗歌固有的“情”“声”等诗体要素。在王夫之看来,诗歌最高妙的境界就是情、景、事的交融:“情、景、事合成一片,无不奇丽绝世。”[②]情、景、事在诗歌创作中都是非常重要的,由此他这样说道:“一诗止于一时一事,自《十九首》至陶谢皆然……若杜陵长篇,有历数月日事者,合为一章。《大雅》有此体,后唯《焦仲卿》《木兰》二诗为然。要以从旁追叙,非言情之章也。为歌行则合,五言固不宜尔。”[③]认为《大雅》中的某些篇章乃至《焦仲卿》《木兰》违背了“一时一事”的原则,如史书那样“从旁追叙”,即以第三者的立场叙事,因此它不是言情之作。王夫之在“事”上的态度非常明确,即认为叙事不能破坏抒情,只有在歌行中才能真正做到时、事、情的合一,五言诗则不可。不可否认,王夫之在深厚的抒情传统中更加强调“情”在诗歌创作中的重要地位,但他对“事”的关注,恰恰说明了诗歌领域也存在一个悠长的叙事传统,只不过诗歌的叙事带有更多“感事”的色彩。清人陈沆《诗比兴笺》曰:“今核以时势,别为次第。俾情与事附,则志随词显。诗史之目,无俟杜陵。”[④]他对诗歌有一个基本的认识,即诗歌既要表达情志,其背后又应有“事”,是情与事的融合。同时,他在理解“诗史”说时,又特别强调“比兴”和“美刺”:“风以比兴为工,雅以直赋为体,枘凿各异方圆,源流同符三百。所贵诗史,讵取铺陈。谓能以美刺代褒贬,以诵诗佐论世,苟能意在词先,何异兴含象外,知同导

---

① 王夫之:《古诗评选》,《船山全书》第14册,长沙:岳麓书社,1988年,第651页。

② 王夫之:《唐诗评选》,《船山全书》第14册,长沙:岳麓书社,1988年,第902页。

③ 王夫之著,戴鸿森笺注:《姜斋诗话笺注》,北京:人民文学出版社,1981年,第57页。

④ 陈沆:《诗比兴笺》,北京:上海古籍出版社,1981年,第89页。

乎情，则源流合矣。”[1]用“比兴”而非“铺陈”来解读“诗史”，而后又凸显“情”，这与王夫之的理解是一致的。

陈文华《杜甫传记唐宋资料考辨》之《诗史》认为，“诗史”概念的基本内涵是“叙事”。因为诗歌能够记录时事，宋人才认为诗歌可补史之阙，正史之误。但陈氏更多地将“诗史”说置于宋人诗教观的视阈下进行观照，认为宋人尤其重视诗歌的褒贬功用，而此内在动因则是作者的“情性”，所以，“诗史”是“个人情怀与历史事件之高度结合”[2]。此观点正好与我们一直强调的诗歌是抒情与叙事融合的观点不谋而合。

综上所述，所谓“诗史”，它既是诗，也是史，是诗与史的有机融会。称之为史，是因为它具有真实记录现实的特性，不仅记个人之事，更叙国家、社会、民族、百姓之事。其之为诗，因它在记录现实生活时，带有强烈的情感色彩，一切都是有感而发，将感怀与纪事相结合，将个人之感与社会时事之感相交渗。正如袁行霈、丁放在《盛唐诗坛研究》中所说：

> 杜诗被称为“诗史”，一方面，它并不等同于文献记录，是用自己的感情融合所反映的时代生活，这就是诗；另一方面，杜诗所反映的内容，与时代生活紧密相关，本身就是重大的历史事件，又有历史的特点，其诗以“善陈时事”见长，故称为史。[3]

将以杜甫为典范的“诗史”放在整个中国文学的发展进程中进行考察，发现其与中国文学的叙事传统存在密切的关联，主要表现在“以韵语纪时事”与“感事”两大传统上。具体而言它所记载的多是家国苦难、民生命运等社会时事与现实生活，形成宏大叙事的鲜明特性；与此相谐的是，其所感之怀已超越个人而走向崇高感人的家国情怀与褒贬鲜明的讽谕精神。

陈世骧在 1971 年美国亚洲研究学会比较文学讨论组宣读《论中国抒情传统》一文，旗帜鲜明地提出：“中国文学传统从整体而言就是一个抒情传统。”[4]这是在与西方文学叙事传统对照的语境下作出的对中国文学特性的鲜明概括与大力凸显，在主观上有意或无意忽略了中国文学的叙事

---

① 陈沆：《诗比兴笺》，上海：上海古籍出版社，1981 年，第 59 页。

② 详参陈文华：《杜甫传记唐宋资料考辨》，台北：文史哲出版社，1987 年，第 241—262 页。

③ 袁行霈、丁放：《盛唐诗坛研究》，北京：北京大学出版社，2012 年，第 259 页。

④ 陈世骧：《中国文学的抒情传统》，北京：生活·读书·新知三联书店，2015 年，第 6 页。

传统，但这并不意味着客观上中国文学不存在叙事传统。于此，陈世骧也有清醒意识："抒情精神成就了中国文学的荣耀，也造成它的局限。"[①]可惜陈先生未能作进一步论证。我们说，由抒情精神造成的中国文学的局限，或可由叙事传统来弥补。抒情传统与叙事传统在中国文学史上呈现出同源共生、互动互促的关系。中国自古文史不分，诗中有史，史中有文，"诗史"说所蕴含的"纪时事"与"感事"两大特性，正好凸显出中国文学抒情叙事两大传统交响共鸣的景象。

二、西方"史诗"范式——"述事"与"吁请叙事"

"史诗"一词源自古希腊语 epos，原意是"说话""故事"。亚里士多德在《诗学》中首次将史诗作为一种文类进行系统阐释，他依据模仿的媒介、对象和方式的不同，将文学分为史诗、抒情诗和戏剧三大类；同时，他以《荷马史诗》为范例，对史诗的情节、结构、分类、功用等作了专门探讨，区分了史诗与历史的不同，认为历史记载的是"一个时期，即这个时期内所发生的涉及一个人或一些人的一切事件，它们之前只有偶然的联系"，而史诗则"比较能容纳不近情理的事，因为我们不亲眼看见人物的动作"[②]。贺拉斯《诗艺》继承亚里士多德的观点，认为史诗讲述的是"帝王将相的业绩、悲惨的战争……荷马早已作了示范"[③]。黑格尔《美学》将诗分为史诗、抒情诗、戏剧体诗，并说："史诗以叙事为职责，就须用一个动作（情节）的过程为对象，而这一动作在它的情境和广泛的联系上，须使人认识到它是一件与一个民族和一个时代本身完整的世界密切相关的意义深远的事迹。"[④]黑格尔从广义的角度论证史诗的本质在于完整叙述一个民族和时代的事迹，不仅包括荷马史诗，也包括欧洲其他民族国家的史诗、印度史诗。他认为，以但丁《神曲》为代表的中世纪宗教诗、以弥尔顿《失乐园》为代表的 17 世纪以来的半宗教半艺术的作品，也是史诗。从上述诸家观点可见，所谓史诗是指叙写神、英雄或帝王将相活动的长篇韵文体叙事诗，或指叙述一个民族、时代或完整社会生活事件的作品。

---

① 陈世骧：《中国文学的抒情传统》，北京：生活 · 读书 · 新知三联书店，2015 年，第 5 页。

② 亚里士多德：《诗学》，罗念生译，北京：人民文学出版社，1962 年，第 82—88 页。

③ 贺拉斯：《诗艺》，杨周翰译，北京：人民文学出版社，1962 年，第 141 页。

④ 黑格尔：《美学》（第三卷下册），朱光潜译，北京：商务印书馆，1996 年，第 107 页。

史诗叙述的是一个有因有果、首尾完整的故事，具有宏大叙事与整一性的特征，正是在此意义上，我们称之为“述事”范式。《伊利亚特》叙述的是古希腊人与特洛亚人的战争，其中有关壮阔激烈的战争场面的描述俯拾皆是，如“他们进军，整个土地就像着了火一样，/大地在脚下呻吟……”（《伊利亚特》第2卷，本段下文叙述中，省略“《伊利亚特》”字样，只用“＊＊卷”表示）“杀人者和被杀者的呻吟和胜利呼声/可以同时听见，地上处处在流血。”（第9卷）“这里的战斗激烈进行如一团烈火”“双方的喊声直达太空和宙斯的灿辉。”（第13卷）展现了一幅幅宏大的战争场景。所谓整一性，即叙述的完整系统与有机统一。亚里士多德在《诗学》中说：“所谓‘完整’，指事之有头，有身，有尾。所谓‘头’，指事之不必然上承他事，但自然引起他事发生者；所谓‘尾’，恰与此相反，指事之按照必然律或常规自然的上承某事者，但无他事继其后；所谓‘身’，指事之承前启后者。……在诗里，正如在别的摹仿艺术里一样，一件作品只摹仿一个对象；情节既然是行动的摹仿，它所摹仿的就只限于一个完整的行动，里面的事件要有紧密的组织，任何部分一经挪动或删削，就会使整体松动脱节。”[①]即强调一部作品主要讲述一个人物的一个故事。《伊利亚特》尽管故事繁杂，但它重点描述了十年战争最后五十天的故事，且紧紧围绕着阿基琉斯的愤怒来叙述。《奥德赛》更是一人一事，它紧紧扣住奥德修斯十年漂泊最后四十天发生的事情进行叙述，其主线就是奥德修斯的返乡历程。此外，它还有一副线，即其子特勒马科斯外出探父讯，是为主人公的返乡复仇服务的。主副两线相辅相成，构成了一个完整的行动。

《牛津简明文学术语词典》对“史诗”是这样表述的：

> 史诗是长篇叙事诗，以崇高庄严的风格歌颂一个或多个传奇英雄的伟大功业。史诗英雄往往受到神的庇护，甚或是神的传人。他们总是在艰苦的旅程和卓绝的战争中表现出超人的能力，常常拯救或者缔造一个民族——例如维吉尔的《埃涅阿斯纪》（公元前30—20），乃至拯救整个人类，如弥尔顿的《失乐园》。维吉尔和弥尔顿所创作的诗歌被叫作“次生的”或者文学的史诗，它们是对更早的“原生的”的或者叫传统的《荷马史诗》的模仿。荷马的《伊利亚特》和《奥德赛》

---

① 亚里士多德：《诗学》，罗念生译，北京：人民文学出版社，1962年，第25—28页。

(公元前8世纪)则来自口头吟唱的史诗传统。这些次生之作吸收了《荷马史诗》的诸多技巧,包括对诗神缪斯的吁请,"特性修饰语"的使用,对众英雄和对手的"详表"式形容,以及"从中间开始"的结构。[①]

《普林斯顿诗歌与诗学百科全书》将"史诗"定义为:

一部史诗是关于英雄行为的长篇叙事诗歌:叙事意味着它讲述一个故事,诗歌表明它以韵文体而非散文体写就,英雄行为则被各个传统的诗人们一般解读为对英雄所归属社区而言有重大意义的英勇行为。[②]

由此可见,对于一首作品是否算史诗,学界往往有以下几大标准:长篇叙事诗、宏大的题材、超凡的主人公、非凡的业绩、崇高的风格;吁请叙事、程式化等叙事技巧。

20世纪30年代以来,随着世界范围内各国家、各民族史诗的不断发现,学界往往将史诗分为两种类型:一是民间口传史诗,如《荷马史诗》《贝奥武甫》《罗兰之歌》等中古西方英雄史诗、《格萨尔》《江格尔》《玛纳斯》等中国三大英雄史诗等;二是文人书面史诗,如维吉尔《埃涅阿斯纪》、但丁《神曲》、弥尔顿《失乐园》等。帕里、洛德师徒长期致力于口头传统的研究,认为《荷马史诗》是高度程式化的,力图对"荷马问题"作出当代回答。他们的贡献在于促使后来的学者将史诗这一文类放在口头诗学的情境中予以重新界定。20世纪中期以后,学界对史诗的认识进入了新的阶段,口头史诗的概念得到了普遍承认与重视。于是,在强调史诗叙述英雄故事的一面外,也注重史诗的"口头传统",如程式、主题与故事范型[③]。

---

① Chris Baldick, *The Concise Oxford Dictionary of Literary Terms*, Oxford University Press, 2008, pp. 81-82. 转引自朝戈金:《"多长算是长"——论史诗的长度问题》,《中央民族大学学报》2015年第5期。

② *The Princeton Encyclopedia of Poetry and Poetics*, Fourth Edition, Editor in Chief Roland Greene, Princeton UniversityPress, 2012, p. 9. 转引自朝戈金:《"多长算是长"——论史诗的长度问题》,《中央民族大学学报》2015年第5期。

③ 米尔曼·帕里发现《荷马史诗》中存在大量重复出现的单词、短语、句子、段落、场景、情节等,他称之为"程式"。洛德在《故事的歌手》里这样说:"在《荷马史诗》研究中,曾几何时,人们还不能够充分地解释《荷马史诗》中的'重复''常备的属性形容词''史诗套语',以及'惯用的词语'等等。……他的研究成果之一便是程式概念:'在相同的格律条件下为表达一种特定的基本观念而经常使用的一组词。'"

尽管《伊利亚特》是愤怒的故事范型，《奥德赛》属于回归歌的故事范型，但它们的基本故事模式是相似的。《伊利亚特》的主题群：阿基琉斯退出战争；他在海边的祷告；阿开奥斯人的劫难；帕特罗克洛斯的伪装；阿基琉斯的回归与亮相；阿基琉斯的复仇；和解与葬礼。《奥德赛》的主题群：被俘获；呐喊和释放；劫难；伪装；谎言故事；相认；复仇；余波，“它们都是关于这样一个故事：一个远离家乡的人，因他的离去而给其所爱的人带来一场浩劫，他终于重返故里，报仇雪耻”[①]。

尤为值得一提的是，西方史诗还采用了吁请叙事与非吁请叙事相结合的叙事方式。

如《伊利亚特》的开头：

> 女神啊，请歌唱佩琉斯之子阿基琉斯的
> 致命的愤怒。

《奥德赛》的开头则为：

> 请为我叙说，
> ……女神，宙斯的女儿，请随意为我们述说。

这是吁请叙事。之所以如此，是因为荷马倡导“神赋论”，“没有缪斯的恩助，诗人将难有作为。出于从业的需要，大概也为贴近敬神的传统和听众的接受习惯，荷马在《伊利亚特》和《奥德赛》最醒目的篇首位置，用词简练但却十分到位地表述了对缪斯的依赖和崇仰之情”[②]。维吉尔《埃涅阿斯纪》与弥尔顿《失乐园》《复乐园》，沿袭了古典史诗吁请叙事的传统。维吉尔在《埃涅阿斯记》的开头道：“请告诉我，缪斯。”呼吁缪斯来帮助他歌颂史诗英雄的丰功伟绩。在《失乐园》开头，弥尔顿恳请道：“天上的缪斯呀，请歌咏吧。”而在《复乐园》开篇，他同样祈求道：“圣灵啊，……求您和往常一样，给我灵感，激励为诗，否则我便哑默无声了。”均在开头均呼吁诗神赋予他灵感。而后在《失乐园》第七卷的开头，弥尔顿又一次吁请诗歌之神，并将呼吁的对象明确为司天文的希腊缪斯“尤拉尼亚”：“尤拉尼亚，从天上降临吧。”弥尔顿继承并发展了西方史诗传统，“在所有‘诗歌

---

① 阿尔伯特·贝茨·洛德：《故事的歌手》，尹虎彬译，北京：中华书局，2004年，第186页。

② 陈中梅：《人物的讲述·像诗人·歌手——论〈荷马史诗〉里的不吁请叙事》，《外国文学评论》2003年第3期。

吁求'中自始至终坚持祈求基督教史诗之缪斯，反复强调自己的史诗与前辈史诗的根本区别，坚持为自己的圣经史诗主题进行辩护，并重新定义'真正的史诗英雄'和'英雄主义'。"[①]

所谓非吁请叙事，指的是诗人进入角色，以人物的口吻进行叙事。如《伊利亚特》第1卷，阿基琉斯向母亲忒提斯讲述他自己与阿伽门农发生冲突的整个过程；第19卷，阿伽门农亦绘声绘色地讲述了宙斯的长女阿特的可怕：

> 狂迷是宙斯的长女。致命的狂妄使我们全都
> 变得昏昏沉沉。她腿脚纤细，从来不沾
> 厚实的泥地，而是飘行在气流里，悬离凡人的头顶，
> 把他们引入迷津。她缠迷过一个又一个凡人。
> 不是吗，那一次，连宙斯也受过她的蒙骗。

《奥德赛》第7卷开始至第12卷，奥德修斯讲述自己10年历险进程。在第13卷、第19卷、第24卷奥德修斯又分别向牧猪奴欧迈奥斯、妻子佩涅洛佩、父亲拉埃尔特斯讲述关于他身世的不同版本的故事。诗人以人物的口吻进行非吁请叙事，这个人物不仅可以参与事件的过程，也可以对事件进行评价，由此既有助于刻画性格各异的人物形象，也让读者产生身临其境的鲜活感。

总之，西方史诗的"述事"与吁请叙事范式，乃故事结构的整一性与人物构成的复杂性的需要，由此形成了史诗宏大叙事的风格；而非吁请叙事则增加了叙事的灵活性与逼真性。此外，西方诗人在进行史诗创作时亦常用倒叙、插叙、补叙等叙述方法，它们也为后世叙事文学提供了范式。

第二节　中西抒情诗歌中"事"的修辞形态

一般认为，诗歌是抒情范畴，而小说与戏剧是叙事范畴，因此传统的叙事学研究较少涉及诗歌。不仅如此，由于中国文学素以诗歌为主流和

---

① 吴玲英：《从"诗歌吁求"看弥尔顿对西方史诗传统的继承与发展》，《外国文学评论》2013年第4期。

正统，导致后来学者一边倒地将中国文学传统归纳为“抒情传统”[1]。叙事学对诗歌的忽略和“中国文学抒情传统”之说的广泛传播，表明学界明确接受抒情与叙事的对立以及诗歌与小说、戏剧的对立。然而，这种局面在近年来已经得到极大改变。比如，董乃斌教授在其重要著作《中国文学叙事传统研究》中，明确提出应该“专门研究一向被视为纯抒情性诗词作品的叙事问题，仔细地分析叙事成分在以抒情为主的古典诗词中，究竟是如何表现、如何起作用的，有些什么特点，叙事与抒情到底存在着怎样的关系”[2]，并详细考察了通常不被归入叙事文类的中国古典诗词、汉魏隋唐乐府、唐赋等中的叙事问题。傅修延教授在其影响巨大的《中国叙事学》一书第八章中，详细考察了赋体文学与中国古代叙事演进之间的关联，指出“在（中国）叙事生长发育的关键时期，赋体文学曾经发挥了比其他文体更为重要的作用”[3]。

诚然，如果把抒情与叙事、诗歌与小说、戏剧绝对对立起来，认为前者没有“事”，或者后者没有“情”，这明显不符合事实。事实上，含“事”的诗歌俯拾皆是，抒“情”的小说和戏剧也素不缺乏。比如，杜甫的《石壕吏》、罗伯特·布朗宁的《我已故的公爵夫人》等，里面都有事件，甚至以事件为核心；沈从文的《边城》、弗吉尼亚·伍尔夫的《海浪》等，里面都有抒情，甚至抒情压倒了叙事。即使我们不举“叙事诗”或“抒情小说”这些极端的例子，在一般的抒情诗歌中我们也能发现事件的踪迹，而在一般的小说与戏剧作品中我们也都能觅到抒情的芳踪。正如董乃斌教授所言：“擅长抒情的诗词曲赋并非与叙事绝缘，而任何一种小说、戏剧之叙事也都蕴含着抒情。”[4]当然，董乃斌教授这里把诗词曲赋中出现的“事”通称为“叙事”，而本书则希望将文学作品中的“事”分为两类，即“感事”和“叙事”，前者写事主要为了缘事抒发情志，后者写事则是为了讲述故事。“感事”这一概念在内涵上与“抒情”相同，本书用“感事”这个术语，有两个理由：一是“抒情”容易让人觉得与“事”无关，但实际上，所有抒情都必定含有“事”，在董乃斌教授看来，“阐说文学创作动因和分析文学作品构成时，‘事感说’要

① 陈世骧：《中国文学的抒情传统》，北京：生活·读书·新知三联书店，2015年，第6页。

② 董乃斌：《中国文学叙事传统研究》，北京：中华书局，2012年，第179页。

③ 傅修延：《中国叙事学》，北京：北京大学出版社，2015年，第189页。

④ 董乃斌：《中国文学叙事传统研究》，北京：中华书局，2012年，第174页。

比‘物感说’更贴切，更进一层”[①]；二是本书旨在考察“事”在诗歌中的修辞形态，因此需要以“事”为中心。

如果“有事/无事”不能区分诗歌与小说、戏剧，那么我们也许只能从“事”的形态来区分这两种文类。谭君强教授用“外故事”这一术语来概括诗歌中的“事”，并区分了典籍记叙、诗人标记、与叙事文本相融、记叙评述等四类外故事。在谭君强教授看来，抒情诗歌的“情感表达与抒发，都与叙事文本中内在地蕴含‘讲述故事’的要求不相吻合”，因此不可能从抒情话语中抽取出“合乎逻辑的、并按时间先后顺序重新构造的一系列被描述的事件”[②]。“外故事”这一概念让我们得以看到，诗歌中的“事”往往并不在诗内，但这些外在于诗歌的“事”与诗歌的抒情之间有多种多样的关联。虽然外故事的确是很多抒情诗歌中“事”的位置状态，但明显也不是“诗歌”的区别性特征：很多诗歌有“内故事”（如弗罗斯特的《雪夜林边驻足》），很多小说也存在“外故事”（如唐传奇名篇《补江总白猿传》）。

那么，究竟如何以“事”为中心来区别诗歌与小说、戏剧呢？董乃斌教授认为，（抒情诗歌）“总是因某种‘事’而触动了‘情’，因而激发灵感，产生创作冲动，然后又借对某些事与物的描述咏叹以表情达志”[③]。在这里，虽然“事”被置于诗歌的重要位置，但“事”只是一种手段，“表情达志”才是最终目的。“表情达志”可以因“物”而起，也可因“事”而起，正如钟嵘《诗品·序》中所言：“至于楚臣去境，汉妾辞宫；或骨横朔野，魂逐飞蓬；或负戈外戍，杀气雄边；塞客衣单，孀闺泪尽；或士有解佩出朝，一去忘返；女有扬蛾入宠，再盼倾国。凡斯种种，感荡心灵，非陈诗何以展其义？非长歌何以骋其情？”很明显，诗歌中写“事”，不是为了“事”本身，而是为了“展其义”或“骋其情”。正因为如此，很多诗歌使用的都是“外故事”，即最大限度隐去“故事”，而仅抒发情和义；即使有完整的内故事，其重心也是借故事来抒发情义。由是观之，典型的中国古典诗歌的核心特征不在于是否无“事”，也不在于“事”在诗内还是诗外，而在于对“事”的处理方式：中国古典诗歌写事的目的在于抒发情志，即“感事”，而非“叙事”。

应该说，这一结论并不新鲜，但很多相关研究仅满足于证明诗歌中有

---

① 董乃斌：《中国文学叙事传统研究》，北京：中华书局，2012 年，第 180—181 页。

② 谭君强：《论中国古典抒情诗中的“外故事”》，《江西社会科学》2014 年第 1 期。

③ 董乃斌：《中国文学叙事传统研究》，北京：中华书局，2012 年，第 180 页。

"事",而忽略了对"感事"与"叙事"的差别进行深究。事实上,由于"感事"和"叙事"在所有诗歌中都不同程度地存在(下文即将论述),如果不深究两者的差别,我们将无法超越直觉去解释为什么有些诗歌抒情性更浓,而另外一些诗歌叙事性更浓。有些论者已经注意到这个问题,但未对"感事"和"叙事"的差异进行系统化揭示。比如,董乃斌教授指出,诗歌中的"事"只是"故事片段",仅包括典型细节,目的是营造"诗意氛围",因此多用"白描手法"或用典[①]。希瑟·杜布罗(Heather Dubrow)则认为,"抒情是静态的,叙事是动态的,叙事是变化的,抒情是内化的,叙事是唤起外在实际状况的,抒情则是阻止叙事向前推进的。"[②]。谭君强教授论证道,在抒情类作品中,没有按逻辑与时间关系组合的诸事件,因此也没有"形成故事发生、发展、变化的过程,以及引起这一系列事件发生变化的人物性格形成的过程"[③]。

不难看出,以上论述突出的是抒情诗歌中故事事件的形态,"片段""内化""缺乏变化"等说法强调的都是诗歌中事件的静态性。这的确从某种意义上体现了诗歌重感不重叙的特征,但事实上很多抒情诗歌中的"事"得到了动态的,甚至是完整的再现(如《石壕吏》),用以上观点就很难准确解释这些诗歌中的"事"的形态。更重要的是,多数学者采取的是二元对立思维方法,认为诗歌中的"事"必然具有某些特征,或小说中的"事"必然具有另外一些特征。这种思考方式模糊了文类的交叉融合,不利于我们对具体作品进行具体分析。有鉴于此,笔者首先提出一个更完整的框架来区分感事和叙事,然后提出"感事—叙事连续体"概念,用它来定位具体文学作品,无论是抒情诗歌还是叙事小说。

一、区分叙事与感事的四个维度

董乃斌教授认为,文学中的所有修辞表现手法都是言语行为,是"任作者用来为抒或叙服务的"[④]。更有趣的是,董教授指出,"文学创作中的抒与叙绝非毫无瓜葛,而是有着密切的关系,有时甚至难以断然区分":

---

① 董乃斌:《中国文学叙事传统研究》,北京:中华书局,2012 年,第 184 页。

② Dubrow, H. *The Interplay of Narrative and Lyric: Competition, Cooperation, and the Case of the Anticipatory Amalgam*. Narrative, 2006, Vol. 14(3), 254—271.

③ 谭君强:《诗歌叙事学:跨文类研究》,《思想战线》2015 年第 5 期。

④ 董乃斌:《中国文学叙事传统研究》,北京:中华书局,2012 年,第 14 页。

……如果说抒与叙是两种基本色调，那么它们的关系很像一条色谱，看其两端，抒与叙差异明显，界线清晰，而愈向中间看，就会发现一段愈为混沌模糊的地带，在那里是一种我中有你、你中有我的关系，而文学中，特别是中国古代文学中，又特别是在占据主流地位的诗词曲赋和文章类作品中，历来最受重视从而被运用得最多的，正是这中间地带的色彩。[①]

董教授这里提出的“混沌模糊的地带”，就是无法明晰区分“抒情”和“叙事”的地方，用本书确立的术语来说，就是“感事”和“叙事”交织的地带。在2022年发表的一篇文章中，董老师进一步发挥了他的观点，他认为“每首诗都是抒叙成分杂陈”，因此“首先应弄清楚其抒叙成分的大致比重”。为此，他提出了“光谱分析法”：

……根据中国诗歌的实际情况，我们为此试创了一种“光谱分析法”。有色光谱从赤橙黄绿到青蓝紫逐渐演变，每种颜色频率不同，由此到彼有个过渡。假设一首诗的抒叙成分总共是10，那么光谱两端分别是纯抒情（抒10叙0）或纯叙事（抒0叙10）的诗（当然这里也只能是相对而言）。从抒情成分占9叙事成分占1，向右延伸，依次便是抒8叙2，抒7叙3，直到抒5叙5的抒叙平衡状态。继续向右，则从抒4叙6演变到抒1叙9，最后便是纯叙事诗了。……这个谱系两端，比较纯粹的抒情诗和叙事诗，不是我们的主要研究对象（虽然并非不能进行叙事分析），而处于过渡状态、中间类型的诗歌作品，以往被笼统称为抒情诗，从不考虑它们的叙事特色，更没有诗的抒叙比重、结构乃至博弈互竞这些概念，对它们的思想和艺术价值也往往论述不深不透，这些都是我们要多加关注的。[②]

董教授在此提出的“光谱分析法”很有价值，从某种意义上打破了“感事的诗歌”和“叙事的小说、戏剧”之间的二元对立，让我们得以较为准确地描述诗歌中“感事”成分和“叙事”成分的复杂配置。虽然董教授认为这种光谱分析法是“根据中国诗歌的实际情况”而创立的，但笔者认为，该分析法同样适用于西方诗歌，如果考虑到小说、戏剧中也有感事成分，我们

① 董乃斌：《中国文学叙事传统研究》，北京：中华书局，2012年，第15页。

② 董乃斌：《关于中国诗歌叙事学的一点思考》，《叙事研究》2022年第4辑，第61—76页。

甚至也可以把该分析法用于描写小说、戏剧中"感事"成分与"叙事"成分的配置。

然而,如果所有诗歌都是"缘事而发",那么到底什么是"感事"(即抒),什么是"叙事"(即叙),我们应该依据什么标准来确定某诗歌里"抒情成分占9叙事成分占1",或者某小说里"抒情成分占1叙事成分占9"?董教授并未明确予以回答。如果我们接受董教授的前提,即所有文学作品都是一种"言语行为",无论诗歌还是小说都是作者和读者之间的一种交流,那么,我们或许可以依据交流的方式来区分"感事"和"叙事"。也就是说,"感事"和"叙事"虽然都基于"事",但提供的是两种不同性质的交流方式,正如国际修辞叙事理论代表人物詹姆斯·费伦(James Phelan)在讨论诗歌修辞交流问题时所言,"叙事和抒情的材料很容易重合,但它们要求读者对这些材料采取的态度不同,我建议按照这个态度来区分两者"[①]。这样,我们的问题就是:"感事"和"叙事"分别要求我们对"事"采取何种态度?相对"叙事"而言,"感事"有何特殊的修辞形态?

回答这个问题,我们可以借鉴西方叙事学(尤其是修辞叙事理论)的某些有益观点。西方叙事学通常将叙事分为两个层次,即"故事"层和"话语"层,前者指叙事的素材内容,后者指叙事对素材内容的再现,前者涉及叙事的"什么"问题,后者涉及叙事的"如何"问题[②],而费伦对叙事的定义"某人在某场合为某种目的对其他人讲述发生了某事"[③]就包含了这两个层次,其中"发生了某事"是故事层,而"某人在某场合为某种目的对其他人讲述"是话语层(毫无疑问,在多层次叙事中,这个话语层也可能成为故事层)。费伦的这个定义可以帮助我们看到,诗歌从某种意义上也是一种叙事,因为即使诗歌中没有"某事发生"这个层次,至少也是"某人在某场合为某种目的对其他人讲述(某事/某人)"。事实上,费伦是这样定义"抒情叙事"的:"如果叙事性可被简化定义为'某人讲述某事的发生',那么抒

---

① Phelan, J. *Narrative as Rhetoric: Technique, Audiences, Ethics, Ideology*. 1st. Columbus: Ohio State University Press, 1996, p. 31.

② Prince, G. A Dictionary of Narratology. 2nd. Lincoln: University of Nebraska Press, 2003, p. 21.

③ Phelan, J. Narrative as Rhetoric: Technique, Audiences, Ethics, Ideology. 1st. Columbus: Ohio State University Press, 1996, p. 8.

情性可被简化定义为‘某人讲述某事的存在’”[1]。用本书的术语，我们可以说，叙事涉及的是“某事发生”，而感事涉及的是“某事存在”，其区别在于叙事要求讲述事件的缘起、发展和解决，而感事仅要求讲述某事的存在（无论该事在文本内还是在文本外），这也就是很多批评家已经讨论过的动态和静态之别。但是，叙事和感事的差别不仅体现在故事层，还体现在话语层：在叙事中，读者往往需要对叙述者、事件和人物进行伦理判断，而感事中，读者一般不会质疑叙述者所讲之事，只需和叙述者一起共享其情感、思想或信念。综合以上讨论，本书拟从四个维度区分叙事和感事。

（1）“叙事”要求读者期待事件的冲突、逆转和结果，“感事”只要求读者知道事件的存在。

叙事要求读者期待核心事件的完整发展链条，从开端、发展、高潮、解决到结尾，但感事中，读者并不去寻找事件的前后因果关系，很多“事”甚至是孤立的，没有时间或因果关联。比如，在《傲慢与偏见》中，围绕伊丽莎白和达西的爱情，读者建立了一系列期待：从相识到误会，从误会的加深到误会的澄清，他们终成眷属。再看唐代崔护的《题都城南庄》：“去年今日此门中，/人面桃花相映红。/人面不知何处去，/桃花依旧笑春风。”这首诗明显也蕴含了一件事：诗歌说话者来到与去年相同的地方，但去年在这里邂逅的那个美丽女子，今年却没有再来。这里虽然有一个时间的变化，但读者并不期待说话者告诉我们，这个美丽女子为什么今年没来，她没有来这一事实是否产生了某种重要的后果。崔护的诗歌显然是感事性的（而非叙事性），其重心是表达说话人对“美丽女子今年没来”的遗憾惆怅之感。

（2）“叙事”要求读者关注人物的“摹仿”层面，“感事”要求读者关注其“主题”层面。

费伦提出，叙事中的人物有三个层面，即“摹仿”“主题”“合成”。在任何叙事中，这三个层面都可能同时存在，但不同叙事进程可以突出这三个层面中的任何一个或多个，比如现实主义作品要求读者关注人物的“摹仿”层面，而自反性的元小说则要求读者关注人物的“合成”层面。就叙事与感事而言，前者要求读者对人物的“摹仿”层面做出反应，而后者则要求

---

① Phelan, J. *Experiencing Fiction: Judgments, Progressions, and the Rhetorical Theory of Narrative*. 1st. Columbus: Ohio State University Press, 2007, p. 153.

读者对人物的“主题”层面做出反应。换句话说，在叙事中，读者需要尽量将人物看成合情合理的“真人”，而在感事中，读者则需要将人物看作某种思想或情感的代表或象征。还是用崔护作为例证。在他的诗歌中，读者既不需要关心那位美丽女子姓甚名谁，她到底发生了什么事情，甚至也不需要知道她的长相(这里或许有外故事，但不是读者关心的范畴)。在这个感事作品中，人物只是模糊的存在，没有外表和性格展示，崔护用“人面桃花相映红”，只是让读者知道她应该是位美丽的女子，舍此再无其他信息，当然也无需更多信息，因为崔护的目的已经达到，这位美丽女子代表的是一切美好事物：虽然美丽，但稍纵即逝，不易把握。这样，读者就从人物的“摹仿”层面迅速过渡到“主题”层面。

(3)“叙事”要求读者对人物和事件进行价值判断，“感事”要求读者对人物和事件进行情感投射。

如前所述，叙事要求读者关注人物和事件的“摹仿”层面，其结果之一就是读者需要对人物和事件作出价值判断，与此相对照，感事则要求读者对人物和事件进行情感投射，也就是将自己的情感付诸人物或事件。在奥斯汀的《傲慢与偏见》中，作者期待我们对简、伊莉莎白、达西、科林斯、凯瑟琳夫人、维克汉姆、班尼特太太、莉迪亚等几乎所有人物进行价值判断：简的善良豁达，伊莉莎白的直率独立，科林斯的谦卑与虚伪，凯瑟琳夫人的傲慢，维克汉姆的卑鄙，班尼特太太的浅薄势利，莉迪亚的单纯无知等。事实上，读者对《傲慢与偏见》的反应在很大程度上就是建立在这些价值判断基础上。反过来看华兹华斯的《我似一朵流云在飘荡》，读者完全无须对水仙花进行任何价值判断，只需将情感投入进去即可，与该诗的说话人一起，感受水仙花的美丽快乐，以及独处时它带给人类的“幸福”。再看唐代刘长卿的《逢雪宿芙蓉山主人》：“日暮苍山远，/天寒白屋贫。/柴门闻犬吠，/风雪夜归人。”在这里，这个“夜归人”是谁，他是好人还是坏人，他从哪里回来，是否应该回来，全然不是读者关心的重点，读者只需将情感投射到这个世外隐士身上，和他一起感受远离尘嚣的贫穷但快乐的情绪就可以了。

(4)“叙事”要求读者对叙述者与隐含作者之间的距离进行判断，但“感事”要求读者将说话人与隐含作者等同。

在费伦的叙事交流图示中(此图是对查特曼交流图示的修改，见

图 3-1)[①],叙述者和人物处于同一层面,也就是说,叙述者也是隐含作者用来实现其修辞意图的一个重要组成部分。叙述者的重要性在“不可靠叙述”中体现得尤其明显(如纳博科夫的《洛丽塔》),即使在如《傲慢与偏见》这样的可靠叙事中,读者也会对叙述者形成某种判断(可靠叙事中,读者对叙述者的判断大都是肯定的),一般而言,在虚构叙事中,读者不会把叙述者等同于作者。

叙事文本

真实作者——→隐含作者——→叙述者——→受述者——→隐含读者——→真实读者

图 3-1　费伦的叙事交流图示

然而,在感事中,说话人就是隐含作者,两者没有明显距离。换句话说,在叙事中,读者应该感受到叙述者的存在,而在感事中,读者不需特别关注说话人的独特存在,而可以直接将其等同于隐含的诗人。比如,陶渊明的名诗:“结庐在人境,而无车马喧。/问君何能尔?心远地自偏。/采菊东篱下,悠然见南山。/山气日夕佳,飞鸟相与还。/此中有真意,欲辩已忘言。”在这里,读者不需要考虑这个说话人是否可靠,陶渊明是否在利用这个说话人来实现某种特别的修辞目的(比如反讽),因为这里的说话人就是隐含的陶渊明。同样,读者也不需要考虑这个受述者,因为这个受述者基本就等同于隐含读者。这样,我们就可以将费伦的叙事交流图示稍加修改(见图 3-2),使之适应感事交流的特征。

感事文本

真实作者——→隐含作者——→(说话人)——→(受述者)——→隐含读者——→真实读者

图 3-2　感事交流图示

二、“感事—叙事”连续体

如上所述,以“抒情”和“叙事”来区分诗歌和小说戏剧不太恰当,因为任何文学作品中都既有抒情和叙事。从四个维度区分“感事”和“叙事”之

① Phelan, J. *Living to Tell about It: A Rhetoric and Ethics of Character Narration*. 1st. Ithaca and London: Cornell University Press, 2005, p. 45.

后，我们或许可以认为诗歌的主要特征是“感事”，而小说、戏剧的主要特征是“叙事”，但这并不意味着所有诗歌都是纯“感事”，或所有小说戏剧都是纯“叙事”。为了准确定位文学中“事”的修辞形态，本章受董乃斌教授“抒叙光谱”的启发，提出“感事—叙事连续体”，无论诗歌还是小说、戏剧，都居于在这个连续体的某个点上。

纯“感事”和纯“叙事”处于“感事—叙事连续体”的两极，两极中间则有无数个点，具体作品可以落在其中任一点上。事实上，绝大多数文学作品都很难是纯粹“叙事”或纯粹“感事”，而是“叙事”与“感事”的结合：有些作品可能更偏向叙事，有些作品可能更偏向感事；既有感事的诗歌，也有叙事的诗歌（即叙事诗歌）；既有叙事的小说，也有感事的小说（即抒情小说）。董乃斌教授将这个连续体的中间部分定义为“模糊地带”，但如果结合以上论述的四个区分维度，我们就可以比较精确地确定某个作品在“感事—叙事”连续体中的具体位置。

我们不妨先来看杜甫的《石壕吏》。原诗如下：

> 暮投石壕村，有吏夜捉人。/老翁逾墙走，老妇出门看。/吏呼一何怒！妇啼一何苦！/听妇前致词：三男邺城戍。/一男附书至，二男新战死。/存者且偷生，死者长已矣！/室中更无人，惟有乳下孙。/有孙母未去，出入无完裙。/老妪力虽衰，请从吏夜归。/急应河阳役，犹得备晨炊。/夜久语声绝，如闻泣幽咽。/天明登前途，独与老翁别。

杜甫这首诗通常被学界定义为“叙事诗”，有人甚至称其具有“史诗”性质[①]。这当然不是指西方意义上的“史诗”，而是指该诗有强烈的叙事性。的确，该诗中“事”的具有明显的起承转合结构：一开始“有吏夜捉人”就制造了不稳定性（instabilities），让读者期待这个不稳定性的发展和解决。到诗歌的结尾，这个不稳定因素的确也按照读者的期待得到了解决：老翁成功逃脱，老妇被抓到军营服役。除此之外，该诗还要求读者对人物进行价值判断，比如“吏呼一何怒”，就让读者对这个人物做出了负面的价值判断，而“夜久语声绝，如闻泣幽咽”等语，也明确引导读者对诗中描写的抓壮丁事件做出负面的价值判断。从这个意义上讲，《石壕吏》的确具

① 董乃斌：《中国文学叙事传统研究》，北京：中华书局，2012年，第181页。

备很多“叙事”成分（满足以上讨论的叙事第一和第三条标准）。但是，如果把《石壕吏》笼统地说成“叙事诗”，则忽略了该诗中强烈的“感事”成分。首先，该诗虽然交代了时间、地点、人物身份和事件，但所有人物都没有名字（只有吏、翁、妇等表示身份、性别的词汇），从而大大削弱了叙事人物“摹仿”层面的意义。由于没有名字，诗中人物可以指符合年龄及身份特征的任何人，这些人物因此也就不再是具体的人，而成为某种主题的符号。其次，该诗虽然事件结构完整，但其主体部分（即从“听妇前致词：三男邺城戍”到“急应河阳役，犹得备晨炊”）都是老妇的独白。该独白属于嵌入叙事，但与框架叙事（即“拉壮丁”）并无紧密关联，不推动框架叙事的展开，其功能类似于说话者利用老妇之口来表达自己对“壮丁”们的同情（“存者且偷生，死者长已矣！”明显是诗歌说话者的声音，很难想象会出自老妇之口）。最后，该诗的说话人与隐含作者没有明显距离，读者对其叙述的可靠性也没有任何怀疑的理由，甚至感受不到他的存在，也就是说，该诗的作者、隐含作者和说话人是合一的。正如有论者认为，《石壕吏》虽然采用了限知的第一人称视角，但“诗歌的意识仍然被牢牢控制在叙述者的强大意志之下”[①]。如此看来，《石壕吏》表面看具有一个完整的叙事结构，但若深入进去，我们发现其中也包含大量的反叙事成分，这些反叙事成分将读者的注意力从“叙事”引向“感事”。在“感事—叙事”连续体中，《石壕吏》可居于中央更靠叙事一边的位置。

作为对照，我们再来看看英国天才诗人约翰·济慈（John Keats）的名作《夜莺颂》中“事”的修辞形态及其在“感事—叙事”连续体中的位置。众所周知，《夜莺颂》写于1819年春天，当时济慈住在朋友查尔斯·布朗（Charles Brown）家里，一只夜莺在房子附近筑巢。一天清晨，济慈搬一把椅子，独坐在梅树下的草坪上，心潮澎湃，写下这首传世之作，抒发他对夜莺歌唱的迷魅之情。在第一诗节，说话人（speaker）陷入一种麻木的忘我状态，犹如“饮过毒鸩/又像是刚刚把鸦片吞服”[②]，开始被林间夜莺嘹亮的歌声所迷魅。第二诗节更进一步，说话人强烈表达要与夜莺同去的愿望：“哦，我要一饮而悄然离开尘寰/和你同去幽暗的林中隐没”[③]。在

① 成丹彤：《重读〈石壕吏〉：从叙述学的角度来分析》，《杜甫研究学刊》2019年第1期。

② 约翰·济慈：《济慈诗选》，查良铮译，北京：人民文学出版社，1958年，第70页。

③ 同上书，第71页。

第三诗节，说话人和19世纪初众多浪漫主义者一样，表达对丑陋而易逝的现实的不满，为接下来表达化身夜莺后的欢欣做准备。在说话人眼里，“这使人对坐而悲叹的世界/青春苍白、削瘦、死亡/而‘瘫痪’有几根白发在摇摆”[①]，“美保持不住明眸的光彩/新生的爱情活不到明天就枯凋”[②]。第四到第七诗节，说话人如灵魂出窍一般，与夜莺同行飞翔，在月夜中掠过树林，君临万物，在那一瞬间超越生死和时空，获得了永恒的感受。第八诗节（也是全诗最后一节），说话人突然从“迷魅”中惊醒，在半梦半醒的状态中回到现实。夜莺的歌声逐渐远去，“流过草坪，越过幽静的溪水/溜上山坡”，留下说话人自问：“这是个幻觉，还是梦寐？/……我是睡？是醒？”[③]

我们该如何定位《夜莺颂》呢？它是感事还是叙事？从全诗的结构来看，《夜莺颂》具有明显的叙事性质：该诗揭示的是说话人出入“迷魅”状态的全过程。第一节说话人表明自己即将进入迷魅状态，引入叙事的“不稳定性”；第二、第三节说话人进一步暂缓叙事，转而表达对夜莺的倾慕和对现实的不满；第四节至第七节说话人解决了不稳定性，说话人随夜莺而去，俯瞰万物，穿越时空，实现了之前的愿望，使叙事达到高潮；第八节说话人忽然惊醒，重新回到现实，整个迷魅过程旋即宣告结束。这一描述使《夜莺颂》看上去是一个标准的叙事。然而，《夜莺颂》在其他方面却被“感事”所主导。读者不需对说话人（也就是诗歌的主人公）及其行动做出任何形式的价值判断：说话人情感陷入麻木，然后在迷魅状态中追随夜莺的歌声而去，完全忘记自我，对这番神游，读者不会给予判断，而只需将自我的情感投入进去，与说话者一起感受。此外，和《石壕吏》一样，《夜莺颂》的说话人与隐含的济慈之间也没有任何距离，完全可以等同起来。此外，《石壕吏》与《夜莺颂》还有一个共同特点：它们都曾中断叙事，插入大段与主干叙事无关的抒情段落。相比较而言，《石壕吏》的叙事性大于《夜莺颂》，而《夜莺颂》的感事性则大于《石壕吏》：按照我们之前列出的四条标准，《石壕吏》满足两条，即第一条（具有相对完整的情节进程）和第三条（要求读者对人物和事件进行价值判断），而《夜莺颂》仅满足第一条（具有

---

① 约翰·济慈：《济慈诗选》，查良铮译，北京：人民文学出版社，1958年，第71页。

② 同上。

③ 同上书，第74页。

相对完整的情节进程)。因此,如果说在"感事—叙事"连续体中,《石壕吏》居于中央更靠叙事一边的位置,那么《夜莺颂》则居于中央更靠感事一边的位置。

"感事—叙事"连续体还可用于小说的比较定位分析。比如,沈从文的名作《边城》的主要围绕翠翠的婚事,但该小说没有激烈冲突,缺乏明显的"起承转合"事件结构,在叙事的结尾,主要冲突甚至没有得到完全解决("这个人也许永远不回来了,也许'明天'回来!")。在叙事中间,作者引入了多段与主要冲突无关,且自身也无须解决的小事件和景物描写,读者不需考虑叙述者的可靠性,也不需对人物作价值判断,包括对未婚先孕的翠翠妈妈,以及小城里的妓女,这些反叙事手段有效地营造出了《边城》的感事氛围,作者的主要目的不是讲一个引人入胜的故事,而是略带感伤地引导读者去感受湘西独有的纯净风情。再举一例。萨拉·奥恩·米厄特(Jewett)的小说《一只白苍鹭》("A White Heron")讲述了一位名叫西尔维娅(Sylvia)的小女孩的故事,小女孩抵挡住诱惑,拒绝告诉一位帅气的年轻猎手关于白色苍鹭的位置,因为他会射杀苍鹭做成标本。在这篇短短四页的小说中,有超过一页描写西尔维娅如何和那头老母牛穿过幽暗的树林,走在回家的路上;还有一页左右描写西尔维娅如何在清晨爬上那棵最高的树,眺望远方的大海,想象并感受白色苍鹭飞翔时的自由自在。因此,该小说虽然有核心冲突,但叙事的重点并不是冲突的发生、发展和解决,而是在小女孩的性格和心理刻画,因此,也具有明显的抒情性质。由于要求读者对人物作出价值判断(该小说明确要求读者对猎手做负面价值判断,并对西尔维娅的选择作出正面判断),且人物更具模仿性质,因此,在"感事—叙事"连续体上,《一只白苍鹭》比《边城》更靠叙事一边,尽管《边城》的篇幅要长得多,人物要多得多。

综上,由于诗歌享有的正统和主流地位,中国文学传统常被笼统定义为"抒情",但是诗歌中不只有"情",还包含"事"的成分,而且往往"感事"(缘"事"而抒情志)与"叙事"(对"事"本身进行讲述)并存。近年来关于抒情诗歌中叙事问题的讨论越来越多,但尚未深入讨论"感事"与"叙事"的区别。本章借鉴西方修辞叙事理论基本观点,按照读者和作品的交流方式,从四个维度区分"感事"和"叙事"。然后,本章构想了一个"感事—叙事"连续体,其中,纯感事和纯叙事分居两极,而大量的诗歌作品则居于两极之间,或靠近感事,或靠近叙事。有了"感事—叙事"连续体概念,我们可以超越“感事”和“叙事”二元对立，进而认识到诗歌（乃至所有文学作品）中“事”的复杂修辞形态，从而对其进行准确定位，帮助我们更好地理解抒情诗歌作品。

第三节　中国诗歌的家园叙事范式与西方诗歌的远游叙事范式

一、中国诗歌的家园叙事范式

中国是一个农业大国，人们依靠耕种而生，遵循着“日出而作，日入而息”（《击壤歌》）的农耕生活方式。农耕文明是中国文化生发的深厚土壤，农耕文化在中国人的思维中早已根深蒂固。春季播种、夏季劳作和秋季收获，种植农作物严格的农时让农耕的人们只能一年四季守候着土地，依土地而生存，土地是百姓安身立命之本。正如范文澜先生所言：“农夫一家人世代附着在小块土地上，离开土地不能生活。”[①]土地是农耕人们生活物资的来源之所，农耕人们完全能够依靠土地实现家庭物资的自给自足，因而人们不需要也没有必要外出冒险谋生。农耕之时，种植作物能够获取固定收成，这使得农耕人们生活趋于稳定。稳定的生活来源进而促使人们更倾向于依赖所耕之地建立家园。而农闲之时，农耕人们利用更多的时间和精力全心建设和维护家园。因此，土地对于农耕民族而言是生存之本，切不可离之弃之。家园一旦建立，家中之人则永久固守此地少有迁移。东汉时期班固在《汉书·元帝纪》指出，“安土重迁，黎民之性”。因此，家园对于农耕民族而言具有重要的意义，人们不愿意离开“生于斯、养于斯和老于斯”的家园。若非离家不可，也是常以“客人”身份自居。如赴外上任的官吏，在外地任职一辈子却依然自认是“客居他乡”，退休之时希望“荣归故里”。如若不然，在人生的最后阶段依旧企盼着能够“落叶归根”。只要离开了家园，所处之地皆为异乡。

家园是农耕民族的生存之根，家园意识是中华儿女集体无意识的民族基因。“家园”本义指家中的庭园，具有家乡、故乡之意。正如海德格尔

---

① 范文澜：《中国通史简编》（第一编），北京：人民出版社，1964年版，第142页。

所指:"'家园'是指这样一个空间,它赋予人一个处所,人唯在其中才能有'在家'之感,因而才能在其命运的本己要素中存在。"[①]家园是人生存的处所,更是人命运之根本所在。家园是人出生、成长之地,凝结着童年美好回忆、亲友的温暖情谊,是一个人生命之舟的"压舱石"。"一篇文章中标准的地理,就像游记一样,是家的创建,不论是失去的家还是回归的家……'家'被看作是可以依附、安全同时又受到限制的地方。"[②]家园好比是一个人人生画卷上的底色,无论画卷如何绚丽,都与底色紧密相关。

家园意识,是人们对于故乡执着而浓郁的依恋情感,是异乡漂泊的游子与地处遥远的故乡联系的情感纽带。在中国古典诗歌中,以家园意识为母题的篇目众多。从家园意识的母题层面,将古典诗歌的家园分为物性家园、亲情家园、乡土家园和精神家园。

(一)物性家园——安身立命之本

"家"从汉字的构型来分析,属会意字,从"宀"从"豕",指屋顶之下有猪来圈养才是家。其中,"豕"泛指家中存有的物品,由各种物品所构建成的住所称之为"家",家是具有物质性的。"家"在造字之初就已经被标出了它的物质属性,因而"物性家园"是家最本初的意义。海德格尔在《荷尔德林诗的阐释》中就《返乡——致亲人》一诗提及"物性家园"。"不错!这就是出生之地,就是故乡的土地,/你梦寐以求的近在咫尺,已经与你照面。"海德格尔认为诗人返乡的过程就是对家园的一种渴望和热爱。"橡树往往与宁静的白桦和山榉结伴,/群山之间,有一个地方友好地把我吸引。"[③]诗中的家园处在遍布"橡树""白桦树"和"山榉树"的群山之中,是充满众多物象的家园,"橡树""白桦树"和"山榉树"是诗中物性家园的显著标识。

中华文明是建立在农耕文明之上,农作物的种植、家畜家禽的饲养与当时人们生产生活息息相关。种植的植物、饲养的动物以及与家庭生活相关的物件都是物性家园的重要组成部分。因而,在中国古代诗歌作品中,这些家园之物是家园意识诗歌主要的意象,寄托着主人公浓郁的家园情怀。物性家园的意象最早出现在《诗经》。

---

① 马丁·海德格尔:《荷尔德林诗的阐释》,孙周兴译,北京:商务印书馆,2000年,第12页。

② 迈克·克朗:《文化地理学》,杨淑华、宋慧敏译,南京:南京大学出版社,2003年,第60页。

③ 马丁·海德格尔:《荷尔德林诗的阐释》,孙周兴译,北京:商务印书馆,2000年,第12—17页。

君子于役，不知其期。曷至哉？
鸡栖于埘，日之夕矣，羊牛下来。
君子于役，如之何勿思？
君子于役，不日不月，曷其有佸？
鸡栖于桀，日之夕矣，羊牛下括。
君子于役，苟无饥渴！

——《王风·君子于役》

诗歌中，“鸡”“牛”和“羊”都是农耕社会常见的家畜，它们成为表现家园意识的物性意象。诗歌通过描写这些家园之物的情状，传达出主人公浓厚的家园意识。诗歌中，女子的思念之情并非直抒胸臆的表达，而是由物性家园的意象引发和勾连而出。诗歌借助于“鸡”“牛”和“羊”这些物性家园的意象来表达居家女子对劳役在外的丈夫的思念之情。在中国古人的思维里，家中的牲畜、家禽是家园的象征。诗中的女子相信，当她所思念的人见识到这些家中常见物象之时，也会同样思念他们共有的家园。诗中的“日之夕矣”是指黄昏之时，黄昏是日之将尽，百鸟归巢的时刻。在这个特别的时刻，家里的牛羊都已经回家，然而劳役在外的男子却迟迟未归。诗歌用家中常见之物“鸡”“牛”和“羊”的每天准时返家反衬在外服役男子的有家而不可归的悲哀。诗歌借助于家中妻子的视角，聚焦于“鸡”“牛”和“羊”的黄昏归家之状，用物性家园的意象表达出妻子对丈夫早日归家的企盼。

物性家园是人安身立命之本。一旦家园中的固有景致或物件被毁坏废弃，那就意味着家园的破落。中国诗歌作品有众多表达对家园被破坏而导致无家可归的诗歌。如果说《诗经》中的外出劳役之人尽管充满着有家不能归的思乡之苦，但是至少依然存有完整而美好的物性家园让他能够寄托思乡之情，这其实也是一种幸运。因为现实世界中并不是每个人都能够等到返乡之时见到记忆中熟悉而美好的物性家园，随着时间的推移，记忆中家园中熟悉的物件也会随之消弭。比如汉乐府中的少年出征，老年还家的老兵，历经六十多年的兵役。当他返家之时，见到的家园却是别样景色。

十五从军征，八十始得归。
道逢乡里人：“家中有阿谁？”

“遥望是君家,松柏冢累累。”
兔从狗窦入,雉从梁上飞。
中庭生旅谷,井上生旅葵。
烹谷持作饭,采葵持作羹。
羹饭一时熟,不知贻阿谁?
出门东向望,泪落沾我衣。

——《乐府诗集·十五从军征》

诗歌描述十五岁出征、八十岁回家的老兵,返家后所见家园之景:松柏茂盛,坟冢累累,野兔遍地走,家禽梁上飞,堂前长野谷,井台生野菜。这些植物、动物原本归属于荒野之地,如今却在老人的家园中生长,家园已经沦为荒野,他所熟悉的家园之人和家中之物已全遗失,家不能再称之为家。诗歌通过错位的景致和物件,传达出繁重的兵役不但使老兵的家园凋敝,无家可归,更为残酷的是物性家园的失落,让他沦为无家可念的境地。家是人的生命发源地,家园的丢失预示着人生命之魂的衰微。除了兵役,汉代的徭役同样造成大量百姓流离失所,有家无法归、无家可归甚至是无家可想。汉末桓宽在《盐铁论·徭役》指出,“今中国为一统,而方内不安,徭役远而外内烦也……今近者数千里,远者过万里,历二期。长子不还,父母愁忧,妻子咏叹。愤懑之恨发动于心,慕思之积,痛于骨髓。”

尽管中国古诗中有大量因兵役、徭役而远离家园的题材,在这些离家题材的诗歌中,诗人借家园固有的景物或家园错位的景物抒发主人公思念家乡的情愫。诗歌中的物性家园或存或毁,主人公终究是难以返家,全诗充满着悲凉、忧伤的情调。然而,在众多叙写家园意识的诗歌中也存在着叙写美好家园的作品。

故人具鸡黍,邀我至田家。
绿树村边合,青山郭外斜。
开轩面场圃,把酒话桑麻。
待到重阳日,还来就菊花。

——孟浩然《过故人庄》

诗人孟浩然途经老友的村庄,热情的友人准备宴席款待“我”。诗中友人的家园处在田地之边,绿树成荫,青山环绕,开窗可见谷场菜园,把酒话桑麻,呈现出一片恬静美好的农耕家园图景。诗歌中的“绿树”“青山”

“村舍”“场圃”“桑麻”和“菊花”等这些典型的农耕家园景致尽管存在于故人的家园中，但这样的家园正是诗人所期待的家园的样子。全诗借助物性家园意象，传达出诗人居住家乡饮酒会友的喜悦之情，表现出诗人浓厚的乡土家园之情。

茅檐低小，溪上青青草。
醉里吴音相媚好，白发谁家翁媪？
大儿锄豆溪东，中儿正织鸡笼。
最喜小儿亡赖，溪头卧剥莲蓬。

——《清平乐·村居》

明月别枝惊鹊，清风半夜鸣蝉。
稻花香里说丰年，听取蛙声一片。
七八个星天外，两三点雨山前。
旧时茅店社林边，路转溪桥忽见。

——《西江月·夜行黄沙道中》

辛弃疾的这两首诗歌，遍布着众多物性家园的景致。在《清平乐·村居》中，诗人借助“茅檐”“小溪”“青草”“豆”“鸡笼”“莲蓬”等景物勾勒出物性家园的轮廓。通过叙写“白发翁媪叙聊”“大儿锄豆”“中儿织鸡笼”和“小儿剥莲蓬”等农耕家庭劳作的场景，全诗描述了一番安居乐业、其乐融融的美好家园景象，叙写着农人尽享的天伦之乐。在《西江月·夜行黄沙道中》中，诗人用“鹊”“蝉”“稻花”“蛙声”“茅店”“社林”和“溪桥”等具有典型南方特色的农耕家园意象，叙写出诗人被贬官后逐步融入当地的生活，将异乡不断地转化成故乡，乐居于此地的心境。

家园是人可进可退的港湾，是心灵的归宿。美好的物性家园寄托着主人公对理想家园的期待。以农耕为主的中国文明里，人们对美好家园的期待是有田地、有草屋、有园亭，桃李成荫、狗吠鸡鸣的田园之家。

方宅十余亩，草屋八九间。
榆柳荫后檐，桃李罗堂间。
暧暧远人村，依依墟里烟。
狗吠深巷中，鸡鸣桑树颠。
户庭无尘杂，虚室有余闲。

——《归园田居·其一》

陶渊明在《归园田居·其一》中描写了自己的理想家园。在这家园中有“方宅”“良田”“草屋”“榆柳”“桃李”“炊烟”“桑树”“深巷”等，这些物性景致是维系诗人理想家园的基础。诗歌通过对物性家园的描绘，传达出农耕社会中人们对耕作的农作物、饲养的家禽家畜是一种关爱、呵护的关系。农耕文明之中的农耕人种植农作物就像抚养自己年幼的孩子一般，付出太多的辛苦，投入大量的情感，耐心地等待着农作物成熟。人与农作物之间构成陪伴和守护的关系，人与自然景物相处十分融洽。因而，诗人笔下的物性家园并非仅是对物品的客观描述，而是倾注情感于家园之物上，家园之物是人情感与理想的化身。因此，物性家园意象既是陶渊明理想家园的重要构成要素，更是诗人寄托个人美好理想的物性载体，是精神家园依附的根本所在。

物性家园是人生存、成长乃至成家立业的基础，更是离乡在外的游子魂牵梦绕的家园之物质所系。物性家园是人地理意义上的归宿。正是有了物性家园，理想家园的美好才能真正地成为有源头之水，游子的思乡情怀才得以寻得叶落之根。

（二）亲情家园——陶情冶性之维

中国是封建制度维系时间最长的国家，早在封建制度建立之初就建立了严格的宗法制度。宗法制是以父系的血缘关系来维系政治统治的制度。其中，“宗”是宗法制建立的基础。“宗”即宗族，建立在父系血缘关系的基础之上。“血缘是稳定的力量。在稳定的社会中，地缘不过是血缘的投影，不分离的。‘生于斯，死于斯’把人和地的因缘固定了。生，也就是血，决定了他的地。世代间人口的繁殖，像一个根上长出的树苗，在地域上靠近在一伙。地域上的靠近可以说是血缘上亲疏的一种反映，区位是社会化了的空间。”[①]根据血缘亲疏建立的宗族制度，圈定了最基本的家庭成员范围，他们分别是夫妇、父母、兄弟、亲属、朋友等。家庭成员之间的亲情是家园意识最主要的情感所系。因而，中国农耕文明孕育出的家园意识最为显著的标志之一是浓厚的家园亲情。在以家园意识为主题的古典诗歌中，亲情家园题材的书写尤为突出。根据亲情家园之情感维系的主体不同，将亲情家园意识的诗歌分为两类：

---

① 费孝通：《乡土中国》，上海：上海人民出版社，2013年，第66页。

1. 思念配偶、子女的诗歌

家庭是社会组成的重要部分。在众多家庭成员关系中,一个由夫、妇、子女所构成的小家庭成为家园存在最核心的单位。生活中的每一个人都会经历小家庭的聚散分合,尤其是在离家远游的时刻,人们对小家庭的牵挂思念是挥之不去的。在我国的古典诗歌中,存有大量的诗歌作品表现此类题材。

涉江采芙蓉,兰泽多芳草。
采之欲遗谁,所思在远道。
还顾望旧乡,长路漫浩浩。
同心而离居,忧伤以终老。

——《涉江采芙蓉》

明月何皎皎,照我罗床帏。
忧愁不能寐,揽衣起徘徊。
客行虽云乐,不如早旋归。
出户独彷徨,愁思当告谁?
引领还入房,泪下沾裳衣。

——《明月何皎皎》

在汉末的《古诗十九首》中的两首诗歌通过主人公自述的口吻,叙述良辰美景当前却不见所思所想的爱人,表达出主人公对远方爱人的思念。在《涉江采芙蓉》中,叙述女子过江采摘了荷花和香草,但因思慕的爱人不在身边,导致采摘的荷花、香草不知赠送何人的无奈。与此同时,出门在外的游子此刻正在回望从故乡来时之路,长路漫漫难以返回故乡。诗中居住在故乡的女子思念在外的丈夫,企盼丈夫尽早还家。同时远游在外的丈夫同样在思念在家的妻子,希望能够早日返乡回家。思乡返家、夫妻团聚是彼此共同的心愿。然"同心而离居",夫妻却人各一方,家庭难以团圆。诗歌一方面通过女子自述写出女子对出门在外丈夫的思念,另一方面通过"同心"一词传达了外出丈夫对妻子、对家乡的思念之情。

诗歌《明月何皎皎》中,照在帐帏之上的夜空圆月,勾起居家女子对外出丈夫的思念之情。月圆人却难以团圆,一个人出门徘徊忧愁缠身。女子想象丈夫许久未返家,应是游历之地多乐趣,女子希望丈夫切勿贪恋他乡的乐趣,尽早回家团聚。诗歌通过将丈夫的"客行乐"和女子的"独彷徨”对照来写，反衬女子孤独无所依。尽管女子内心埋藏着对丈夫深深的思念，但却无法将思念越过万水千山传达给身在他乡的丈夫。

今夜鄜州月，闺中只独看。
遥怜小儿女，未解忆长安。
香雾云鬟湿，清辉玉臂寒。
何时倚虚幌，双照泪痕干。

——杜甫《月夜》

这首诗歌是杜甫被拘禁在长安城之时，夜晚望月所作。“鄜州”当时为杜甫妻子、儿女所在之地，是诗人的家。“闺中只独看”指的是诗人遥念远在家乡的妻子在房间独自望月，表达诗人对妻子的想念之情。“遥怜小儿女，未解忆长安”，远在长安的诗人想念家中幼小的儿女，猜想因儿女年幼即使是与诗人同处一片月光之下却不懂思念远在他乡的父亲。此时，只有处在夜晚寒露之中的妻子，不顾夜寒雾湿，迎着明月苦苦地将诗人思念。“何时倚虚幌，双照泪痕干”，诗人也同样在思念家乡的妻子和儿女。诗人和妻子尽管彼此思念，但因身处两地只能尽洒相思之泪。诗歌表现出诗人希望早日还家，尽快与妻儿团聚的思乡之情。

2. 思念父母、兄弟的诗歌

除了农耕文明之外，宗族制度也是制约中国文化的重要要素之一。在宗族制度管理之下，家园不仅局限于只有妻儿的小家庭，还体现在以父母为核心的大家庭，家庭成员延展到兄弟姐妹、表兄弟姐妹、堂兄弟姐妹等等。此外，在中国的古代封建社会，政治动荡、战争频繁、赋税繁重，这使得部分人需要离开家园被迫远行。他们或是在外服劳役、兵役，或是求学奔仕途，或是被贬官他乡等等。漂泊在外的游子在时局动乱、音讯不通的时代，对家园的思念之情显得尤为强烈。这种强烈的思乡之情在诗歌中有所体现，其中以思念父母为题材的较为明显。

慈母手中线，游子身上衣。
临行密密缝，意恐迟迟归。
谁言寸草心，报得三春晖。

——孟郊《游子吟》

搴帷拜母河梁去，白发愁看泪眼枯。

惨惨柴门风雪夜，此时有子不如无。

——黄景仁《别老母》

在社会安定的年代，中国的农耕社会奉行着“父母在，不远游”的准则，所有的兄弟围绕着父母而居住，在家侍奉父母，全家享受着天伦之乐。孟郊在《游子吟》中描述的是游子即将离家出行，母亲担心出门之后游子归期不定。为了能够让出行的孩子衣服温暖厚实足够抵御风寒，在临行之前母亲为其密密地将衣缝补，一针一线都是满满的慈母爱。在外的游子回想起母亲给予的宽厚慈爱自叹终生无法回报，表达出深厚的思念父母之情。黄景仁的《别老母》叙述的是诗人因生活所迫需要出外谋生。在这风雪之夜向年事已高的母亲拜别，此时的母亲白发苍苍、泪眼枯干，这让诗人痛惜愧疚。面对年老的母亲，诗人自愧不能养老送终，表达出对母亲的深深愧疚之情。

因时代、社会、政治等外在环境影响，众多子女并不能经常聚集在父母身边，父母兄弟也往往不能时常团聚，被迫奔赴他乡是人生的常态。在古典诗歌中，有不少诗歌表达出诗人对兄弟的牵挂，对家庭团圆的渴望。

独在异乡为异客，

每逢佳节倍思亲。

遥知兄弟登高处，

遍插茱萸少一人。

——王维《九月九日忆山东兄弟》

王维在《九月九日忆山东兄弟》中，描述农历九月初九是重阳节登高之日，身在他乡的诗人想象着家乡中的兄弟们定会头插茱萸，共同攀登高山。然此刻身在他乡的诗人不能一同参与此行，想到众多兄弟登高却少了自己一人，心中的惆怅之感油然而生。诗中看似是对重阳登高的渴望，实际上是诗人对兄弟之间情谊的珍惜，表达出对亲情家园的思念之情。

时难年荒世业空，弟兄羁旅各西东。

田园寥落干戈后，骨肉流离道路中。

吊影分为千里雁，辞根散作九秋蓬。

共看明月应垂泪，一夜乡心五处同。

——白居易《望月有感》

戍鼓断人行，边秋一雁声。
露从今夜白，月是故乡明。
有弟皆分散，无家问死生。
寄书长不达，况乃未休兵。

——杜甫《月夜忆舍弟》

这两首诗歌描述频繁的战乱造成田地荒芜、骨肉分离，表现出兄弟各自飘零却难以相聚的感伤之情。白居易的《望月有感》中，诗人自河南经过乱关之内所见的“时难年荒”和“田园寥落”的情景，田地荒芜使得以农耕为谋生方式的弟兄生活难以维系。因而，兄弟们被迫离家另谋出路，分散于各地犹如秋蓬散落在异乡。今夜明月当空，本应全家团圆，然身处异乡的兄弟只能借着明月来寄托对彼此的牵挂和对家园的思念。杜甫的《月夜忆舍弟》叙述因战争频发，家中的弟弟因战事而分散。诗人原本希望借助家书知晓弟弟的近况，但因战事导致家庭离散，家书无法顺利抵达。

古代中国因交通不便、通讯闭塞，身处异地人们之间的联系往往是通过书信来达成。家书不仅是连接父母、兄弟、妻子和游子之间的媒介，更是亲人安好与否的重要信息。有了家书这承载着众多家中信息的媒介，漂泊在外的游子对家的牵挂才有了归宿。

国破山河在，城春草木深。
感时花溅泪，恨别鸟惊心。
烽火连三月，家书抵万金。
白头搔更短，浑欲不胜簪。

——杜甫《春望》

江水三千里，家书十五行。
行行无别语，只道早还乡。

——袁凯《京师得家书》

《春望》中，在战乱不断的长安城，身为游子的诗人分外思念家人，但因长年的战争使得家书难以准时送达。丧失家书联系的游子，急切企盼获知更多的家乡信息，从而生发出“家书抵万金”的感慨。袁凯的《京师得家书》，描述诗人身处三千里外的京城，顺利收到来自家人的书信。“家书十五行”，行行都是“早还乡”。家书的字里行间处处都传达出家人对游子早日还家的企盼。诗中的"家书",一方面寄托了家人对游历在外的诗人的牵挂和思念;另一方面,诗人通过家人书写家书之口吻来抒发出自己对家中亲人的想念。

（三）乡土家园——故乡情结之所系

乡土家园是农耕文明的产物,农耕作物的产量有限,为保证温饱需要大面积种植,而大面积的"春耕秋收"仅仅依靠个体并不能够顺利完成。因而在农耕社会中,生产劳作需要团队协作,只有通过互帮互助的方式才能保证农作物的产量和生活的温饱。《吕氏春秋·恃君览》有言,"凡人之性,爪牙不足以自守卫,肌肤不足以扞寒暑,筋骨不足以从利辟害,勇敢不足以却猛禁悍。然且犹裁万物,制禽兽,服狡虫,寒暑燥湿弗能害,不唯先有其备,而以群聚邪?"较其他动物而言,人尽管存在许多不足之处,但是人却可以统领万物,制服禽兽,征服狡虫,其中最关键的原因就是人与人之间懂得团结协作,互帮互助。因而在农耕社会中,人与人之间的协作,尤其是乡土家园中熟人之间的协作显得尤为重要。

乡土家园建立在耕作的土地之上,是指以个人、家庭为中心向外四散延伸的地域范围。生活在这地域之上的人们,有着共同的语言、共同的生活方式、共同的民风习俗和共同的文化心理。费孝通在《乡土中国》中指出,"在传统结构中,每一家以自己的地位作中心,周围划出一个圈子,这个圈子是'街坊'。有喜事要请酒,生了孩子要送红蛋……是生活上的互助机构。可是这不是一个固定的团体,而是一个范围。"[①]他所指出的"街坊"很大程度上具有乡土家园的意味。生活在乡土家园中的人们,相互之间都是熟悉的,有的甚至是世代相亲。"人不但在熟人中长大,而且还在熟悉的地方上生长大。熟悉的地方可以包括极长时间的人和土的混合。祖先们在这地方混熟了,他们的经验也必然就是子孙们所会得到的经验。"[②]乡土家园是因地缘而形成的,在乡土家园中人们有着共同的地域家园。乡土家园从地域范围来讲是超越小家庭、超越血缘的文化共同体。

乡土家园是父母的家乡,更是自己的家乡。"乡土社会是一个生活很安定的社会。我已说过,向泥土讨生活的人是不能老是移动的。在一个地方出生的就在这地方生长下去,一直到死。……不但个人不常抛井离

---

① 费孝通:《乡土中国》,上海:上海人民出版社,2013年,第25—26页。

② 同上书,第21页。

乡，而且每个人住的地方常是他的父母之邦。”[1]在乡土家园中到处遍布的是所熟悉的家乡物、家乡人和家乡事。漂泊的游子在外所思念的不仅仅是妻儿、父母，还有所熟悉的家乡物、家乡事和家乡人。因而，当身在异乡的游子遇到来自乡土家园的朋友，思乡的心情再次被唤醒，此时思乡之情是急切而又激动的。

旅泊多年岁，老去不知回。忽逢门前客，道发故乡来。
敛眉俱握手，破涕共衔杯。殷勤访朋旧，屈曲问童孩。
衰宗多弟侄，若个赏池台。旧园今在否，新树也应栽。
柳行疏密布，茅斋宽窄裁。经移何处竹，别种几株梅。
渠当无绝水，石计总生苔。院果谁先熟，林花那后开。
羁心只欲问，为报不须猜。行当驱下泽，去剪故园莱。

——王绩《在京思故园见乡人问》

诗人漂泊在异乡，时时感受“独在异乡为异客”的煎熬。当听闻门前的客人竟是来自故乡（乡土家园）之时，甚是激动。握手共饮杯中酒，急切问询故乡的兄弟叔侄近况。“旧园”“新树”“柳行”“茅斋”“竹梅”“渠水”“花果”和“莱蔬”，这些在农耕家园中普遍又平常的景物，被客居他乡的诗人赋予不同寻常的寓意。因为诗中所提的每一个景物都是诗人所熟悉的，是富有浓郁乡土情味的家乡之物。诗人通过问询这些，来传达对乡土家园的思念，每提及一个事物就好似对心爱之物的抚摸，彰显出深深的爱怜和眷恋。

君自故乡来，
应知故乡事。
来日绮窗前，
寒梅著花未？

——王维《杂诗三首·其二》

在《杂诗三首·其二》中，诗人用直接询问之语开篇，朋友你从故乡来，定是知晓故乡的事情。你来时经过我窗前，那株窗前的梅花树开花了没有？诗人尽管离开了乡土家园，但心中依然系挂着。从看似简单的问

---

① 费孝通：《乡土中国》，上海：上海人民出版社，2013年，第21页。

询,逐步过渡到对于家乡之事、家乡之人的挂念。诗人尽管身处他乡,但依然关心着家乡的人与事。诗人通过关心家乡的人与事,达到与故乡人的情感上的共通,从而实现诗人在心灵和情感上回归故乡的企望。

海德格尔在《荷尔德林诗的阐释》中曾描述:“大地与光明,也即‘家园天使’与‘年岁天使’,这两者都被称为‘守护神’,因为它们作为问候者使明朗者闪耀,而万物和人类的‘本性’就完好地保存在明朗者之明澈中了。依然完好地保存下来的东西,在其本质中就是‘家乡的’。使者们从明朗者而来致以问候,明朗者使一切都成为家乡的。允诺这种家乡要素,这乃是故乡的本质。”[①]海德格尔所认为的“故乡的本质”是充满着家乡要素的。通过对这些家乡要素的关心和关注,表达游子的思乡之情。在我国的古典诗歌中借助询问家乡的细微景物、家乡亲朋的状况来传达游子对家乡思念的诗歌大量存在。

乡土家园作为人们共同文化、共同习俗和共同心理的承载体,它既包含具体、单个的家乡元素,同样也是包括所有共同元素的综合体。在这综合体中,融入众多烦扰纷杂的思乡元素,是凝练升华的乡土家园情结。

悲歌可以当泣,
远望可以当归。
思念故乡,郁郁累累。
欲归家无人,
欲渡河无船。
心思不能言,肠中车轮转。

——汉乐府《悲歌》

床前明月光,
疑是地上霜。
举头望明月,
低头思故乡。

——李白《静夜思》

这两首诗歌都提及“故乡”,这里的“故乡”所指的是包含乡土家园所有元素的综合体。在这两首诗歌中,诗人并没有描述故乡具体的景、物与

① 马丁·海德格尔:《荷尔德林诗的阐释》,孙周兴译,北京:商务印书馆,2000年,第15—16页。

人,而是将乡土家园的所有内涵整合成家园意识的集中体现物——"故乡"。诗歌中,只要涉及"故乡"一词,家乡的一切将会在眼前浮现。汉乐府《悲歌》中的"思念故乡",则是思念家中的物、家中的人,更是家乡人的情谊。李白的《静夜思》中,床前一轮明月,勾起诗人想念故乡之情。此时的"故乡"在诗人的眼中已经成为一种传达丰富家园意识的意象。埃兹拉·庞德说过:"意象是理智和感情刹那间的错综交合。这种突如其来的'错综交合'状态会使人顿时产生无拘无束、不受时空限制的自由感,也会使人产生在一些最伟大的艺术作品面前所体验的那种豁然开朗、心胸舒畅、精力弥满的感觉。"①

综上所述,古典诗歌中的家园意识从最初的关涉物性家园、亲情家园到之后的乡土家园,这都在印证着家园意识内涵所具有的丰富性。此外,诗歌中的"家园意识"还具有一定的延展性。一方面,家园意识可以浓缩得很小,如一个只有夫妻二人的小家;另一方面,家园意识亦可延展得很广,关涉到兄弟叔伯之家、方圆百里的乡土之家。正如费孝通所言:"我们的格局不是一捆一捆扎清楚的柴,而是好像把一块石头丢在水面上所发生的一圈圈推出去的波纹。每个人都是他社会影响所推出去的圈子的中心。被圈子的波纹所推及的就发生联系。每个人在某一时间某一地点所动用的圈子是不一定相同的。"②。

(四)精神家园——诗意栖居之所

"精神家园"一词,通常取其譬喻之意,是指从精神领域中找寻到自我安身立命的依存。当人们现实生活的需求无法达成,只能依靠精神生活的完满来弥补现实生活中的遗憾,精神家园便应之而生。"精神家园"中的"家园"是一种人生的终极归宿,是应对艰难险阻的立足之地。

从一个人的成长维度而言,精神家园往往是"故乡化的精神家园"。"故乡化的精神家园"是指建立在现实生活的家园之上的,从个人的出生、成长、发展中获取快乐、幸福的力量,这些具有正向力量的精神元素是"故乡化的精神家园"的主旋律,成为人们应对人生困难的不竭动力。因而,即使人暂时身处困境,亦能在故乡的精神家园中找寻到成功脱险的力量。

---

① 埃兹拉·庞德:《意象主义者的几个"不"》,转引自彼德·琼斯:《意象派诗选》,桂林:漓江出版社,1986年,第152页。

② 费孝通:《乡土中国》,上海:上海人民出版社,2013年,第25页。

“言涉世险艰，故愿还故乡。故乡者，本性同原之善也，经疢疾忧患危难而后知悔，古人无不从此过而后成德者也。”[1]

在古典诗歌中有的精神家园是可具体呈现的，它是现实生活的理想家园。中国古代诗歌中也不乏描述理想的精神家园的诗作，亦如陶渊明描述的“桃花源”。

> 土地平旷，屋舍俨然，有良田美池桑竹之属。阡陌交通，鸡犬相闻。其中往来种作，男女衣着，悉如外人。黄发垂髫，并怡然自乐。
>
> ——陶渊明《桃花源记》

在《桃花源记》中，诗人面对仕途失意，退隐山野，意欲建立属于自己的理想家园。桃花源中，有“良田”“美池”“桑竹”等美景，更有人们之间互帮互助、怡然自乐的田园诗般的生活。这些美好的人情与景致是中国古人的进退之道。

从人的终极追求而言，精神家园就是每个人心中可望而不可即的理想家园。现实生活中的人们因各种条件限制，人生的理想不一定都能够一一实现。对于这些不能够实现的个人愿望，人们倾向于在精神家园中需求慰藉。在精神家园中，人们自由、自在、自乐，肆意地悠游于天地之间。人为了能够自由自在地居住，需要借助于特定的媒介——语言来构建理想的精神家园。语言自然成为构建精神家园最常见的方式之一，而诗又是语言构建精神家园最浓缩的体现。海德格尔在《人，诗意地安居》中指出“只有当诗发生和到场，安居才发生。安居发生的方式，其本质，我们现在认为就是替所有的度测接受一种尺规。……诗亦非栽植和建房意义上的安居。诗，作为对安居之度本真的测度，是建筑的源始形式。诗首先让人的安居进入它的本质。诗是源始的让居(Wohnenlassen)。”[2]

在此，精神家园中的“家园”已经超脱其原生意义而演化成一种精神符号。在这语言建构的精神家园中，人们可以自由而为、自在而居。列斐伏尔指出：“任何一个社会，任何一种与之相关的生产方式，包括那些通常意义上被我们所理解的社会，都生产一种空间，它自己的空间。”[3]精神家园是人为了更好地生活、发展所自我建构的更好的空间。中国古典诗歌

---

① 方东树：《昭昧詹言》，北京：人民文学出版社，1984 年，第 102 页。

② 马丁·海德格尔：《人，诗意地安居》，郜元宝译，上海：上海远东出版社，2004 年，第 95 页。

③ 包亚明主编：《现代性与空间的生产》，上海：上海教育出版社，2003 年，第 87 页。

中,因空间阻隔和通讯不畅而产生对家园深刻思念的诗歌众多。诗人在他乡思念故乡之时,常伴随着精神家园的元素,构成美好的审美期待。诗人一旦回到家园故乡或是进入到精神家园,从一定程度上可以达到诗意地栖息。

在中国古典诗歌中,家园意识是一个永恒的母题。诗歌中的家园关涉物性家园、亲情家园、乡土家园和精神家园。人们在物性家园中安身立命,从亲情家园中滋情养性,往乡土家园中寻文化之根,进而达至精神家园的诗意栖居。

二、西方诗歌的远游叙事范式

西方诗歌是指在古希腊文明、古希伯来文明影响之下创作的诗歌作品,"两希文明"是西方诗歌抹不去的重要文化基因。不同的文明孕育别样的文化。中国诗歌生发于中国传统的农耕文明,农耕文明造就中国古典诗歌浓厚的家园意识。相对于中国农耕文明而言,西方文化是植根于海洋文明,海洋文明的固有特性使得西方诗歌形成特有的母题。在众多母题当中,远游精神就是西方诗歌一个重要的母题。

(一)西方远游精神之源

西方文化是建立在海洋文明的基础上。不同于农耕文明的自给自足,海洋文明辐射之地多是土地贫瘠、物产贫乏,人们所居之地无法提供基本的生活所需。因而,依海而居的西方人必然将生活的希望投向海洋。"希腊人生活在海洋国家里,靠贸易维持繁荣,他们首先是商人。"[①]靠海而生的西方人大多成为商人,他们需要离开家园,奔赴海外向未知的世界索要生活物资。海洋的四通八达为深谙海航技术的西方人走出本土、奔赴远方提供无限的可能性。"处身在海洋国家的商人们,情况迥然不同。他们有更多的机会见到语言、风俗都不同的他族人民。他们习惯于变化,对新奇事物并不惧怕。"[②]海洋文明辐射之下的西方人更能适应"非安居"的生活,远游航行成为他们生活的常态。因受恶劣的自然、地理条件的限制,西方人很早就被迫离家远行谋生,远游成为西方人重要的生活方式,远游文化也成为西方文化的重要内容。此外,风云莫测的海洋环境,本就

---

① 冯友兰:《中国哲学简史》,赵复三译,北京:生活·读书·新知三联书店,2009年,第29页。

② 同上书,第30页。

需要有征服和抗争的勇气和毅力。为了应对如此恶劣的自然，西方人必须具有斗争性和征服能力，否则会遭遇被恶劣环境吞没的危险。因此，远游的西方人所具有的抗争性和征服精神是保存自我的唯一方式。这种崇尚战斗、敢于探险的精神，一直都留存在西方民族的文化基因里，成为一种民族的集体无意识。

西方文化的重要来源之一是古希伯来文明，发源于希伯来的基督教文化影响着整个西方世界。相对于中国文化中崇尚的家庭团圆、天伦之乐等现世的幸福而言，西方文化中的幸福却需要延展到来世、天堂，它是脱离家园实体的虚幻景象。这些虚幻景象成为西方人精神的回归之地。西方人相信天堂是人最终的归宿，“从远处望见，且欢喜迎接”但“又承认自己在世上是客旅，是寄居的”。人生常年处在旅途之中，“亲爱的弟兄，你们是客旅，是寄居的。”正是深信自身常年处于“客居”“寄居”的状态，西方人注重对于现实生活的体验和感受。从这个意义上而言，西方人是感受型的，善于应对突如其来的新环境，乐于挑战新事物。当固有的生活过于稳定，西方人更愿意脱离原有的生活状态，奔向未知的远方去探索和挑战，开启他们的远游之途。

相对于中国文化中的家园意识而言，西方文化更倾向于远游航行。远游是一种永远“在路上”的状态，更是一种为实现自由而不断追求和探寻的行动过程。远游体现的是西方文化中的一种家园失落，无家可归的终极状态，正如海德格尔说的“无家可归是在世的基本方式，虽然这种方式日常被掩盖着。”①

（二）西方诗歌叙事的远游精神

何谓远游？本书所指的远游，可以从两个维度上加以界定。一方面从家、家园的维度上来谈“远”。通常来说，“远”以家、家园为参照标，只要与家、家园产生一定的距离就可以称之为“远”。“远”从一定程度上而言，就是指离开家园，奔赴远方。另一方面从远行的意图维度而言，“游”是有目的和有意图性的人的行动，并非为美学意义的无功利性的游览和欣赏。因而，“远游”指离开家园，去往远方寻找自我、实现自我的努力。西方诗歌的远游精神是“用有限的生命抗拒无限的困苦和磨难，在短促的一生中

---

① 马丁·海德格尔：《存在与时间》，陈嘉映、王庆节译，北京：生活·读书·新知三联书店，2014年，第318页。

使生命最大限度地展现自身的价值,使它在抗争的最炽烈的热点上闪耀出勇力、智慧和进取精神的光华。”[①]在西方诗歌中,远游精神包含两个维度:一个是为实现生活的自由而去冒险、征服的身体之行;另一个则是为探索、追求人生的终极价值的精神之旅。西方诗歌的远游精神在诗歌发端就已经颇具雏形。最早的西方诗歌作品当属古希腊的《荷马史诗》。在《荷马史诗》的《奥德赛》中,远游精神尤为凸显。自《荷马史诗》发端以来,远游精神在西方诗歌中一以贯之,成为西方诗歌无法忽略的母题。

西方文化深受基督教文化的影响,人生的幸福与完满体现为两个层面:一个层面是世俗世界的幸福,这属于现世的、物质的和现实世界中的。现实世界中,这种幸福是一个人可以通过自身的努力、奋斗便可以获取的,这获取的往往是物质、世俗层面的。正如在《奥德赛》中,奥德修斯历经十年的海上漂泊,借助个人努力、抗争而顺利返回故乡。奥德修斯返还故乡,收回财物、与妻儿相聚,这是物质世俗层面的幸福。另一个层面是存在于基督教的彼岸世界,属于超验的精神世界,而不是在世俗的现实世界。因而,现实世界的征服和精神世界的探寻是西方诗歌中远游精神的两个重要主题。

1. 征服:远游精神的身体之行

远游精神中的征服主题是指主人公在物质世界的奋斗、征战的身体力行。在西方诗歌中,征服自然、战胜对手是远游精神最集中的体现。“对象是一种否定的东西、自我扬弃的东西,是一种虚无性。对象的这种虚无性对意识来说不仅有否定的意义,而且有肯定的意义,因为对象的这种虚无性正是它自身的非对象性的即抽象的自我确证。”[②]主人公在征服和战胜对象的过程中,达到自我实现的目的。

在《荷马史诗》的《奥德赛》中,征服已成为远游精神的重要主题。史诗《奥德赛》叙述的是英雄奥德修斯在特洛伊战争结束之后,踏上漫长的返家之路的故事。在这回乡的路途中,奥德修斯不但遭遇了变幻莫测的自然灾害,而且还经历了众多神妖鬼怪的捉弄。在奥德修斯海洋游历的过程中曾遭遇仙女卡吕普索的强行挽留,独目巨人波吕斐摩斯的阻挠,半

---

① 郑克鲁、蒋承勇主编:《外国文学史》,北京:高等教育出版社,1999年,第24页。

② 马克思、恩格斯:《马克思恩格斯文集》(第1卷),中共中央马克思恩格斯列宁斯大林著作编译局编译,北京:人民出版社,2009年,第212页。

人半神的女神喀耳刻的牵绊，半人半鸟形的女妖塞壬歌声的诱惑，怪物斯策拉和卡律布狄斯的攻击等等。同伴因惹怒阿波罗，遭到宙斯的惩罚，奥德修斯最后只能孤身返回。面对返乡途中遭遇的艰难险阻，英雄奥德修只能抗争，直至战胜对手，成功脱险。“荷马的英雄们表面看起来是尚武，或是斗智，但其英雄主义的内核是要在战事或人事中认识自我(以及神明)、证明自我。”[①]

史诗《奥德赛》中，奥德修斯所遇到的众神是延续着希腊神话中神的“神人同形同性”的特点。除了具备永生不死、超凡威力的神之共性之外，这些神兼具人的外形和人的性情，神同样具有七情六欲。正因为如此，奥德修斯常常在不经意之间触犯神的利益，致使自己的漂泊之路夹杂着众神的故意迫害。然而，奥德修斯在明知神力超凡，人力难以对抗的事实之下，他依然不畏强神、奋力抗争，展示出人的不凡之举。正是这孜孜不倦的抗争精神征服众神，历经十年的海上漂泊，奥德修斯才终于返回故乡。回到故乡之后的奥德修斯收到神谕，被告知不久之后，他依然要离开故乡，再次踏上远游漂泊之路。

> 说来你不会欢悦，须知我也不欢欣，他要我前往无数的人间城市漫游，手里拿着一支适合于划用的船桨，直到我找到这样的部落，那里的人们未见过大海，不知道食用掺盐的食物，也从未见过涂抹了枣红颜色的船只和合手的船桨，那是船只飞行的翅膀。[②]

奥德修斯告诉妻子，他将会前往无数的陌生之地漫游，见识未曾经历过的事物，面对无数新奇的世界和应对各种全新的挑战。史诗《奥德赛》叙述的不仅是奥德修斯身陷艰难险阻而抗争、征服的行动之事，更为重要的是，在史诗的结尾部分再次昭示奥德修斯将处于永远的漂泊远游的行程当中。《奥德赛》中的奥德修斯永远无法结束的远游状态，启迪着后世的诗歌创作，铸就西方诗歌“远游”的母题。

西方诗歌充满着战斗、征服的远游，不同于中国诗歌恬静、和谐的静态之美。在《诗经・大雅・抑》中“辟尔为德，俾臧俾嘉。淑慎尔止，不愆于仪。不僭不贼，鲜不为则。投我以桃，报之以李。”展现的是人与人之间

---

① 陈戎女:《荷马的世界:现代阐释与比较》,北京:中华书局,2009年,第114页。

② 荷马:《荷马史诗・奥德赛》,王焕生译,北京:人民文学出版社,2015年。

交往时的谦和礼让，遵从着“老吾老，以及人之老；幼吾幼，以及人之幼。”的伦理观。在人与自然相处的关系上，中国诗歌呈现的是人与自然的和谐共存。如在李白的《独坐敬亭山》中，“众鸟高飞尽，孤云独去闲。相看两不厌，只有敬亭山。”诗中鸟飞云散，了无痕迹，唯一能够与诗人做伴的敬亭山也是“相看两不厌”，诗人将敬亭山比作朋友，互相陪伴。

西方诗歌中人与人之间是残酷争战、互相争夺的关系。人与自然之间是互相对立，征服利用的关系。西方文化中，人是万物的主体，“宇宙的精华，万物的灵长”。人凌驾于万物之上，万物应当为人类所用。人与万物是对立的，万物是人征服、利用的对象。马克思在《1844年经济学哲学手稿》中提出，“当现实的、肉体的、站在坚实的呈圆形的地球上呼出和吸入一切自然力的人通过自己的外化把自己现实的、对象性的本质力量设定为异己的对象时，设定并不是主体；它是对象性的本质力量的主体性。因此，这些本质力量的活动也必须是对象性的活动。对象性的存在物进行对象性活动，如果它的本质规定中不包含对象性的东西，它就不进行对象性活动。它所以只创造或设定对象，因为它是被对象设定的，因为它本来就是自然界。因此，并不是它在设定这一行动中从自己的‘纯粹的活动’转而创造对象，而是它的对象性的产物仅仅证实了它的对象性活动，证实了它的活动是对象性的自然存在物的活动。”[1]西方诗歌中的斗争、征战是人的本质力量的显现，诗歌的远游主题实际上是人进行对象化活动的集中体现。

远游精神在欧洲中世纪的四大英雄史诗中得以延续。远行战胜强敌，征服自然界的艰险在法国的《罗兰之歌》、西班牙的《熙德之歌》、俄罗斯的《伊戈尔远征记》和德国的《尼伯龙根之歌》这四部史诗之中均有体现。

在古罗马时期，最有代表性的诗歌作品是诗人维吉尔的《埃涅阿斯纪》。《埃涅阿斯纪》叙述主人公埃涅阿斯远游的经历，诗歌先是叙述埃涅阿斯七年的海上漂泊生活。在神的干预之下，埃涅阿斯抵达迦太基，遇见并爱上女王狄多，结婚成家，结束远游生活。然而，安定并非诗歌的主题，外出远游、征战才是西方诗歌永恒的主题。后来，埃涅阿斯依然不愿固守

---

① 马克思：《1844年经济学哲学手稿》，中共中央马克思恩格斯列宁斯大林著作编译局编译，北京：人民出版社，2014年，第56页。

安定的生活，毅然离开狄多，乘舟远航，再次开启远游的征程。

西方诗歌发展到浪漫主义时期，远游精神颇受诗人推崇。英国浪漫主义诗人拜伦，在他的两部长诗《恰尔德・哈洛尔德游记》和《唐璜》中，为“远游精神”做了最好的诠释。在诗歌《唐璜》中，唐璜出身西班牙贵族阶层，生性风流。唐璜因与贵妇朱丽娅相恋而发生情感纠葛，被母亲送往欧洲旅行。在旅行途中遭遇风暴，船只沉没幸而被海盗女儿海黛所救，留居在海盗家中。唐璜与海黛相爱，但遭到海盗反对，唐璜被卖到土耳其王宫。随后，唐璜逃出王宫，前往俄国参军。因作战英勇，唐璜深受女皇宠爱。不久，唐璜被女皇派往英国，混迹于上流社会……唐璜因生活所迫而不得不一次次地远行游历。《唐璜》尽管脱离了自《荷马史诗》以来远游精神富有征服、奋斗的崇高之意，但也不失为平凡生活中的普通人对于远游精神的一种践行。

2. 探索：远游精神的理想之行

远游精神中的探索主题是指主人公在精神世界的探索与追求，力求找寻永恒的真理。“一个存在物如果不是另一个存在物的对象，那么就要以没有任何一个对象性的存在物存在为前提。只要我有一个对象，这个对象就以我作为对象。但是，非对象性的存在物，是一种非现实的、非感性的、只是思想上的即只是想象出来的存在物，是抽象的东西。”[①]主人公在这精神世界的探索和寻求，力图获得的正是这种“非现实的、非感性的”的想象出来的抽象之物。如柏拉图在《理想国》中提到“理想国”，进入到“理想国”是柏拉图的人生理想的终极实现。

西方诗歌中叙述主人公的远游中探索终极价值的作品，最早可追溯到中世纪但丁的《神曲》。诗人但丁生活在欧洲新旧时代转换之际，经历着黑暗的中世纪，见证着弥漫人性之光的文艺复兴时代。恩格斯评价但丁为“封建的中世纪的终结和现代资本主义纪元的开端，是以一位大人物为标志的……他是中世纪的最后一位诗人，同时又是新时代的最初一位诗人”。但丁对终极理想的探索在《神曲》中是借助于远游的模式进行谋篇布局的。

《神曲》采用梦幻远游的形式，通过主人公游历“地狱”“炼狱”和“天

① 马克思、恩格斯：《马克思恩格斯全集》(第3卷)，中共中央马克思恩格斯列宁斯大林著作编译局编译，北京：人民出版社，2002年，第163页。

堂”三个历程，揭示出但丁对人生终极理想的探索与追寻。诗歌中充满着众多具有象征性意味的景象。《神曲》的“地狱”是惩罚罪犯的地方，到处充满着凄厉之声和血腥画面。“地狱”分为九层，分别关押的是信仰异教的伟人，犯邪淫罪、贪食罪、浪费或吝啬罪、易怒罪、暴力罪、欺诈罪等的犯人。“炼狱”是赎罪之所，是充满希望的地方。只有地狱中披有恩泽的有罪灵魂方能登上炼狱山，只要身上的“七宗罪”在炼狱山上清除干净，灵魂就可以获得救赎，返回伊甸园（人间乐园）。“天堂”是至善与永恒，是基督教认为的终极乐园。《神曲》中的“地狱”“炼狱”和“天堂”指涉人精神提升的可能性。“地狱”中人的罪恶隐喻人性的弱点，泛指人的七情六欲。在这些欲望的驱使下，人难免会犯下过错，致使精神萎靡。“炼狱”指罪恶的情欲得以控制，人性的弱点得以克服，人进入到较高的精神世界。“天堂”是基督教宣扬的“人类的最后归宿”，是人的“极乐世界”。但丁将《神曲》的架构按先后分为这三部分，正是诗人印证着对远游精神的探索。诗歌通过主人公“我”经历着弥漫罪恶的“地狱”、步入清除罪恶的“炼狱”而到达精神富足的“天堂”的游历过程。主人公“我”的这一梦幻远游的人生经历恰恰是人在精神世界中探索的过程。《神曲》中的“地狱”“炼狱”是精神探索的必经阶段，通过探索在“天堂”中找寻到永恒的真理，从而在精神世界中实现人生的完满。

《神曲》叙述主人公“我”在中年之时突然迷失在幽暗的森林之中。在黑暗的森林中游历却突然被眼前出现的豹、狼、狮阻挡去路。正在主人公左右为难之际，中世纪的著名诗人维吉尔出现了。在维吉尔的指引下，诗人“我”绕过三只野兽的阻挡顺利地找到前行之路。进入伊甸园的“我”，在女神贝雅特丽齐的指引之下步入天堂。在《神曲》中，主人公“我”每次进入到一个新的更高阶段之时，诗歌中都会出现特定的指引人。指引人是游历进入到新阶段的关卡，而这个关卡人物的选择是颇具技巧的。维吉尔是理性的象征。维吉尔指引着诗人经历水深火热的地狱，暗示在中世纪宗教的黑暗统治之下的人们，需要借助于理性之光才能获得生活的引领。文艺复兴时期的理性为清除中世纪的黑暗带来希望。贝雅特丽齐是信仰的象征。当人们实现了世俗生活的完满之时，理性的指引需要信仰来替代。在信仰的指引之下，“只是一阵闪光掠过我的心灵，我心中的意志就得到了实现。要达到那崇高的幻想，我力不能胜；但是我的欲望和意志已象均匀地转动的轮子般被爱推动——爱也推动那太阳和其他星辰。”[①]诗人在天堂找寻到他的极乐世界。《神曲》通过先后安排代表理性的维吉尔和代表信仰的贝雅特丽齐两位关卡人物，指出远游探寻终极理想的方式是通过不断地克服人性的弱点，使行动受理性支配，进而上升到受信仰的召唤进入到精神的“理想国”。

远游精神在西方诗歌中，自《荷马史诗》以来一直延续到现代诗歌、后现代诗歌，从来就未曾缺席。只是在不同时代背景之下，远游精神被转换成众多不同的变体。西方文化是缺乏家园意识的文化，没有家园（现实家园和理想家园）就需要不断地去找寻、去征服。因此，只要西方人常处于“在路上”的漂泊状态，远游精神就会一直存续。

第四节　中西诗歌的用典叙事范式

典故贵在“用”，中西方诗人在叙事时经常用典、用事。用典，是中西方诗歌叙事常用的手段，具有独特的美学特质。“事”指“事类”“故实”“典故”等，钟嵘《诗品·序》云：“至乎吟咏情性，亦何贵于用事……羌无故实……讵出经史”[②]；《文心雕龙·事类》云：“事类者，盖文章之外，据事以类义，援古以证今者也。”[③]钟嵘所谓“用事”与刘勰所谓“事类”大体可分为引事典与引语典两种方式。事典主要指的是古代的人和事，在诗中运用事典即引用古代的人和故事来抒发诗人自己的情感，借古之事抒今之感。运用语典即在诗歌中化用前人说过的词语或诗句等。如先秦典籍《易经》《诗经》《尚书》《老子》即有大量的“有言”“谚曰”“谣曰”“语曰”“建言”。这是用典叙事援古证今、借古抒怀的最直接方式。本书所说的用典叙事就包括事典（“举人事”）和语典（“引成辞”）这两种方式。

诗人们用典将神话传说或历史故实浓缩成几个字或一句话，置于全诗的字里行间与整体情境之中。这种用典叙事是对语言文字这种艺术媒介高度自觉的运用，其目的不仅为了证明自己的观点，抒发思想情感，更

---

① 但丁著：《神曲》，朱维基译，石家庄：河北人民出版社，1996 年，第 804 页。

② 钟嵘撰，陈廷杰注：《诗品注》，北京：人民文学出版社，1961 年，第 4 页。

③ 周振甫：《文心雕龙今译》，北京：中华书局，1986 年，第 339 页。

主要的还在于使作品委婉、含蓄、凝练,增添诗歌韵味,更富有艺术性和感染力。用典叙事与人类对语言、历史观念的理解有关,从用典叙事话语、形式、功能上而言,中西诗歌用典具有异曲同工之妙。同时,由于文化背景、思维方式、话语形式结构差异,中西诗歌的用典叙事范式也呈现出差异性。

一、中西诗歌用典叙事的异曲同工之妙

(一)中西诗歌用典叙事话语特征

1. 理据性

英国瑞恰慈《文学批评原理》提出:"运用典故是诗歌把经验的要求和形式加以利用的最突出的方式,这些要素和形式不是与生俱来的,而是需要专门途径才能获得。"[①]典故叙事具有一定的据理可推,有能够分析评价的推理结构。它是一种代码型的语言,也是一种浓缩的语言,指代了特定历史和个人的行动,有时还涉及特定的历史文献。[②] 这就要求读者能从典源出发,调动一定的知识储备、联想力、理解力,自觉地去学习探索其中隐含的奥秘,获得当下意义。

比如咏史诗,如果熟悉典源,就能降低历史叙述的推理难度。李商隐的咏史诗,大量引用了杨贵妃与唐太宗之事典,读者从诗中"长生殿""马嵬"等历史叙述中,能领略诗歌丰富的历史内蕴,以及作者不动声色地表达的曲折情感。

> 骊岫飞泉泛暖香,九龙呵护玉莲房。平明每幸长生殿,不从金舆惟寿王。(《骊山有感》)
>
> 冀马燕犀动地来,自埋红粉自成灰。君王若道能倾国,玉辇何由过马嵬。
>
> 海外徒闻更九州,他生未卜此生休。空闻虎旅传宵柝,无复鸡人报晓筹。此日六军同驻马,当时七夕笑牵牛。如何四纪为天子,不及卢家有莫愁。(《马嵬二首》)

这两首诗歌都运用唐玄宗和杨贵妃之事典,委婉多姿,工致含蓄,表

---

① 艾·阿·瑞恰慈:《文学批评原理》,杨自伍译,南昌:百花洲文艺出版社,1992年,第198页。

② 高友工:《美典:中国文学研究论集》,北京:生活·读书·新知三联书店,2008年,257页。

现了诗人怀才不遇，批评讽刺之意。吴伟业诗歌《圆圆曲》中提及的历史美女“绿珠”“绛树”“越女”，选取著名的“红颜薄命”的美貌女子代指陈圆圆，读者借此来理解作者对吴三桂的讥讽，并循着典故所提示的诸种情感轨迹，在历史长河中获得更丰富的人生哲理思考。

又如西方诗人艾略特《一位女士的画像》中“你是无往不胜的，你没有阿喀琉斯的脚踵”。读者会自然循着希腊神话典故所提及的英雄阿喀琉斯的弱点去理解作者的情感。

诗歌用典的理据性呈现出特定的文化语境，具有“据事以类义，援古以证今”[1]的特质。不同文化语境下，在阐释框架的规约下，阅读济慈《初读查普曼译荷马有感》，艾略特《荒原》中大量神话、《荷马史诗》及宗教典故，中西方读者所获的理解都有差异性。文化语境制约造成了典故的晦涩难懂。

2. 互文性

“互文性”由法国朱莉娅·克里斯蒂娃提出来，她认为每个文本都是对其他文本的吸收和转换。热奈特在《隐迹稿本》中谈到互文性时说得更加具体：“我大概要赋予该术语一个狭隘的定义，即两个或若干个文本之间的互现关系，从本相上最经常地表现为一文本在另一文本中的实际出现。其最明显并且最忠实的表现形式，即传统的‘引语’实践；另一种不太明显、不太经典的形式是‘剽窃’，即秘而不宣的借鉴，但还算忠实；第三种形式即‘暗语’形式，明显程度和忠实程度，都更次之，暗语形式的全部智慧在于发现自己与另一文本的关系，自身的这种或那种变化必然影射到另一文本，否则就无法理解。”[2]

第一种是“引语”，即袭用旧籍中的成辞，是用典最基本的互文手法。如李商隐七言律诗《安定城楼》，诗中“贾生年少虚垂泪，王粲春来更远游”用贾生垂涕、王粲远游之古事，比拟自己的忧时羁旅之感，取拟对接十分贴切。

第二种“剽窃”，是对其他文本的蹈袭与翻案，袭用或反用其意。济慈六大颂诗之一的《赛吉颂》仅 4 节 67 行，也镶嵌着隐显程度不等的 9 个神话典故和 5 个圣经典故。

---

① 周振甫：《文心雕龙今译》，北京：中华书局，1986 年，第 339 页。

② 热拉尔·热奈特：《热奈特论文集》，史忠义译，天津：百花文艺出版社，2001 年，第 69 页。

第三种“暗语”，是将旧的经验移植，而与新的语境对接，属于中国古典诗较普遍的用典形式。如艾略特《荒原》中很大一部分用典取自启示文学，内容数次暗示了战争。启示文学作品中频繁出现的恐怖意象之一是战争。死亡、战争、自然荒原和心灵荒原的多处内容与启示文学中恐怖灾祸相契合。

这三种形式都根植于历史文化传统和个人记忆，作者用典基本是在这几个层面之间游移，有些明显直接，有些将典故断裂融合到整体中，以至于构筑起一个互文象征系统。另外，高友工先生将典故区分为整体性典故和局部性典故，[①]这两种形式其实也都是互文的体现，旨在拓展深化诗歌话语更广更深的意义。

3. 蕴藉性

恰当的用典是推动叙事进程，增强话语蕴藉性必不可少的砝码。刘勰《文心雕龙·隐秀》篇云：

> 夫心术之动远矣，文情之变深矣。源奥而派生，根盛而颖峻，是以文之英蕤，有秀有隐。隐也者，文外之重旨者也；秀也者，篇中之独拔者也。隐以复意为工，秀以卓绝为巧。斯乃旧章之懿绩，才情之嘉会也。夫隐之为体，义生文外，秘响傍通，伏采潜发，譬爻象之变互体，川渎之韫珠玉也。故互体变爻，而化成四象；珠玉潜水，而澜表方圆。[②]

“隐”“秘”“潜”的要素，暗含了作者幽深的思想情志。典故的美学特质即“隐”。用典叙事能使作品文辞典奥、内涵丰富，充分展现诗人博雅的文学修养。这种叙事是隐藏在情节叙事背后但又与情节并行发展的叙事暗流，多是对情节叙事的补充、扩展，具有“隐性叙事”的特征。

刘永济《文心雕龙校释》：“故用典所贵在于切意，切意之典，约有三美：一则意婉而尽，二则藻丽而富，三则气畅而凝。”[③]恰当的用典叙事可以达到“会意也尚巧，其遣言也贵妍”的高妙艺术效果。清赵翼《瓯北诗话》卷十云：

---

① 高友工：《美典：中国文学研究论集》，北京：生活·读书·新知三联书店，2008年，189页。

② 周振甫：《文心雕龙今译》，北京：中华书局，1986年，第357页。

③ 刘永济：《文心雕龙校释》，北京：中华书局，2007年，第127页。

> 诗写性情，原不专恃数典，然古事已成典故，则一典已自有一意，作诗者借彼之意，写我之情，自然倍觉深厚，此后代诗人不得不用书卷也……古诗动千百言，而无典故驱驾，便似单薄。[①]

诗人为了更好地表达内心复杂多元的思想感情，有意打破时空界限任意的联想拼接，对原有的典故进行加工、重组。中晚唐时期诗歌用典数量明显增多，个性突显。如李商隐《酬别令狐补阙》虽为赠别诗，但重点不在离别，诗中“锦段知无报，青萍肯见疑”“弹冠如不问，又到扫门时”。“锦段”“青萍”“弹冠”皆微言深意，李商隐此诗写给令狐绹的用意与内心诉求，由这些简短的语典所暗含的意义连缀而成，表达了希望寻求帮助得到皇帝赏识。

又如浪漫主义诗人济慈叙事诗《拉米亚》，取材于《忧郁的剖析》，同时以奥维德《变形记》为原型，巧妙地对希腊神话进行颠覆性改写。诗中充满幻想与理智的对峙，张扬情感和想象力，并融入哲学化的思考，具有独特的艺术风格。

可见，用典可以极大浓缩各种文本信息，在与读者共有的内在化知识体系中，通过叙述“断片”的整合，将意义的引用、连接、组合与创造，在广阔的历史与文化背景中取得最大限度的效果。

（二）中西诗歌用典叙事形式多样化

诗歌用典叙事形式多样，相关学者进行了不同分类。高崎《文章一贯·引用第四》把引用分为正用、衍用、评用、反用、暗用等十四类。罗积勇进一步将其整合为五大类。[②] 参照格律文体的修辞效果划分，本书将诗歌用典叙事形式大致归纳为直用、反用、隐用、化用四类。[③]

1. 直用典故和反用典故

直用典故，指在对句中直接引用语典或事典，正面寄托或传情。元陈绎曾《文说》中讨论了“用事法”，他指出“正用”是“故事与题事正用者也。”[④]古事与今事比较类似，题事与作者想表达的思想一致，这种用典叙

---

① 郭绍虞编选：《清诗话续编》（下册），富寿荪校点，上海：上海古籍出版社，1983年，1132—1351页。

② 罗积勇：《用典研究》，武汉：武汉大学出版社，2005年，第32页。

③ 徐北文、郑庆笃：《古典诗歌知识》，济南：山东人民出版社，1980年，第122页。

④ 郑奠、谭全基：《古汉语修辞学资料汇编》，北京：商务印书馆，1980年，第316页。

事方法是正用法。谢灵运的《游赤石进帆海》"仲连轻齐组,子牟眷魏阙。矜名道不足,适己物可忽。"诗中引"仲连轻齐组""子牟眷魏阙"两个典故,借典故表明自己不需求功名,隐居以求自保的情感。

反用典故,虽直接引用典故,却反其意而用之,存有讥讽之意。元陈绎曾指出"反用"法"即故事与题事反用者也。"[①]如李商隐《有感二首》

九服归元化,三灵叶睿图。如何本初辈,自取屈氂诛。……竟缘尊汉相,不早辨胡雏……(《其一》)

临危对卢植,始悔用庞萌……古有清君侧,今非乏老成。(《其二》)

作者回避直述,以古人古事喻今,借用汉事叙述了"甘露之变"的历史,说明汉晋之典,代指唐人唐事,反映唐朝后期宦官专权的局面,蕴含作者对时局的忧虑之情,表现了幽深的爱憎情感。

反用典故把古事与今情相比,取其对立面来表达感情。诗歌《荒原》反用典故形式非常丰富。如主人公普鲁弗洛克想到了《圣经》中的施洗约翰。《新约·马太福音》中记载有从地狱回到人世间的故事。而对我们的主人公普鲁弗洛克来说,死后重生是指他从目前无意义的生存中觉醒过来。残酷的现实是即使他提出了"重大的问题",那些在客厅中谈论米开朗基罗的女士们也不会理会他。这种用典形成与现代事之间产生反差比较,从而蕴含丰富深刻的内涵,暗含了生活的无望。

2. 隐用典故与化用典故

隐用典故并不直接引用,而是将借鉴来的典故含蓄委婉地表现出来。诗人所引故事隐而不显,读者要通过揣摩古事与今情之间的联系,判断诗人感情。借用实际是隐用,用与之相关的古人故事来隐含代替。元陈绎曾《文说》解释:"借用故事与题事而绝不类,以一端相近而借用之也。"[②]

李商隐《无题二首》为适应诗歌形式以及表达上的特点,借用原典中的词汇并进行了融合或缩减。"扇裁月魄羞难掩,车走雷声语未通",其中"扇裁月魄"用班婕妤《怨歌行》"裁为合欢扇,团圆似明月"中语,"羞难掩"用乐府《团扇郎歌》中"憔悴无复理,羞与郎相见"之语。

---

① 郑奠、谭全基:《古汉语修辞学资料汇编》,北京:商务印书馆,1980年,第316页。

② 同上。

化用典故指的是“用典”途径贵在“化”。引用典故和化用典故考验的是如何从旧典中创造出新句，明清之际王夫之《唐诗评选》云：“用古入化。凡用事，用成语，用景语，不能尔者，无劳驱役。”[①]化用典故，指将前人诗文名句化为己有，作者会根据自己的情绪感受加以改造，使之成为新句。元陈绎曾《文说》取之为暗用，即“用故事之语意，不显其名迹。”[②]暗用更进一层来说，实际就是化用典故。

李商隐咏物诗《蝶》：

> 叶叶复翻翻，斜桥对侧门。芦花惟有白，柳絮可能温。西子寻遗殿，昭君觅故村。年年芳物尽，来别败兰荪。

其中“西子、昭君”一联用典，将蝴蝶比拟为魂梦故村的美女，使得诗歌意境深远，主题幽怨。《锦瑟》一诗更是化用了“锦瑟”“庄生梦蝶”“望帝”等多重神话传说典故，表达了作者若有所失、若有所寻的怅惘哀伤、迷离悱恻的感情。

辛弃疾词的用典也并非一味地直接引用，《永遇乐·京口北固亭怀古》《贺新郎·赋琵琶》《水龙吟·登建康赏心亭》《摸鱼儿·更能消几番风雨》《贺新郎·别茂嘉十二弟》等作品，穿插使用直用、反用、隐用、化用的方法，使得典故在词中发挥出最大的效果，用典精当，以其高超的创作功力将典故恰当地融入词中，浑然天成，增强了作品的叙述张力。

（三）中西诗歌用典叙事功能广阔

1. 用典叙事可达到言简意丰，凝练生动，具有丰厚表现力

批评家瑞恰慈说：“典故是一种简洁的技巧，《荒原》在内涵上相当于一首史诗，没有这种技巧，就得由十二本著作来表达。”[③]用典原是为了简洁精炼概括。典故的隐性叙事天然具有委婉、含蓄、典雅的特点，“用典如水中着盐，但知盐味，不见盐质”；“作诗用事，要如释语，水中着盐，饮水乃知盐味”。[④] 也就是说，“作诗用事，以不露痕迹为高”[⑤]。用典贵在融化。李商隐的《利州江潭作》可谓是善用语典的典型，通过对诗中语典的片段

---

① 王夫之：《唐诗评选》，北京：文化艺术出版社，1997年，第117页。

② 郑奠、谭全基：《古汉语修辞学资料汇编》，北京：商务印书馆，1980年，第316页。

③ 艾略特：《四个四重奏——艾略特诗选》，南京：译林出版社，2017年，第26页。

④ 袁枚：《随园诗话》（卷七），北京：人民文学出版社，1982年，235页。

⑤ 王士祯撰：《池北偶谈》，勒斯仁点校，北京：中华书局，1982年，第274页。

叙事,来追寻探索、揭示诗歌创作的真正意图。此诗为李商隐过武则天诞生地“利州”时所作,全诗之中凡用典处,皆为语典,“神剑”“行云”“散锦”“河伯”“冰绡”“燕脯”皆有出处。不过,因为诗人选用的诗歌语言并没有明确的意义指向,因而关于此诗的写作意图,后人只能根据语典中所透露出来的零星片段推敲揣摩诗歌的广阔意蕴。

诗人通过用典叙事深化诗歌意境和内涵,诗人需要寻找恰当的能承担喻指现实事物本质的事典进行叙述,在有限的诗句中叙说事件、表达感情,加大诗歌的意义负荷量。因此,用典叙事给读者留下想象、体味的广阔空间,在一定程度上增强了诗歌的简洁性、含蓄性、生动性和表现力。

2. 用典叙事虚实交错,构筑了诗歌整体氛围与诗境

典故的一端与过去联系,另一端与现实联系。斯蒂芬·欧文曾说,传统不仅仅意味着对过去的保存,它还是连接过去和现在的一种方式。典故化古为今,将过去的传统引入现实当下。明与暗、虚与实交相呼应,营构出诗歌整体的氛围和境界。如济慈《拉米亚》化用希腊神话,开篇夸赞幻想的力量,将拉米亚视为幻想的化身,集美与真为一身,喷涌着对生命与爱情的激情。最后里修斯之死,从某种意义上来说诠释了济慈的诗歌观点“消极能力说”。

又杜甫《秋兴八首》“听猿实下三声泪,奉使虚随八月槎”上句化用《水经注》里的“巴东三峡巫峡长,猿鸣三声泪沾裳”。下句用的是《博物志》中的神话故事,传说海边的人每年八月就会乘坐木筏到天河,定期返回。上句的“三声泪”是杜甫听到猿猴哀鸣心生悲凄落泪,这是实写。下句的“八月槎”则是他回长安的希望化为泡影后的感受,为虚写。诗歌采用虚实相生的方式,抒发了自己想回长安而不能的悲凉,也表达了他对友人的思念。

李商隐“以典运势”,以繁密的典故群的驱使来实现诗歌语言情境之间的驰骋变化,将诗人的情感态度以蕴藉的语言变换婉转道出。由此造成诗歌典实繁密,雕梁画栋。如《海上》《瑶池》《锦瑟》《曲江》《隋宫》等诗歌,皆是一篇之中连用数典、虚实相生的典型。

石桥东望海连天,徐福空来不得仙。直遣麻姑与搔背,可能留命待桑田。(《海上》)

瑶池阿母绮窗开,黄竹歌声动地哀。八骏日行三万里,穆王何事

不重来。(《瑶池》)

这两首诗的形象都引入了神话传说是非现实中的形象。清人姚培谦指出诗人运用“翻进一层”的写法,使这两个典故上下紧密勾连,借此讽刺皇帝求仙虚妄。前一个典故有关秦始皇,揭示神仙不可求,后一个典故有关麻姑,翻进一层,说明即使遇见仙人也不能免于一死。这是诗人对原有典故有意地误读,推动诗歌叙事的隐性进程,提升了审美寓意。另一首《瑶池》则引用了《山海经》和《穆天子传》中有关西王母和周穆王的神话故事,表达作者对现实虚妄批判的幽深情感。又如《隋宫》:

紫泉宫殿锁烟霞,欲取芜城作帝家。玉玺不缘归日角,锦帆应是到天涯。

于今腐草无萤火,终古垂杨有暮鸦。地下若逢陈后主,岂宜重问后庭花。

前几句直叙讽刺了隋炀帝奢侈的、无尽的欲望,尾联“地下若逢陈后主,岂宜重问后庭花”则利用了传说故事,想象两位亡国之君死后在地下相见,实则隐喻了两位君主乃一丘之貉,拓展了诗歌叙事层次。一明说,一暗写,虚实相生,最终指向批判亡国之君。

3. 用典叙事使历史呈现原型,具有普遍性效果,并获得一种永恒的原型意义

典故作为历史的记忆,一旦在后人的追述中显现,其所负载的内涵以其深厚的底蕴生发出更多的意味。用典叙事拓展了叙事时间和空间,试图把时间上的“过去”拉向现在,以此唤起文化集体的认同意识。[①] 中国诗歌强调以经典和历史为据,并借重名人、圣贤的权威言论甚而不惜虚构名人圣贤的言论。用典叙事从荀子“征圣”“宗经”萌芽,至刘勰系统完成。“子曰”“诗云”的语典征引实践,在称述“六经”、古史的浪潮中自然呈现。春秋战国,典故运用更多地停留在举证式的用典上,事典多出现。[②] “感丁哀乐,缘事而发”。钟嵘《诗品》:“夫属辞比事,乃为通谈。若乃经国文符,应资博古;撰德驳奏,宜穷往烈。”[③]南朝文人切实掀起了文学史上“用

① 蔡英俊:《语言与意义》,武汉:华中师范大学出版社,2011年,第120页。
② 潘万木:《汉语典故的文化阐释》,武汉:华中科技大学出版社,2014年,第2页。
③ 周振甫:《〈诗品〉译注》,南京:江苏教育出版社,2006年,第15页。

事为博”的第一个高潮。加之中国文人推重古训，对权威、经典乃至语言的崇信，在这种诗歌观念下，用典成为诗人叙事常用的手段。

历史在视野融合中成为跨时的存在。正如巴特所说，“先前的文从后来的文中逸出来的从容不拘。”诗人艾略特最擅长的就是把当下社会现实和过去的传统、经典联系起来，互相映照。艾略特认为远古与现在是同时存在的，“当下也要受到过去的指引”。用典即是表达对“传统”的重塑，比如《荒原》的典事内容从远古传说到当代逸闻，跨越五种不同语言，成为世界诗坛上的“奇观”。《荒原》用典生僻、理解困难，在 1922 年推出单行本时艾略特给《荒原》添加了 52 处脚注，为读者提供解读的线索和指引。这种自加注释的用典方式后来显然影响了许多现代派诗人的新诗创作。艾略特还提出，诗是许多经验的集中，诗人应该知道得越多越好，他就是传递这些经验的“媒介物”；诗歌于是成为非个人化的、各种经验信息的综合。

历史作为一种原型在用典艺术中呈现。用典叙事无论直用、反用、隐用、化用，都指向“历史的普遍意义和原型意义”。“当一个词在诗中出现时，它不仅指称某个特定的事物，而且也代表了该事物所属的类别；当一个典故出现于诗中时，它所指涉的不仅是与之相似的过去或现在的事件，而且是永恒的原型。”[①]用典意义就产生于历史继承和革新的张力关系中，扩展了叙事的历史性维度和空间性维度，拓宽了“诗史”叙事经验，因此其功能不仅只有其具体意义，更拥有永恒的原型意义。

二、中西诗歌用典叙事的差异性

中西诗歌用典叙事在话语、形式和功能上具有异曲同工之妙，但由于中西方文化背景、思维方式、话语结构差异，诗歌的用典叙事在文化背景、思维方式、内容及形式结构上更显示出差异性。

（一）中西诗歌用典叙事的文化背景

从历史文化背景而言，中西方用典源于依托不同民族文化背景，也承载着不同的文化传统、宗教信仰以及地理环境、风俗习惯。中国历史悠久，典籍文化博大精深，汉语典故浩如烟海，源远流长。中国文学具有崇

---

① 高友工、梅祖麟：《唐诗三论——诗歌的结构主义批评》，李世跃译，北京：商务印书馆，2013 年，第 192—193 页。

古重史的思想依据。“崇古”是对祖先、先王等往昔权威和经验的认同、崇拜和追从；“重史”是借助历史的想象、回忆和溯源，寻求秩序的理性依据和价值本原意义。

相比西方，中国的用典多出自经史子集。先秦诸子百家的学术思想以及历代史书和文学作品为汉语中典故的形成提供了肥沃的土壤。先秦两汉历史诸子散文，以及铺陈夸饰的辞赋，和议论说理的政论文，多用典于史学中。除此之外，诗人对《史记》《汉书》《后汉书》中的征引颇多。《诗经》《楚辞》常成为诗中引用的对象。建安诗人曹植诗歌用典一半以上就是直接引用或者化用《诗经》中的语句。“山川阻且远，别促会日长”(《送应氏·其二》)。“道阻且远”出自《秦风·蒹葭》“溯洄从之，道阻且长”。“我马玄以黄”(《赠白马王彪·其二》)出自《周南·卷耳》“陟彼高冈，我马玄黄”；还有《三良诗》直接化用了《秦风·黄鸟》。而据韩国学者李光哲《谢灵运诗用典考论》统计，谢灵运诗歌引用《诗经》多达 183 处。[1] 从《古诗十九首》到曹植、谢灵运，用典叙事逐渐成为作者自觉叙事表达情志、弘扬历史传统的重要方式。

六朝之后诗歌用典日益繁富，“唐初王、杨、沈、宋，渐入精严。至老杜苞孕汪洋，错综变化，而美善备矣。用事之僻，始见商隐诸篇。宋初杨、李、钱、刘，愈流绮刻。至苏、黄堆叠诙谐，粗疏诡谲，而陵夷极矣。”[2]士大夫文人以“古训是式”作为行为规范，掇拾历史古训成为时尚，诗歌用典叙事辞藻富丽，至此诗歌用典范式更具有文学艺术性。

西方英语典故多数来自希腊罗马神话故事、圣经故事、寓言童话故事以及莎士比亚等各国主要作家的作品。希腊罗马神话中的故事和英雄传说为英语留下了许多形象生动、寓意深远的典故，还有许多英语典故来自宗教，特别是《圣经》的人物和事件。据统计，仅收入辞典的《圣经》典故就达将近七百条。出自莎士比亚作品的典故达数百条。但相对中国而言，英语典故产生较晚，除古老的典故多源自希腊罗马神话或《圣经》，一部分英语典故多来源于当代作家的作品。

（二）中西诗歌用典叙事的思维方式

各民族语言文化都带有鲜明的民族特色，折射出不同民族的思维方

---

① 李光哲：《谢诗用典之探析》，《日韩谢灵运研究文集》，宋红编译，广西师范大学出版社，2001年，第 205 页。

② 胡应麟：《诗薮》，上海：上海古籍出版社，1979 年，第 64 页。

式。从思维方式而言,中国强调天人相通,物我同一。而中国诗学"贵清空""曲而隐"的特征也影响到典故的意蕴。胡应麟:"诗与文体迥不类:文尚典实,诗贵清空;诗主风神,文先理道。三代以上之文,《庄》《列》最近诗,后人采掇其语,无不佳者,虚故也。"[①]许学夷谓"诗与文章不同,文显而直,诗曲而隐。风人之诗,不落言筌,曲而隐也。"[②]吴乔:"诗为人事之虚用,永言、播乐,皆虚用也。……赋为直陈,犹不与文同,况比兴乎?"[③]这些特点正是中国诗学最富民族特征的地方,虚、曲、隐这些特征源于中国诗歌的比兴思维。

中国诗歌用典在说理、修辞、思维方式以及表达方式方面,与"比兴"有一脉相承之处。"比,取比类以言之"(郑玄语)、"兴,引譬连类"(孔安国语),"道古语以剴今,道之属也;取古语以托喻,兴之属也。意皆相类,不必意出于我;事苟可信,不必义起于今。引事引言,凡以达吾之思而已。"[④]诗人选择最适于述事达情的古典史事,或者借古典史事最大限度地表现自我。这种"取古语以托喻"的方式如同于"兴"。薛雪所述"用事全在活泼泼地,其妙俱从比兴中流出。"[⑤]南北朝诗人将"兴"的手法引入用典,以用事发端起兴,很大程度上改变了汉代以来的"全引成辞"、完全忠于原典而又颇占篇幅的用事方式。又如清李重华《贞一斋诗说》指出,"比,不但物理,凡引一古人,用一故事,俱是比。"[⑥]可以说,"借事以相发明""因彼证此""借彼之意,写我之情"等均指向典故之"比"的功能特性的重合。[⑦] 从某种程度上说,不论语典还是事典,将引用古代的语言、故事作喻体来含蓄地表达自己的意思的方法,多言在此而意在彼,多渗透"比兴"思维的浸染。

辛弃疾擅于运用历史人物典故,通过历史人物事迹来表明自己的价值追求,通过对比组合而选择最适此情此景的典故:《水龙吟·登建康赏心亭》之"休说鲈鱼堪脍,尽西风,季鹰归未?求田问舍,怕应休见,刘郎才

① 胡应麟:《诗薮》,上海:上海古籍出版社,1979年,第125—126页。

② 许学夷著:《诗源辩体》(卷一),杜维沫校点,北京:人民文学出版社,1987年,第4页。

③ 吴乔:《围炉诗话》(卷一),郭绍虞编选:《清诗话续编》,上海:上海古籍出版社,1983年,第479页。

④ 黄侃:《文心雕龙札记》,北京:中华书局,2006年,第228页。

⑤ 薛雪:《一瓢诗话》,北京:人民文学出版社,1979年,第107—108页。

⑥ 王夫之:《清诗话》,上海:上海古籍出版社,1999年,第919—941页。

⑦ 潘万木:《汉语典故的文化阐释》,武汉:华中科技大学出版社,2014年,第5页。

气”;《摸鱼儿・观潮上叶丞相》之“堪恨处:人道是,属镂怨愤终千古,功名自误。谩教得陶朱,五湖西子,一舸弄烟雨。”等都具有对比联想思维方式。诗歌或者表达悲壮激越的情思,引用孙权、刘裕、刘义隆等英雄典故;或者表现幽怨凄厉的情调,引用杨玉环、赵飞燕这些悲郁女性的典故;或者倾诉闲适淡然的心境,又引用张翰、渊明的典故。其中,辛弃疾引用较多的女性人物典故是西施,寄托了作者想要凭借自己的力量辅佐君王恢复国家大业的理想抱负。这些咏史诗的用典方式,在心理时空中将历史时空和现实时空联接融合,实际赓续运用了比兴思维。

相对而言,西方诗人喜欢将思辨过程写入诗歌之中,在诗歌中质疑、诘问、反思,或直白地高声颂扬争吵,具有一定思辨理性色彩。艾略特诗歌用典叙事就常常不会直抒胸臆,这源自于他“非个人化”理论。如《颂歌》中的典故避开情感的直接抒发。另一首诗《伯班克拿着贝代克导游图:布莱斯滕叼着雪茄烟》,诗中关于威尼斯的典故拼凑而成,所有出自亨利・詹姆斯、拜伦、莎士比亚、勃朗宁、罗斯金、马斯通的典故都通过伯班克的意识与感受连接起来。通过典故借古讽今,既对威尼斯的堕落进行文化解剖,又对现代人感受力的退化提出批评,具有丰厚的思辨性。[①]

(三)中西诗歌用典叙事的内容及意义

从内容及意义而言,中国诗歌用典的价值更多存在于史学,重伦理道德情境。对典故性词语理据性的认知,并不只是对典故性词语字面意思的解释,而是通过字面意思去寻找隐藏在其背后的文化内涵。

中国诗歌典源主要出自先唐。清人方世泰《辍耕录》记载:“(用典)当取诸唐以前。唐以后故典,万不可入诗,尤忌以宋元人诗作典故用”。可见诗文创作用典多出自先唐。杜甫诗集用典所涉及的书目多达140余种,运用典故的多达775首,用典2312条次。诗歌典源主要出自唐朝以前的史书,同时兼及其他古代书籍和作家诗作。[②] 中国文人用典多注重其伦理道德意义,特别在咏史诗、讽喻诗中。如杜甫的咏史怀古诗《禹庙》,大禹是不是一个虚构的神话形象无关紧要,重要的是大禹治水的丰功伟绩。又如白居易讽喻诗涉及众多的政治问题及社会问题,根据调查,其讽喻诗使用史事215例,使用古语约1160句,平均每篇使用1.25个史

---

① 陈仲勋:《艾略特诗歌隐喻研究》,上海:上海人民出版社,2008年,第157—158页。

② 叶渠梁:《杜甫诗集典故探义》,武汉:华中科技大学出版社,2018年版。

事,平均每句使用 0.27 个古语,有的诗句句有典故来历。① 这些诗歌被作为"谏书",带有强烈批判性及其伦理道德意义。

西方诗歌用典多源于神话宗教典故。汉诗用典叙事虽也有源自神话如奔月、射日,但相对离散。西方神话谱系性体系化,很多诗人大量运用古希腊神话形象,通过神话把理想中的美好世界和现实世界结合在一起。另一方面,基督教文化对西方文学影响直接深远,伊甸园、方舟、替罪羊等经常出现在诗歌中。如济慈诗歌《夜莺颂》中的夜莺、酒神,《希腊古瓮颂》中的阿卡狄都和古希腊神话有关,另一神话诗《赛吉颂》中就有 9 个神话典故和 5 个圣经典故。

(四) 中西诗歌用典叙事的形式结构

中国诗人用典充分施展其剪裁运思与遣词造句的能力,从形式结构原则上看,语言精致化,多为两字、三字或四字结构。中国诗人喜欢用典叙事,与中国诗严谨的格律密切相关。黄侃说:"逮及汉魏以下,文士撰述,必本旧言,始则资于训诂,继而引录成言,终则综辑故事。爰至齐梁,而后声律对偶之文大兴,用事采言,尤关能事。其甚者,捃拾细事,争疏僻典,以一事不知为耻,以字有来历为高。"②至六朝齐梁时期用典大盛。刘勰《文心雕龙·丽辞》说:"故丽辞之体,凡有四对;言对为易,事对为难,反对为优,正对为劣。言对者,双比空辞者也;事对者,并举人验者也;反对者,理殊趣合者也;正对者,事异义同者也。"③所谓事对,可以理解为用典,诗人在用典时能刻意形成对仗。诗歌用典促进律化,从而进一步创造出和谐审美境界。谌东飙发现颜延之创造了集锦、截取、改变典面结构的用典新技巧,这些用典技术"有利于近体诗短小篇制的形成""有利于制造对偶句""有利于声律说引进诗歌,容易协调平仄"。④

发展到南北朝,南朝山水诗发达,"典故中的形象便开始不完全依靠原有的故事性,而能直接取之于生活环境中一切自然界的色相。"⑤至此南朝文人在用典上开辟了新的领域,典故被意象化,在转化为诗歌结构中

① 谢思炜:《白居易讽谕诗的语言分析》,《文学遗产》2006 年第 1 期。"讽谕诗"应为"讽喻诗"。——编者注

② 黄侃:《文心雕龙札记》,北京:中华书局,2006 年,第 188 页。

③ 周振甫:《文心雕龙今译》,北京:中华书局,1986 年,第 318 页。

④ 谌东飙:《颜诗用典与诗的律化》,《求索》1994 年第 6 期。

⑤ 林庚:《唐诗的语言》,《唐诗综论》,北京:人民文学出版社,1987 年,第 88 页。

时更加灵活。如李商隐用典辞藻繁富华美，"刘郎已恨蓬山远，更隔蓬山一万重"(《无题·来是空言去绝踪》)，"庄生晓梦迷蝴蝶，望帝春心托杜鹃"(《锦瑟》)，这些典故相比以往诗人囿于用典证事、说理、抒怀，具有审美意象特征。

被称为"具备宇宙境界"的诗人杜甫用典艺术，采撷众美、意象贯通，"化自然景物与历史典故为形式材料，并使之成为与律诗平仄、对仗、用韵同工的格律手段，依阴阳对举的规范充分展开苍茫的空间感和厚重的历史感，最终造就一种'意惬关飞动，篇终接混茫'(《寄彭州高三十五使君适虢州岑二十七长史参三十韵》)的时空一体的宇宙感审美织体。"[①]杜甫《秋兴八首》特别有意透过用典叙事来构筑意象世界，将文辞、声律、典故、意象等形式要素，通过二元对立模式形成完整的诗歌艺术整体，并赋之于阴阳对举的宇宙形式，从而建立起现实与历史、具体与永恒之间的对接，产生强烈的审美力量。

至此，律诗的平仄、对仗将典故、自然意象、历史故事等进行时间和空间形式的叠加交错，以对比原则的审美形式，形成古今意义的对比结构，从而将读者引入历史的感叹，扩充诗歌宏大的审美时空。后世诗人在律诗美学形式的推动下，以勾连、铺排、对比等为结构组织原则，继续发展用典、对偶、调声等诗学艺术，从而创造出韵文叙事新的审美境界。

西方诗人有些也追求韵律对称。如拜伦诗歌语言明白晓畅，以口语入诗，他对意大利八行诗体进行改造，把原来每行八个音节改为更适合英语诗的十个音节，每行都是五音步抑扬格，韵脚错落有致，具有音韵上的特色。但总体上，相对汉诗而言，英语诗歌典故在结构形式上比较灵活，可松可紧，长短不一。

综上而言，中西方诗歌用典叙事范式呈现出异曲同工之妙。在叙事话语特点上，具有理据性、互文性和蕴藉性；在叙事修辞效果上，都采取直用、隐用、化用等方式；在叙事功能上，达到言简意丰、凝练生动，给读者留下了体味的广阔审美空间。并且能够化古为今，虚实交错，构筑了诗歌整体的氛围与诗境。中西方诗歌用典扩展了历史性维度和空间性维度，拓宽了"诗史"叙事经验，其功能拥有永恒的原型意义，最终使历史呈现为一

---

① 张节末、徐承：《作为审美游戏的杜甫夔州七律——以中古诗歌律化运动为背景》，《学术月刊》2009年第9期。

种原型。

同时，由于中西方文化背景、思维方式、内容及语言形式上存在差异，中西用典叙事范式呈现出相应的民族特色。从历史文化背景而言，中国诗歌相较西方用典的叙事思想多源于“崇古重史”，遵从古训；从思维方式而言，较西方中国诗歌典故运用多源于比兴思维；从内容及意义而言，较西方中国诗歌用典的价值更多存在于史学，重伦理道德情境；从形式结构原则上看，较西方中国诗歌用典促进律化，通过二元对立模式形成完整的诗歌艺术整体，并赋之于阴阳对举的宇宙形式，具有强烈的审美感发力量。

总之，用典已成为中西方诗歌重要的叙事形式，是一种隐含在文本中的隐性叙事，具有丰富的美学功能。中西用典叙事范式在叙事话语、形式、功能呈现出异曲同工之妙，又因文化背景、思维方式、形式结构差异表征出用典叙事的差异性。以上仅仅是一点粗浅的想法。当然，我们要具体对待诗歌传统的典故叙事文本，掌握中西方诗歌传统的内在统一性及差异性，对于中西方诗歌用典叙事特点，也要根据其“断片”的特征具体分析。这些都值得进一步比较探究。

小　结

在中西不同的文化背景下，中西诗歌在叙事范式上呈现出差异性。

中国诗歌在长期发展过程中，“诗史”范式鲜明突出。“诗史”之名最早冠于杜诗之上，后来每当中华民族处于危难关头之际，那些或反映重大的政治事件，或叙写社会矛盾，或表现民生疾苦的诗歌作品，也往往被尊为“诗史”。它有“以韵语纪时事”与“感事”两大基本特征，具体而言，它记载家国苦难、民生命运等社会时事与现实生活，其所感之怀主要表现为崇高感人的家国情怀与褒贬鲜明的讽谕精神。西方诗歌在叙事发展进程中则形成了不同于中国“诗史”的“史诗”范式，它叙述的是一个有因有果、首尾完整的故事，具有宏大叙事与整一性的特征；不仅如此，它还体现出吁请叙事与非吁请叙事结合的叙事特性。

不论是中国诗歌叙事传统中的“感事”传统，还是西方诗歌叙事传统中的“述事”（或曰“叙事”）传统，多着眼于叙事诗，那么，在中西抒情诗中，

“感事”与“叙事”究竟有何区别呢？借鉴西方修辞叙事理论，按照读者和作品的交流方式，可从四个维度区分“感事”和“叙事”：“叙事”要求读者期待事件的冲突、逆转和结果，“感事”只要求读者知道事件的存在；“叙事”要求读者关注人物的“摹仿”层面，“感事”要求读者关注其“主题”层面；“叙事”要求读者对人物和事件进行价值判断，“感事”要求读者对人物和事件进行情感投射；叙事”要求读者对叙述者与隐含作者之间的距离进行判断，但“感事”要求读者将说话人与隐含作者等同。在这之中，存在一个“感事—叙事”连续体，纯感事和纯叙事分居两极，而大量的诗歌作品则居于两极之间，或靠近感事，或靠近叙事。由此我们可以超越“感事”和“叙事”的二元对立，对具体诗歌中“事”的修辞形态进行准确把握。

中国属于农耕文明，中国人安土重迁，家园、故土意识突出；西方属于海洋文明，西方人好冒险流浪，旅途、远游精神鲜明。由此，中西方诗人在其笔下形成了不同的家园叙事范式与远游叙事范式。中国诗歌的家园叙事关涉物性家园、亲情家园、乡土家园、精神家园等众多维度，西方诗歌的远游叙事则包含为实现生活自由而去冒险征服的身体之行与为探索人生终极价值的精神之旅两个维度。

用典是中西方诗人叙事的一大常用手段。在用典叙事的话语、形式、功能层面，中西诗歌具有异曲同工之妙。从用典叙事话语来看，中西诗歌在理据性、互文性、蕴藉性方面呈现出相同的倾向；从用典叙事形式看，可分为直用、反用、隐用、化用四类；从用典叙事功能看，它不仅言简意丰，虚实交错，且呈现历史原型。同时，中西方诗歌的用典叙事又显现出差异性，与西方诗歌相比较，中国诗歌多遵从古训、多用比兴思维、多重伦理道德情境。

第四章
中西诗歌叙述者之比较

中西诗歌叙述者存在一定的差异性。具体来说，从叙述者的呈现效果而言，中国诗歌叙述者的文本存在较为隐性化，不易察觉；西方诗歌叙述者则更为明显，在文本之中表现为较为自觉的叙述角色。回到中西诗歌叙事文本的传统之中，或许我们更能感受到中西诗歌叙述者比较的重大意义。《诗经》与《荷马史诗》是中西文学传统的源头，呈现了上古时期中西方政治、经济、文化等具体的社会形态。两者存在许多相似之处，也有很多不同，具有很大的可比性。关于《诗经》与《荷马史诗》的比较研究，已有成果主要集中在两大方面：一是关于文本内在性特点的比较分析；二是针对文本的形成过程、文化蕴藉等外延性比较研究。

《诗经》与《荷马史诗》的外延性比较研究较为深入。很多学者企图找寻两者在中西文化形成方面的历史价值，并比较两者的相似性和差异性。代表性文章有倪乐雄的《东西方战争文化的原型蠡测——“荷马史诗”与〈诗经〉比较研究》、吴贤哲和刘瑞的《荷马史诗和〈诗经〉不同文化因子及其成因的探究比较》等。也有学者探讨了《诗经》与《荷马史诗》形成过程的比较。韩高年专门探讨了两者在史诗吟诵过程中的异同：《诗经》与《荷马史诗》均具有制度性、风俗性和表演性，但是“中国古代历史意识和史官制度的早熟，从而使史诗吟诵者和史诗演述活动不同于古希腊而成为一种政治舆论和族群认同的方式，史诗的功能也不同于古希腊的重娱乐而偏向于政治化的实用功能，这种不同最终导致中国上古时期史诗具有为祭祀服务、文本简要、看图唱诵等形态特征。”[①]还有学者比较了《诗经》与《荷马史诗》的成书经过与历史地位，等等，这些成果均可以纳入到两者比较的外延性研究之中。

关于文本内在性特点的比较，由于对文本的定位不同，故而存在很大的差异性。有学者将《诗经》与《荷马史诗》定位于历史文本，故而从反映论等角度追溯上古时期的具体社会形态。马涛认为，“《荷马史诗》与《诗经》都反映东西方社会由原始社会向文明社会过渡时期的经济制度和经济观念的变化。”[②]他还专门比较分析了“《荷马史诗》与《诗经》所展示的东西方古代经济形态。”[③]这些文章均是立足于《诗经》与《荷马史诗》作为历史文本的比较分析。

当然，更多的学者还是将《诗经》与《荷马史诗》定位于文学文本，从诗歌、叙事等文体角度分析比较两者的异同。其中，关于战争观、死亡观、女性审美观等偏重内涵方面的比较研究，有王晓曼的《中西诗歌精神差异辨言——从〈诗经〉与〈荷马史诗〉谈起》、杨阳的《试论〈荷马史诗〉的战争观——兼与〈诗经〉中的王事诗相比较》、陈丹和魏炜的《〈荷马史诗〉与〈诗经〉中的女性审美观比较》，还有倪晨的硕士论文《从〈诗经〉与〈荷马史诗〉看中西方死亡观之异同》等文章。而更多的人还是从诗歌创作和美学内蕴等方面比较《诗经》与《荷马史诗》的文本特征，代表性的论文有卢惟庸的《谈荷马史诗和中国〈诗经〉之不同空间艺术处理》、吴德安的《〈诗经〉和荷马史诗——谈谈文学的民族个性》、彭秋实的《荷马史诗与〈诗经〉中战争诗的美学风格比较》等。另外，还有关于《诗经》与《荷马史诗》中比喻和隐喻等修辞的比较文章，亦当属于两者文本艺术美学的比较范畴。

值得注意的是，作为诗歌文本的《诗经》与《荷马史诗》，两者在诗歌文体方面的比较研究却较少被关注。主要原因之一可能是《荷马史诗》是叙事史诗，而《诗经》中现代意义的叙事显然不足，倒是抒情传统源远流长。徐定懿的硕士论文《荷马史诗与〈诗经〉叙事诗之比较》，专门比较研究《诗

---

① 韩高年：《中、希史诗吟诵比较——以〈诗经〉史诗与〈荷马史诗〉为例》，《中南民族大学学报》2012 年第 4 期。

② 马涛：《〈荷马史诗〉与〈诗经〉所反映的东西方早期社会制度与经济观念的比较》，《河北师范大学学报》2015 年第 6 期。

③ 马涛：《〈荷马史诗〉与〈诗经〉所展示的东西方古代经济形态的比较》，《贵州社会科学》2015 年第 7 期。

经》与《荷马史诗》的诗歌叙事，是关于两者诗歌文本比较研究的重要成果。但是其主要关注叙事诗的情节、场面和人物性格等营构，而没有真正纳入到叙事学的视阈中进行分析。仅就叙事而言，似乎还有许多有待深入的方面。《诗经》与《荷马史诗》叙述者之比较，就是关涉两者叙事诗比较研究中不可回避的具体方面之一。

第一节　中国诗歌叙述者的隐性存在

总体上来看，中国诗歌叙述者的存在形态较为含蓄，不够明显。以《诗经》为例，我们可以从中国诗歌的源头上感受这一点。按照《中国诗史》论断，“三百篇中以《周颂》为较古，是没有问题的”[①]。《诗经》各篇具体年代难以考证，但“至迟春秋时就有西周《诗》的集子流传了”[②]。大概估算，《诗经》成集于公元前11世纪至公元前5世纪，这与《荷马史诗》形成的时间十分接近。《荷马史诗》是西方古希腊时期的重要史料，见证了公元前11世纪到公元前9世纪的迈锡尼文明，并且具有极高的文学艺术价值。但就叙事而言，《荷马史诗》的叙述者十分明显，留有歌手的深刻烙印；《诗经》的叙述者却较为隐晦。除了诸如《小雅·节南山》《小雅·巷伯》《大雅·崧高》《大雅·烝民》《鲁颂·閟宫》等在卒章“自述其名”之外，其他篇章基本上找不到明显的诗歌叙述者。不明显当然不是不存在；有叙述必然存在叙述者，就像有抒情必有抒情人一样。

以《周颂·维天之命》为例来看，其叙事简约，全文寥寥数字：“维天之命，于穆不已。于乎不显，文王之德之纯。假以溢我，我其收之。骏惠我文王，曾孙笃之”。《序》视之为“太平告文王”的祭文。然而，其文究竟何意？颇为费解，论说不断。清人方玉润在《诗经原始》中言道，

> 《集传》与郑《笺》本《中庸》以说理释《诗》，义既非诗之本旨；即姚氏本欧、苏说，谓“天命文王以兴周；文王中道而崩，天命久而不已，王其后世，乃大显文王之德，更以溢及于我；我今其承之，以大顺文王之

---

① 陆侃如、冯沅君：《中国诗史》(上)，上海：上海书店，民国丛书第五篇52文学类，1930年，第21页。

② 陈高华、陈智超：《中国古代史史料学》(第三版)，北京：中华书局，2016年，第43页。

> 德不敢达，而为曾孙者益宜笃承之也”。亦不知何所谓，“天命文王兴周”是已，文王岂“中道而崩”哉？“王其后世”之“王”为谁？“溢及于我”之“我”又为谁？都不可解。愚谓此诗并非说理，命字亦不可训为道字。……《中庸》引之以释至诚无息之道。盖《诗》自《诗》，而引者自引也。[1]

《诗经》的简约叙事模式，令历来解读者伤透了脑筋。其中原因之一可能是个别字词的训诂难以到位；而更主要的原因应该是《诗经·颂》叙事求达于上天神明，而非俗世凡人。方玉润连发三问，以示古文之隐晦。其所言“此诗并非说理”，却甚为可信。所谓祭文，多叙述所祭之人的历史功勋，岂有向神明“说理”的祭祀文？上古之文确实不以说理为重。

既然《维天之命》是篇叙事祭文，当以“叙述者”的角度解读阐释方为贴切。按其文本，所叙之事穿越天地两界，该叙述者应该上知“维天之命”，下晓当时世事。当然，神明可以做到这一点。西方《荷马史诗》叙事频繁呼唤艺术女神，也许正是基于此因。而在我们的神话传统之中，不存在专管文艺创作之神。而且，“颂”在上古时代不过是祭祀的一道工具，尚无艺术创作的自觉，只是祈求通达神明就好。当时能够联通天命和凡人的“人”，自然是主持祭祀的祭司。所以，《维天之命》的叙述者应该就是当时相关的祭祀人员。无所不知的“祭司”向上天祷告凡人之事，应该视为祭文的叙述者。文中之“我”应该为叙述者自称，因为该文中三个“我”跨越了天地两界：“假以溢我，我其收之”中的“我”存在于上天神界之中，故能传接“天命”之“德”；“骏惠我文王”之“我”存在于凡人俗世，沟通了后世之王。所以，寻找文中隐晦的叙述者，可能是理解上古之文的一把钥匙。

当然，《诗经》中的“我”并不必然是叙述者，有时也有可能仅仅是叙述者的视角。尤其是在更具艺术性的风歌之中，叙述者更为隐晦难寻，历来解读者常常以诗中人物之“我”等同作者，而作者又不可考，最终走向无解之极。甚或有些解读，过于牵强，后世学者质疑不绝。钱锺书先生就讥笑古人对《卷耳》的解读：

> 《小序》谓“后妃”以“臣下”“勤劳”“朝夕思念”，而作此诗，毛、郑恪守无违。其说迂阔可哂，“求贤”而几于不避嫌！朱熹辨之曰：“其

[1] 方玉润撰：《诗经原始》，李先耕点校，北京：中华书局，1986年，第578页。

言亲昵，非所宜施”，是也；顾以为太姒怀文王之诗，亦未涣然释而怡然顺矣。首章“采采卷耳”云云，为妇人口吻，谈者无异词。第二、三、四章“陟彼崔嵬”云云，皆谓仍出彼妇之口，设想己夫行役之状，则惑滋甚。夫“嗟我怀人”，而称所怀之人为“我”——“我马虺隤、玄黄”，“我姑酌彼金罍、兕觥”，“我仆痡矣”——葛藤莫辨，扞格难通。且有谓妇设想己亦乘马携仆、陟冈饮酒者，只未迳谓渠变形或改扮为男子耳！胡承珙《毛诗后笺》卷一斡旋曰：“凡诗中‘我’字，有其人自‘我’者，有代人言‘我’者，一篇之中，不妨并见。”然何以断知首章之“我”出妇自道而二、三、四章之“我”为妇代夫言哉？实则涵泳本文，意义豁然，正无须平地轩澜、直干添枝。作诗之人不必即诗中所咏之人，妇与夫皆诗中人，诗人代言其情事，故各曰“我”。首章托为思妇之词，“嗟我”之“我”，思妇自称也；“置彼周行”或如《大东》以“周行”为道路，则谓长在道途，有同弃置，或如毛《传》解为置之官位，则谓离家室而登仕途，略类陆机《代顾彦先妇答》：“游宦久不归，山川修且阔”，江淹《别赋》：“君结绶兮千里，惜瑶草之徒芳。”二、三、四章托为劳人之词，“我马”“我仆”“我酌”之“我”，劳人自称也；“维以不永怀、永伤”，谓以酒自遣离忧。思妇一章而劳人三章者，重言以明征夫况瘁，非女手拮据可比，夫为一篇之主而妇为宾也。男女两人处两地而情事一时，批尾家谓之“双管齐下”，章回小说谓之“话分两头”，……要莫古于吾三百篇《卷耳》者。男、女均出以第一人称“我”，如见肺肝而聆咳唾。颜延年《秋胡诗》第三章“嗟余怨行役”，乃秋胡口吻，而第四章“岁暮临空房”，又作秋胡妻口吻，足相参比[①]。

通读钱锺书先生的旁征博引，可见借人物视角叙事在中国古典诗歌之中比比皆是。但是，《卷耳》中人物叙事视角的切换最为古老而悠久。在传统诗论中，作者与叙述者不分，进而人物叙事的视角切换导致作者归属问题众说纷纭。如果像《卷耳》那样涉及男女二重叙事视角，则作者性别的考辨又是个难题。后人论述此诗，文王与后妃不绝于耳，视《卷耳》为后妃“求贤审官”，被后世质疑不断。

清人胡承珙所言极是，“凡诗中‘我’字，有其人自‘我’者，有代人言

---

① 钱锺书：《钱锺书集：管锥编(一)》，北京：生活 · 读书 · 新知三联书店，2011年，第116—119页。

‘我’者，一篇之中，不妨并见”。他注意到了“代人言”的现象，却以作者“代人言”视之。他所谓“其人自‘我’”，俨然以作者观之，实际当为叙述者；“代人言”则以“其人自‘我’”为前提，实际为叙述者以某人或物的视角进行叙事。严格意义上讲，叙事中的人物话语不是作者代人言说，而是叙述者的常用技巧。诗歌叙述者的幽灵，就像《荷马史诗》那样，可以在人物之间穿梭：阿伽门农、阿基琉斯、赫克托耳、奥德修斯等人物，甚或宙斯、雅典娜、阿波罗等天神，他们的话语自然有别，叙述者只能以人物视角的声音方可区别叙述。诗歌叙事一旦涉及两个以上的核心人物，叙述者就有必要变换叙述视角，方能在有限的文本中充分叙述各自的故事。就像钱锺书先生上述所言，“男女两人处两地而情事一时，批尾家谓之‘双管齐下’，章回小说谓之‘话分两头’”。叙述者在穿越叙事时空转换的隧道之后，极需要依附于某个人物，方可区格叙事时空的这种变化。就像《荷马史诗》或我们的神话故事里天神下到人间，往往需要变幻成人形。叙述者的幽灵在叙事文本中，亦是如此。

《诗经》的叙述者常常使用单人物的叙事视角一以贯之，诸如《卷耳》的多人物（两个及以上）视角叙事较为罕见。大部分《诗经》篇章，是以叙述者“我”以贯之，不存在叙述者视角的切换，即使叙事长诗《氓》也是如此，叙述者以弃妇的单一视角叙事。当然，作者不一定是弃妇，不过采用了弃妇作为叙述者而已。“如汉乐府《羽林郎》《陌上行》及《古诗为焦仲卿妻作》之类，皆诗人所咏，非弃妇作也。”[1]后世对诗歌叙述者的认识，逐渐抓住了诗歌叙事的文学本质。

但为什么《诗经》中大部分叙述者采用了第一人称叙事，而也有些篇章采用第三人称叙事呢？如《说人》通篇使用了第三人称的叙事视角，叙述者似乎完全隐藏起来了。如果结合其乐歌的母体因素，或许可以把叙述者定格为吟唱的歌手。诗歌叙述者可以“内转”以人物视角叙事，也可以“外转”以客观冷静的耳目聆听观察对象。“他的眼睛既可向内转，从而使其自身成为叙述内容；抑或向外转，从而使其他人物或社会事件成为关注的重点。”[2]叙述“自身”，非第一人称“我”的视角不能达；叙述“其他人

---

① 方玉润撰：《诗经原始》，李先耕点校，北京：中华书局，1986年，第179页。

② 罗伯特·斯科尔斯、詹姆斯·费伦、罗伯特·凯洛格：《叙事的本质》，于雷译，南京：南京大学出版社，2015年，第267页。

物或社会”，第三人称的局外视角更为客观可信。《诗经》中前一视角居多，有学者统计后认为，

> 《诗经》305篇，据统计，直接在诗中出现第一人称抒情人的共168篇，占55%以上，其中绝大多数为第一人称“我”，其他如“予”“余”“朕”也少量出现。第一人称抒情人在《风》《小雅》《大雅》《颂》中都有分布，具体为《风》160篇出现第一人称抒情人的81篇；《小雅》74篇（不含6篇仅有篇目而无文辞的“笙诗”）出现51篇；《大雅》31篇出现15篇；《颂》40篇出现21篇[①]。

《诗经》中第一人称视角的叙事篇章数量占有绝对优势，或许预示了其所开启的诗歌传统具有明显的“内转”趋势，这也和后来中国古典诗歌的历史发展脉络相一致。中国诗歌传统基本上聚焦在某一个人物视角，而缺少类似史诗的宏大视野。叙述者使用第一人称的叙事视角，往往聚焦在某个人物某部分的细微之处，尤其擅长情感的细腻表达，但往往会忽视人物的整体性存在或事件的整体性联系。而第三人称叙述视角则与此相反，叙述者的冷眼旁观和侧耳倾听，常常更能把握事件的故事性与整体性表达。在《荷马史诗》中，叙述者十分娴熟地切换使用第一和第三人称的叙述视角，就像电影的摄影者一样，极尽镜头转换之能事，甚至有时还伴随叙述者的叙事干预，叙事技巧更为娴熟自如。相比较而言，《诗经》叙述者的叙述视角似乎更为单调，诸如特写的细腻表达较多，而缺少一些更为全面的整体性表达，自然也就淡化了故事性。

当然，上述诗歌叙述者在《诗经》文本中并不明显，即使是第一人称的叙述视角，依然很难界定具体的叙述者是谁。不像《荷马史诗》那样，自始至终伴随着叙述者的自觉意识。这种意识不仅仅体现在前述所谓人神合体的叙述者形象，还体现在叙述者的叙事干预性评论之中。例如，在《伊利亚特》最后部分阿基琉斯和强大的埃涅阿斯决斗的过程中，埃涅阿斯刺向阿基琉斯的盾牌，阿基琉斯忘记了自己的盾牌乃跛脚匠神赫菲斯托斯所造，坚不可破，叙述者似乎忍不住进行叙事干预，“愚蠢啊！阿基琉斯没有用心灵思想，那（引者注：盾牌）是神明的精美赠礼，世间的凡人不可能

---

① 谭君强：《论叙事学视阈中抒情诗的抒情主体》，《云南师范大学学报》2016年第3期。

把它击穿或者迫使它避退”[①]。类似这样的叙述者干预性评论，在《荷马史诗》中较为常见，足以证明叙述者在该史诗中是独立性的存在。

《诗经》叙述者较为隐晦的原因，一方面可能是局限在其颂歌的祭祀之用，叙述者囿于祭祀的狭小时空，缺少得以展开故事的叙事自由，故而尚未感受到叙事的复杂性。前述《维天之命》就是如此，简约叙述以祭神明或先祖，重仪式而轻内容。另一方面，“二雅”叙事也许开启了后世的“史官”叙事传统，“史官”往往重视“史实”而以“记事”见长，故而《诗经》之事多为史事的片段，尚未连缀成故事性的演绎。“史”毕竟有别于文学的虚构，历史叙述者太拘泥于“史实”，而可能较为忌讳艺术的再创作。《大雅》多为人物传记，更具历史留痕之意，诸如《生民》的后稷传、《公刘》的公刘传、《绵》的公亶父传、《皇矣》的文王传、《大名》的武王传等。《小雅》叙事更为具体，富有意象，不似《大雅》有浮而不实之嫌，《小雅》叙事已与《风》情况颇为接近。同时，《小雅》叙述者也已部分呈现出“内转”位移趋势。如《采薇》中的“忧心烈烈”“载饥载渴”，非叙述者的人物内心视角不能叙述清楚。

当然，《卷耳》两重视角叙事弥足珍贵，叙述者的叙事自由性得到了很大的张扬。这可能是对《大雅》中借人物视角叙事的继承，同时又延续了部分《小雅》叙述者“内转”叙事的特点。《大雅》中《皇矣》叙事颇为类似《荷马史诗》，叙述了天帝得周文王庇佑、定居岐山、力拒外侵等辉煌故事。当然，《皇矣》总体叙事简约概括，不以细节取胜，可当史事留存。就叙事技巧而言，“帝谓文王”之时，叙述者以天帝叙事视角说话；“王赫斯怒”等又呈现了文王的叙事视角。然而，叙述者究竟是谁？却又十分隐晦，诗中并未具体交代。

第二节　西方诗歌叙述者的显性存在

西方诗歌叙述者似乎一开始就更为自觉地意识到自己的文本存在，这在《荷马史诗》中已经十分明显。或许是因为《荷马史诗》具有更为显著的故事性，故而叙述者似乎更为自觉地思考自己叙事的可能性，有时还会

---

① 荷马：《荷马史诗·伊利亚特》，罗念生、王焕生译，北京：人民文学出版社，2003年，第468页。

感受到自己叙述的局限。《奥德赛》开篇就呼唤艺术女神："请为我叙说，缪斯啊，那位机敏的英雄，在摧毁特洛亚的神圣城堡后又到处漂泊"，"女神，宙斯的女儿，请随意为我们叙说"。[①] 敬畏艺术女神缪斯颇能显示诗歌叙述者乃是因为其神灵附体，才能讲述英雄的故事。在《伊利亚特》开篇，叙述者也似乎认为自己是在艺术女神缪斯的驱使下叙述(歌唱)故事，"女神啊，请歌唱佩琉斯之子阿基琉斯的致命的愤怒"[②]。然而，在《伊利亚特》后来的叙事过程中，叙述者似乎并没有与艺术女神合二为一，他明显感受到了自己不可能像艺术女神那样无所不知。

> 居住在奥林波斯山上的文艺女神啊，你们是天神，当时在场，知道一切，我们则是传闻，不知道；请告诉我们，谁是达那奥斯人的将领，谁是主上，至于普通士兵，我说不清，叫不出名字，即使我有十根舌头，十张嘴巴，一个不倦的声音，一颗铜心也不行，除非奥林波斯的文艺女神、提大盾的宙斯的儿女们提醒我有多少战士来到伊利昂[③]。

上述叙述者察觉到了自己只是一个凡人，叙述故事存在盲区，自己不可能是全知全能的天神视角。只有"天神，当时在场，知道一切，我们则是传闻，不知道"。可见，《奥德赛》和《伊利亚特》开篇中叙述者与艺术女神的合体，在此后文本叙事中并没有实现。《伊利亚特》的叙述者承认自己所讲述的故事都是来源于道听途说的传闻。自此以后，叙述者呼唤居住在奥林波斯山上的文艺女神，希望从艺术女神那里获得他所难以讲述的故事内容。《荷马史诗》文本如此频繁呼唤艺术女神，至少说明了两点：一是史诗叙述者的存在十分明显；二是叙述者自知并非无所不知。

史诗的叙述者存在十分明显，可能是因为史诗如洛德所言乃为口头创作而成。按照洛德的观点，史诗的口头吟咏不仅仅是表演，还是史诗的创作过程。因为"一部史诗的每一次演唱在他(引者注：歌手)听来都是不同的"[④]。在史诗传唱的过程中，歌手就是故事的叙述者，支配了整个表演的过程。歌手既是"表演者"，又是"导演者"，必然在史诗口头传唱的过程中打下深刻的个人烙印。没有纸质底本的演唱，给予了史诗叙述者更

---

① 荷马：《荷马史诗·奥德赛》，王焕生译，北京：人民文学出版社，2003年，第1页。

② 荷马：《荷马史诗·伊利亚特》，罗念生、王焕生译，北京：人民文学出版社，2003年，第1页。

③ 同上书，第43页。

④ 阿尔伯特·贝茨·洛德：《故事的歌手》，尹虎彬译，北京：中华书局，2004年，第29页。

大的艺术自由。当然，史诗歌手也有自己的演唱底本，绝对不是随意虚构故事。这个底本就是口耳相传的民间故事。

《奥德赛》的叙述者肯定了口耳相传的歌手叙事的可靠性。文本第八卷特意安排故事当事人奥德修斯聆听歌手演唱自己的故事，可以视作史诗叙述者的后设叙事或元叙事。因为该部分内容以故事见证者奥德修斯来验证歌手所演唱故事的真实性。叙述者似乎在告诉人们，即使是道听途说的故事，亦不失为真实的存在，完全经得起见证者的考验。故事见证者奥德修斯的评述如下：

> 传令官，请把这块肉送给得摩多科斯（引者注：歌手），我尽管心中忧伤，但对他不忘敬重。所有生长于大地的凡人都对歌人无比尊重，深怀敬意，因为缪斯教会他们歌唱，眷爱个人这一族。……得摩多科斯，我敬你高于一切凡人。是宙斯的女儿缪斯或是阿波罗教会你，你非常精妙地歌唱了阿开奥斯人的事迹，阿开奥斯人的所作所为和承受的苦难，如你亲身经历或是听他人叙说[①]。

显然，叙述者借故事人物奥德修斯之口，评论史诗传唱与表演的艺术性真实。因为歌手是受到艺术女神缪斯眷顾的一族，却又是神灵附体的凡人。他们所唱的故事也许是听来的，但是他们的表演却是受到缪斯的驱使与眷爱。这里奥德修斯的评述，实际上是诗歌叙述者的自我评论，与史诗开篇呼唤艺术女神的行为相一致。表面上，作为歌手的摩多科斯不过是故事中一个非常渺小的人物，实际上，史诗叙述者似乎在此影射自己的伟大——类似荷马一样的史诗传唱者应该得到英雄和凡人的敬重；没有这些歌手，史诗的英雄人物必然消失在浩瀚的历史长河之中。

《奥德赛》的故事情节也表达了叙述者对歌手的无比敬重。奥德修斯最后杀光了所有赖在他家向其妻求婚的人，唯独留下歌手和传令官免遭屠杀，其中的意蕴耐人寻味。从表面上来看，他们能免遭诛戮的灾难，是因为他们没有参与到求婚者的恶劣行为之中。就内在的价值判断而言，这也与奥德修斯对“歌人”的无比尊敬密切相关。歌手费弥奥斯“有翼飞翔”的话语直击奥德修斯的心底，费弥奥斯抱膝祈求道，

---

① 荷马：《荷马史诗·奥德赛》，王焕生译，北京：人民文学出版社，2003年，第147页。

奥德修斯,我抱膝请求,开恩可怜我。如果你竟然把歌颂众神明和尘世凡人的歌人也杀死,你自己日后也会遭不幸。我自学歌吟技能,神明把各种歌曲灌输进我的心田,我能像对神明般对你歌唱,请不要割断我的喉管。你的儿子特勒马科斯可替我证明,我并非自愿来你家里,我也不想得宠于求婚人,在他们饮宴时为他们歌咏,只因为他们人多位显贵,强逼我来这里①。

歌手费弥奥斯的话软硬兼施,无论是祈求可怜还是威胁报应均不可能平息奥德修斯的愤怒。之前勒奥得斯自称是预言家,有恳求也有遭报应的威胁,却只能激起奥德修斯的"怒视",最后的结局是"预言人还在说话,脑袋已滚进尘土"。所以,奥德修斯不杀歌手,乃是源于内心深处对歌手的敬意,歌手能以各种歌曲吟咏神明和英雄。当然,歌手就像中国的优伶,仅仅是权贵的娱乐工具。这一方面证明歌手确实没有参与到求婚者的行列之中;另一方面,倒是道出了歌手自身的卑微与无奈。或许这也可以理解为史诗叙述者的"夫子自道"。假设奥德修斯最后把歌手费弥奥斯也杀死了,《奥德赛》史诗的吟唱者或叙述者情将何以堪?《奥德赛》中所出现的歌手形象,就像《伊利亚特》中不断呼唤的艺术女神一样,构成了史诗叙述者叙述的合理性基础。

荷马的两部史诗《伊利亚特》和《奥德赛》的叙述者均是故事的见证者,即见证叙述者。当然,此见证者不是凡人,而是取得了神性的权威。"像《荷马史诗》当中那种召唤缪斯女神的惯常做法很可能说明:希腊史诗诗人乃试图将权威从禁锢的传统转向灵感,因为后者能够借助于个性和创造性而变得更为自由。获得灵感的诗人必须只对他的缪斯女神负责,而其缪斯女神也只可通过他来说话。召唤缪斯女神的做法使得权威从传统向世人的创造力转移"②。事实上,《伊利亚特》和《奥德赛》两部史诗的见证叙述者,却又存在一定程度上的不同,主要是叙述者见证的方式差异巨大:从《伊利亚特》到《奥德赛》,叙述者的神性在逐步递减。《伊利亚特》的叙述者颇具神性,所以文本中频繁呼唤艺术女神缪斯;《奥德赛》的叙述者为流浪者叙事,并设置歌手的人物形象,阐释叙述者自身叙事的合理

---

① 荷马:《荷马史诗·奥德赛》,王焕生译,北京:人民文学出版社,2003年,第416页。

② 罗伯特·斯科尔斯、詹姆斯·费伦、罗伯特·凯洛格:《叙事的本质》,于雷译,南京:南京大学出版社,2015年,第254页。

性，故而更具现实性。

第三节　中西诗歌叙述者差异的叙事根源

从叙事文本结构的维度来看，中西诗歌叙述者差异的根源离不开中西方对叙事的传统认知与不同看法。《诗经》与《荷马史诗》对“事”的理解就存在很大的不同。《诗经》的“事”多为祭祀之“事”，更具神圣性；《荷马史诗》虽也有祭祀之事，却往往以祭祀之物（如牛羊等）一笔带过，重点叙述战争及流浪之事，故而更为世俗化。如以祭祀言之，前者重在祭祀过程，流传下来的是祭祀之歌；后者侧重祭祀的结果，最终流传下来的是英雄的俗世生活。《诗经》的《颂》乃为祭祀过程的舞容，重在祈告神明，属于上古奏乐的一部分。“凡乐有歌有舞，歌以为声，舞以为容；声容备谓之奏”[①]。所以，《诗经》叙事似乎在诗歌之“外”，颇有以祭祀奏乐之“点”留存祭祀之“面”的叙事功效。

中国古代“叙”的本义是次第或顺序，故而所谓“叙事”，又称之为“序事”。《周礼》较早提及“序事”，其论及“乐师掌国学之政”。“凡乐，掌其序事，治其乐政”。郑玄注：“序事，次序用乐之事者。”贾公彦疏：“云‘凡乐’者，谓凡用乐之时也。云‘掌其叙事’者，谓陈列乐器，及作之次第，皆序之，使不错谬。”[②]可见，传统叙事概念一开始与乐的关联性巨大，所“序”之事主要是乐器陈列摆放次序等。这或许是因为，在那个时代，“奏乐”是天大的事情，是最为重要的行为。“《周礼》之后‘叙事’（‘序事’）作为一般用语的使用基本消失，代之而起的是‘叙事’进入‘文本’领域，用作‘文本’写作和评价的术语，这最初出现在史学领域，并伴生出‘记事’‘纪事’等语词”。[③] 如以上古时代的“序乐之事”来考察《诗经》文本，或许应该如是解读：《诗经》本为乐歌，即为当时之大事，至少是“乐”事中不可或缺的事“点”，以此乐歌事“点”，演绎了上古时期的“奏乐”之大事。

---

① 方玉润撰：《诗经原始》，李先耕点校，北京：中华书局，1986 年，第 580 页。

② 《十三经注疏》整理委员会：《十三经注疏・周礼注疏・周礼・春官宗伯・乐师》，北京：北京大学出版社，1999 年，第 599 页。

③ 谭帆：《“叙事”语义源流考——兼论中国古代小说的叙事传统》，《文学遗产》2018 年第 3 期。

而在《荷马史诗》中，无论是《伊利亚特》还是《奥德赛》，均未详细叙述祭祀的场面，提及祭神之事，亦未提及所奏之乐，往往重在叙述凡人所供奉诸神的祭礼，诸如牛羊多少或祭礼丰厚程度等，以彰显祭祀的诚心诚意。尤其是《奥德赛》中提及祭祀厚礼，十分频繁。阿波罗的祭司克律塞斯向阿波罗的祈祷词有"如果我曾经盖庙顶，讨得你欢心，或是为你焚烧牛羊的肥美大腿，请听我祈祷"[①]，"大神在那里接受丰富的牛羊百姓祭"[②]等等。因为《荷马史诗》所叙述的英雄均是与神交往的非凡之人，其虽在俗世，却获得了天神的眷顾。雅典娜对奥德修斯的护佑就是典型的代表。而在史诗叙事中，奥林匹斯山上的天神如有话告诉尘世之人，化身凡人即可；而俗世之人欲与天神沟通，则需要通过献祭祷告的纽带。《荷马史诗》叙事的此种叙述笔法，把古希腊的祭祀之"事"卷入到史诗的故事之中，亦有以点带面之功效。

当然，就《荷马史诗》与乐歌的关联性而言，其和《诗经》一样均为乐歌叙事，需要人们的吟诵传唱，均付诸接受者的视听感受。《奥德赛》多次提到歌手演唱十年特洛伊战争的英雄事迹，奥德修斯听后泪流满面。在第八卷"听歌人吟咏往事英雄悲伤暗落泪"中，阿尔基诺奥斯国王为奥德修斯准备了丰盛的筵席，"在他们满足了饮酒吃肉的欲望之后，缪斯便鼓动歌人演唱英雄们的业绩，演唱那光辉的业绩已传扬广阔的天宇，奥德修斯和佩琉斯之子阿基琉斯的争吵，他们怎样在祭神的丰盛筵席上起争执"[③]。歌手吟唱英雄的故事，而英雄就在身边。这种互文性演绎了《荷马史诗》叙事的高超技巧，也蕴含了史诗本身的乐歌流传形式。

但是，《诗经》与《荷马史诗》叙事中的"点"与"面"，显然各有所指，存在巨大的差异性。《诗经》的叙事"点"更为微观；所带之"面"更为含蓄，需要接受者的填空补充，甚或遐想。这可能源于古文尚简而信息量又要最大化的语言追求。《诗经》中的"二雅"，应是较早的叙事诗。"雅"与"疋"通用，《说文解字》中认为，"疋，记也""古文以为诗大疋字，亦以为足字，或曰胥字"[④]。雅即疋，本意是足迹、记事，应无抒情之意。章太炎先生专门

---

① 荷马：《荷马史诗·伊利亚特》，罗念生、王焕生译，北京：人民文学出版社，2003年，第3页。

② 荷马：《荷马史诗·奥德赛》，王焕生译，北京：人民文学出版社，2003年，第2页。

③ 同上书，第131页。

④ 段玉裁：《说文解字注》，杭州：浙江古籍出版社，2007年，第84页。

论述了小疋大疋的意指。"疋之为迹明矣。善书者为疋,故胥、史并称"[①]。《诗经》的《大雅》《小雅》或许就是史书,具有记录先人足迹之用。根据章太炎先生的观点,"疋"可能就是后来人们通用的"疏",所谓的"奏疏"毫无疑问就是记事之意。所以,《诗经》中《大雅》《小雅》,或许就是记事之诗。陆侃如和冯沅君在他们合著的《中国诗史》中,认为"'雅'的解释,以章炳麟为最佳","我们试把《大雅》之《生民》《公刘》,及《小雅》之《采芑》《六月》等篇合起来,便是一篇大规模的'周的史诗'"[②]。《诗经》在史官文化尚未形成的上古时代,以乐歌口耳相传的形式,形成了一条不断流淌的历史河流,显然具有记忆并传承历史的伟大意义。

既然"二雅"为《诗经》叙事的集中体现,那么,《诗经》叙事的"点"应从"二雅"中进行考察。以《生民》为例,该诗叙事类似家谱,记周始祖后稷诞生之事:先述姜源诞婴之异,再述后稷成长之奇。然在事理发展的逻辑性方面,却颇多争议。这或许是因为《诗经》叙事往往以记录事件之"点",来概括事情之"面貌"。"厥初生民,时维姜嫄。生民如何?克禋克祀,以弗无子。……居然生子"。后稷之母姜嫄祷告神灵祭祀天帝,祈求生子免以无嗣,并如愿生下了后稷。《生民》文本紧接着却叙述后稷被弃,"诞寘之隘巷,牛羊腓字之。……厥声载路"。《生民》为彰显后稷出生之奇、生长之异,似乎不顾文理之通达。"此诗事异文奇,未免骇人听闻,故说者纷然各异。""《集传》云……其说本《史记》及郑《笺》,诸儒多非之。""若《毛传》云……则尤不通。""求子而得子,又反弃之,有是理乎?""唯邓潜谷与季明德两家以为姜嫄未嫁而生子者得之"[③]。如此看来,《生民》之故事实需要后人不断的阐释,"未嫁而得子"倒是偶合《圣经》中"圣子"降临的故事,颇有神话史诗之韵味。而且,仅就《生民》中后稷的出身而言,倒是与《荷马史诗》中诸如阿基琉斯等是人与神的后代,存在一定的相似性。总而言之,该诗后稷生之奇长之异,构成了全诗的叙事之"点",而后世不断阐释的故事则为全诗之"面"。

相比较而言,《荷马史诗》的叙事之"点"铆定在英雄的故事,更有利于

① 章太炎:《章太炎全集》(四),上海:上海人民出版社,1985 年,第 13 页。

② 陆侃如、冯沅君:《中国诗史》(上),上海:上海书店,民国丛书第五篇 52 文学类,1930 年,第 51 页。

③ 方玉润撰:《诗经原始》,李先耕点校,北京:中华书局,1986 年,第 504 页。

歌手吟咏传诵的世俗化过程,故其叙事之"面"更为广泛而直接,既有贵族筵席中歌手的吟唱,也有方便民间艺人的口耳相传。这可能是因为《荷马史诗》本质上就是民间文学,是口头文学创作的典范。洛德在《故事的歌手》中认为,其老师帕里在南斯拉夫史诗文本研究的田野笔记中对《荷马史诗》的论断,是近年来最杰出的研究成果。帕里认为,"像《荷马史诗》那样的文体不仅仅是传统的,而且也必然是口头的。……对《荷马史诗》的真正了解,必须伴随着对口头诗歌本质的真正了解"[①]。西方有些学者甚至断定《荷马史诗》并非或不全部是荷马本人创作而成。以拉赫曼为代表的研究流派就把荷马视为《荷马史诗》的最后编辑者,"认为《荷马史诗》是由短歌汇集而成的,由编辑者编辑在一起"[②]。言外之意,《荷马史诗》非荷马创作而成。

就文本而言,《荷马史诗》的叙事"点"是栩栩如生的英雄故事。《伊利亚特》叙述了一个个英雄人物:阿基琉斯、赫克托耳、阿伽门农和奥德修斯等。天神的参与为这场战争提供了神话般的故事,也许这也代表了当时人们对战争的原始认知。《奥德赛》是西方流浪汉叙事的鼻祖,讲述了战争结束之后,奥德修斯历尽千辛万苦、到处流浪,最后返回家园,斩杀门庭若市的无赖求婚者。两部史诗的叙事"点"各不相同:《伊利亚特》的叙事围绕着特洛伊城僵持不下、此消彼长的交战双方以及天神的不同意志,似乎更加偏重于舞台的戏剧色彩;《奥德赛》的叙事仅仅抓住奥德修斯这个人物形象,更加近似小说叙事的结构经营。但是,两部史诗均以故事之"点"记忆并传承了西方远古历史的这面"大旗"。

《诗经》和《荷马史诗》通过乐歌吟咏颂唱的形式,世世代代薪火相传,其所撬动的叙事之"面",均具有巨大的史学意义。但是,两者又存在一定的差异性。《诗经》中"周的史诗"是一部农耕文明的发生发展史。《生民》中后稷封祖,不是因为他出生的奇异,而是由于他耕田种地育良种,为之后的农业生产奠定了坚实的基础。也许可以说,没有农业的发展兴旺就不能生民,也就形成不了周代的文明。《诗经》有许多描写农事、关涉农业的诗歌,诸如《豳风·七月》,《小雅》中《楚茨》《信南山》《甫田》《大田》,《周颂》中《思文》《噫嘻》《臣工》《丰年》等。"《诗经》农事诗恰好以独特的视角

---

① 阿尔伯特·贝茨·洛德:《故事的歌手》,尹虎彬译,北京:中华书局,2004年,第16页。

② 同上书,第13页。

和方式反映了周代农业文明的基本状况：高度重视农业，清楚认识到自然物力条件对农业生产的决定性作用，重视农业生产技术的推广和利用”。[1]《诗经》叙事之“面”具有显著的内陆文化重“农”特色。

而《荷马史诗》叙事之“面”打上了古希腊海洋文明的深刻烙印。《伊利亚特》叙述了阿伽门农率领大军漂洋过海来到特洛伊城下，在海边扎营，以海船为基地，持续了十年的艰苦战争。虽然战争在陆地上进行，但是保护海船和海边祭祀，甚或海神波塞冬参与战事等，均具有明显的海洋文明特色。而在《奥德赛》中，奥德修斯的流浪过程就是一部航海的史诗。奥德修斯经历过狂风巨浪、暴雨雷鸣等海上恶劣天气，在四面环水的小岛上滞留了漫长岁月，经历了巨人岛上的死里逃生，等等。也许是航海远洋对天气和气候的极度依赖，导致了古希腊人对风云雷电的无比敬畏，所以奥林匹斯山上最高贵的天神是风云雷电之神宙斯。虽然海神波塞冬和掌管冥府的哈德斯都是宙斯的兄弟，但是他们似乎难以和宙斯相比，海神波塞冬在《伊利亚特》史诗中对此还抱怨不已。可见，《荷马史诗》所叙之事是古希腊人对海洋的深深眷恋与无比依赖，这是《诗经》叙事传统所不具备的。

另外，值得注意的是，《奥德赛》中奥德修斯自称“流浪汉”，他人亦视之为“流浪汉”，这应该是西方最早的流浪汉叙事。在该史诗文本中，“流浪汉”字眼至少出现十余次。“流浪汉”的冒险经历，也成为后来诸如《格利弗游记》《鲁宾逊漂流记》等流浪汉叙事的主旋律。然而，《奥德赛》的流浪汉奥德修斯自始至终无比眷恋曾经的家园，而不是后来流浪汉叙事的“诗与远方”。在家园叙事传统方面，中西叙事传统一开始存在很大的相似性。而《诗经》虽然没有流浪汉叙事，但其家园意识一定程度上与《荷马史诗》相似。最典型的是《诗经》中有大量“思归诗”。“《诗经》中的思归诗有六十篇。”“分析《诗经》中的思归诗，发现思归的方式大致可以分为驾车外出、登高、寄信、对着某一具体的事物思人思物或思归；而思归主体又可分为旅居在外的游子、在外的行役者、出嫁在外的女子、家中待亲归的女子、思念情人不得的男子或女子五类”[2]。当然，《诗经》之“思归”多以叙述情感见长，而未呈现类似奥德修斯的现实流浪。前者的家园意识是以

① 青萍、杨金平：《〈诗经〉农事诗与周代农业文明》，《西南民族大学学报》2006年第9期。

② 米文靖：《浅议〈诗经〉中的思归诗》，《湘南学院学报》2017年第6期。

局部意会整体;后者却是以整体展开全部,故而是恢宏壮阔的历史叙事。

小 结

总而言之,以《诗经》和《荷马史诗》源头性叙事之“点”带动中西诗歌叙述者比较之“面”,我们可以感受到中西诗歌叙述者的不同之处。虽然《诗经》和《荷马史诗》诞生于较为近似的年代,却由于中西文化、历史及叙事传统的不同,导致了各自文本中的叙述者呈现出了巨大的差异性。《荷马史诗》经过世世代代歌手的吟咏传诵、薪火相传,发展成为西方叙事传统的鸿篇巨制。其中的叙述者具有较为独立的存在意识,并打上故事歌手的深刻烙印。而西方的艺术女神缪斯也增强了诗歌叙述者的独立自觉意识。相比较而言,中国传统文化中没有主管艺术的专门神灵,不利于诗歌叙述者的自我觉醒,甚至艺术自身也并未取得独立的社会地位,常常依附于历史、伦理、道德及政治等,成为“文以载道”的工具。当然,《诗经》乃为原始初民的早期乐歌,具有重要的历史文献价值,具有纯知觉叙事的特征,应该较少受到“文以载道”的影响。虽然《诗经》也是得力于歌手的传唱吟诵,但是《诗经》的歌者局限在贵族祭祀或者局部的地域风歌之中,没有像《荷马史诗》那样走向大众化。《奥德赛》中频繁提及歌手的吟唱,并把歌手引入文本成为故事人物,呈现的歌手形象类似我们宋朝的优伶戏子,足可见出其影响的范围之广,以及歌手职业的自由性。《诗经》不同于《荷马史诗》的传播方式,部分导致了《诗经》的叙述者没有独立自觉的叙述意识,常常潜藏在文本的深处,后世接受者几乎没有察觉到叙述者的隐晦存在,更遑论叙述者与作者的区别。故而,后世诗论甚或不细究诸如《桑中》等代言人物之诗,常常以作者视之,以致农事诗为农民写、吟诗乃吟诵之人所作等牵强之论弥漫。《诗经》和《荷马史诗》毕竟均为中西原始初民的早期诗歌,应该具有较为类似的创作心理,对两者进行尝试性比较,有助于我们更为深刻地认识到中西诗歌叙事传统的差异性,尤其是更能意识到我们独特而又伟大的叙事传统及其重要意义。

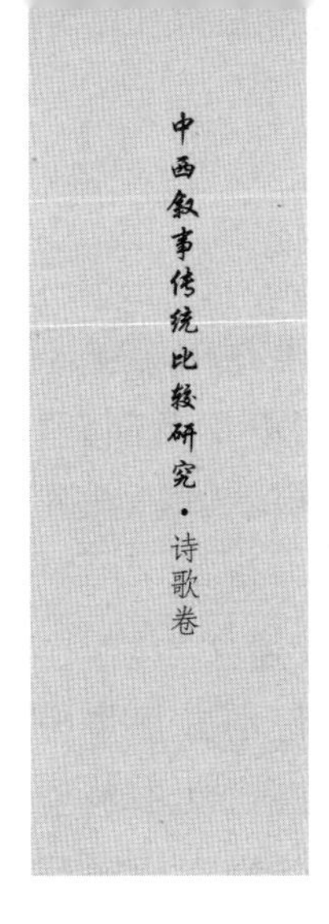

第五章 中西诗歌隐含作者之比较

“隐含作者”是西方叙事学非常重要的一个理论概念，最初由韦恩·布斯于1961年在《小说修辞学》中提出。他将“隐含作者”看作是作者的“第二自我”：“我们把他看作真人的一个理想的、文学的、创造出来的替身；他是自己选择的东西的总和”[1]。几十年来，这一概念在文艺理论界产生了很大影响，也引起了颇多争议。申丹对这一概念的实质内涵的阐论辨析不仅合理且有创见，认为它涉及作者的编码与读者的解码两个方面：“就编码而言，‘隐含作者’就是处于某种创作状态、以某种方式写作的作者（即作者的‘第二自我’）；就解码而言，‘隐含作者’则是文本‘隐含’的供读者推导的写作者的形象。”[2]

据此，我们认为，隐含作者涉及作者的文学创作与读者的文学接受两个层面，它与真实作者关系紧密而又不尽吻合，又是读者从作品中推导的作者形象。隐含作者首先与真实作者创作时采取的立场、姿态密切相关。真实作者是一个有血有肉、性格复杂的个体，在进行创作时未必会将其人全部展现，而是有所选择或有所掩饰，他们多以“第二自我”的姿态部分显现。同时，隐含作者又与读者对作品的感受分不开，它是读者从作品中获取的对作者的印象、认识。正因如此，不同读者阅读同一作品会产生不同的隐含作者，同一读者阅读同一作家的不同作品会发现不同的隐含作者，甚至同一读者在不同环境下阅读同一作品也会获得不同的隐含作者。

---

① W. C. 布斯：《小说修辞学》，华明等译，北京：北京大学出版社，1987年，第84页。

② 申丹：《何为“隐含作者”》，《北京大学学报》2008年第2期。

“隐含作者”以前是小说叙述学研究的一个概念，这多半是因为在小说作品中常常出现叙述者不等同于真实作者的情况。我们不禁要问，这一概念是否也可应用于其他文本或文体的研究呢？赵毅衡认为，隐含作者是“解释社群的读者从文本中推导归纳出来的一套意义—价值……是体现文本意义—价值的拟人格”，这一概念不应仅仅限于叙述文本，而应扩大到所有的符号文本，因为“在任何文本中，各种文本身份都必须集合而成这样的一个‘拟主体’。任何表意文本必定卷入文本身份，文本身份需要一个拟主体集合，因而就必须有一个‘发出者主体’，即‘隐含作者’，作为文本的意义—价值集合”[①]。按照赵毅衡的理解，尽管诗歌以抒情为主，是非叙述性文本，但它同样存在隐含作者与真实作者既联系又区别的现象，同样存在一个体现文本意义—价值的拟人格、拟主体。

董乃斌是国内较早关注诗歌叙事的学者，他认为诗最根本最重要的特征与专长，便是偏重于主观性展示的抒情，但它并非与叙事绝缘。将叙事视角引入诗词研究，可弥补以往研究的不足，使诗词研究更加生动细腻、活泼有趣，也有利于对整个中国文学史面貌的描述理解及对其贯穿线的认识概括。关于诗词作品的隐含作者的问题，也是其重点关注的，他说：“古典诗词的研究者习惯于将抒情主人公与作者本人视为一体，这有时是可行的，但未必全对，而其研究如在诗词作者和抒情主人公之间缺失隐含作者一环，便容易导致把复杂现象简单化的缺陷，对诗词作者在其作品中表现出来的种种复杂矛盾面相不能作出深入合理的分析。”[②]董乃斌以前瞻性的眼光与宏通的视野，将“隐含作者”概念引入中国古代诗歌研究，这对于我们理解诗歌作者种种复杂的人格确有极大的裨益。沿着董乃斌的思路往前探索，我们或许可以在中西诗歌作品中找到种种不同的“隐含作者”，由此有利于我们对真实作者的创作立场、姿态、思想、性情等有更加全面深入的把握。

从整体上考察中西诗歌的“隐含作者”，我们可将其归纳概括为以下几种典范的类型，即“代体”类型、“男子作闺音”类型、“无名氏”类型及其他。

---

① 赵毅衡：《广义叙述学》，成都：四川大学出版社，2013年，第220—221页。

② 董乃斌：《古典诗词研究的叙事视角》，《文学评论》2010年第1期。

第一节 “代体”类型

代言体诗歌是中国诗歌发展史上一种特殊的诗歌类别。“代”就是“代替”之意。所谓代言，就是代替他人立言。梅家玲称代言“是‘代人立言’，所代言的内容和形式俱无具体规范可循，于是只能根据自己对所欲代言之对象的了解，以‘设身处地’‘感同身受’的方式，来替他说话”[①]，梅氏所言，涉及代言对象、内容、形式的丰富复杂性。就对象而言，作者可以代游子、思妇、宫女、后妃、侠士、豪客等立言，不论古人今人，不论身份地位。对象不同，诗人扮演的角色也不同。杨义以为“代言体诗即代人言心或以人和物代己言心”[②]，杨义将代言分为两种形式，其实多数情况下，代人言心与代己言心两者是相互交织的，代言对象的心声通过作者笔下的文辞得以表达，同时作者又往往将自己的情怀寄寓在代言对象的际遇中，从而具有“双声言语”[③]的色彩。

“设身处地”是文学创作中的一个基本原则。戏曲理论家李渔在谈到剧作家该如何为剧中人物代言时说道：“若非梦往神游，何谓设身处地？无论立心端正者，我当设身处地，代生端正之想；即遇立心邪辟者，我亦当舍经从权，暂为邪辟之思。务使心曲隐微，随口唾出，说一人肖一人，勿使雷同，弗使浮泛，若《水浒传》之叙事，吴道子之写生，斯称此道中之绝技。”[④]他要求作家从剧中人物的身份出发，深入到角色的内心世界，才能刻画出具有不同身份、地位、气质、性格的艺术形象。钱锺书先生论述史传中代言的问题时，指出史学家在对已有的历史材料加工时，需要遵循“设身处地”的创作原则，“追叙真人真事，每须遥体人情，悬想事势，设身局中，潜心腔内，忖之度之，以揣以摩，庶几入情合理”[⑤]，这种原则与代体诗中代人立言在创作上是“不尽同而可相通”的。

诗人结合所代言对象的身份、地位、社会关系等因素，揣度他们的言

① 梅家玲：《汉魏六朝文学新论——拟代与赠答篇》，北京：北京大学出版社，2004年，第11页。
② 杨义：《李白“代言体”诗的心理机制》，《海南师范学院学报》2000年第1期。
③ 梅家玲：《汉魏六朝文学新论——拟代与赠答篇》，北京：北京大学出版社，2004年，第50页。
④ 李渔：《李渔全集》（第三卷），杭州：浙江古籍出版社，1989年，第47页。
⑤ 钱锺书：《管锥编》，北京：中华书局，1979年，第166页。

语、行为、心理等，代之述事言情。杨义在其《自言、代言与寓言》中称代言体诗“最明显的特征，在于诗人与代言者（即抒情主体）之间，采取彼此心理迭合的状态而进行的人生体验和情感体验”①。在代言体诗中，作者和诗中的主人公不是重合的，诗中之“情”或“事”是由主人公即代言对象发出的，它不直属于作者本人。作者需要从主人公的角度出发，进行化妆扮演，揣度其一言一行，并隐含自己的所思所想，从而与主人公达到一种“心理迭合的状态”。

就诗歌来说，根据“代”字出现情况看，它可分为“代”体诗（题目多出现“代……作”“代……答”“代赠……”“代……”等字眼）和题中无“代”字的诗；根据代言对象看，它可分为代女性立言的诗和代其他立言的诗。因为代女性立言的诗，作者多是男性，形成中国文学独有的“男子作闺音”现象，这点需要放到第二部分特别来谈。这部分所谓的“代体”类型的诗，指的是题目中明确出现了“代”字且代替除了女性之外的其他人说话的诗。

现存最早标明为“代”的作品是曹丕、曹植兄弟的同题诗作《代刘勋妻王氏杂诗》，但这属于“男子作闺音”范式，留待后面谈论。曹氏兄弟后，“代”体诗最引人注意的是鲍照的作品，多达三四十首。鲍照创作了许多“代”体乐府诗，如《代蒿里行》《代东门行》《代棹歌行》《代白头吟》《代别鹤操》《代悲哉行》《代升天行》《代东武吟》等。这些乐府旧题本就是角色叙事，鲍照代作无论沿用旧角还是另创新角，总之扮演着不同的人物，以他们的身份口吻叙事抒情，其中的隐含作者自然灵活多变。如《代东门行》，古题写一个贫困之人不顾妻儿阻拦，走上反抗道路的情景。鲍照从旧题离家这一点生发开去，写尽游子离别之苦，但显然还融入了更多的难言之隐：“伤禽恶弦惊，倦客恶离声。离声断客情，宾御皆涕零。”隐含着作者对仕途的极度惊恐与厌倦。《代东武吟》假托一位汉代老军人的口吻，叙述自己戎马倥偬的前半生及年老遭弃的内心不平，尽管如此，他仍念念不忘对君王表白：“弃席思君幄，疲马恋君轩。”希望能老有所用。鲍照扮演这个角色，既讽谏了宋文帝讨伐北魏多次失利，出现了使老将闲废、不能人尽其才的情况，也隐含了一个怀才不遇的诗人形象。《代放歌行》，以一个观看洛城繁华场景的旷士视角进行叙写，开头就直斥“小人自龌龊，安知旷士怀”，而面对“夷世不可逢，贤君信爱才”的大好盛世，旷士却显露出

---

① 杨义：《晨窗剪霞》，福州：福建教育出版社，2000年，第44页。

"临路独迟回"的内心犹豫。余冠英先生评价此诗"称迟回不仕的人为'旷士',以纷纷冠盖为小人。所谓'夷世''贤君'都是反说。南朝重视门第,用人不凭才行,但凭出身。那些华缨素带,无非纨袴子弟。'一言分珪爵,片善辞草莱'这样的事绝不会有,这是当时的制度所不许的。鲍照的出身不是贵胄世家,所以久在下位。这诗讥刺的口吻很显明,正因为他有许多牢骚不平。"[①]旷士是作者"第二自我"的体现,暗含着对门阀制度的尖锐讽刺。其他如《代升天行》中离开王城远游的求仙者、《代结客少年场行》中去乡三十年归来登高望皇州的侠客、《代边居行》中赴边途中感慨人生的少年等,都是鲍照诗作中复杂多变的"隐含作者"。鲍照还写有诸如《代陈思王白马篇》《代陆平原君子有所思行》这样的代作,不仅在那个火速赶往边境的"卑贱"之士和年华老去的"君子"身上寄托自身的情感,更是明白宣告其诗用曹植、陆机原创的题目和路子,一定程度上也是借用他们的声音发言。

在唐代,代体诗颇为常见,如刘希夷《代悲白头翁》、刘长卿《代边将有怀》、王昌龄《代扶风主人答》、张谓《代北州老翁答》、李白《代赠远》、张继《人日代客子是日立春》、李商隐《代董秀才却扇》、耿湋《代宋州将淮上乞师》《代园中老人》等等,蒋寅称这种"代人作语"诗为"角色诗",并指出:"'代'的创作动机是特定抒情主体抒发的,角色较为具体而且不是诗人。"[②]强调角色扮演或为角色配音的特征,实已触及代言诗的"隐含作者"的问题,作者化身为白头老翁、守边将帅、沙场战士、却扇秀才、园中老人等角色叙事抒情,其创作动机与角色选择是自由的。以耿湋《代园中老人》为例,作者代替园中老人说话:"佣赁难堪一老身,皤皤力役在青春。林园手种唯吾事,桃李成荫归别人。"既展现出一位控诉辛勤劳作却一无所获的不公现实的老人形象,也许也隐含着一位拥抱生活、旷达洒脱的作者的"第二自我",因为在他看来,就算老态龙钟,也可趁着春时栽树,他是愉悦的,至于树成后为他人享用,他是无所谓的。这不正是一首作品不同"隐含作者"的见证吗?

代言诗在中国诗歌发展史上是个特殊的存在,不仅数量众多,而且作家的参与度也非常高。西方诗歌中亦有代言体,如歌德《普罗米修斯》,代

① 余冠英:《乐府诗选》,北京:人民文学出版社,1953年,第182—183页。

② 蒋寅:《古典诗学的现代诠释》,北京:中华书局,2003年,第163页。

"普罗米修斯"立言的同时,也替自己立言。作为殉道者、反抗者的英雄形象,普罗米修斯历来受到作家的称赞。诗歌用普罗米修斯的口吻,首先表达其对宙斯和天上诸神的蔑视:

宙斯,你用云雾
遮起你的天空吧,
像那斩去蓟草头的
儿童一样,
对槲树和山顶发发你的威风吧!
可是却不许你
干涉我的大地,
我的茅屋不是你造,
也不许你干涉我的炉灶,
为了它的烈火,
你对我心怀妒意。

诸神呵,在太阳底下,
我不知道还有谁比你们更可怜!
你们靠着牺牲
和祈祷的气息
困苦地颐养
你们的威严,
要是没有孩子们和叫花子们
那些满怀希望的傻子,
你们就要饿死。

作为人类大地希望的播种者,我要对你这高高在上的天神发出命令:不许你干涉我的大地、茅屋、炉灶等,因为这一切都不是你创造的,你无权干涉。由此,诗歌进一步指出,天上诸神,是靠人供养着,离开人,你们就会饿死,可你们却把人类当成孩子、叫花子、傻子。在英雄普罗米修斯的眼里,天上诸神是太阳底下最可怜的。人类曾经受到了诸神的欺骗,现在人类觉醒了。你"帮助过我"吗?你"拯救过我"吗?这些反问传达出对天神的怀疑和轻蔑。甚至说:

要我尊敬你，为什么？
你可曾减轻过
背着重荷者的痛苦？
你可曾拭干过
忧心者的眼泪？
将我锻炼成人的
不是那全能的时代
和永恒的命运，
我的也是你的那两位主人？[①]

对于人的自我意识的觉醒，有着鲜明的展现。歌德于1774年写下这首诗，正值狂飙突进时期，由此借普罗米修斯的口吻表达其英勇无畏的反抗精神，要蔑视天上之神，尊重地上之人，而且“要照我的样子造人，造一个种族，要他和我一样，受苦，哭泣，享乐，欢喜”，做一个不受上天奴役，有着独立自主精神的人！

海涅《西里西亚的纺织工人》，代“纺织工人”立言，是一首反映德国工人阶级觉醒的战歌。整首诗以西里西亚纺织工人的口吻，对天主、国王、虚伪的祖国进行“三重咒诅”：

德意志，我们在织你的殓布，
我们织进了三重咒诅——
我们织，我们织！

一重咒诅给天主，我们曾向他哀求，
在严寒的冬季和饥馑的年头；
我们枉自抱着希望，白等一番，
他却将我们作弄揶揄、欺骗——
我们织，我们织！

一重咒诅给国王，富人们的国王，
他对我们的困苦毫无慈悲心肠，

---

① 周红兴主编：《外国诗歌名篇选读》，北京：作家出版社，1986年，第184页。

他刮去了我们仅存的一角钱币，
还叫人把我们当狗一样枪毙——
我们织，我们织！

一重咒诅给虚伪的祖国，
这儿到处滋长无耻和堕落，
花儿未开就早被摘掉，
腐败霉烂的垃圾把蛆虫养饱——
我们织，我们织！

梭子飞来飞去，织机轧轧作响，
我们不分昼夜，织得十分紧张——
德意志，我们在织你的殓布，
我们织进了三重咒诅，
我们织，我们织！[①]

作弄、欺骗我们的天主，压迫、榨取我们的国王，滋长堕落、养饱蛆虫的祖国，是西里西亚的纺织工人“三重咒诅”的具体内容，表现了纺织工人对老德意志的痛恨，也体现了海涅推翻旧制度的战斗决心。

奥皮茨《一个乞丐的墓志铭》则代“乞丐”立言：

我一生没有一个家，
死后倒有了住宅，
活着时一无所有
死后倒富裕起来，
我一生只是在逃亡，
坟墓给我个安息处，
活着时我衣不蔽体，
现在却裹上殓布。[②]

诗人以乞丐的口吻，对社会现实进行了尖锐的讽刺和批评。我活着

① 周红兴主编：《外国诗歌名篇选读》，北京：作家出版社，1986年，第222页。
② 吴笛主编：《外国诗歌鉴赏辞典》（古代卷），上海：上海辞书出版社，2009年，第182页。

时流浪、逃亡、无家可归、衣不蔽体、一所无有，死后才有安息的坟墓，才裹上殓布，才富裕起来，我生不如死的悲惨命运，见证了社会的冷漠无情。

普希金在《致画家》中，其隐含作者为一位“画家”。他希望以绘画见长的同学伊利切夫斯基，“趁着火热心灵的氤氲”，用“多姿而潇洒的画笔”，来描绘我的心上人。其实质是借画家之口来赞美少女巴库尼娜的美。她不仅有着“妩媚的纯真之美和希望底姣好的姿容”，还有“圣洁的喜悦的微笑和美之精灵的眼睛”与“颀长的腰身”。他还要求画家“以薄纱的透明的波浪遮上她那颤动的胸脯，好让她暗暗地叹息……绘出羞怯的爱情之梦，然后充满了梦魂之思”，揭示出她对爱情朦胧羞怯的向往。结尾“我将以幸福的恋人的手，在下面签写我的名字”，写出作者对恋人的爱慕与倾心。总之，此诗以一位画家的口吻，传达出作者对纯真妩媚、美丽动人的巴库尼娜的热情讴歌。

布尔顿在《诗歌解剖》一书中就举布朗宁《我的前夫人》《斯拉支先生》、丁尼生《老处女的“甜蜜艺术”》、叶芝《最后的表白》等诗为例，并称这类诗为“戏剧抒情诗”“诗人在诗中串演另一人，并想象性地展示其思想观念”[①]。只不过，这类戏剧抒情诗在西方远不如在中国古代那么常见，这是因为西方诗人在抒情时，多喜直抒胸臆，很少离开自我而去扮演他者角色。钱锺书在《谈艺录》中曾提到意大利诗人列奥巴尔迪，说他崇尚抒情诗而菲薄戏曲，“谓戏曲以借面拟人为本，无异学僮课作之代言，特出以韵语而已，其可嗤鄙等也”[②]，列奥巴尔迪对戏曲借面拟人的轻薄，正可见其推崇的抒情诗是直抒胸臆的而非角色扮演的。而是否进行角色扮演，正是中西诗歌的一大区别所在。

中国古代文人为何对代体诗产生了如此强烈的兴趣，当然有多种多样的原因。如果从文体发展的角度看，恐怕与戏曲的晚出有密切的关联。朝会宴飨之际，诗酒唱和之余，诗人们的角色扮演，实际上代替戏曲发挥了直观艺术的功能。

---

① 玛·布尔顿：《诗歌解剖》，傅浩译，北京：生活·读书·新知三联书店，1992年，第134—135页。

② 钱锺书：《谈艺录》，北京：生活·读书·新知三联书店，2008年，第96页。

第二节 “男子作闺音”类型

前已说过，中国古代诗人在笔下多扮演各种人物角色言语思考，其中最具中国特色的当属男性诗人代女性立言，我们将此称为“男子作闺音”类型。“男子作闺音”，语出清代学者田同之《西圃词说·诗词之辨》：“若词则男子而作闺音，其写景也，忽发离别之悲。咏物也，全寓弃捐之恨。无其事，有其情，令读者魂绝色飞，所谓情生于文也。”[①]王铚称晏几道词“妙在得于妇人”（《默记》），刘辰翁称东坡以前的词是“雌声学语”（《辛稼轩词序》），毛晋称之曰“作妮子态”（《稼轩词跋》），朱彝尊则云“善言词者，假闺房儿女子之言”（《红盐词序》），尽管褒贬不一，但都不约而同注意到词中“男子作闺音”现象的频见。杨海明对此解释说：“作者明明都是些士大夫文人（男性），然而当他们提笔写词时，却往往发生了‘性变’，变出了一幅女性的声腔口吻。”[②]不仅在写词时如此，在写诗时，“男子作闺音”的现象也颇为突出，日本学者松浦友久在《中国诗歌原理》一书中甚至指出这是中国诗歌发展的主流，他说：“由男性诗人以女性观点进行爱情描写，又被确立为中国爱情诗的主要方法，这在比较诗史上看只是个特殊情况，或算作是支流，但在中国诗史上却是典型现象乃至是主流。”[③]

其实，在西方文学中也普遍存在男性作家写女性心理的现象。如司汤达、托尔斯泰、乔伊斯等人的小说中写女性人物的独白，这种传统可追溯到荷马、奥维德、维吉尔等人那里。如维吉尔《埃涅阿斯纪》中叙写深夜时分狄多在爱情与荣耀之间的内心挣扎：“我曾帮助他们增强实力，而如今这又有何意义？他们还会带着感激之情念及我过去对他们的鼎力相助吗？……我的妹妹（安娜）啊，你为何要倾听我的眼泪，怂恿我陷入这负心之爱？为此，我承受了所有这些苦痛，几近疯狂。为何我无法如荒野鸟兽一般不为姻缘所动，远离此番忧愁？”其实，西方诗歌中这种男性作家以女

---

① 唐圭璋：《词话丛编》，北京：中华书局，1986 年，第 1449 页。

② 杨海明：《“男子而作闺音”——唐宋词中一个奇特的文学现象》，《苏州大学学报》1992 年第 3 期。

③ 松浦友久著：《中国诗歌原理》，孙昌武、郑天刚译，沈阳：辽宁教育出版社，1990 年，第 43 页。

性口吻写女性心理的现象，如同中国文学中的“男子作闺音”。奥地利诗人瓦尔特著有《菩提树下》，写一位普通少女与恋人幽会的情景与心思：

在草原里面，
菩提树下，
那里是我俩的卧床，
你可以看见采的草和花，
在那里铺得多漂亮。
森林外的幽谷里，
汤达拉达，
夜莺唱得多甜蜜。

我走到了
草地上溜达，
我的恋人已先我莅临。
他欢迎我叫道：
“高贵的女主人啊，”
一想起，我总是感到高兴。
他吻过我？真数不清，
汤达拉达，
瞧，我这红红的嘴唇。

他于是采来无数鲜花，
把富丽的卧床铺好。
要是有谁
经过时看到我俩，
他一定捧腹大笑。
他将会看到，我，
——汤达拉达——
枕着蔷薇花儿酣卧。

要是有人看清

我身边躺着他，
(这可不行!)真叫我羞答答。
但愿没有任何人会知道我俩
所干的事情，除了我和他，
以及一只小鸟，
汤达拉达，
小鸟不会说给人知道。①

诗歌完全从少女的视角出发，首节叙写少女与恋人幽会的地点和氛围；接着写少女赴约的场景，恋人一句“高贵的女主人啊”，少女内心的幸福喜悦显露无遗；后两节写这对恋人酣卧于铺满鲜花的温床，甜蜜中夹杂着唯恐被人发现的羞涩，好在小鸟可以分享他们的柔情蜜意；最后以一句“小鸟不会说给人知道”结束，意味无穷。此诗的绝妙之处，就在于揭示少女一方面怕人知晓其幽会，另一方面又想让人艳羡的矛盾心理。

英国作家德莱顿有一首名为《隐藏的火焰》的诗：

我胸中燃着一团火，它百般折磨着我，
它既使我痛苦，又给我无穷欢乐；
它让人又喜又恼，我是多么爱它，
我宁愿立刻死去，假如失去了它。

但使我痛苦的人，却并不知道它，
我嘴巴没漏过风，眼神也没流露它；
也无叹息或眼泪，泄露我的痛苦，
泪水静静流淌，像玫瑰上的露珠。

免得我的心上人，负心将我相抛，
我的心像十字架，在受苦在燃烧；
我这样备受折磨，只为给他平静，
我对爱信守不渝，虽然他不知情。

① 吴笛主编：《外国诗歌鉴赏辞典》(古代卷)，上海：上海辞书出版社，2009年，第73—74页。

我望着他的眼睛，心头就觉得喜欢；
我藏起自己的爱，就不怕招致冷眼。
对于爱和幸福，我不敢有更多奢望，
我不会跌得更低，可也没法再往上。[①]

诗人从女性视角写其理性的爱。女主人公一开始就诉说自己“胸中燃着一团火”，这团爱情的火焰，让她既痛苦又欢乐，所以她至死也不能失去它。这团爱情的火焰往往难以抑制，一个眼神、一声叹息，也许就泄露了所有的心思。但女主人公“嘴巴没漏过风，眼神也没流露它”，甚至没有“叹息或眼泪”，她将爱情的火焰深深隐藏起来了。这是为什么呢？接下来的诗句告诉了我们答案。原来，女主人公之所以如此，是怕“心上人负心将我相抛”，怕“招致冷眼”，是为了“给他平静”。如果能隐藏自己的心事，就能“望着他的眼睛”，继续享受这种爱情的幸福。她爱得如火焰般炽热，也小心翼翼地加以呵护，在感性和理性之间寻找着平衡，最终以理性克制自己的感情：“我不会跌得更低，可也没法再往上。”德莱顿作为古典主义大师，其对理性精神的崇尚，在这首诗中得到了鲜明体现。

在中国诗歌领域中，男性文人代女性设辞，假托女性的身份、口吻进行文学创作，根据代言对象的不同又可具体分为闺妇诗、宫怨诗等。

最早代闺妇进行立言的诗作是曹丕、曹植兄弟的同题作品《代刘勋妻王氏杂诗》，而后徐干《情诗》、曹丕《燕歌行》、曹植《七哀诗》《浮萍篇》《种葛篇》《弃妇诗》、李白《子夜吴歌》《长干行》《春思》《代秋情》《去妇词》、王维《相思》、李益《江南曲》、杜甫《新婚别》、王建《新嫁娘词》、王昌龄《闺怨》、朱庆馀《闺意》、张籍《节妇吟》、骆宾王《艳情代郭氏答卢照邻》《代女道士王灵妃赠道士李荣》等，都是这类作品的代表。它们往往以“妾”“奴”“女儿”“贱妾”“少妇”等第一人称为叙述视角，即诗人完全是站在女性的角度，以女性的声音语气来表情达意。表面上看，这些男性诗人代替女性在言语、行动与思考，但其中隐含的与作者相关的种种复杂的人格、心理或者社会人事的变化，需要我们去细究。多样复杂的隐含作者，是诗歌叙事主体想象力扩张的重要标志，也是中国诗歌叙事走向成熟的鲜明体现。

---

① 吴笛主编：《外国诗歌鉴赏辞典》(古代卷)，上海：上海辞书出版社，2009年，第1149—1150页。

以曹植《七哀诗》为例,诗云:"明月照高楼,流光正徘徊。上有愁思妇,悲叹有余哀。借问叹者谁?言是客子妻。君行逾十年,孤妾常独栖。君若清路尘,妾若浊水泥。浮沉各异势,会合何时谐?愿为西南风,长逝入君怀。君怀良不开,贱妾当何依?"诗人写了一个思妇对远行在外的丈夫的思念与幽怨,内心的孤独与寂寞、压抑与痛苦,一览无遗。思妇将夫君比为路中之清尘,将自己比为污浊之水泥,喻意两人相差太远,会合渺茫。明知如此,她还抱着忠贞之心,愿意化作西南风,投进丈夫的怀抱。但现实是残酷的,她最终清醒意识到君行逾十年,丈夫的怀抱早已不再为她开放了,她这一生注定是无所依靠的。表面看,这是一首闺怨诗,但联系曹植的生平遭际,我们明白,诗人曹植在进行创作时,隐含了自己的某些情怀与心境。曹操去世后,曹丕继位,对曹植这位手足胞弟处处防范、压制,导致曹植的理想抱负无处施展。深受楚辞以男女君臣相比况的比兴手法的影响,曹植自比"客子妻",以思妇与丈夫的离异来比喻他与兄长之间"甚于路人""殊于胡越"的疏离关系。用浊泥和清尘的远隔,衬托出自己和兄长形势两异的遥远距离。尽管如此,曹植仍旧盼望着骨肉和好,期盼能投入兄长曹丕的怀抱,为其效力建功。遗憾的是,兄长对自己的防备始终没有消除,自己"勠力上国,流惠下民,建永世之业,流金石之功"的抱负恐怕永远无法实现了。赵幼文《曹植集校注》将此诗编为黄初年间所作,并评述说:"案尘、泥本一物,因处境不同,遂出差异。丕与植俱同生,一显荣,一屈辱,故以此比况。其意若欲曹丕追念骨肉之谊,少予宽待,乃藉思妇之语,用申己意。情辞委婉恳挚,缠绵悱恻,尤饶深致。"[①]一个被兄长疏远排斥、苦闷郁抑的"隐含作者"形象就这样鲜活地展现在读者面前。

再看张籍《节妇吟》:"君知妾有夫,赠妾双明珠。感君缠绵意,系在红罗襦。妾家高楼连苑起,良人执戟明光里。知君用心如日月,事夫誓拟同生死。还君明珠双泪垂,恨不相逢未嫁时。"单看表面,此诗写了一位忠于丈夫的妻子,经过一番思想斗争后拒绝了一位多情男子的追求,守住了妇道节义。但从深层看,此诗却意味深长,隐含了作者内心坚定的政治情怀。中唐以后,藩镇割据日益严重,为了扩张势力,他们不惜用各种手段拉拢文人官吏,而有些不得意的文人官吏也往往依附他们,韩愈曾作《送

---

① 曹植:《曹植集校注》,赵幼文校注,北京:人民文学出版社,1998年,第314页。

董邵南序》一文对此现象加以劝阻讽谏。张籍是韩门弟子，他如其师一样，主张维护国家一统、反对藩镇割据。此诗一本题下注云："寄东平李司空师道"，李师道是当时藩镇之一的平卢淄青节度使，又冠以检校司空的头衔。诗人以妾自比，以"君"喻指藩镇李师道，"双明珠"是李师道用来拉拢作者的荣华富贵，经过慎重考虑后作者婉拒了对方，像一个守贞操的节妇般守住了自己的政治立场。面对李师道这么一个炙手可热的藩镇高官的收买，张籍并不想让他难堪，于是用这种隐喻手法予以婉拒，读者从文本中推导出一个情真意切、胸怀坦荡的君子形象。据说李师道读了此诗后大为感动，不再勉强张籍，这不恰好印证了"隐含作者"的魅力吗？

男性诗人代宫廷女性抒发宫怨之情，一般有较为明确的代言对象，诗人们多将目光集中于班婕妤、陈阿娇、李夫人、王昭君等几位女性身上。代班婕妤立言的诗作如刘孝绰《班婕妤怨》、刘令娴《和婕妤怨诗》、阴铿《班婕妤怨》、李白《长信怨》、王昌龄《长信怨》等，代陈阿娇立言的诗作如刘孝仪《闺怨诗》、李白《妾薄命》、孟郊《妾薄命》等，代王昭君立言的诗作如卢照邻《王昭君》、骆宾王《王昭君》、王安石《明妃曲》等，代李夫人立言的诗作如李商隐、李贺、张祜同题诗作《李夫人歌》等。

以王安石《明妃曲》为例，其二云："明妃初嫁与胡儿，毡车百辆皆胡姬。含情欲语独无处，传与琵琶心自知。黄金杆拨春风手，弹看飞鸿劝胡酒。汉宫侍女暗垂泪，沙上行人却回首。汉恩自浅胡自深，人生乐在相知心。可怜青冢已芜没，尚有哀弦留至今。"前八句叙事，先写胡人以百辆毡车迎接明妃，见出礼仪之隆重与恩义之深厚。但明妃却与胡人言语不通，谈不上"知心"，情感无处倾诉，只好一面手弹琵琶以劝胡饮酒，一面眼看飞鸿，心向汉庭。而琵琶声又感动得侍女垂泪、行人回首，明妃之内心痛苦可想而知。后四句转入议论，"汉恩自浅胡自深"一句，意即明妃被汉送去"和番"，而胡人以毡车百辆相迎，自是汉恩浅、胡恩深了。下一句"人生乐在相知心"，是本诗的主题。那么，明妃在胡人那里有"知心"吗？行文于此发生了重大转折：明妃在胡根本没有"知心"，是不乐反哀的，其"哀弦"尚留至今。诗人对明妃的遭遇别出新解，认为明妃的失意不仅在于远离故土、独处异域，更重要的是知音难觅。问题的关键在于，诗人仅仅只是替明妃立言吗？这可能需要结合此诗的创作背景作一番考察。此诗作于宋仁宗嘉祐四年（1059 年），这一年王安石上书一篇，即《上仁宗皇帝言事书》，直指北宋社会的种种弊端，并提出了一系列解决之道。但上书并未引起宋仁宗的重视，王安石心中不免落寞。于是，王安石借用中国诗歌传统“香草美人”的比兴手法，通过对历史上那位明丽无双却不为君王所知的王昭君的咏叹来隐含表达自己未能遇到“知心”君王的感慨。我想这才是此诗“用意深”及“眼孔心胸大”处(方东树《昭昧詹言》)。南宋初，范冲“对高宗论此诗，直斥为坏人心术，无父无君”(《唐宋诗举要》转引)，范冲是范祖禹之子，范祖禹一贯反对新法，范冲很有可能挟嫌攻击王安石，但从中也反映出其完全没有读懂此诗的隐含作者的一面。高步瀛《唐宋诗举要》评其“‘汉恩自浅胡自深，人生乐在相知心。’持论乖戾”[①]，恐怕也未能真正领悟到王安石“人生失意，乐在知心”的隐含意图。

“男子作闺音”类型的诗词，往往是一位男性作家建构出一位女性隐含作者，以“隐含作者”为尺度，有利于辨析其第一人称叙述的不可靠。有一首我们熟知的作品《生查子》，词曰：“去年元夜时，花市灯如昼。月上柳梢头，人约黄昏后。今年元夜时，月与灯依旧。不见去年人，泪湿春衫袖。”文学史上一种说法认为此词出于宋代著名女词人朱淑真之手，从声音口吻看，的确如一失恋的青年女子，明代杨慎就在《词品》中一面称赞其“词则佳矣”，一面又批评其“岂良人家妇所宜邪”。学界目前认为此词是后人误编入《断肠集》，其作者不是这位因婚姻不幸而抑郁早逝的“断肠”女词人朱淑真，而是“名卿钜公”欧阳修。此词女性作者与男性作者之争，其实质是“隐含作者”与“真实作者”之分，从这种区分中既可看清不可靠的第一人称叙述，又有利于探析两个主体之间的关联性。

鲁迅说：“我们中国的最伟大最永久，而且最普遍的艺术也就是男人扮女人。”[②]众所周知，男人假扮女人的现象，突出体现在戏曲艺术中，但戏曲晚出，我们的古人早就在诗词等文体上进行过这种探索。这种纵向的发展历程，正好可以印证“男子作闺音”类型中隐含作者的普遍与强大。

从《诗经》开始，中国古典诗歌形成了一个源远流长的“引譬连类”的比兴传统，造成了诗歌言有尽而意无穷的艺术韵味，也为读者留下足够的想象空间。诗人创作代体诗，特别是男子而作闺音，深受这种比兴传统的影响，他们代替笔下人物说话，同时又寄寓着他们自己的生命与情感，这样，代言对象也担当着代作者言心的角色。

---

① 高步瀛：《唐宋诗举要》，上海：上海古籍出版社，1978年，第329页。

② 鲁迅：《坟·论照相之类》，《鲁迅全集》(第一卷)，北京：人民文学出版社，2005年，第196页。

第三节　“无名氏”类型及其他

代他人言心的诗，远在《诗经》时代就已活跃起来。除了如《小雅·巷伯》《大雅·崧高》等篇内具名为寺人孟子、吉甫等人外，其他几乎无作者可考，而这些诗篇具有非常丰富的“隐含作者”，我们将这种类型称之为“无名氏”类型。《诗经》中尽管没有明确标明“代”字的诗，但国风中以女性口吻叙述的诗多达四五十篇，其中难道没有代言之作？对此，先贤早有注意。李重华《贞一斋诗说》曰：“三百篇所存淫奔，都属诗人刺讥，代为口吻，朱子从正面说诗，始云男女自言之。”[①]喻文鏊曰：“三百篇中室家离别之感，思妇殷望之情，多系在上者曲体人情而设为之辞，后人闺怨等诗本此，而出语自有分寸。”[②]日本学者赤冢忠氏更是明确指出，《国风》中的《草虫》《卷耳》《载驰》及《小雅》中的《采薇》《出车》《皇皇者华》《杕杜》等篇都是剧诗，由男女两人分章轮唱。[③] 随着叙述角度的转换，作者扮演不同人物角色进行叙事抒情。

《周南·卷耳》曰：“采采卷耳，不盈顷筐。嗟我怀人，置彼周行。陟彼崔嵬，我马虺隤。我姑酌彼金罍，维以不永怀。陟彼高冈，我马玄黄。我姑酌彼兕觥，维以不永伤。陟彼砠矣，我马瘏矣。我仆痡矣，云何吁矣！”对于诗中之“我”，胡承珙《毛诗后笺》曰：“凡诗中‘我’字，有其人自‘我’者，有代人言‘我’者，一篇之中，不妨并见。”一般的理解认为首章之“我”为妇人口吻，二、三、四章之“我”仍出自妇人之口，设想己之征夫行役之状，然则有何依据判定前“我”为妇人自道而后“我”为妇代夫立言呢？钱锺书在《管锥编》中所言极是：“作诗之人不必即诗中所咏之人，夫与妇皆诗中人，诗人代言其情事，故各曰‘我’。首章托为思妇之词，‘嗟我’之‘我’，思妇自称也……二、三、四章托为劳人之词，‘我马’‘我仆’‘我酌’之‘我’，劳人自称也……思妇一章而劳人三章者，重言以明征夫况瘁，非女

① 丁福保：《清诗话》，上海：上海古籍出版社，1978年，第931页。

② 俞文鏊：《考田诗话》，道光四年掣笔山房刊本。

③ 赤塚忠：《〈皇皇者华〉篇与〈采薇〉篇——试论中国古代的剧诗》，载蒋寅编译：《日本学者中国诗论集》，南京：凤凰出版社，2008年，第67页。

手拮据可比,夫为一篇之主而妇为宾也。男女两人处两地而情事一时,批尾家谓之'双管齐下',章回小说谓之'话分两头'。"[①]诗中两个"我",都是"隐含作者"之体现,一"我"代思妇立言,表达其对征夫的思念之情;一"我"代征夫立言,体现其对思妇的怀想之心。此处值得注意的一点是移情手法的运用,不直写"我"之悲伤,而写"我马""我仆"之颓丧,更增其离思忧伤。作者一会儿化身为思妇,一会儿化身为征夫,这种角色扮演,不正如一出活生生的戏剧吗?

《鄘风·桑中》也是一篇体现"隐含作者"魅力的典范。诗云:"爰采唐矣?沬之乡矣。云谁之思?美孟姜矣。期我乎桑中,要我乎上宫,送我乎淇之上矣。爰采麦矣?沬之北矣。云谁之思?美孟弋矣。期我乎桑中,要我乎上宫,送我乎淇之上矣。爰采葑矣?沬之东矣。云谁之思?美孟庸矣。期我乎桑中,要我乎上宫,送我乎淇之上矣。"《毛诗序》云:"《桑中》,刺奔也。"受此影响,吕祖谦《吕氏家塾读诗记》以为"诗乃淫者自作",朱熹《读吕氏诗记桑中篇》仍持"自状其丑"说,吕、朱其实犯了将真实作者等同于隐含作者的同样错误。假如真是淫者自作,这等隐晦秘密之事,怎么可能如此直白地告知其人其地。钱锺书在《管锥编》中认为这是诗歌中常用的"揣度拟代之法",并称"设身处地,借口代言,诗歌常例。貌若现身说法,实是化身宾白,篇中之'我',非必诗人自道"[②]。我们不禁要问,吕、朱二人为什么会犯同样的错误呢?因为他们从诗作中感受到的是淫者的口吻,以为就是淫者自作,殊不知,模拟淫者的口吻进行创作与淫者自作其实是两回事,这恰恰也证明了隐含作者"设身处地"的扮演性质。因为其扮演得如此逼真,以致于我们几乎就要混淆诗人与"我"之界限了。

汉代以后,没有真实作者姓名但明显是角色扮演之作的诗歌日渐增多,最具代表性的当属乐府民歌。如《战城南》:"战城南,死郭北,野死不葬乌可食。为我谓乌:'且为客豪!野死谅不葬,腐肉安能去子逃?'水声激激,蒲苇冥冥;枭骑战斗死,驽马徘徊鸣。梁筑室,何以南?何以北?禾黍不获君何食?愿为忠臣安可得?思子良臣,良臣诚可思:朝行出攻,暮不夜归!"此诗将笔墨聚焦于战争场景的描述,尸横遍野,无人收埋,任由乌鸦随意啄食。而后作者奇思异想,设计了一段"我"与乌鸦的对话。此

---

① 钱锺书:《管锥编》,北京:中华书局,1979年,第67页。

② 同上书,第87页。

"我",正是"隐含作者"的体现。作者化身为一位客死他乡的战士,希望乌鸦在啄食他们的尸体前,能够为他们哀号几声,将其魂魄召回故乡。真实作者可能亲身感受到了战争给人们带来的伤害与哀痛,他无法冷眼旁观,而是将自己代入到文本情境中,站在死难战士的角度,亲身体悟死难战士的心思,从而给读者带来更真实的现场感与更强烈的震撼力。

无名氏类型在西方诗歌中亦偶有出现,如古英语诗《航海者》,以航海者的口吻,首先叙述这是一次痛苦的航行,描绘海上凶险的风浪:

> 郁积胸口的痛苦。
> 多少次随船航行,
> 大浪可怖,立在船头
> 通夜守望不眠,
> 贴岸颠簸。彻骨的寒冷,风霜冻僵了双足,
> 铁链如冰。怨恨
> 砍劈我的心,饥饿使我
> 厌倦人世。

接下来写,尽管如此,航海者还是爱海如狂:

> 我心激动不已,
> 定要再到深海飘荡,
> 欣赏盐味海浪的游戏。

最后归结为赞颂上帝:

> 上帝之乐使我开怀,
> 胜过这短促的死一般的生
> 在陆地上。

航海者感到陆地或尘世是生不如死的,无依无靠的,故最终回到上帝的怀抱。

除无名氏外,大凡那些优秀的诗人,往往在他们的笔下展现出面貌多样的隐含作者。如陶渊明,他在诗歌中常常表现出如"采菊东篱下,悠然见南山""童孺纵行歌,斑白欢游诣"之类静穆悠然、高蹈无争的一面,但有时也显露金刚怒目、愤世嫉俗之相,如"精卫衔微木,将以填沧海。刑天舞干戚,猛志固常在"(《读山海经》)、"登车何时顾,飞盖入秦庭。凌厉越万

里，逶迤过千城”（《咏荆轲》）。陶渊明在这类作品中表达自己心中有如精卫衔木石以填沧海、刑天操干戚以舞的志向抱负，也有如荆轲刺秦王的一往无前的决心气概。我们要做的就是竭力探求其中隐含的作者的丰富人格，深入体会作者的第二自我，由此校正前人对陶渊明形成的固有印象，还一个真实全面的陶渊明给世人，正如鲁迅所说：“这‘猛志固常在’和‘悠然见南山’的是一个人，倘有取舍，即非全人，再加抑扬，更离真实。……我每见近人的称引陶渊明，往往不禁为古人惋惜。”[①]也正如朱熹所言：“陶渊明诗，人皆说是平淡，据某看他自豪放，但豪放得来不觉耳。其露出本相者，是《咏荆轲》一篇，平淡底人，如何说得这样言语出来？”（《朱子语类》）更有甚者，陶渊明还写了一首为后人津津乐道的《闲情赋》，这样一个“飘飘然”的人，竟展示出对异性痴狂爱恋的一面，鲁迅评价说：“他却有时很摩登，‘愿在丝而为履，附素足以周旋，悲行止之有节，空委弃于床前’，竟想摇身一变，化为‘阿呀呀，我的爱人呀’的鞋子，虽然后来自说因为‘止于礼义’，未能进攻到底，但那些胡思乱想的自白，究竟是大胆的。”[②]作此赋时，诗人以第二自我化身为角色，恰如戴上面具的舞台表演，诗人大胆地释放自己，从中不正可看出其任真率性、崇尚自由的一面吗？

“隐含作者”在李贺诗歌作品中更见凸显。在现实生活中，李贺是个体质瘦弱的人，李商隐《李贺小传》写他“细瘦、通眉、长指爪”，但就是这个“留长了指甲、骨瘦如柴的鬼才”，却偏要唱出“见买若耶溪水剑，明朝归去事猿公”（《南园十三首》之七）这样的“豪语”，以致被鲁迅讽刺：“简直是毫不自量，想学刺客了”，并说这豪语“应该折成零”[③]，此时的隐含作者是一个学剑的豪士刺客。不仅如此，李贺还高唱：“男儿何不带吴钩，收取关山五十州。请君暂上凌烟阁，若个书生万户侯？”（《南园十三首》之五），他要做一个投笔从戎的平藩大将军吗？他甚至还说过“吾将斩龙足，嚼龙肉，使之朝不得回，夜不得伏，自然老者不死，少者不哭”（《苦昼短》），要让太阳无法运行，昼夜不再更替，生命得以永存，这岂不是要做主宰天地万物之神了？这些都是诗人“第二自我”的显现，每一首诗隐含着作者不同的

---

① 鲁迅：《且介亭杂文二集·题未定草六》，《鲁迅全集》（第六卷），北京：人民文学出版社，2005年，第436页。

② 同上。

③ 鲁迅：《准风月谈·豪语的折扣》，《鲁迅全集》（第五卷），北京：人民文学出版社，2005年，第256页。

人格。鲁迅对李贺的批判，证据是“他到底并没有去”。其实，鲁迅先生犯了一个基本的错误，即将真实作者和隐含作者等同起来。那个在真实生活中体弱多病且没有做过豪士、将军的李贺，并不妨碍其在诗歌中展现其隐含的孔武有力的一面。由此，我们在对面这些豪语时，不仅不应折扣成零，反而要更加优待。这些丰富多变的隐含作者，不正彰显出诗人丰富的心灵、超凡的想象及高扬的主体意识吗？

小　结

作者与作品的关系问题，自古就是个争论不休的问题。中国传统文论有“文如其人”之说，即对作者与作品的一致性持肯定态度。此说最早可追溯至《论语》中的“有德者必有言”，到了汉代，扬雄在《法言・问神篇》中说：“言，心声也；书，心画也。声画形，君子小人见矣。”文学批评家们据此加以推演，最终得出“文如其人”的简明论断。首当其功者，当属林景熙，他在《顾迈仁诗集序》中曰：“盖诗如其文，文如其人。”[①]此论断自当有其合理的一面，但文学史的许多事实告诉我们：文往往未必如其人，文与其人不符的情况也不在少数，这点文论家早已有所论及。如元好问《论诗绝句三十首・其六》：“心画心声总失真，文章宁复见文人。高情千古《闲居赋》，争信安仁拜路尘？”文品与人品的不一致，在潘岳身上得到了鲜明体现。许学夷《诗源辩体》卷三十也指出：“《传》言：‘庭筠薄于行，执政鄙其为人。’今观其七言律，格虽晚唐，而轻逸闲婉，殊无尘俗之态，何也？曰：摩诘、应物所谓‘有德者必有言’，庭筠之诗，则有言者，未必有德也。”[②]潘岳、温庭筠等为人所不齿的品德并不妨碍他们在创作上的才华与成就。由此可看出，不以人废言，是中国古代品评人物的一大原则，无怪乎后人要感慨：“文行确是两途。尝见文人无行，簠簋不饰，帷薄不修，秽声与才望并在人口，不大可耻哉！”（陆文衡《啬庵手镜》，《陆氏传家集》卷一）这不禁又让我们想起梁萧纲所言：“立身之道与文章异。立身先须谨重，文章且须放荡。”（《诫当阳公大心书》），前者指做人，指真实作者；后

① 林景熙：《林景熙诗集校注》，杭州：浙江古籍出版社，1995年，第350页。

② 许学夷著：《诗源辩体》，杜维沫校点，北京：人民文学出版社，1987年，第291页。

者指作文，指隐含作者。邓士樑先生认为“放荡”一词指的是“超乎当时规范的行为。当时一般儒生拘文守礼，放荡者则越礼自放，饮酒不节。……放荡的行文就是不守文律”[①]，强调从文章风格层面上与品行关系的脱离，沉浸于文艺创作中的作者，不妨放言无忌，但作为真实的人，却应该谨重，几乎就要道出隐含作者与真实作者的分野了。

我们不遗余力探讨中西诗歌中“隐含作者”这个问题，到底有什么意义呢？它不仅有利于看清真实作者与作品本身的差异或不一致之处；也有助于读者摆脱固有成见的桎梏，考察具体诗作中作者的特定立场，辨别同一作者在不同诗作中的不同立场；当然，也有益于明晰诗歌文本中不可靠的第一人称叙述，并探究那些集体创作或无名氏的诗歌。

---

① 邓士樑：《释“放荡”》，京都大学中国文学研究室《中国文学报》第35册，1983年10月。

第六章
中西诗歌内心独白叙事之比较

独白,是文学作品中人物语言的表现形式之一,艾布拉姆斯将其定义为"一种默默地或大声地自言自语的行为"[①]。因为"它通常指人的思考、自语等内心活动"[②]。而且就其内容而言,独白最主要的功能是内心表达,所以它常常被称为内心独白。内心独白常见于小说和戏剧等叙事性作品中,哈姆雷特的那段以"生存还是毁灭"开头的内心独白,可谓家喻户晓,以至我们只要谈论西方戏剧都不可能绕开它。或许也正是这个原因,我们容易忽视其他文体中与内心独白相关的内容。殊不知,内心独白也是中西方诗歌叙事传统中共有的一个元素,在中西方诗歌中不乏内心独白手法的广泛运用,尤其在叙事诗中,当叙述者或者人物需要借此抒发情感与发表议论时,其效果不亚于在小说与戏剧中的表现。只不过作为一种修辞手法,诗歌叙事中的内心独白在具体运用中会存在些许差异。

中西方诗歌"多是叙事和抒情相结合的状态",带有个人情感情绪的内心独白与叙事共存于诗歌之中或许就是其中一种表现形式,只不过西方的"事"是"一种故事(即使是最微型最简单的,也须是个有因有果的事件)",而中国诗歌不仅有所含有、所关涉、所表现的种种故事,还有与之相关的种种事态、事象、事件(也包括了故事与准故事),乃至于跟故事距离

① 艾布拉姆斯:《文学术语词典》(第 7 版),吴松江等译,北京:北京大学出版社,2009 年,第 579 页。

② 胡爱民:《独白:表演中独白阐释的艺术》,北京:中国电影出版社,2014 年,第 3 页。

更远的事由、事脉或历史进程,等等。[①] 鉴于此,我们研究诗歌叙事中的内心独白,可供分析的诗歌范围就大大拓展了。

第一节 抒情主人公或人物叙述者:独白主体的多种形态

内心独白作为一种活动,定有其行为主体。诗歌叙事不及小说叙事复杂,我们根据内心独白所处的叙述层,可以清晰地找到独白主体。真实的作者不同于处在创作情境中的作者,韦恩·布斯很早提出了“隐含作者”(implied author)这一概念,并认为是作者在写作时采取的特定立场、观点、态度构成其在具体文本中表现出来的“第二自我”。[②] 赵毅衡也赞成隐含作者是真实的作者的“第二自我”,认为它是作者通过作品的写作创造出来的人格。[③] 为了将隐含作者的情感传达出来,作者会在诗歌中设置一个抒情主人公或者人物叙述者。从真实作者到隐含作者,再到抒情主人公或人物叙述者,作者的意识最终体现在叙事进程之中。这样,抒情主人公或人物叙述者就成了作者的代言人。为此,赵毅衡甚至认为“作者在写作时假定自己是在抄录叙述者的话语。”[④]“不仅叙述文本,是被叙述者叙述出来的,叙述者自己,也是被叙述出来的。”[⑤]叙述者一般是对应小说这类叙事性文本而言的,我们发现如果将这些观点中的叙述者改为抒情主人公,表述依然成立。当然,诗歌与小说毕竟有区别。虽然中西方都主张“诗缘情”,每首诗歌都一定有抒情主人公,但不是每一首都存在人物或人物叙述者,而抒情主人公比人物叙述者在诗歌中更为常见。基于以上考虑,我们可以得出如下的判断:如果诗歌叙事由第一人称“我”来完成,那么“我”是叙述者,同时又为此诗的抒情主人公;如果诗歌叙事由第三人称叙述者完成,这第三人称叙述者即诗歌的抒情主人公。对于第一

---

① 董乃斌:《关于中国历代诗歌叙事研究的思考》,载《古代城市生活与文学叙事》,上海:上海大学出版社,2015年,第9页。

② Wayne C. Booth, *The Rhetoric of Fiction*, Chicago& London: The University of Chicago Press, 1961, pp. 71—77.

③ 赵毅衡:《当说者被说的时候——比较叙述学导论》,北京:中国人民大学出版社,1998年,第10页。

④ 同上书,第4页。

⑤ 同上书,第1页。

种情况，诗歌中的内心独白可能来自“我”，也可能来自故事中的人物；而第二种情况下的内心独白只可能来自人物；对于呈现内心独白的人物，也可将其称为人物叙述者。因为人物是内心独白叙事的主体，必然是这一叙述活动的叙述者。为了不与一般意义上的人物叙述者混淆，下文所提及的人物叙述者均指内心独白叙事的人物叙述者。

众所周知，文学作品中的一切表述均来自作者的叙述。诗人与诗歌抒情主人公的情感非常接近，因此当诗歌的抒情比重远远大于叙事时，我们习惯上将整首诗都看作是抒情主人公在进行内心独白，其中直接抒发内心情感的文字，显然为直接内心独白。何谓直接内心独白？汉弗莱曾在分析现代小说时归纳出三种独白类型，即直接内心独白、间接内心独白和戏剧式独白。直接内心独白指将意识直接呈现给读者，而间接内心独白则会让读者感觉出人物的意识与读者之间存在着介入者。[①] 间接内心独白指“一位无所不知的作者向读者展示直接来自人物内心的、未经人物口头表达的素材”，而戏剧式独白则有假想的听众，它有所保留，所能表达的意识深度也很有限。[②] 我们借此来观照诗歌作品，会发现诗歌叙事中的内心独白也有类似的几种情况，毕竟诗歌天生适合直抒胸臆，无论是何种人称的诗歌叙事都无法改变这一特性。只不过因为诗歌文体的特殊性，这三种独白在诗歌中的呈现状况不一定与小说一致。对于诗歌叙事，出于分析的方便，我们将意识直接呈现的称为直接内心独白，把有所干预的意识呈现叫作间接内心独白，称在诗歌中有听众或假想听众的独白为戏剧性独白，当然这三种划分也只是相对而言的。独白的类型与独白的主体并不是一一对应。

我们首先来看内心独白由抒情主人公发出的诗歌，如李白的《行路难・其一》和英国诗人华兹华斯的《廷腾寺》（也译作《丁登寺》《汀腾寺》）。《行路难・其一》写于李白被“赐金放还”，友人设宴为其饯行之时。我们无法回到李白写诗的场域，也不可能完全把握诗人当时的全部心绪，只能去推想作者与诗歌隐含的作者。诗人已逝，诗句长存。诗歌呈现抒情主人公面对美酒佳肴时复杂的内心。那一连串动作显示抒情主人公从欢乐

---

① 罗伯特・汉弗莱：《现代小说中的意识流》，程爱民、王正文译，长沙：湖南人民出版社，1987年，第34—38页。

② 同上书，第45—46页。

到苦闷再到奋起的心理变化。在拔剑四顾反复思索之后发出的那句“行路难,行路难,多歧路,今安在?长风破浪会有时,直挂云帆济沧海”显然是他在不平情绪下的内心独白,真切地传达出前途受挫时的失意沮丧又执着追求的复杂心理。华兹华斯的《廷腾寺》是诗人阔别廷腾寺五年后再次游览后所作,一直被视为抒情诗的典范。诗歌浓郁的抒情意味,也不能掩盖叙事的痕迹。抒情主人公首先表达了能再次听见清流、看到其风光的欣喜,从诗歌第一段反复出现的类似“再次”这样的字眼,我们可以感知作者的情绪。[①] 抒情主人公以“我”的口吻回忆过去,“我”已不同于当年的旧我。“我”回忆廷腾寺对自身的影响,不仅感到眼前的欢愉,还深为欣幸地知悉已储备了未来岁月的活力和滋养。诗人此次是与妹妹同游,诗人曾在多篇诗歌中表达了他与妹妹的手足之情以及妹妹在提升其感知敏感性上发挥的作用。此诗亦然,抒情主人公用“她”来指代妹妹,表达了对妹妹的依恋,其中有几行直呼妹妹为“你”的诗句嵌于段落之中,这显然是抒情主人公在情绪高涨时内心对妹妹的呼唤,并以内心独白的形式呈现。总之,《行路难·其一》和《廷腾寺》都将意识直接呈现给读者,属于内心独白。可以说这两首诗歌都与作者的亲身经历有关,抒情主人公与真实的作者在情感、认知和身份上接近,几乎不存在我们常说的叙事距离,因此在解读诗歌的时候,人们容易将二者等同。而如前所述,抒情主人公只是诗人的代言人,两者之间并不能直接画上等号。

上文我们已经提到,有些诗歌中的抒情主人公也会同时行使叙述者的功能来讲述故事。其内心独白就隐藏在故事讲述之中。这时的抒情主人公依然不是诗人,二者有时还会在身份、性别等方面存在较大距离。比如中西方诗歌中都可见的“男子做闺音”现象。其中的独白也属于直接内心独白。姚燮的诗歌《双鸩篇》讲述了一个男女主人公原本郎情妾意却被贪恋金钱的父母棒打鸳鸯最终双双饮鸩酒的故事。诗歌的抒情主人公兼叙述者为一位女子,该诗的内容由她自述。开篇“郎心爱妾千黄金,妾身事郎无二心”,表现了抒情主人公对爱情坚贞不屈,不为金钱低头。诗歌除了讲述故事,还有大段独白,如“与郎为水同一池,与郎为木同一枝……”“不必同日生,但愿同日死”“生不同衾死同穴!妾虽无言妾已决”

① 华兹华斯:《廷腾寺》,载《华兹华斯、柯尔律治诗选》,杨德豫译,北京:人民出版社,2001年,第127—133页。

等等，充分展现了女主人公的热情、豪爽和坚强的性格。这首诗的女主人公内心坚定，行动果敢，以殉情反抗了专制礼教和世俗观念。再如印度诗人泰戈尔，他也善于以女子的口吻抒发情感，《吉檀迦利》第54首的抒情主人公兼叙述者为一位女性，全诗几乎为她的内心独白，“我”在男子离开后一直处于默想中，回忆与他的短暂相处，“真的，我替你作了什么，值得你的忆念？”[1]这段文字是典型的内心活动，女性的娇羞与喜悦一览无余。再如歌德的《纺车旁的格莱辛》也是以女孩格莱辛的口吻讲述，此诗出自《浮士德》第十五场，是格莱辛在房中独自纺纱时所唱，显然是她思念浮士德时的内心独白。[2] 作者是男儿身，诗歌的叙述者为女性，这再次证明了作者与叙述者包括抒情主人公不可等量齐观。除了男子做闺音，为劳动人民代言也是诗歌的抒情主人公经常要完成的使命。比如俄罗斯诗人柯里卓夫创作的《农夫怨》，首尾两节都是“我独自在桌旁，心里暗自思量：零丁孤苦的人，怎能活在世上？”[3]其他四节以直接独白的形式呈现他的思考。如前所述，直接内心独白没有第三者的介入，类似抒情主人公与读者的直接对话，是其直抒胸臆的表现，具有极强的感染力。

我们再来看看由人物发出的内心独白。内心独白可以直接、即兴地呈现人物所未言传的思想，就像直接引语或对话那样，它是叙事性作品中的戏剧性因素，虽未得以言说，却仍可为读者领会。[4] 诗歌叙事中的人物内心独白无法简单地套用汉弗莱的三分法，它既可能是直接内心独白，也可能是间接内心独白或戏剧性独白，需要根据具体文本具体分析。

《孔雀东南飞》和《木兰辞》是汉乐府民歌中最优秀的作品，也是中国叙事诗的经典之作，合称为“乐府双璧”，二者均为第三人称叙述。《孔雀东南飞》艺术手法多样，除人物的对话与行动是诗歌的主要构成要素，人物的独白也是诗歌值得关注的地方，如刘兰芝自述她从十三岁到如今的不堪驱使以及赴清池之前的那句“我命绝今日，魂去尸长留”，这些独白交代了女主人公的心有不甘而又无可奈何，从被遣到赴死，引导故事进程不

---

① 泰戈尔：《吉檀迦利》，载《泰戈尔诗选》，冰心等译，南京：译林出版社，2000年，第336页。

② 歌德：《浮士德・纺车旁的格莱辛》，载歌德等著：《德国诗选》，钱春绮译，上海：上海译文出版社，1982年，第84—86页。

③ 《俄诗精粹》，李家午、林彬译，合肥：安徽文艺出版社，1987年，第189—190页。

④ 罗伯特・斯科尔斯、詹姆斯・费伦、罗伯特・凯洛格：《叙事的本质》，于雷译，南京：南京大学出版社，2015年，第187页。

断发展。而诗歌最后的总结是抒情主人公想向世人传达的观点，这种表达在此诗中姑且可以看作是旁白或画外音，因为抒情主人公并没有参与到故事之中。《木兰辞》也以第三人称叙述开篇，长镜头下的木兰正在当户织，随后镜头拉近，机杼声变成了木兰的叹息声，木兰正式出现在读者的面前，随着连续两声发问"问女何所思，问女何所忆"，诗歌转为第一人称叙述与第三人称交替使用，将木兰替父从军过程中的感知、行动进行了细致的刻画。木兰替爷征的决心、只听见流水胡骑的鸣响以及回乡后重整妆容的自在皆可从木兰的独白中一窥究竟，尽管这些独白隐藏于第三人称的第一人称叙述之中。《孔雀东南飞》《木兰辞》这两首诗歌的共同点是在人物叙述者之上都有个把控全局的抒情主人公，且在诗歌末尾都有介入性的评价语，这两首诗歌中的人物的独白显然均属于间接内心独白。

再如白居易的诗歌《井底引银瓶》讲述的是一个爱情婚姻的悲剧故事，女主人公追溯与男子相知相恋的过程，最终不敌"聘则为妻奔是妾"的封建礼教的束缚，又不安于"妾"的地位，只得发出"君家不可住，其奈出门无去处"的悲叹。诗歌中频频出现的"妾""君"这样的称呼，男子显然是女子内心独白的假想对象，女子结合自身遭遇劝告天下女子"慎勿将身轻许人"。这一独白属于戏剧性独白。而白居易的《上阳白发人》则更复杂，因为人物叙述者与抒情主人公均发出了内心独白。白居易的《上阳白发人》以老年宫女的口吻叙述四十五年寂寞煎熬的遭遇。"入时十六今六十。同时采择百余人，零落年深残此身。""宿空房，秋夜长，夜长无寐天不明；耿耿残灯背壁影，萧萧暗雨打窗声。"夜长、空房、秋雨、残灯，无不映射出叙述者的孤独与冷清。白发宫女是这首叙事诗的叙述者也是诗歌中的人物，该诗主体部分由其自叙的内容构成，为人物的内心独白。诗末的感慨"上阳人，苦最多。少亦苦，老亦苦，少苦老苦两如何！君不见昔时吕向《美人赋》，又不见今日上阳白发歌"显然是一段抒情主人公的独白。人物叙述者的声音与抒情主人公的声音形成和弦，共同呈现出作者的情感。可见，当人物叙述者与抒情主人公并置于一首诗歌时，人物内心独白如果是以抒情主人公或其他人物为假想的听众，或者抒情主人公对人物及其遭遇有所评判，那么虽然全诗几乎为人物叙述者一个人的声音，这个内心独白依然属于间接内心独白或戏剧性独白。

我们再来看看西方诗歌中的人物内心独白，这就不得不追溯到古希腊时期的《荷马史诗》。德尔菲神庙上的"认识你自己"这句箴言已告诉我们，西方人很早就对人这一主体给予了关注。内心独白到底是古希腊口头叙事当中的一个普遍手段，还是由荷马开创，我们无从得知。但是荷马对于内心独白的运用颇为有趣，他将程式化行为与充分的随意性和灵活性融合在一起。比如荷马史诗《伊利亚特》第11卷第405行，奥德修斯“长吁一声对自己倔强的心灵这样说：‘天哪，我怎么办？在敌人面前逃跑是奇耻大辱，单独被擒更令人惧怕，克罗诺斯之子吓跑了所有的达那奥斯人。但我的心啊为什么要忧郁这些事情？只有可耻的胆小鬼才思虑逃避战斗，勇敢的战士在任何险境都坚定不移，无论是进攻敌人，还是被敌人攻击。’”第22卷第100行至130行，赫克托耳与阿基琉斯决一死战时“不无忧虑地对自己的傲心”也有一番独白。[①] 两位英雄面对敌手时内心都是矛盾重重的，他们均在毫无保留地袒露心胸，没有任何其他因素的介入，因此这两处内心独白都属于直接内心独白。英国诗人柯尔律治的《老水手行》（又译为《古舟子咏》）有七部分，第一部分交代老水手参加新婚夫妇的婚礼，向客人讲述他航行的故事。余下部分为老水手的讲述，水手讲到他们在海上遇到一条能在没有微风和潮水作用下直挺前进的帆船，“那条船来得还快！/那就是帆吗——像缕缕轻纱，/夕阳里闪着光彩？/像铁栏一样拦住太阳的/可是那船的肋条？/船上就只有那一个女子？还是有两个，另一个是‘死’/‘死’可是她的同僚？”[②]这段诗句显然是老水手在行船时的内心独白，老水手对怪异的现象感到奇怪与恐惧，后文果真应验了他的判断。虽然老水手的独白也未受到干扰，但是有一个客人为其倾诉的对象，所以这个独白属于戏剧性独白。

我们知道，在神权与王权统治的时代，人的主体意识消融于神本观念体系和王道意识体系之中，人的自我个性、人对内心世界的关注、要求表现人的精神世界的倾向都在某种程度上被压抑着，因而在很长一段时间里文学对心理的描写不及对客观世界描写来得充分。[③] 但是因为中西方都认为诗歌是情感的表现，所以诗歌自然成为抒情与表达内心的最佳手

---

① 荷马：《荷马史诗·伊利亚特》，罗念生、王焕生译，北京：人民文学出版社，2003年，第251、503页。

② 柯尔律治：《老水手行》，载《华兹华斯、柯尔律治诗选》，杨德豫译，北京：人民文学出版社，2001年，第300—301页。

③ 柳鸣九：《世界心理小说类别的划分——世界心理小说名著丛书》，载《文学史：法兰西之韵》，北京：中国社会科学出版社，2014年，第249页。

段，这样我们对人类内心世界的探究也可以放在对诗歌的研读中进行。抒情诗毋庸置疑是诗人内心的直接袒露。如前所述，即便是叙事诗，也依然可以有抒情之处。只不过对于中国诗歌而言，这一寄情托意而别有感发的“微言”艺术，会有个因托而兴寄深远的创作传统。[①] 并且是“在心物交感中展开的创作思维活动，以及由此所导致的抒情式的叙事和写心式的摹景”[②]。西方人早已认识到主观世界对于客观世界的独立价值，苏格拉底就呼吁艺术家关注“精神方面的物质”，从而表现出“心灵状态”。[③] 事实上，从古代开始，对内心活动的描写早已存在于诗歌创作之中。

第二节　声音与叙事：内心独白的呈现

内心独白是一种内心活动，是内在的声音，当它呈现于诗歌时是心声的流露，因此内心独白也属于一种声音叙事。当然此处的声音是一种譬喻的说法，德里达曾在《声音与现象》一书中提出声音即意识之论[④]。语音中心主义能统治西方哲学千年之久，与声音和意识的密切关系分不开。为什么德里达说声音就是意识呢？因为说话人的声音能被别人和自己同时听见，这种“不求助于任何外在性”的内部传导使得能指与所指完全不隔，所以声音成为一种最为“接近”自我意识的透明存在。[⑤] 对于内心独白而言，声音的主体与声音的接收者是同一人。古希腊女诗人萨福的《是时候了》就以“第一个声音”和“第二个声音”为题展示抒情主人公（也许是人物）的所思所想：是“游戏吧”还是“决不”？[⑥] 诗歌没有给出答案，但是声音主体的内心一览无余。这首诗歌非常形象地诠释了内心独白如声音般会回响于脑海。

---

① 韩经太：《诗学美论与诗词美境》，北京：北京语言文化大学出版社，2000年，第22页。

② 同上书，第36页。

③ 同上书，第34页。

④ 雅克·德里达：《声音与现象》，杜小真译，北京：商务印书馆，2010年，第101页。

⑤ 傅修延：《释“听”——关于“我听故我在”与“我被听故我在”》，《天津社会科学》2015年第6期，第129页。

⑥ 萨福：《萨福抒情诗集》，罗洛译，天津：百花文艺出版社，1989年，第31页。

一、内心独白与叙事进程

小说中的内心独白是一种用以表现人物的意识活动内容和意识活动过程的技巧，它可以表现出于意识范围的各个层次上的意识活动的内容和过程。[①] 这种说法同样适用于诗歌叙事。因此，也就有我们在前面对声音主体即独白主体进行的划分，它会是抒情主人公，或者同时是整首诗歌的叙述者，又或者是故事中某一人物。如前所述，内心独白是叙事性作品中的戏剧性因素，那么人物、内心独白和事件这三者必然会关联在一起，毕竟人物的内心活动不可能凭空产生，它一定是在事件的作用之下产生或者随着事件的进程而发生。因此，诗歌中的内心独白有时是情节或者叙事进程的一部分，推动事件发展；有时又会是事件发展过程的一个断点，是叙事进程的一个暂停键或休止符，用以总结或回顾。将罗兰·巴特在《明室》一书中提到的一个术语"Punctum"拿来说明内心独白在诗歌叙事中的状态比较合适。"Punctum"被赵毅衡译为"刺点"。他认为"刺点"往往是文本中的一个细节，一个局部，能造成文本之间的风格差别，也可以造成同一个文本中的跌宕起伏。作为"刺点"的内心独白，在诗歌叙事中的作用同样不可小觑。

在中国古代诗歌史上，"'抒情地叙事'与'通过叙事来抒情'是极为常见的文学手段，叙事作品中掺杂一些抒情成分几乎是不可避免的事情，叙事诗更是两者珠联璧合的产物"[②]。当然，中国叙事诗的叙事元素与抒情笔墨相较显得单薄得多，即便是《木兰辞》《孔雀东南飞》《长恨歌》《琵琶行》等典型的叙事诗歌亦充溢了浓郁的抒情氛围。这些抒情文字除了描绘环境外，还善于刻画与展现人物的所思所想。中国叙事诗中的内心独白就是这样以抒发内在情绪或表达个人观点为主要表现形式，并且独白与叙事夹杂在一起。因为"中国古代叙事诗的美学特质'不在于单纯地表现主观现实，而是或者即事抒怀、缘事感叹，或者即景会心、咏物寄意'。作为抒情主体的诗人往往就是情节的主体，客观情节的发展与诗人主观情绪的发展是相统一的，客观行动的戏剧性与抒情主体心态的戏剧性是

① 罗伯特·汉弗莱：《现代小说中的意识流》，程爱民、王正文译，长沙：湖南人民出版社，1987年，第31页。

② 傅修延：《先秦叙事研究：关于中国叙事传统的形成》，北京：东方出版社，1999年，第10页。

一致的"[①]。为此,朱光潜甚至提出"抒情叙事诗"一说[②]。可见,中国叙事诗是杂而不纯的叙事诗,必定具有抒情意味,其中的独白是抒情的一种表现形式,它不一定推动叙事的进程,甚至有时是叙事过程中的停顿,与叙述相区隔。当然当故事情节比较复杂时,人物的内心独白也能推动情节发展。而西方叙事诗所述之事相对完整,以内心独白形式呈现的抒情在多数情况下不仅是叙事的一部分,有时甚至被看作为一种非行动性叙事,可以指引人物后面的行动。

杜甫的诗歌《自京赴奉先县咏怀五百字》除了叙述抒情主人公从京城长安去奉先县探亲的经历,其余皆途中感慨,大段的咏怀独白,一方面自嘲"许身一何愚,窃比稷与契。居然成濩落,白首甘契阔",另一方面又表示"穷年忧黎元,叹息肠内热""葵藿倾太阳,物性固莫夺"。诗人怀揣济世之志,遭遇艰难困苦,不改初衷,诗中的抒情主人公传递出诗人对不公平的社会现象的深深的忧虑,其中"朱门酒肉臭,路有冻死骨"成为传世名句。与此诗异曲同工的篇章是《北征》,同样是通过叙事来陈情,从辞别皇帝到归途见闻,再到归家所感,力谏统治者中兴国家,如诗中所言"虽乏谏诤姿,恐君有遗失"。这样一些独白将忠心耿耿、忧国忧民、刚正不阿的抒情主人公的形象传递出来。清代黄焕中的《苦农行》通过一位壮族老农的诉说,反映了农民生活的艰苦。诗歌最后的独白,明显在抒发不平之气:"巍巍阁与楼,堂堂园与囿,非农何由来,非农何由筑?""不感农人恩,反把农人辱,胡为乎苍天,造此不平局!"诗人对民生疾苦的哀叹与同情跃然纸上。这些独白几乎都是在一个叙事片段之中,它完成了人物形象的塑造,调节了叙事的节奏,并不直接推动故事情节。

李白的《江夏行》和《长干行》皆为女性婚恋题材,展现两位有相似遭遇的女性不同的婚后生活,《长干行》中女子与丈夫两小无猜,具有良好的感情基础,留下了许多美好幸福的回忆,即使聚少离多,双飞的蝴蝶也会勾起女子的思念,因此这首以"妾"的名义进行的回忆诗是曲一往情深的恋歌。而《江夏行》中的女性则在回顾过往中认识到嫁与商贾后的愁苦,"自从为夫妻,何曾在乡土?"可谓是肝肠寸断,恨意悠悠。面对青春长别离,只能"悔作商人妇",毕竟"如今正好同欢乐,君去容华谁得知"啊。两

---

① 胡秀春:《唐代叙事诗研究》,北京:人民出版社,2013年,第7页。

② 朱光潜:《替诗的音律辩护》,载朱光潜:《诗论》,北京:北京出版社,2005年,第281页。

位女性的表白都是炙热的，无奈现实残酷，对于聚少离多，一位在相思中更加坚定，另一位则在凄苦中夹杂彷徨。梅尧臣的《汝坟贫女》借用《诗经》中的《汝坟》旧题，代贫女鸣冤。诗歌刻画了一个边走边哭的贫女形象，贫女自言老父惨死的经过。她无法替父服兵役，看到被征去当弓箭手的老父在寒雨中僵死壤河上，只能捶胸顿足痛哭流涕，向苍天呼喊质问"生死将奈何"。贫女口述其痛苦的经历，凄怆的哭声、痛不欲生的惨状如在眼前。这几首诗歌中的女性独白调节了叙事节奏，让叙事进程舒缓有度，也能引发读者的关注与思考，同时成为其叙述风格差异所在，是悲，是喜，一看便知。

在西方诗歌叙事中，故事情节往往更加曲折，有开端、发展、高潮和结局，所以人物的内心独白在很多时候会成为促成人物行动的因素，从而推动情节发展。比如德国诗人席勒的《伊俾科斯的鹤》这首诗，伊俾科斯是古希腊抒情诗人，诗歌讲述他到科林斯参加希腊各民族的集会，恰好一群飞鹤伴他同往，在途中遇到强盗，呼救无门，有段内心独白："难道我就死在他乡，/死在这些暴徒之手，/孤零零的无人哀恸，/也没有人来替我报仇！"伊俾科斯被强盗重伤垂死之时，向恰巧经过的飞鹤请求为其提出控诉，果然在后面的集会上群鹤出现在空中，让强盗自我暴露，舞台成了法庭，伊俾科斯死前担心的孤零零无人哀恸并未成为现实。实际上正是那段内心活动才会让他主动向飞鹤求助，促使了飞鹤去"鸣冤"，从而让强盗得以被法办。再如匈牙利诗人裴多菲的长篇叙事诗《雅诺什勇士》，雅诺什在流浪途中有多处内心独白，第十章的独白为"可恶的后母，愿你有好运气！/我不知道天上哪一颗星是你；/你再不能把我的姑娘来折磨，不然我就把你这颗星击落。"[①]在第十六章，雅诺什产生甜蜜的幻想，以下为内心活动："历经万险，我终于回到家里，/苦难之后，我们将成为夫妻……"[②]第十七章的主人公在沉思中走向村庄，其后的内心独白为"我没有带回财宝，没有带回黄金，/可是我却带回一颗忠实的心……"第十九章，得知女孩已死，雅诺什的情绪状态通过内心独白呈现，"一路上，雅诺什勇士有两个伙伴：/一是咀嚼他心灵的痛苦的忧伤，二是没有出鞘的宝剑……那时候，他的心将忧伤这样倾诉：/'当你已经厌烦了你永久的劳动，无限的忧

① 裴多菲：《裴多菲文集》(第5卷)，兴万生译，上海：上海译文出版社，1996年，第81页。
② 同上书，第99页。

伤使你受尽了苦痛！不杀死我就不必把我折磨'……/他想到这些，就抛弃了忧愁，/可是现在忧愁却又袭上了他的心头。"[①]可见，内心活动随着主人公的行踪发生变化，处于叙事的进程中，他对心上人的爱一直指引着他前行，直到得知姑娘已死，忧伤则不自觉地涌上心头。

无论内心独白是否开启下一行动，对于读者而言它都是主体的一种抒情方式。"情动于中而形于言。"内心独白本身就是内心活动，因而呈现它的文字会比一般的语言更能揭示声音主体隐秘的内心世界，能较充分地展示其思想和性格，使读者更加深刻地理解其思想感情和精神面貌。很多时候，或许只有通过这些声音，我们才可以发现诗人真实的自我。

二、内心独白与人物生成

独白的一大价值是将人物内心声音外化，让人物内心得以袒露，人物性格无须猜想推断。因此人物的内心独白促成了人物的生成。中国古代诗歌塑造了许多有代表性的女性形象，内心独白就在其中起到了重要作用。我们可从《诗经》以及汉乐府中找到这一传统。《诗经·邶风·谷风》是一首弃妇诗，任劳任怨的妻子与丈夫同甘共苦却在生活好转后被抛弃，女主人公在哭诉时忆起生活琐事，语言缠绵哀婉，一个柔弱、消极与忍让的女性形象就在她的内心独白过程中形成。《诗经·卫风·氓》以第一人称"我"来叙事，"我"追述了恋爱和婚后生活，最后表达了"躬自悼矣"后的感受和决心。其中的内心独白是女主人公对情感之路的自我反思，为我们展现了一个勤劳、坚韧、敢爱敢恨的女性形象。汉乐府《白头吟》中的女子的内心独白展现了面对男子的"两意"进行"决绝"，女子时而回忆时而展望，她深知真情的价值，"愿得一心人，白头不相离"显然是其内心独白，也是对美满姻缘的向往。女性的纯真、爽朗、理智与大胆的形象从字里行间流露出来。除了展现情感世界，对人民日常贫苦生活的书写，也是中国诗歌叙事的一贯主张。姚燮的《卖菜妇》刻画了一位善良、勤劳、孝顺的劳动妇女，她在乍暖还寒时候走街串巷卖菜，同时还要照顾年迈的婆婆和年幼的孩子。尤其是诗歌末尾，由第三人称叙述转为第一人称的那句"明日天雨，妾苦不足语，姑苦儿苦"，是女子的内心独白，催人泪下。显而易见卖菜妇的生活是封建社会无数贫苦善良的劳动妇女的写照，她处于社会

---

① 裴多菲：《裴多菲文集》(第5卷)，兴万生译，上海：上海译文出版社，1996年，第108—109页。

的最底层，饱尝人世的辛酸，却没有改变原有的优秀品质。内心独白可以直接呈现人物的内心活动与思想情感。可见，以上这些女性的痛苦、忧愁、憧憬以及善良的品质能得以展示，皆与内心独白的助力有关。

内心独白可用以塑造人物形象，这种情况同样存在于西方诗歌叙事中。法国作家雨果的诗歌《穷苦人》讲述了一对穷苦的渔民夫妇在自身负担已经很重、外出捕鱼一无所获的情况下依然选择收养邻居两个孤儿的故事。女主人公燕妮的几处内心独白突显了她的淳朴和善良，面对大海的无情、生活的艰辛、死亡的恐怖和邻居的凄惨离世，她痛苦又无奈，作为母亲无法给孩子好的生活，“生活是多么贫穷！”作为妻子，无法为丈夫分担，“他的烦恼还不够，还需要我来加重/他已经有的烦恼！”[①]内心独白将燕妮这个人物的心理刻画得栩栩如生，也让她的形象更加丰满和高大。只要是人，面对选择时不可能没有犹豫，燕妮的担忧和痛苦是人的真实情感与正常反应，因而她能打动读者。美国当代诗人弗罗斯特的叙事诗《伺候仆人们的女仆》，以一位劳动妇女讲述她辛苦的生活为主要内容，她讲到她的近况，还说到儿时的经历，徐徐的讲述将我们带入女主人公的内心世界。“我究竟是开心，不开心，还是什么。/什么感觉都没有了，只剩一个声音/在我的心底，象在对我说：你应该/有怎样的感觉，会怎样感觉，如果你/不是象乱麻似的给摆弄得一团糟。”“除了干到底，我还有别的出路吗？”“别人就这样走下去，为什么我不呢？”[②]这些内心独白出现在“我”的讲述之中。女主人公的音容笑貌和体态特征，我们无法从诗句中得知一二，却可以从这些独白中发现这位女性的痛苦。日复一日的劳作没有将她的精神生活夷为平地，她依然对自然与自由自在的生活充满向往，但是现实逼着她不得不回到繁重的家务劳动中去。英国诗人丁尼生的诗歌《尤利西斯》是主人公尤利西斯在出海探索前的戏剧性独白，他讲述了自己曾经的英雄经历，如今他已经进入暮年，但依然希望能再有所作为，决心驶过日落和众星沉落到水里的地方。尤利西斯即《荷马史诗》中的英雄奥德修斯，《神曲》讲述他在伊利亚特战争之后仍不忘追求知识和探索未知领域的行动，最终葬身海底。丁尼生的这首诗歌抓住这一事件，对人物的心理进行铺陈，将尤利西斯所具有的坚强、不甘心碌碌无为的进取精神

---

① 雨果：《雨果诗选》，程曾厚译，北京：人民文学出版社，1986年，第320—332页。

② 弗罗斯特：《一条未走的路》，方平译，上海：上海译文出版社，1988年，第168—175页。

刻画得淋漓尽致。抛开《荷马史诗》与但丁的《神曲》,仅从本首诗入手,我们也可以发现一个"老骥伏枥"的尤利西斯形象。可见,尤利西斯这一形象是在人物进行内心独白的过程中塑造成功的。

如前所述,独白的主体可以是诗人创作出来的叙述者"我",也可以是故事的主人公。如果独白的主体只是故事的讲述者而非亲历者,则独白主体为功能性人物。这时独白的作用不过是将诗歌的主旨或诗人的情感显露出来,而非丰富人物形象。如果独白的主体是故事的主人公,则独白将有助于人物心理塑造,人物形象相对而言更加清晰。例如《诗经·卫风·氓》的主人公兼独白主体,其形象相对典型、丰满。再例如白居易的《琵琶行》,"我"与琵琶女皆有内心独白与行动,具有较为丰满的形象与独特的性格特征,而非简单的功能性人物。琵琶女说尽心中无限事,而叙述者"我闻琵琶已叹息,又闻此语重唧唧",发出"同是天涯沦落人,相逢何必曾相识"的感慨,与其说是向琵琶女倾诉的前奏,不如说是叙述者"我"的内心独白,诗歌结尾处的自问自答亦如此。叙述者自身的失意和琵琶女的不幸遭遇都化入琵琶声里,凝聚于演奏和倾听之中,"我"和琵琶女从此成为千古失落者的典型代表。与之有相似主题的还有刘禹锡的《泰娘歌》,泰娘人生中的两次升沉变故在第三人称叙事中缓缓道来。此时的泰娘已经落魄,女性的依附地位让原本技艺精湛的泰娘无法改变其悲剧的命运。刘禹锡尽管没有在诗歌中直抒胸臆,但是联系作者生平,不难想到被贬至朗州的他会有与泰娘一样的人生境遇和人生感悟。白居易的《缚戎人》是"达穷民之冤情"之作,诗歌写一个在战乱时期沦落吐蕃后冒死回唐的"戎人",被守边官兵当作番人发配吴越之地的故事。诗歌主体部分是"戎人"自云流落吐蕃及被缚的经过。最后以其独白"早知如此悔归来,两地宁如一处苦!缚戎人,戎人之中我苦辛。自古此冤应未有,汉心汉语吐蕃身"结束全诗。戎人沦陷吐蕃,思念汉土,四十年不改初心,冒死逃归,满心欢喜与一腔热忱却被辜负,其冤情无以言表,只能吞声仰天诉,在悲伤与辛酸中度过残年。"戎人"独白展现出一个一心向唐的汉人形象。

中国古代多数叙事诗以行动来展现人物,人物的内心活动包括独白并未纳入行动的范畴。如清代张维屏的叙事诗《三将军歌》,尽管以人物为中心并有丰富的素材在讲述三位人物的故事,然而缺少人物内心独白的行为描述,无法呈现三位将军丰富的内心世界和独特的个性。开篇的盖棺定论和诗末"天生忠勇超人群"的赞扬之词,皆为抒情主人公(即叙述者)的独白,而非人物内心情感的自觉流露。以致他们具有了英雄的气质却没有凡人的思想与情感,只是作为一类人而存在,其独特性不得而知。《三将军歌》代表了中国文人叙事诗的普遍现象,杜甫的"三吏"、《兵车行》,元稹的《连昌宫词》,李商隐的《行次西郊作一百韵》莫不如此。这些叙事诗中仅有的独白,也不过在表达一种观念,仅为诗人直接抒发情感的一种方式,而非刻画人物,因此大大局限了人物展示自身的机会[①]。

总体而言,中国古代叙事诗并不完全以情节完整生动、人物冲突激烈取胜,以刻画人物形象为目的的作品并不多见,人物形象的鲜明、生动、丰满程度不如以史诗为代表的西方叙事诗。[②]《荷马史诗》洋洋几万言,塑造了大量的英雄形象,前文已经分析《伊利亚特》中奥德修斯与阿基琉斯的内心独白,此处我们不妨看看维吉尔的《埃涅阿斯纪》,这是第一部文人史诗,它继承了《荷马史诗》的叙事艺术。比如该诗的第四卷,埃涅阿斯命人准备船只离开迦太基,狄多百般挽留无法改变其心意,狄多在失望之余决定自杀。狄多之死占据该卷近一半篇幅,引起过历代读者的同情,其中大段的内心独白袒露了她的心境:"啊,我怎么办呢?我还回到从前那些求婚者那里受他们奚落吗?……不行,那么就去追随特洛亚人的船队,听从他们的颐指气使吗?……唉,被抛弃的人啊,你到现在还不明白吗?你还没有感觉到特洛伊人是背信弃义的吗?如果他们愿意带我走,又该怎么办呢?……不行,你只有一死,这是你应得。用宝剑斩断你的愁绪吧……"[③]可以说诗人在描写狄多的内心活动时还是下了些功夫的,狄多在饮刃自焚前还向天后请求为其报仇,其中也不乏自怨自艾的内心独白"我这是说什么哪?我在哪儿?我头脑发疯了?不幸的狄多,你现在才想起你做的对不起人的事吗?你应该悔恨的是你把大权给他的时刻……"[④]狄多丰富的内心活动因独白得以展示,一个敢爱敢恨的女性形象也因此更加生动。可见,叙事诗中人物性格层次丰富和形象典型的程度总体而言还是取决于叙述者给予其展现机会的多寡。[⑤] 而内心独白恰恰是让人物有机会毫无保留地进行自我言说。

---

① 程相占:《中国古代叙事诗研究》,桂林:广西师范大学出版社,2002年,第169—170页。

② 同上书,第157页。

③ 维吉尔:《埃涅阿斯纪》,杨周翰译,南京:译林出版社,1999年,第99页。

④ 同上书,第101页。

⑤ 程相占:《中国古代叙事诗研究》,桂林:广西师范大学出版社,2002年,第171页。

三、内心独白与诗人的自我叙事

独白旨在直抒胸臆，在某种程度上，独白可让诗歌具有“人即是诗，诗即是人”的效果。诗人的自我通过人物的内心独白得以显现。可以说，“诗人把自己对待社会人生的本质态度揭示得愈充分，他的思想人格就表现得愈鲜明”[①]。如果存在多个叙述者时，需要仔细地甄别独白的主体，当然，这些主体的声音最终指向诗人。布斯曾说“虽然作者可以在一定程度上选择他的伪装，但是他永远不能选择消失不见”[②]。内心独白中往往有强烈的情感，这些情感与作者的声音关联紧密，我们可以从中窥见作者的精神气质。乌申斯基曾说“无论什么——我们的言词、思想，甚至我们的行为，都不能像我们的情感那样清晰、确切地反映我们自己和我们对待世界的态度。在我们情感中可看到的并非个别的思想和个别决定的特点，而是我们心灵及其结构的全部内容的特点”[③]。汉末蔡琰的《悲愤诗》所叙的是诗人被俘虏后被赎回的经历。诗人将其内心的情感与叙事紧密结合，尤其是别子时进退两难的复杂而又矛盾的心理刻画，充分展现了一位母亲的软肋。这首诗中的抒情主人公既是叙述者又是故事人物，诗人与抒情主人公几乎同一，诗人的自我形象在叙述中建构而成。“人生几何时，怀忧终年岁”的感慨与诗题“悲愤诗”遥相呼应。石崇的《王明君辞》虽然也是以第一人称叙述昭君出塞的故事，将明君远嫁心事，曲曲描绘，但显然是代言诗，诗人与抒情主人公、人物叙述者并非同一，昭君的心曲仅为昭君所有，诗人只不过有感于昭君远嫁，诗歌显示昭君对故国家邦的怀念之情，并非有所寄托。因此这类叙事仅仅构建了人物形象，并非完成作者的自我叙事。同样题材的诗篇如王安石的《明妃曲》则将昭君出塞的历史故事借题发挥以表现诗人自己的矛盾心理，“君不见咫尺长门闭阿娇，人生失意无南北”看似是对家人的寄语，实则诗人对自己的告诫。

西方诗歌中也有诗人借内心独白进行的自我叙事。如英国诗人拜伦的《恰尔德·哈洛尔德游记》，抒情主人公的内心独白与诗人自己也存在

---

① 王元骧：《抒情类文学中的形象》，载《审美反映与艺术创造》，杭州：杭州大学出版社，1992年，第286页。

② W. C. 布斯：《小说修辞学》，华明等译，北京：北京大学出版社，1987年，第23页。

③ П. M. 雅科布松：《情感心理学》，王玉琴等译，哈尔滨：黑龙江人民出版社，1988年，第27页。

某种程度的暗合，哈洛尔德离开家乡外出游历，面对暮色沉沉和已经远去的朦胧海岸线，迎着海风和两边的白浪唱出晚安曲，表达了离开故土、出去闯荡的决心。歌德的诗歌《清晨的悲叹》叙述了“我”焦急地等待心爱的姑娘，以致一夜不曾睡好，在黑暗中倾听周围的声音。“如果她有跟我一样的想法，如果她有跟我一样的感受，她就不会等到天亮的时分，她一定会在此刻来到这里。”[①]这段文字是“我”的内心独白。此诗写于歌德恋爱之时，因此“我”的爱情叙事在一定程度上即诗人的自我叙事。

中国诗歌有抒情传统，在此影响下诗歌中的叙事与抒情往往是交融结合的。因而中国叙事诗尽管倾向写实，但也会在讲述生活日常、婚恋故事以及政治讽刺中传递作者的声音，这声音或者隐含在字里行间，或者以独白的方式显露。这时的独白为作者的自我叙事，是其心声的体现。例如汉乐府叙事诗继承了《诗经》民歌“饥者歌其食，劳者歌其事”的传统，从多方面反映人民的悲欢苦乐与爱恨情仇。其中《十五从军征》以一个十五岁被征入伍八十岁得以回家的老兵诉说的其亲身经历为诗，如泣如诉、声泪俱下，全诗皆为叙述者的内心独白，也是诗人借此对残酷战争的控诉。《刺巴郡守诗》一诗也是以一个被官府差役强行征租的贫民口吻来叙述，尾句“钱钱何难得，令我独憔悴”写出了“我”的悲愤与焦灼。曹操的《蒿里行》回顾和反思了使天下陷入军阀混战、百姓身处灾难之中的讨董之战，发出了“生民百遗一，念之断人肠”的心声。陶渊明的《咏荆轲》在叙述荆轲刺秦故事后进行了直接抒情和评述，惋惜与赞叹荆轲的英勇气概，发思古之幽情，更重要的是诗人虽然归隐田园，但“猛志”固常在。杜甫不愧为“诗圣”，他擅长在诗歌中讲述故事，并以他人的故事传递自己的声音。例如《佳人》篇，除了叙述者将幽居空谷的佳人简单介绍，其余内容几乎皆为这位佳人自叙她零落依草木的经过，她遭受战乱、兄亡势去、夫移情别恋等一连串打击，最终选择独立，与侍婢一起修葺家园、清贫自守，与象征高洁的翠柏、修竹类植物相依相伴。诗中佳人是位洁身自好、坚韧顽强的女性，她的自我叙述完成了人物形象的构建，这一形象的精神品质与诗人自己非常契合，让我们不难认为诗人是在借香草美人自喻，因而从这一层面上说《佳人》一诗乃诗人的独白。《羌村三首》第三首的结尾“请为父老歌：艰难愧深情！歌罢仰天叹，四座泪纵横”为作者的独白，面对乡邻的深情

---

① 《歌德文集》(第8卷)，冯至等译，北京：人民文学出版社，1999年，第201页。

厚谊，诗人即兴作诗，以歌作答，诗人对国事家事的沉痛忧虑和崇高的爱国情怀感染四座，也引起读者共鸣，诗人的“人格肖像”在声音叙事中生成。白居易的短篇《卖炭翁》叙述了卖炭翁一车炭被宦官抢掠的事件，情节简单，却呈现了一个波澜曲折有深意的叙事。诗歌中的卖炭翁已经极度贫穷，卖炭所得只为身上的衣裳和口中的食物，尽管身上衣正单，他依然“心忧炭贱愿天寒”，即便如此他还遭到黄衣使者白衫儿的强取豪夺，对此他也无可奈何。这一人物形象极其典型，深刻揭露了底层民众的苦难，“可怜”二字的使用表露了叙述者的同情。李商隐的《偶成转韵七十二句赠四同舍》与《悲愤诗》类似，是一首自传性质的叙事诗，在叙述回长安后生活窘困，萌发出世想法时，叙述者发出“爱君忧国去未能”的表白，尤其是这两句独白“我生粗疏不足数，梁父哀吟鸲鹆舞。横行阔视倚公怜，狂来笔力如牛弩”是对自我性格气质的生动写照，成功塑造了一个豪放、达观、积极向上、爱君忧国的诗人形象。“达则兼济天下，穷则独善其身。”古代读书人往往心有天下，诗人借助诗歌进行自我叙事，完成了精神的成长。韦庄的《秦妇吟》通过女郎在颠沛流离中的多次偶遇与多次问答连缀成篇，有限的篇幅容纳了庞杂的内容。叙述视角不断转换，诗人、如花女郎（秦妇）、金天神、老翁、金陵客等人共同叙述了唐末三年战乱期间生灵涂炭、百姓流离失所的社会状况。女郎是诗歌中的主要人物，社会乱象中的弱者，其不幸的遭遇必然引发同情，更不用说最能打动人心的第一人称叙述了。在诗歌结尾处，女郎的那句“愿君举棹东复东，咏此长歌献相公”看似是女郎对诗人的劝告，实则是诗人借此表明心意的一笔。诗人不仅是女郎故事的倾听者，更与她构成“同是天涯沦落人”的相应关系，他也有着那个特殊时期人们所共有的对战乱的厌弃、亡国之痛、故园之思以及对和平的向往。

我们在西方叙事诗中同样可以看到诗人对民生的关心。比如普希金的诗歌《铜骑士》。彼得堡的一场洪灾让主人公叶甫盖尼失去了自己的爱人，从此神志不清，过上了如行尸走肉般的日子。灾难前的他憧憬着自己的幸福生活，有段内心独白：“结婚？我吗？干嘛不结呢！当然这件事负担会很沉，可是我如今年轻又结实，日夜操劳也没什么关系；凑合凑合也就把家安，能呆就可以，虽然很简单，这会叫帕拉莎得到安慰。也许，再过上这么一两年——好点的差事我也能弄到，家务就交给帕拉莎照料，教养子女也由她安排……”[①]叶甫盖尼还在恋爱时就想好了孩子的教养问题，这时想得有多美，其悲剧性的结局反差就有多大。叶甫盖尼这个小人物的命运在不可抗力的作用下被改变了，一场洪水使得民不聊生，普通民众基本的人生愿望成为奢望，诗歌开篇铺陈的彼得大帝的丰功伟业和彼得堡的繁荣和辉煌立刻相形见绌。该诗前言特意交代此故事以事实为依据，可见作者的创作目的就是发人深思，力图引导当权者关注普通百姓的生活。

总之，内心独白对人物生成与叙事进程有其作用，更为重要的还是它往往为诗人的自我叙事之处，因而当它出现在诗歌叙事之中，格外能引起读者的关注。内心独白作为一种声音，其发出者就是其接受者，它自身可以形成一个听觉空间，召唤着读者进入，同时这空间又可不断延展，从人物内心拓展至整个文本世界，向叙述者、读者敞开，让作者、叙述者、人物和读者更能达成共情。

小　结

综上所述，内心独白属于中西诗歌叙事传统的一部分。根据内心独白呈现状态的差异，我们可将其划分为直接内心独白、间接内心独白和戏剧性独白等多种类型。当然，独白的主体与其类型并非一一对应。诗歌中的内心独白主体具有多种形态。它会是抒情主人公，或者同时为整首诗歌的叙述者，又或者是故事中某一人物。抒情主人公的内心独白多为直抒胸臆，属于直接内心独白。人物叙述者的内心独白较为复杂，也最为有趣，可以直接、即兴地呈现人物所未言传的思想，就像直接引语或对话那样，也可以在抒情主人公的干预之下实现，作为叙事元素虽未言说，也可为读者领会。因而人物的内心独白可能是直接内心独白，也可能是间接内心独白或戏剧性独白，加上中西诗歌叙事的差异性，判断人物内心独白的类型与特性需要根据具体文本进行具体分析。

一般而言，诗歌中的内心独白叙事更具有抒情意味，而内心独白出现在诗歌中也增添了诗歌的叙事元素。内心独白是一种内心活动，是主体心声的流露，因此内心独白也是一种声音叙事。这种声音会召唤着读者

---

① 普希金：《普希金精选集》，顾蕴璞编选，济南：山东文艺出版社，1997年，第212页。

进入文本,促进读者的共情。作为一种叙事元素,它还能促进叙事进程和人物生成,甚至诗人也可以借用内心独白进行自我叙事。总之,尽管内心独白并不会改变所属故事的完整性,然而它的存现直接影响人物形象的丰富性,情节的跌宕起伏,节奏的舒缓有度。

雨果早就说过:“比大海辽阔的是天空,比天空更辽阔的是人的心灵。”内心独白展现的是人的心灵世界,它位于诗歌叙事之中,作为一个刺点,它会触动我们敏感的神经,让我们放慢欣赏的脚步;作为一种声音,需要我们仔细聆听,向独白的主体靠近,甄别各主体之间的关系,品味内心独白的表达,把握其叙事价值,并在一定程度上帮助我们把握人类的内心世界。

第七章
中西诗歌听觉叙事之比较

在当今过度依赖视觉的“读图时代”中，人们在意的似乎唯有眼睛这一感官。其实，听觉与视觉一样，都是人类感知外部世界、相互交流的重要渠道。黑格尔说：“人耳掌握声音运动的方式和人眼掌握形状或颜色的方式一样，也是认识性的。”[①]将听觉看成和视觉同等重要。马歇尔·麦克卢汉把西方人称为“活版印刷人”或“视觉人”，比较而言，“人们往往认为中国文化比西方世界的文化更优雅而感性，但是中国文化是部族的文化，人民生活在听觉社会。……显然，与口语和听觉文化的过度敏感相比，最开化的人在其感知中应该是粗略而麻木的，因为眼睛并不具备耳朵的敏锐”。将中国人称为“听觉人”，已留意到中国文化与听觉之间的某种不解之缘。[②]《文子·道德》甚至从哲学层面细致阐发了听觉的不同方式与境界：“学问不精，听道不深。凡听者，将以达智也，将以成行也，将以致功名也，不精不明，不深不达。故上学以神听，中学以心听，下学以耳听；以耳听者，学在皮肤，以心听者，学在肌肉，以神听者，学在骨髓。”[③]从耳听、心听到神听，“听”不仅可以“达智”，也可以“成行”“致功名”，甚至可“达道”。国内学者近年来也逐渐开始关注听觉与叙事之间的关联，傅修延先生在这方面有开拓之功，他在《听觉叙事初探》一文中，对听觉叙事的

① 黑格尔：《美学》(第三卷上册)，朱光潜译，北京：商务印书馆，1996 年，第 14 页。

② 马歇尔·麦克卢汉：《谷登堡星汉璀璨：印刷文明的诞生》，杨晨光译，北京：北京理工大学出版社，2014 年，第 92 页。

③ 文子著：《文子校释》，李定生、徐慧君校释，上海：上海古籍出版社，2004 年，第 185 页。

研究意义(针砭文学研究的“失聪”痼疾)、研究工具(聆察与音景)、表现形态(声音事件的摹写与想象)、重要任务(“重听”)等作了理论上的概括与总结[①],为我们探究中西诗歌的听觉叙事指明了一条新的路径。

我们选取先秦诗歌与英国浪漫主义诗歌为考察对象,原因在于先秦诗歌作为中国文学的源头,不仅在题材内容、艺术表现等方面给予后世文学以深远影响,也蕴含了中国古人丰富灵敏的听觉智慧;而以华兹华斯、拜伦、雪莱、济慈为代表的英国浪漫主义诗人,与中国先民一样,也是大自然的热爱者、聆听者,他们对大自然和人类社会声音的聆察在诗歌叙事中有着举足轻重的地位。

第一节 听与先秦诗歌

一、《诗经》“听”之种种

德里达曾说:“我以为无需逻各斯中心主义的语音中心主义是可能存在的。非欧洲文化中也完全有可能存在给声音以特权的情况,我猜想在中国文化中也完全有可能存在这种语音特权的因素或方面。”[②]他的猜测大致是没错的,听觉中心主义的中国古代文化的确有给予语音以特权的诸种可能。中国古代先民对声音异常敏感,他们在长期的社会实践中聆听着大自然和人类社会的丰富声音。尽管我们已无从了解文字产生以前先民们的聆听行为,但我们可以从先秦的古籍文献中知晓先民们在文字产生之后对大自然与社会的听觉辨别能力,他们对拟声词的运用达到了娴熟自如的程度,《诗经》即是这方面的典范。从听觉角度审视《诗经》,那简直就是一个多姿多彩的声音世界,在这个世界中,先民们倾注了他们对生活的极大热情、对理想的无限憧憬。

(一)对声音的传神描摹——《诗经》中“听”的表现形态

《诗经》中的声音既有模拟虫鱼鸟兽、风雨雷电等大自然声音,也有模拟车马、钟鼓、伐木、筑墙、凿冰等来自人类社会的声音。无论是对声音描

---

① 傅修延:《听觉叙事初探》,《江西社会科学》2013第2期。

② 雅克·德里达:《书写与差异》,张宁译,北京:生活·读书·新知三联书店,2001年,第27页。

写的种类数量，还是对声音感受的细腻程度，后世文学作品无出其右。

1. 对大自然声音的摹拟

周人是在“关关雎鸠”声中开始叙说他们的故事的，在这里万物都有它的音乐，各种风雨雷电之声、鸟兽虫鱼之声浑然交响，由此构成了一个种类齐全的音响世界。

现将《诗经》中模拟大自然的丰富声音的诗句列表如下：

表 7-1　《诗经》中模拟大自然声音的诗句

种类	诗句	出处
风声	习习谷风	《邶风・谷风》
	北风其喈	《邶风・北风》
	匪风发兮	《桧风・匪风》
	一之日觱发	《豳风・七月》
	习习谷风	《小雅・谷风》
	飘风发发、飘风弗弗	《小雅・蓼莪》
	飘风发发	《小雅・四月》
雨声	风雨凄凄	《郑风・风雨》
雷声	殷其雷	《召风・殷其雷》
	虺虺其雷	《邶风・终风》
水声	北流活活	《卫风・硕人》
鸟声	关关雎鸠	《周南・关雎》
	其鸣喈喈	《周南・葛覃》
	睍睆黄鸟	《邶风・凯风》
	雝雝鸣雁	《邶风・匏有苦叶》
	肃肃鸨羽	《唐风・鸨羽》
	交交黄鸟	《秦风・黄鸟》
	予维音哓哓	《豳风・鸱鸮》
	鸟鸣嘤嘤	《小雅・伐木》
	仓庚喈喈	《小雅・出车》
	交交桑扈	《小雅・桑扈》
	肃肃其羽、哀鸣嗷嗷	《小雅・鸿雁》
	绵蛮黄鸟	《小雅・绵蛮》
	翙翙其羽、雝雝喈喈	《大雅・卷阿》

（续表）

种类	诗句	出处
兽声	呦呦鹿鸣 啴啴骆马 萧萧马鸣	《小雅·鹿鸣》 《小雅·四牡》 《小雅·车攻》
虫声	（螽）薨薨兮 喓喓草虫 虫飞薨薨 喓喓草虫 鸣蜩嘒嘒 营营青蝇	《周南·螽斯》 《召南·草虫》 《齐风·鸡鸣》 《小雅·出车》 《小雅·小弁》 《小雅·青蝇》
鱼声	鳣鲔发发	《卫风·硕人》
鸡声	鸡鸣喈喈、鸡鸣胶胶 有鷕雉鸣	《齐风·风雨》 《邶风·匏有苦叶》

2. 对人类社会声音的摹拟

人是社会生活的主体。在周代，初民已全面参与到社会生活的各个领域，大凡耕种、收割、伐木、凿冰、筑墙、打猎、驾车、敲钟、击鼓、吹管等，不一而足；而《诗经》对周人从事这些活动时发出的各种声音，都有非常细腻的摹写。总括起来，主要包括人类各种劳作之声、车马之声与钟鼓管乐之声等。

现将《诗经》中摹拟人类社会声音列表如下：

表 7-2 《诗经》中模拟人类社会声音的诗句

种类		诗句	篇目
劳作之声	农具深入土地发出之声	畟畟良耜	《周颂·良耜》
	收割农作物之声	获之挃挃	《周颂·良耜》
	伐木之声	坎坎伐檀兮 伐木丁丁、伐木许许	《魏风·伐檀》 《小雅·伐木》
	敲击木桩之声	椓之丁丁	《周南·兔罝》）
	渔网入水之声	施罛濊濊	《卫风·硕人》
	凿冰之声	凿冰冲冲	《豳风·七月》

（续表）

种类		诗句	篇目
	淘米之声	释之叟叟	《大雅·生民》
	筑墙之声（包括铲土、填土、捣土、削土、捆束筑板之声）	约之阁阁、椓之橐橐 捄之陾陾，度之薨薨， 筑之登登，削屡冯冯	《小雅·斯干》 《大雅·绵》
	打猎之声	选徒嚣嚣	《小雅·车攻》
车马之声	车马行进之声	大车槛槛	《王风·大车》
		载驱薄薄	《齐风·载驱》
		有车邻邻	《秦风·车邻》)
		戎车啴啴，啴啴焞焞	《小雅·采芑》
		间关车之辖兮	《小雅·车辖》
	车铃之声	八鸾玱玱	《小雅·采芑》
		和鸾雝雝	《小雅·蓼萧》
		鸾声嘒嘒	《小雅·采菽》
		八鸾锵锵、八鸾喈喈	《大雅·烝民》
		八鸾锵锵	《大雅·韩奕》
		和铃央央	《周颂·载见》
		鸾声哕哕、其音昭昭	《鲁颂·泮水》
		八鸾鸧鸧	《商颂·烈祖》
鼓钟声		坎其击鼓	《陈风·宛丘》
		击鼓其镗	《邶风·击鼓》
		简兮简兮	《邶风·简兮》
		坎坎鼓我	《小雅·伐木》
		伐鼓渊渊、振旅阗阗	《小雅·采芑》
		鼓钟将将、鼓钟喈喈 鼓钟钦钦	《小雅·鼓钟》
		鼍鼓逢逢	《大雅·灵台》
		钟鼓喤喤	《周颂·执竞》
		鼓咽咽	《鲁颂·有駜》
		奏鼓简简、衎鼓渊渊	《商颂·那》

（续表）

种类	诗句	篇目
管乐之声	磬筦将将 喤喤厥声，肃雝和鸣 嘒嘒管声	《周颂·执竞》 《周颂·有瞽》 《商颂·那》
佩玉之声	佩玉将将 佩玉将将 有玱葱珩	《郑风·有女同车》 《秦风·终南》 《小雅·采芑》
小孩出生时洪亮之哭声	其泣喤喤	《小雅·斯干》
酒杯相互撞击之声	牺尊将将	《鲁颂·閟宫》
众人饮食之声	有嗿其馌	《周颂·载芟》
附和诋毁之声	潝潝訿訿 谗口嚣嚣	《小雅·小旻》 《小雅·十月之交》
贴耳私语	缉缉翩翩	《小雅·巷伯》

从上述两表可以看出：

一、《诗经》中的拟声词大多数为双音节的叠词，单音节词也可拟声，之所以重叠，其一在于声音表达的需要，因为叠音词具有延续性，能够传神描摹出人与物的声音，让我们的听觉得到一种回环往复的语音美感；其二，它与《诗经》“二/二”式结构相对应，由此形成一种和谐的节奏美。

二、《诗经》中同一拟声词可以摹拟多个不同物体的声音。如“喈喈”所摹拟的有黄鸟声、仓庚声、鸡鸣声、鼓钟声和鸾铃声。不同的物体，发出的声音怎么会相同呢？这主要在于拟声词摹拟的只是近似的声音，这些声音听觉上难以截然区分，所以用同一词表达，如此一来，形成了拟声词所指的不确定性。我们生活中常听到的“砰砰”声，可指枪声、鼓声、敲门声等，亦是如此。

三、《诗经》中同一物体的声音，可用不同拟声词表达。如摹拟伐木之声，可用“坎坎”“丁丁”“许许”三个不同的词。为什么会有这样的差异呢？那是因为对于同一物体，摹拟的着眼点不同或人们在听觉上的误差，造成了不同的拟声词。“坎坎”着眼于伐木时敲打树木的声音；“丁丁”侧重于伐木时的斧斤声，段玉裁《说文解字注》曰：“丁丁者，斧斤声。”而“许许”则指众人伐木时的劳动号子，朱熹《诗集传》曰："许许，众人共力之声，《淮南子》曰'举大木者呼邪许'，盖举重劝力之歌也。"[1]

（二）农业生产与音乐文化——《诗经》中"听"的构成缘由

我们不禁会问：是什么原因导致《诗经》中有那么多的声音描摹？或者说我们的先民为什么如此偏重他们的听觉感官呢？

1. 植根于农业生产的周人与大自然之间天然无间的联系使大自然声音成为《诗经》中的重要音景

西周和春秋时代，中国的社会是以农业生产活动为中心而展开的社会，现存《诗经》305篇，多数篇章都描述或展现了那时的社会生活状况，这主要表现为农事、渔猎、畜牧等等。

植根于农业生产的周人，一生中大部分时间都在进行农事劳作，这使得他们得以近距离地观察与聆听大自然，从而与大自然之间建立起一种亲密无间的联系。因为农业生产几乎都是在户外劳动，所以周人最先感知聆听到的是大自然的风雨雷电之声，其次就是各种鸟叫与虫鸣。《诗经》中提到的虫类有螽（蝈蝈）、草虫、蝇、蜩等，提到的鸟类有黄鸟、雎鸠、仓庚、雁、鸮、桑扈等。正是因为周人与这些虫鸟为伴，所以《诗经》对这些虫鸟的不同声音作出了惟妙惟肖的描摹。

从《诗经》反映的生活状况看，尽管已有诸多关于农事的描写，但渔猎在初民生活中仍占相当大的比重。《诗经》中写到鱼和水的篇章很多，仅提到的鱼的种类就有鲤、鲂、鲔、鳟、鳣、鲦、鲿、鳢、鳏等，提到的河流就有江汉、漆、洛、沮、淮、丰水、泾、淇、泮、漆、溱、洧等，可见初民的生活环境是多水的。《大雅·公刘》写周人祖先公刘带领部族迁到豳地，"夹其皇涧"，即在水岸边营建新邑。可见傍水而居，是初民最基本的生活习性。渔业也因之成为他们最重要的生计之一。西安半坡出土的陶器中鱼纹图案极多，恐怕也是这个道理。《诗经》中对渔网入水之声的描摹（"施罛濊濊"），正是周人渔业生活的直接反映。周人重渔业，也尚狩猎。不仅周王和贵族喜好，民间也非常盛行。《诗经·小雅·吉日》艺术再现了周宣王田猎时的情景，其中有言："儦儦俟俟，或群或友。悉率左右，以燕天子。"原野上野兽成群结伴，随从驱赶野兽供天子射猎取乐。《诗经·豳风·七月》记载曰："二之日其同，载缵武功，言私其豵，献豜于公。"十二月公府组织

[1] 朱熹集撰：《诗集传》，赵长征点校，北京：中华书局，2017年，第162页。

民众进行大规模田猎,大的野兽献给公府,小的留给自己。正是因为这些狩猎活动,在《诗经》中才出现了诸如“呦呦鹿鸣”“萧萧马鸣”“(猎狗)卢令令”等狩猎声音的逼真摹画。

除了农事、渔猎外,畜牧在周人生活中也占有一定比重。这在《诗经》中有鲜明体现,如《小雅·无羊》曰:“谁谓尔无羊?三百维群。谁谓尔无牛?九十其犉。”羊群有三百只,七尺高的牛有九十头之多,可见牛羊的蕃盛。接着描写牛羊的动态:“尔羊来思,其角濈濈。尔牛来思,其耳湿湿。或降于阿,或饮于池,或寝或讹。”有的奔跑下山丘,有的在池边饮水,有的睡着有的醒。诗又曰:“尔牧来思,何蓑何笠,或负其糇。”牧人披着蓑衣,戴着斗笠,背着干粮,在辛勤放牧。从这栩栩如生的画面中,可见当时畜牧业的繁荣。同样,家禽饲养在周代也较为普遍,如《诗经·王风·君子于役》中有“鸡栖于埘”“鸡栖于桀”的诗句,可见当时鸡与普通百姓的生活有着密切的关联,人们往往是在土墙上凿洞做鸡窝或搭根横木让鸡栖息。正因如此,所以人们早上起床开始一天的新生活,是以“喈喈”“胶胶”的鸡鸣之声作为时间提醒的,如《诗经·郑风·女曰鸡鸣》曰:“女曰鸡鸣,士曰昧旦。子兴视夜,明星有烂。将翱将翔,弋凫与雁。”叙写夫妻日常生活的和睦,因为耳听鸡在鸣叫,所以妻子催促丈夫赶紧起床去打猎。另一首《齐风·鸡鸣》曰:“鸡既鸣矣,朝既盈矣。匪鸡则鸣,苍蝇之声。”同样是因为听闻鸡鸣妻子催促丈夫起床,只不过是让他赶紧去上朝。

植根于农业生产的周人,对大自然有一种天然的依赖,他们向大自然敞开自己的怀抱,觉鸟兽虫鱼自来亲人,由此这些大自然的声音成为《诗经》中的重要音景。

2. 周人发达的音乐文化造就了《诗经》中丰富多彩的音乐之声

《诗经》中涉及的乐器多达几十种,如琴、瑟、箫、管、籥、篪、埙、缶、笙、簧、磬、篪、鼓、鼛、贲、应、田、鞉、钟、镛、钲、柷、圉、雅、南等,这些乐器应用于周人社会生活的各个领域,如祭祀、朝聘、会盟、宴飨、战争、婚恋、交游等,从中可见周代音乐文化之发达及其渗透影响之深广。

武王姬发去世后,周公姬旦辅佐年幼的成王治理天下,其中一项重要的举措就是制礼作乐,倡导礼乐文化,其目的在于巩固社会秩序,实施政教统治。《礼记·乐记》对礼乐的功用有非常详细的阐述与推衍:“乐者为同,礼者为异。同则相亲,异则相敬。乐胜则流,礼胜则离。合情饰貌者,礼乐之事也。礼义立则贵贱等矣,乐文同则上下和矣。好恶著,则贤不肖别矣；刑禁暴，爵举贤，则政均矣。仁以爱之，义以正之，如此则民治行矣。乐由中出，礼自外作。乐由中出故静，礼自外作故文。大乐必易，大礼必简。乐至则无怨，礼至则不争。揖让而治天下者，礼乐之谓也。暴民不作，诸侯宾服，兵革不试，五刑不用，百姓无患，天子不怒，如此则乐达矣。合父子之亲，明长幼之序，以敬四海之内，天子如此，则礼行矣。……乐者，天地之和也；礼者，天地之序也。和故百物皆化，序故群物皆别。"[①]尽管礼乐有和同与别异、"中出"与"外作"的差别，但从政教功用的角度来看，礼乐之教又是浑然一体的，其旨意在于建立一个贵贱有分、尊卑有别、长幼有序的人伦社会。

为了更好地推行音乐教育，周王朝设立了非常严格完善的音乐机构和音乐制度。杨荫浏在《中国古代音乐史稿》中论道："周朝王家的音乐机构，归大司乐领导，其中的工作人员，包括乐师在内，除了'旄人'所属的表演民间乐舞的人数无定，不能计算外，有明确定额的，为一千四百六十三人。"[②]这个庞大的音乐队伍，归大司乐领导，太师是技术总监，负责对底下的众多乐师进行技术指导。乐教项目繁多，《诗》教是其中一重要项目，《周礼・春官・大师》曰："(大师)教六诗，曰风，曰赋，曰比，曰兴，曰雅，曰颂。以六德为之本，以六律为之音。"其中"六德"，是指中、和、祗、庸、孝、友六种品德，"六律"则指黄钟、大簇、姑洗、蕤宾、夷则、无射六种乐音的音高标准。

关于《诗三百》是如何编集成册的，有多种说法，其中影响较大的一种说法是"采诗"说，班固《汉书・食货志》曰："孟春之月，群居者将散，行人振木铎徇于路以采诗，献之太师，比其音律，以闻于天子。"这里的"行人"是专门的采诗之官，进行采诗工作的当是周王朝及各诸侯国的乐师，这些乐师一般都由瞽矇一类的盲人担任，他们眼睛看不见，耳朵却异常灵敏，对声音的辨别极其细微，所以他们在对《诗经》进行配乐整理时，不免不自觉地将其灵敏的听觉感官带入其中。

《诗经》是先秦诗歌的典范。三百篇皆入乐，已成学界共识。《论语・子罕》曰："吾自卫反鲁，然后乐正，《雅》《颂》各得其所。"《墨子・公孟》曰："诵《诗》三百，弦《诗》三百，歌《诗》三百，舞《诗》三百。"《史记・孔子世家》

① 杨天宇：《礼记译注》，上海：上海古籍出版社，2004 年，第 472—476 页。

② 杨荫浏：《中国古代音乐史稿》，北京：人民音乐出版社，2004 年，第 34 页。

曰:“三百五篇,孔子皆弦歌之。”马瑞辰《毛诗传笺通释》从诗歌起源的角度论证古时诗乐本来就不分,从诗的起源说起,“在心为志,发言为诗,言之不足,故嗟叹之,嗟叹之不足,故永歌之”,故有诗便能歌[①]。顾颉刚《论诗经所录全为乐歌》则从章段的复叠、词句的重沓等乐歌特点,说明诗三百篇全是乐歌[②]。这些探讨都着眼于《诗经》的音乐歌唱的性质,它是诉诸听觉的。

除此之外,先秦诗歌还有哪些传播方式,听诗者的身份、修养、所听之内容及其反应等究竟如何,听诗与听政之间到底有何关联,对这些问题如不加关注,恐怕无法对先秦诗歌的流传情况和应用价值有充分之了解与评判。

二、听与先秦诗歌的传播方式

既然先秦诗歌有诉诸听觉的特性,那么,除上文提到的合乐歌唱外,它还有哪些传播方式呢?《国语·周语》曰:“故天子听政,使公卿至于列士献诗,瞽献曲,史献书,师箴,瞍赋,矇诵,百工谏,庶人传语,近臣尽规,亲戚补察,瞽史教诲,耆艾修之,而后王斟酌焉,是以事行而不悖。”[③]《周礼·春官》曰:“瞽矇……讽诵诗,世奠系,鼓琴瑟。”郑玄注:“讽诵诗,谓闇读之,不依咏也……郑司农云:‘讽诵诗,主诵诗以刺君过。’故《国语》曰“瞍赋,矇诵”,谓诗也’。杜之春云:‘……瞽矇主诵诗,并诵世系,以戒劝人君也。”[④]《国语·楚语》曰:“临事有瞽史之导,宴居有师工之诵,史不失书,矇不失诵。”[⑤]刘向云:“不歌而诵谓之赋。”[⑥]说明歌、赋、诵是三种不同的诗歌传播方式,歌应合乐歌唱,赋与诵则无需合乐,也无需歌唱。《说文解字》曰“讽,诵也”“诵,讽也”“歌者,咏也”“咏,歌也”,“歌”“咏”互释,“讽”“诵”互释,可见“诵”与“歌”是两种界限分明的表达方式,一则诉诸语言,一则诉诸音乐,正如《汉书·艺文志》所言:“诵其言谓之诗,咏其声谓

---

① 详参马瑞辰撰:《毛诗传笺通释》(卷一)《诗人乐说》,陈金生点校,北京:中华书局,1989年。

② 详参顾颉刚:《古史辨》(第三册),上海:上海古籍出版社,1982年,第608—657页。

③ 徐元诰撰:《国语集解》,王树民、沈长云点校,北京:中华书局,2002年,第11—12页。

④ 郑玄注,贾公彦疏:《周礼注疏》,阮元校刻:《十三经注疏》,北京:中华书局,1980年,第797页。

⑤ 徐元诰撰:《国语集解》,王树民、沈长云点校,北京:中华书局,2002年,第500页。

⑥ 班固:《汉书》卷(三十),北京:中华书局,1962年,第1755页。

之歌。[1]《周礼·春官》记载大师以六诗教瞽矇，首两项是“风”“赋”，大司乐以乐语教国子，对应“风”“赋”的是“讽”“诵”，郑玄注：“倍文曰讽，以声节之曰诵。”贾公彦疏：“讽是直言之，无吟咏；诵则非直背文，又为吟咏，以声节之为异。”[2]可知讽指讽读、直述，诵指“以声节之”的朗诵、吟咏。赋与诵又有所区别，范文澜说：“春秋列国朝聘，宾主多赋诗言志，盖随时口诵，不待奏乐也。《周语》析言之，故以‘瞍赋矇诵’并称；刘向统言之，故云‘不歌而诵谓之赋’。窃疑赋自有一种声词，细别之与歌不同，与诵亦不同。荀、屈所创之赋，系取瞍赋之声调而作。故虽杂出比兴，无害其为赋也。”[3]明确表示赋与诵不同，它是一种无需音乐伴奏但仍具自身一定声调节奏的诵读方式，但两者有何具体差别，范文澜却未能言明。康达维认为两者意思相近，都有“朗读”之意，而“瞍”“矇”意思也相似，都是“盲者”，只不过前者“无眸子”而后者“有眸子而无远见”，因此，“赋”与“诵”在这里的区分很可能指由不同的盲者朗读诗文，而不是指在朗读的技巧上有什么不同”[4]。王小盾认为两者是彼此有别的两种技能，“诵”是使用方音的本色吟诵，“赋”则指雅言的吟诵[5]，切中肯綮。“雅言”是与“方言”相区别的标准语言。《论语·述而》曰：“子所雅言，《诗》《书》、执礼皆雅言也”，就《诗》来说，它是以“雅言”来写作的，读者亦当以“雅言”进行诵读。古时“雅”“夏”二字通用，周王畿一带原是夏人旧地，故周人有时亦称自己为夏人，其地为夏地，雅诗即夏诗。雅诗作为周王畿的音乐，相对四方来说，就是标准音，是“正声”，因为“政治是领导文化的，西周京畿既是全天下的政治中心，京畿的一切，也成了全天下的标准”[6]。雅言诵或雅乐多用于各种典礼仪式场合，将其引入政治外交生活，正是这种应用性的语言或音乐的标准化的结果。

以“赋”“诵”方法进行诗歌诵读的人，多是瞽、瞍、矇之类的盲人。为什么同是盲人，却有不同的称谓呢？《周礼·春官》郑玄注引郑司农云：

---

① 班固：《汉书》(卷三十)，北京：中华书局，1962年，第1708页。

② 郑玄注，贾公彦疏：《周礼注疏》，阮元校刻：《十三经注疏》，北京：中华书局，1980年，第787页。

③ 刘勰著：《文心雕龙注》，范文澜注，北京：人民文学出版社，1958年，第137页。

④ 康达维：《论赋体的源流》，《文史哲》1988年第1期。

⑤ 详参王昆吾：《诗六义原始》，《中国早期艺术与宗教》，上海：东方出版中心，1998年。

⑥ 孙作云：《诗经与周代社会研究》，北京：中华书局，1979年，第340页。

“无目眹谓之瞽，有目眹而无见谓之矇，有目无眸子谓之瞍。”[①]刘熙《释名 · 释疾病》云：“瞽，鼓也，瞑瞑然目平合如鼓皮也。矇，有眸子而失明，蒙蒙无所别也。瞍，缩坏也。”[②]对这三种盲人有所辨析：瞽者双眼皮天生闭合，如鼓皮之蒙鼓状；矇者有眼睛却看不见；瞍者有眼睛，但眼球损坏，表明这三种盲人在盲的方式和程度上有所差别。这些盲人在王室担任乐官职务。《诗经 · 有瞽》毛传：“瞽，乐官也。”郑笺：“瞽，矇也，以为乐官者，目无所见，于音声审也。”[③]《文子 · 上德》曰：“瞽无目而耳不可以蔽，精于听也。”[④]他们双目失明却听觉超群，比常人对听觉信号更为敏感，对各种声音信息的记忆力也更为发达，他们所“赋”、所“诵”在当时主要指诵读韵语，是一种口诵传播方式。后来赋体文学正是在这种“自有一种声词”的口诵传播文学的基础上发展起来的。汉代仍保留了这种诵读方式，《汉书 · 王褒传》载，宣帝时，“征能为《楚辞》九江被公，召见诵读”，特意征召以楚辞特有的声调来诵读楚辞之人。而“太子喜褒所为《甘泉》及《洞箫颂》，令后宫贵人左右皆诵读之”的记载更说明即便当赋发展成为一种重要的书面文字文体后，声音口诵传播仍是其人际交流的一条重要渠道。

“诵”在先秦典籍中颇为常见，《左传》中就有诵诗的记载，如《襄公四年》曰：“国人诵之曰：‘臧之狐裘，败我于狐骀。我君小子，朱儒是使。朱儒朱儒，使我败于邾。’”《襄公十四年》曰：“穆子不说，使工为之诵《茅鸱》”。这些记载表明，“诵”作为一种独特的技艺，必须接受专门的训练方能掌握，“其表达重点是将为人熟知的书面文字艺术化地呈现于声音，以浓烈而恰切的情感感染听众，达成言说者的传播目的”[⑤]。据《周礼 · 秋官 · 大行人》记载，周天子“七岁属象胥，谕言语，协辞命；九岁属瞽史，谕书名，听声音”，周天子每九年要将各诸侯国的瞽史聚集在一起，叫他们识字、诵读，这些人没有视力，只能以口头讲授的方式接受发音训练。另据《战国策 · 秦策五》记载，秦孝文王让秦始皇的父亲异人“诵”，他回答说：

① 郑玄注，贾公彦疏：《周礼注疏》，阮元校刻《十三经注疏》，北京：中华书局，1980 年，第 754 页。

② 王先谦撰集：《释名疏证补》，上海：上海古籍出版社，1984 年，第 388—389 页。

③ 毛亨传，郑玄注，孔颖达疏：《毛诗正义》，阮元校刻《十三经注疏》，北京：中华书局，1980 年，第 594 页。

④ 文子著：《文子校释》，李定生、徐慧君校释，上海：上海古籍出版社，2004 年，第 228 页。

⑤ 汤洪：《汉代楚辞诵读考论》，《文学评论》2019 年第 4 期。

“少弃捐在外，尝无师傅教学，不习于诵”，可见“诵”的技能如无师傅教学，恐怕难以掌握。这种注重口头表达之“诵”，因诵读者本身的差异，在音调、语气、节奏等方面自然呈现出不同的效果，由此展现出语言的强大表现力，正如列维·布留尔所言，“正是在这种绘声绘影的语言中反映了种族的天性灵活而机敏的智慧。这个智慧能够借助这些词来表现种种细微的意义差别，这是比较拘束的语言所不能表现的”[①]。

瞽矇瞍等以赋、诵之类的听觉记忆方式传播诗歌并进行礼乐教化，这些诗歌，多为重章叠咏，易于口诵耳记，极大促进了中国诗歌重声音而轻内容的传统的形成。叶舒宪曾提出“瞽矇文化”的概念，他认为瞽矇作为“声教”的创始人，传播诗歌，“最重要的并不是字词的意义方面，而是易于口诵耳记的语音规则形式方面。此种牺牲内容而迁就声音形式的特点对于从古至今的乐歌来说都是一致的，它对中国文学中韵文（诗、赋、骈文、词、曲等等）形式异常繁盛的现象应当是一个潜在的发生因素”[②]，不仅鲜明地指出了瞽矇瞍等在先秦诗歌传播中的重要作用，而且从听觉文化的角度对中国诗的繁盛提供了一个合理的阐释。

三、听诗者的身份与修养

《汉书·艺文志》云：“传曰：‘不歌而诵谓之赋，登高能赋，可以为大夫。’言感物造端，材知深美，可与图事，故可以为列大夫也。”[③]这段话表明，春秋时期，那些诸侯卿大夫通过学习并掌握了本属瞽矇瞍等盲人特有的诗歌诵读的方法，并广泛运用于政治外交场合。那听诗者是怎样的人呢？他们的身份如何？又体现出怎样的修养？

春秋时期盛行的赋《诗》言志活动，最为人所称道。所谓赋《诗》言志，即掌握了赋诵之法的士大夫在聘交盟会之时，通过赋诵三百篇中的诗句，委婉地传达国君的意志及自己心中的想法。这是当时社会人们交流思想的重要手段，也是礼乐文明的重要体现。这样一种以三百篇中的诗歌代言并进行口头传播的微妙复杂的表意行为，它要求赋诗者善于赋诵，听诗者善于倾听。而要让此活动有效顺利地开展，赋诵和倾听的双方都要非

---

① 列维·布留尔：《原始思维》，丁由译，北京：商务印书馆，1981年，第160页。

② 叶舒宪：《诗经的文化阐释》，西安：陕西人民出版社，2006年，第309页。

③ 班固：《汉书》（卷三十），北京：中华书局，1962年，第1755页。

常熟悉三百篇的所有篇章，同时对“断章取义”的称引艺术亦有充分的掌握。赋诗得体，应对(或听对)有方，往往给国家或个人带来不错的效果；反之，如果不懂诗义，赋诗不当，应对欠妥，往往引发国家间的纷争或个人的厄运。

进行赋《诗》言志活动的场合主要为诸侯之间订立协议、相互访问等政治性的盟会，如“聘”(周王与诸侯或诸侯与诸侯之间派专使访问)、“盟”(一般为诸侯间订立协议的盟会)、“会”(一般为诸侯、大夫政治性的聚会)、“成”(相互议和)[①]。《汉书·艺文志》云：“古者诸侯卿大夫交接邻国，以微言相感，当揖让之时，必称《诗》以谕其志，盖以别贤不肖而观盛衰焉。”[②]明确指出进行政治盟会的双方多是诸侯或卿大夫，赋者选择“诗”之微言形式来言其志，听者则从认知、心智、情感等方面进行“相感”投入，最终达到互动交际的目的。《左传》记有多处赋《诗》言志事件，兹按赋诗的时间顺序列表如下：

表7-3 《左传》中赋《诗》言志事件

赋诗时间	赋诗者	听诗者	所赋诗篇
僖公二十三年(前637)	晋·重耳	秦穆公	《小雅·沔水》
文公三年(前624)	晋侯	鲁公	《小雅·菁菁者莪》
文公三年(前624)	鲁文公	晋侯	《大雅·假乐》
文公四年(前623)	鲁文公	卫·宁武子	《小雅·湛露》 《小雅·彤弓》
文公七年(前620)	晋·荀林父	晋·先蔑	《大雅·板》
文公十三年(前614)	鲁·季文子	郑伯	《小雅·四月》 《小雅·采薇》
文公十三年(前614)	郑·子家	鲁文公	《鄘风·载驰》
成公九年(前582)	鲁季文子、穆姜	鲁公、季文子	《大雅·韩奕》 《邶风·绿衣》

① 参考董治安：《先秦文献与先秦文学》，济南：齐鲁书社，1994年，第23—24页。

② 班固：《汉书》(卷三十)，北京：中华书局，1962年，第1755—1756页。

（续表）

赋诗时间	赋诗者	听诗者	所赋诗篇
襄公八年(前565)	鲁·季武子	晋·范宣子	《小雅·角弓》 《小雅·彤弓》
襄公八年(前565)	晋·范宣子	鲁公	《召南·摽有梅》
襄公十四年(前559)	鲁·穆叔	晋·叔向	《邶风·匏有苦叶》
襄公十四年(前559)	戎子驹支	晋·范宣子	《小雅·青蝇》
襄公十六年(前557)	鲁·穆叔	晋·中行献子、范宣子	《小雅·祈父》 《小雅·鸿雁》
襄公十九年(前554)	鲁·季武子、穆叔	晋·范宣子、叔向	《小雅·六月》 《鄘风·载驰》
襄公十九年(前554)	晋·范宣子	鲁·季武子	《小雅·黍苗》
襄公二十年(前553)	鲁·季武子 鲁·季武子 鲁公	宋公 鲁公 鲁·季武子	《小雅·棠棣》 《小雅·鱼丽》 《小雅·南山有台》
襄公二十六年(前547)	郑·子展	晋侯	《郑风·缁衣》 《郑风·将仲子》
襄公二十六年(前547)	晋侯	齐侯、郑伯	《大雅·假乐》
襄公二十七年(前546)	鲁·叔孙豹	齐·庆封	《鄘风·相鼠》
襄公二十七年(前546)	郑·子展、伯有、子西、子产、子大叔、印段、公叔段	晋·赵孟	《召南·草虫》 《郎风·鹑之贲贲》 《小雅·黍苗》 《小雅·隰桑》 《郑风·野有蔓卓》《唐风·蟋蟀》 《小雅·桑扈》
襄公二十七年(前546)	楚·蘧罢	晋·叔向	《大雅·既醉》
襄公二十九年(前544)	鲁·荣成伯	鲁公	《邶风·式微》

（续表）

赋诗时间	赋诗者	听诗者	所赋诗篇
昭公元年（前541）	郑·子皮	晋·赵孟	《召南·野有死麕》
昭公元年（前541）	鲁·穆叔	晋·赵孟	《召南·鹊巢》 《召南·采蘩》
昭公元年（前541）	晋·赵孟	楚·令尹围 郑·子皮 鲁·穆叔	《小雅·小宛》 《小雅·瓠叶》 《小雅·棠棣》
昭公二年（前540）	鲁·季武子	晋·韩宣子	《大雅·绵》 《小雅·节南山》 《召南·甘棠》
昭公二年（前540）	晋·韩宣子 卫·北宫文子	鲁·季武子 晋·韩宣子	《小雅·角弓》 《卫风·淇奥》
昭公三年（前539）	楚子	郑伯、子产	《小雅·吉日》
昭公十二年（前530）	鲁公	宋·华定	《小雅·蓼萧》
昭公十六年（前526）	子齹、子产、子大叔、子游、子旗、子柳	晋·韩宣子	《郑风·野有蔓草》 《郑风·羔裘》 《郑风·褰裳》 《郑风·风雨》 《郑风·有女同车》 《郑风·萚兮》
昭公十六年（前526）	晋·韩宣子	郑六卿	《周颂·我将》
昭公十七年（前525）	鲁·季平子	小邾·穆公	《小雅·采菽》
昭公二十五年（前517）	鲁·叔孙昭子	宋公	《小雅·车辖》

通过表7-3，我们可知，听诗者有如鲁文公、晋侯、齐侯、郑伯、秦穆公、鲁季文子、鲁季武子、晋赵孟、晋韩宣子、晋范宣子、晋叔向、郑子皮、卫北宫文子等诸侯或卿大夫。特别是那些卿大夫，“晋有范、韩、赵三卿，鲁季孙氏有文子、武子、平子，叔孙氏有穆子、昭子，郑有七穆子孙。是皆世卿

公族，风流文雅，聚在百年之间"[1]，他们都属世卿公族，有着良好的人生修养，主要表现为：

一、对《诗》的习得熟记并灵活运用的能力。清人劳孝舆《春秋诗话》曰："若夫《诗》则横口之所出，触目之所见，沛然决江河而出之者，皆其肺腑中物，梦寐间所呻吟也。"[2]《诗》早已为他们烂熟于心，可以随时口诵。《论语》曰："子曰：'诵诗三百，授之以政，不达；使于四方，不能专对；虽多，亦奚以为？'"说明要成为一个出色的政治家、外交家，除了能熟记背诵诗三百外，还须加以灵活运用。赋诗不一定符合原诗原意，而是大多采取"断章取义"的方法，即截取一首诗中的一章或某几句，按照赋者所要表达的意思来运用它们，这不仅对赋诗者提出了很高的要求，对于听诗者来说，也是不小的考验。听不懂诗，你就无法完成政治外交活动，甚至丢尽国家之脸面。如《左传・襄公二十七年》，记载齐国的庆封前往鲁国行聘，叔孙设宴款待庆封，席间庆封表现得不恭敬，叔孙便即席赋《相鼠》，叔孙之意非常明显，即借"相鼠有皮，人而无仪！人而不仪，不死何为"来讥刺傲慢无礼的庆封，庆封竟然"不知也"，毫无察觉。有意思的是，过了一年，庆封因齐国内乱来奔鲁国。叔孙穆子宴请他，他又不懂礼节，"穆子不说，使工为之诵《茅鸱》"(《左传》襄公二十八年)，此诗虽逸，但从穆子不高兴的样子推断，讽刺谴责之意恐怕比上次更为严重，但庆封居然还是"不知"。不要说从容自如地进行答赋了，庆封连最起码的对《诗》的熟练掌握的能力都没有，最终只能落得个为人们所不齿的地步了。

二、具有深厚的礼乐文化修养。自周公制礼作乐以来，《诗》成为礼乐文明的重要组成部分。《礼记》曰："诗之所至，礼亦至焉；礼之所至，乐亦至焉。"《左传》中所赋之《诗》以《雅》为多，《雅》诗本身就是周代礼乐文化的结晶，他们长期习《诗》，自然深受礼乐文化的熏染，而在政治活动中倾听《诗》，又是对礼乐文化的尊崇和宣扬。鲁国是姬姓"宗邦"、诸侯"望国"，"周之最亲莫若鲁，而鲁所宜翼戴者莫若周"[3]，鲁人对周王室乃至礼乐文化的传统有着极大的眷恋与向往。《左传・昭公二年》载韩宣子曰：

① 梁履绳：《左通补释》，《清经解续编》(第2册)，上海：上海书店，1988年，第57页。

② 劳孝舆：《春秋诗话》，《丛书集成初编》，北京：中华书局，1985年，第42页。

③ 高士奇：《左传记事本末》，北京：中华书局，1979年，第5页。

"周礼尽在鲁矣!"杨向奎说:"鲁国实为宗周文化之正统"[1]"'周礼在鲁'是宗周礼乐文明的嫡传"[2]。鲁国是周代礼乐文明的传承者,这点在鲁人的赋诗活动中有鲜明体现。如《左传·襄公十九年》记载季武子到晋国拜谢出兵讨齐,晋侯设宴招待,范宣子为政,赋《黍苗》。《黍苗》本是周宣王时赞美召伯的诗,范宣子以此比喻晋君赞美鲁国的忧劳。季武子赋《六月》。《六月》本是赞颂尹吉甫辅佐周宣王北伐的诗,季武子以晋侯比尹吉甫,意在赞美晋侯,从中我们可见季武子深厚的礼乐修养与谦逊的"君子"风范。礼乐文化不仅在诸侯大国得到尊崇,就连一些小国也倍加重视。《左传·昭公十七年》载曰:"春,小邾穆公来朝,公与之燕。季平子赋《采菽》,穆公赋《菁菁者莪》。"小邾国穆公来朝鲁国,鲁昭公设宴招待,季平子赋《采菽》。《诗序》说:"《采菽》,刺幽王也。侮慢诸侯,诸侯来朝,不能锡命,以礼数征会之而无信义,君子见微而思古焉。"可见《采菽》是写天子以礼命诸侯的,季平子借此表达其对小邾国的轻视傲慢之心。小邾穆公赋《菁菁者莪》,取"既见君子,乐且有仪""既见君子,锡我百朋"等句,一方面感谢季平子对他们小国的厚爱,一方面希望季平子做一个讲究礼仪的君子。这样一个小国之君,在受到无礼对待的境遇下,不仅对《诗》了然于胸,而且能保持彬彬有礼的姿态,礼乐文化盛于一时,由此可见一斑。

三、敏捷的反应能力、干练的外交才能和卓越的政治见识。面对不同的赋诗者,听诗者确实必须反应敏捷,他们有时谦逊温和、态度诚恳,有时巧妙回避、应对自然,有时正气凛然、折服对方,一切以国家政治利益为准绳。如《左传·昭公元年》载:"令尹享赵孟。赋《大明》之首章。赵孟赋《小宛》之二章。"文字虽短,却蕴含深广。楚令尹子围野心勃勃,其享赵孟,赋《大明》之首章,意在以周文王自况,统御天下,已属非礼。赵孟此时已执晋多年,当然不能向子围示弱,于是赋《小宛》二章,一方面取"彼昏不知,壹醉日富"两句斥责子围以文王自比不过是昏聩无知之人的胡言乱语,另一方面取"各敬尔仪,天命不又"两句,告诫子围文王所受之天命早已一去不返,其野心更是荒唐可笑,极大维护了晋国中原盟主的地位。赵孟之政治胆识、外交才干,昭、襄之世恐无人出其右者。又如《左传·文公四年》记载"卫宁武子来聘,公与之宴,为赋《湛露》及《彤弓》,不辞,又不答

① 杨向奎:《宗周社会与礼乐文明》,北京:人民出版社,1992年,第279页。
② 同上。

赋”。之所以不答赋，是因为在听诗者宁武子听来，《湛露》《彤弓》等诗，皆为天子宴请诸侯时才演奏的乐曲，这不符合大礼，所以他不敢承受，其答以“臣以为肄业及之”，乃是对鲁侯赋诗不合于礼而佯为不知的饰词。

贺汪泽对赋《诗》言志的活动有过生动的形容：“在外交场合中赋诗，一是对你文化知识积累的考验，二是对你机敏迅捷的反应能力的考验，三是对你丰富的社会生活经验、外交才能的考验……赋诗要赋得巧妙，暗藏机关，恰到好处；听诗也要反应敏捷，跟得上赋诗者思路，领会在点子上。当你还没有缓过神来，第二轮、第三轮赋诗又开始了。诗简直是推上枪膛的子弹，一发接着一发，还要命中目标，当然是高智力的竞赛。”[①]尽管重点在赋诗者身上，但也注意到听诗者敏捷的反应能力，除此之外，听诗者也应掌握丰富的文化知识，具备良好的人生涵养，拥有干练的外交才能与卓越的政治见识，这些要素缺一不可，少之轻则沦为别人的笑柄，重则危害国家。

四、听诗者究竟在听什么?

在赋《诗》言志活动中，不仅仅强调一方之赋，也强调另一方之听，假如只有赋，没有听，那么此活动就毫无意义，诵与听的完美对接，方显此活动之魅力。从赋诗者的话语中，听诗者究竟听到了什么呢？他又是如何回应的呢？

西方学者尤为关注声音的研究，伟大的音乐理论家皮埃尔·沙费在《音乐物体论》中将声音视为一种征象或一个信息，并从声音获得的这种新身份中提出富有理论性的结论，成果之一即三种倾听模式：第一种是源起化倾听，第二种是语义倾听，第三种是还原倾听[②]。后来，法国著名的电影艺术家、“音乐研究小组”作曲家米歇尔·希翁在《声音》一书中对皮埃尔·沙费的这三种倾听模式作了详尽的阐释与进一步延伸，源起化倾听“通过声音对那些向听者传递其源起信息的可能性迹象感兴趣：产生声音的物体、现象，创造物是哪一个；它位于何处，它是如何运转，如何移动，等等”，即倾听者更关注生成声音的那个物体，如是一个人，关注的是这个人的性别、年龄、身材、样貌、健康状况等如何；语义倾听“是在特殊的环境

① 贺汪泽：《先秦文章史稿》，郑州：河南大学出版社，1995年，第91页。

② 皮埃尔·沙费：《音乐物体论》，巴黎：Seuil出版社，1998年。

下与一个编码的声音信号相关联，它的兴趣在于对该信号进行解码，以达到接近信息的目的。这里我们更倾向于用‘编码’倾听这个新名词替代语义倾听”，即倾听者要对声音进行解码，解读声音背后的意义；还原倾听“是指那种对源起与感觉进行有意的、人为的抽象化行为，专注于声音只是作为其自身而存在，不仅仅关注音高、节奏这些感觉品质，而且还有颗粒、材料、形式、组合与体积”①，即我们不仅要听声音物体及声音传达的意义，更应注重听声音本身，听声音发出者的语气、语调、口吻等。

这三种倾听模式对于我们深入了解赋《诗》言志活动中倾听者究竟在听什么等问题有着极大的帮助。《左传》记有多处赋《诗》言志事件，其中郑伯享赵孟于垂陇乃著名例子，原文如下：

> 郑伯享赵孟于垂陇，子展、伯有、子西、子产、子大叔、二子石从。赵孟曰：“七子从君，以宠武也，请皆赋，以卒君贶，武亦以观七子之志。”子展赋《草虫》。赵孟曰：“善哉，民之主也！抑武也，不足以当之。”伯有赋《鹑之贲贲》。赵孟曰：“床第之言不逾阈，况在野乎？非使人之所得闻也。”子西赋《黍苗》之四章。赵孟曰：“寡君在，武何能焉！”子产赋《隰桑》。赵孟曰：“武请受其卒章。”子大叔赋《野有蔓草》。赵孟曰：“吾子之惠也。”印段赋《蟋蟀》。赵孟曰：“善哉，保家之主也！吾有望矣。”公孙段赋《桑扈》。赵孟曰：“‘匪交匪敖’，福将焉往？若保是言也，欲辞福禄，得乎？”(《左传·襄公二十七年》②

我们不妨以上面引文中的前两个赋《诗》例子来看看倾听的重要意义。此处，赋《诗》的主体是子展、伯有等人，而倾听者则是赵孟。赵孟到底在倾听什么呢？第一是源起化倾听，赵孟首先关注的是生成赋诵声音的人是什么样的人，子展、伯有等人身高多少、年龄如何、形貌如何、姿势如何、与其距离远近多少等，这种源起倾听会影响倾听者在后面的判断与阐释。第二是语义倾听，即赵孟从赋诵者的声音中听懂了声音背后蕴涵的语义。赋诵者根据自己所要表达的意思来用《诗》，赋《诗》不一定符合全诗愿意，而往往扩展或转移了原《诗》含义，此刻《诗》变成了一个新的符号。子展赋诵《草虫》，这本是一首女子思念远行在外的丈夫的诗，子展赋

---

① 米歇尔·希翁著：《声音》，张艾弓译，北京：北京大学出版社，2013年，第311—312页。

② 杨伯峻编著：《春秋左传注》，北京：中华书局，1981年，第1134—1135页。

诵这首诗的意图是截取其中“未见君子，忧心忡忡。亦既见止，亦既觏止，我心则降”几句来表达自己与郑伯的同心同德。那赵孟听懂了子展赋诵背后的意图吗？当然听懂了，因为赵孟对子展予以了极大的赞赏，认为与郑伯同心同德的子展，才真正是国家的栋梁与老百姓的依靠，自己恐怕都不能与其相比。原诗的主旨是女子与丈夫的情深义重与心心相印，而用在此以夫妻喻君臣，语义发生了转变，转变成君臣之间的惺惺相惜、遇合无间。伯有赋诵《鹑之贲贲》，原诗旨意本是讽刺卫宣公荒淫无耻，伯有借其中“人之无良，我以为君”两句，讽刺郑伯是无良之君，伯有之意与原诗含义基本是相同的。赵孟也听懂了伯有的言外之意，原来这对君臣之间可能因某事产生了某种隔阂乃至怨恨，由此赵孟批评“床第之言不逾阈”，用男女悄悄话作比，认为君臣之间的怨恨之语不应该让外人听到。第三是还原倾听，即听赋诵者的语气、声调、节奏等，这些声音形式本身有时甚至比声音意义更能激起人们倾听的兴趣。《荀子·荣辱》曰：“目辨白黑美恶，耳辨音声清浊，口辨酸咸甘苦，鼻辨芬芳腥臊。”[①]我们的耳朵要对声音展现的外在形质（或清或浊，或轻或重，或高或低，或急或徐，或强或弱）进行分辨。尽管我们已经无法重现赋《诗》言志的活动场景，但仔细倾听，子展、伯有、赵孟等历史人物的声音犹在耳畔。我们可以想象，子展在赋诵《草虫》时，他的语气是柔和的、舒缓的，赵孟正是从这种语气中听到了子展对郑伯的深沉的崇敬与爱戴。伯有在赋诵《鹑之贲贲》时，语气是急促的、粗重的，赵孟从中听到的是伯有对郑伯的愤怒不满之情。因此，我们要重视每一个具体、独特的声音，要倾听这些声音到底是处于高音区还是低音区，是动听悦耳的还是尖锐刺耳的，因为正是这些独一无二的声音才奏出大自然与人类社会美妙的交响。姜宸英《湛园札记》曰：“诵之者，抑扬高下其声，而后可以得其人之性情与其贞淫邪正忧乐之不同。然后闻之者，亦以其声之抑扬高下也，而入于耳而感于心，其精微之极，至于降鬼神致百物，莫不由此而乐之盛，莫逾焉。当时教人诵诗，必有其度数节奏，而今不传矣。”[②]姜宸英考辨诵诗，不仅关注到诵诗者以抑扬高下的声音形式传递人之贞淫邪正忧乐的性情，更重要的是，他也充分留意到听诗

---

① 梁启雄：《荀子简释》，北京：中华书局，1983 年，第 41 页。

② 姜宸英：《湛园札记》，《影印文渊阁四库全书》第 859 册，上海：上海古籍出版社，1987 年，第 572 页。

者所听之内容，他们首先受到了诵诗者抑扬顿挫声音的感染，然后再与诵诗者达到情感的共鸣，可谓深得其堂奥。

五、听诗即听政

刘勰曰："故知诗为乐心，声为乐体；乐体在声，瞽师务调其器；乐心在诗，君子宜正其文。好乐无荒，晋风所以称远；伊其相谑，郑国所以云亡。"[①]明确指出诗、乐是合一的。孔颖达承继其说，曰："诗是乐之心，乐为诗之声，故诗乐同其功也。"[②]所以听诗者不仅仅倾听音乐形式本身（听声，即还原倾听），也倾听音乐所蕴含的意义（听诗，即语义倾听）。如《左传·襄公四年》记载晋侯为报答几年前知武子聘鲁受到的礼遇，亦设宴款待鲁穆叔，并让乐工歌诗：

> 工歌《文王》之三，又不拜。歌《鹿鸣》之三，三拜。……对曰："……《文王》，两君相见之乐也，使臣不敢及。《鹿鸣》，君所以嘉寡君也，敢不拜嘉？《四牡》，君所以劳使臣也，敢不重拜？《皇皇者华》，君教使臣曰：'必咨于周。'臣闻之：'访问于善为咨，咨亲为询，咨礼为度，咨事为诹，咨难为谋。'臣获五善，敢不重拜[③]。"

乐工先歌唱《文王》三首，穆叔听后未予以答拜，因为他认为《文王》是"两君相见之乐"，于己身份不合。而后乐工又歌唱《鹿鸣》三首，他认为《鹿鸣》《四牡》《皇皇者华》均符合礼仪且教己以五善，因而再三拜谢。之所以会有不拜与三拜的前后差异，是因为在听者穆叔听来，他不仅仅听"乐"，更注重听"诗"所反映的思想内容。

在先秦乐教文化的背景下，音乐又多半与政教密切关联，在此意义上，我们甚至可说，听诗即为听政。《诗大序》曰："情发于声，声成文谓之音。治世之音安以乐，其政和；乱世之音怨以怒，其政乖；亡国之音哀以思，其民困。故正得失，动天地，感鬼神，莫近于诗。先王以是经夫妇，成

---

① 刘勰著：《文心雕龙注》，范文澜注，北京：人民文学出版社，1958年，第102页。

② 毛亨传：《毛诗正义》，郑玄注，孔颖达疏，阮元校刻《十三经注释》，北京：中华书局，1980年，第271页。

③ 杨伯峻编著：《春秋左传注》，北京：中华书局，1981年，第932—934页。

孝敬，厚人伦，美教化，移风俗。"[1]认为音乐能够感动人心，具有伦理教化、移风易俗的社会功用。听诗者从音乐本身（安泰欢快的、怨恨愤怒的、悲戚忧伤的）的倾听中，懂得了其背后深刻的政治含义（和平治世、乖张乱世、民困国亡）。《礼记・乐记》所谓"声音之道与政通""审乐以知政"，即可见诗乐与人心、时代、政治之紧密关联，应该充分发挥诗乐之于"政"的作用，并达至"治道备矣"的政治效果。

师旷为晋国乐官，传说他为了"绝塞众虑，专心于星算音律之中"，自己"熏目为瞽人"[2]。《逸周书・太子晋解》也载师旷说自己"瞑臣无见，为人辩也。唯耳之恃"，其听声辨音的非凡能力，可从《左传》中记载的一则故事得到印证。《左传・襄公十八年》曰："晋人闻有楚师，师旷曰：'不害。吾骤歌北风，又歌南风，南风不竞，多死声。楚必无功。'"从南风音微的听辨中判定楚之弱及"楚必无功"的结局，恰能说明"听声"与"听政"之间的紧密关联。

先秦文献载有大量君王"听政"的论述，如：

> 古之王者，政德既成，又听于民。于是乎使工诵谏于朝，在列者献诗使勿兜，风听胪言于市，辨祲祥于谣，考百事于朝，问谤誉于路，有邪而正之，尽戒之术也。（《国语・晋语六》）
>
> 自王以下，各有父兄子弟，以补察其政。史为书，瞽为诗，工诵箴谏，大夫规诲，士传言，庶人谤，商旅于市，百工献艺。（《左传・襄公十四年》）
>
> 国将兴，听于民；将亡，听于神。（《左传・庄公三十二年》）

可知听民意是君王必须做的政务。民意如何得知？其中一大重要的途径就是采诗人从民间采集上来的诗，这些诗由瞽矇瞍之流按照一定的声调节奏予以诵读，从而让君王如实听到百姓的心声。

《左传・襄公二十九年》所载"季札观乐"的故事最能体现"听诗即听政"的本质。原文如下：

> 吴公子札来聘。……请观于周乐。使工为之歌《周南》《召南》，

---

① 毛亨传，郑玄注，孔颖达疏：《毛诗正义》，阮元校刻《十三经注释》，北京：中华书局，1980年，第270页。

② 王嘉：《拾遗记》（卷三），北京：中华书局，1981年，第78页。

> 曰:“美哉!始基之矣,犹未也,然勤而不怨矣。”为之歌《邶》《鄘》《卫》,曰:“美哉,渊乎!忧而不困者也。吾闻卫康叔、武公之德如是,是其《卫风》乎?”为之歌《王》,曰:“美哉!思而不惧,其周之东乎!”为之歌《郑》,曰:“美哉!其细已甚,民弗堪也。是其先亡乎?”为之歌《齐》,曰:“美哉,泱泱乎!大风也哉!表东海者,其大公乎?国未可量也。”为之歌《豳》,曰:“美哉,荡乎!乐而不淫,其周公之东乎?”为之歌《秦》,曰:“此之谓夏声。夫能夏则大,大之至也,其周之旧乎!”为之歌《魏》,曰:“美哉,沨沨乎!大而婉,险而易行,以德辅此,则明主也!”为之歌《唐》,曰:“思深哉!其有陶唐氏之遗民乎?不然,何忧之远也?非令德之后,谁能若是?”为之歌《陈》,曰:“国无主,其能久乎!”自《郐》以下无讥焉!为之歌《小雅》,曰:“美哉!思而不贰,怨而不言,其周德之衰乎?犹有先王之遗民焉!”为之歌《大雅》,曰:“广哉,熙熙乎!曲而有直体,其文王之德乎?”为之歌《颂》,曰:“至矣哉!直而不倨,曲而不屈,迩而不逼,远而不携,迁而不淫,复而不厌;哀而不愁,乐而不荒,用而不匮,广而不宣,施而不费,取而不贪,处而不底,行而不流。五声和,八风平。节有度,守有序。盛德之所同也。”①

季札从《邶》《鄘》《卫》风中既听到了音乐本身的渊深厚重(渊乎),也听懂了对卫康叔、周武公德行的赞颂(德如是);从《郑》风听到了郑声本身的细碎靡靡(其细已甚),也听懂了其背后的亡国之兆(是其先亡乎);从《齐》风中听到了宏大之音(泱泱乎),也听懂了其蕴涵的大国风范(国未可量也);从《豳》风听到了中正平和之声(荡乎!乐而不淫),也听懂了其传达的是对周公东征的颂扬(其周公之东乎),无怪乎刘勰说“季札观辞,不直听声而已”“季札鉴微于兴废,精之至也”,从中他更多地听到了政治的盛衰、时世的治乱。

第二节 英国浪漫主义诗歌的听觉叙事

诗歌,“是所有知识的气息和更纯净的精神,是呈现在所有科学面容上的热烈表情,……诗是一切知识的开始和终结,它同人心一样不朽”(华

---

① 杨伯峻编著:《春秋左传注》,北京:中华书局,1981年,第1161—1165页。

兹华斯)。[1] 法国思想家布朗肖在《无限的对话》中,呼吁读者在面对诗歌等文学作品时,所要做的就是"去听,只是去听"。他指出:"诗人不再是一个依据美的秩序而写诗的人,而是一个倾听者,其将自身消失在对于一种直接交流的倾听之中。"[2]正如济慈"宁愿过一种感觉的生活,而不要过思想的生活"[3],忽视文本中声音的存在,过度倚重视觉,无异于与诗人的创作初衷背道而驰。

浪漫主义诗歌的最大特点,就是其敏锐的感知和丰富的想象力。听觉的空间延伸性、包容性与时间上的共时性、在场性所产生的不确定性,让想象的介入如影随形。2005 年,加拿大学者梅尔巴·卡迪-基恩在《现代主义音景与智性的聆听:听觉感知的叙事研究》一文中指出:"研究声音的现代方法始于 19 世纪末,随着声学的诞生和现代声音技术的到来而出现。"[4]发展到后来与听觉为主体的新的叙事,他提议用"听诊"等术语,与现存的"聚焦"等术语并行。傅修延教授在其 2013 年的文章《听觉叙事初探》中,创建了"聆察"和"音景"这样的听觉叙事概念术语,为进一步的"听觉叙事"研究提供了有效的话语工具。[5]

本节从听觉叙事的角度,以聆察声音作为一种感觉方式,体悟在华兹华斯、拜伦、雪莱、济慈这四位浪漫主义诗人作品中的音景再现。笔者首先明确声音在诗歌创作中的重要性,它是诗人强烈情感表达的切入点;进而瓦解视觉的中心地位,恢复被屏蔽的听觉场域,指出视与听在诗歌叙事中平分秋色,从而真实复原视听平衡达成之后的和谐情境;最后通过分析耳纳心声、返璞归真,反映声音与诗歌叙事的密切关联,彰显英国浪漫主义诗歌的感性层面,从而阐明听觉感知不是叙事的"画外音",而是决定诗歌叙事发展的最本真的内在力量,因为"声音中所包含的要素充满各式各样的意义"[6]。

---

① Wordsworth and Coleridge: Lyrical Ballads and Others Poems. edited with an Introduction and Notes by Martin Scofield. Kent: Wordsworth Poetry Library, 2003, p. 16. 中文转引自聂珍钊主编:《外国文学史》,武汉:华中科技大学出版社,2005 年,第 244 页。

② 耿幼壮:《倾听:后形而上学时代的感知范式》,北京:北京大学出版社,2013 年,第 89 页。

③ 约翰·济慈:《济慈书信集》,傅修延译,北京:东方出版社,2002 年,第 51 页。

④ 詹姆斯·费伦、彼得·J. 拉比诺维茨主编:《当代叙事理论指南》,陈永国等译,北京:北京大学出版社,2007 年,442 页。

⑤ 傅修延:《听觉叙事初探》,《江西社会科学》2013 年第 2 期。

⑥ 罗兰·巴特:《罗兰·巴特访谈录》,刘森尧译,台北:桂冠出版社,2004 年,第 234 页。

一、聆察诗歌的声音世界

聆察(auscultation)是一种全方位全天候的主动积极的信息采集行为,它的介质是声波。[①] 它是指对声音的觉察与聆听,“是一种辨识。我们通过耳朵尽力接收的东西,都是些符号”[②],而“符号是被认为携带意义的感知”[③]。人的感知的媒介包括眼睛与耳朵等。都说“眼见为实”,但视觉不仅有视线距离的限制,而且太过实在的物象,让想象的空间凝固;“耳听为虚”,由于距离的拉开,虚拟的空间却令人浮想联翩。因此,有别于“观察”的“聆察”就有了用武之地,因为“耳朵可能比眼睛提供更具包容性的对世界的认识”[④]。

热爱自然、崇尚感知的诗人们在大自然的声音中寻找灵感,在他们歌颂自然、生命与爱情,或者借物咏志的诗歌里,总是可以感觉到他们对声音的推崇。华兹华斯无论是对自然的描绘,还是对政治时事的关注,声音都是他的叙事切入点。在《写于早春》中,他在第一句就用大写字母对“听”加以强调,“听着融谐的千万声音”(I HEARD a thousand blended notes)[⑤],表达了自然的声音带给他的美好,牵扯出让他忧心忡忡的人的灵魂。

《汀腾寺》(又译《廷腾寺》)这首杂糅着诗人的回忆、感觉、道德、哲理与抒情的作品,开篇感叹岁月的流逝之后,记录的便是对声音的聆察给他心灵带来的冲击。“五年过去了,五个夏天,加上/长长的五个冬天!我终于又听见/这水声,这从高山滚流而下的泉水,/带着柔和的内河的潺潺。”挣扎的五年里,青春期的记忆就如“瀑布的轰鸣/日夜缠住我,像一种情欲”,现在迈过那段“不用头脑”的日子,他依靠倾听获得了心灵的沉静与服帖。“当你的记忆象家屋般收容下/一切甜美的乐音和谐音”,只要那美好的声音曾经充盈你的人生,纵然命运安排再大的苦痛,你也能带着内心

---

① 傅修延:《中国叙事学》,北京:北京大学出版社,2015年,第244页。

② 罗兰·巴特:《显义与晦义》,怀宇译,天津:百花文艺出版社,2005年,第251页。

③ 赵毅衡:《符号学》,南京:南京大学出版社,2010年,第1页。

④ 梅尔巴·卡迪-基恩:《现代主义音景与智性的聆听:听觉感知的叙事研究》,陈永国译,载詹姆斯·费伦、彼得·J.拉比诺维茨主编:《当代叙事理论指南》,陈永国译,北京:北京大学出版社,2007年,第456页。

⑤ 威廉·华兹华斯:《华兹华斯抒情诗选》,杨德豫译,长沙:湖南文艺出版社,1996年。本书所引华兹华斯的诗歌,均出自此书。以下只写明诗歌的题目,不再一一说明。

的喜悦度日。声音贯穿着诗人从孩童到成人三个时期的成长，最后他终于在大自然中找到自己“整个道德生命的灵魂”。

除了大自然的声音，少女的歌声也是让诗人魂牵梦绕的。《孤独的割麦女》就是完全以听觉为主线，诗人悄悄走过去偷听她那“一支忧郁的曲调”，结果发现纵使夜莺和杜鹃鸟的叫声也没有她的歌曲美妙，“整个深邃的谷地，都有这一片歌声在洋溢。”唱的是什么并不重要，他听得忘我地呼喊“听啊，听那孤独的割麦女的歌声，哪怕声响再也听不见，那歌声却久久萦绕。”听觉打败视觉，人可以离去，但那瞬间的歌声却拥有持久不散的功力。苏格兰高地少女的形象我们无法知晓，但她的歌声却难以忘掉。

华兹华斯还在诗歌里用声音表达他对国家命运和欧洲局势的关注。在《一个英国人有感于瑞士的屈服》中，他用“两种声音；一种是海的呼啸，/一种是山的喧响”，来指代长期以来受到自由女神眷顾的英国和瑞士，“雄浑强劲；/年年岁岁，你欣赏这两种乐音，/自由女神呵，这是你酷爱的曲调！”然而，拿破仑出兵让瑞士失去了自由。诗人呼吁要保住英国的自由，否则“两种威严的乐曲你都听不到！”

拜伦的《唐璜》第三章《哀希腊》，为了表现昔日希腊的辉煌，用声音做意象，“英雄的竖琴、恋人的琵琶，原在你的岸上博得声誉，而今在这发源地反倒喑哑。”[①]在与恋人离别的时候，挥之不去的也是耳朵听到的恋人的名字(《想从前我们俩分手》)。

济慈在写给弟弟妻子的诗歌《给 G. A. W.》中，以设问的语句探问那“斜睨和低首微笑的少女呵/在一天中哪个神奇的刹那/你最可爱？”是说话时甜蜜的语调让人着迷？还是在“默默出神”时更可爱？但“也许最好是看你凝神地/张着嘴唇聆听”时，“满面爱娇”。他不仅爱看人聆听，而且他自己也擅长并享受聆听。那种愉悦，非视觉感知可比。在《清晨别友人有感》中，代表视觉意象的“珍珠的车驾，粉红的衣裙，鬈发，明眸的眼，钻石的花瓶，半显的翅翼”，济慈让它们通通从眼前飘走。他唯一想要的就是“让乐声在耳边缭绕”，他唯愿自己哪怕能写下一行的音节，他的心也会无比满足。济慈的心愿在《给拜伦》中得以达成。他终于听到了那甜蜜又忧郁的乐音，并且把它的音阶铭记。诗尾两行重复三遍的“故事”(tale)，

---

① 拜伦、雪莱、济慈：《拜伦雪莱济慈抒情诗精选集》，穆旦译，北京：当代世界出版社，2007 年。本章所引拜伦、雪莱、济慈的诗歌，均出自此书。以下只写明诗歌的题目，不再一一说明出处。

说明这样一种"悦人的悲伤"已经擒住了济慈的心。

济慈为自然界的声音所倾倒,在《蝈蝈和蛐蛐》中,夏日的蝈蝈急于"享受夏日的盛宴的喜悦,/唱个不停",而"在孤寂的冬夜,当冰霜冻结,/四周静悄悄,炉边就响起了/蛐蛐的歌声",大地的诗歌就这样从不间断。在《初读贾浦曼译荷马有感》中,济慈写得明了,"我游历了很多金色的国度,/看过不少好的城邦与王国,/……/我从未领略它的纯净、安详,/直到我听见贾浦曼的声音/无畏而高昂。"让他的情感,"有如观象家发现了新的星座","尽站在达利安高峰上沉默",诗人用声音表达了对荷马的倾心向往之情。

雪莱对声音的演绎更是达到极致。这个激进的浪漫主义诗人在《哀歌》《西风颂》和《致云雀》中,对风声和鸟语都有让人振聋发聩的表述。风与声音具有相同的特质,无形、无色、无味,观察没有用武之地,聆察势必登场。《哀歌》全诗八行,七行在描写声音,粗鲁的风、狂野的风、暴风、响个不停的丧钟、枯枝摇动、嚎啕大哭,一场全方位的声响奏鸣,谱的是心底无尽的为天下不平而殇痛之曲。

《西风颂》全诗共五节,前三节结尾都是"听,哦,听啊!",这破坏者和保护者唱的挽歌,让人无法不对之洗耳恭听。西风演奏的是雪莱的歌!虽无形,却撼天动地、激荡长空!诗人内心痛苦的呐喊,假借风声表达得淋漓尽致。"冬天来了,春天还会远吗?"一种革命的激情和面对挫折的勇气油然而生。而激发读者这种热情的,除了文字的感染力,更是因为"听觉与低清晰度的、中性的视觉不同,它具有高度的审美功能,它是精微细腻、无所不包的"①。

当视觉派不上用场时,"聆察"更成了把握外界信息的主要途径。这在雪莱的另一首诗《致云雀》中表现得很明显。越飞越高的云雀,"虽然不见形影,却可以听得清你那欢乐的强音"。声音模式发挥了远距离沟通的优越性,诗人与云雀通过声音产生联系。诗人毫不吝啬对云雀歌声的赞美和比喻,直至最后一句点明:"全世界就会像此刻的我——侧耳倾听"。这一切的美感和欢愉,都来自聆听,听鸟听音更听心。聆察显示的"更为强大的包容性与融合力",让听觉叙事所塑造的声音世界,"更为感性和立

① 马歇尔·麦克卢汉:《理解媒介——论人的延伸》,何道宽译,南京:译林出版社,2011年,第107页。

体,更具连续性与真实性"[①]。

二、音景与图景的平分秋色

当代文化中人们对视觉的偏爱已无须在此赘述,本节只阐述何以听觉值得与视觉分庭抗礼。风啸雨瑟、虫啾蛙鸣、蝉噪鸟啼都是自然的音乐,各种不可见的声音通过诗人的描述与摹仿,成为可供读者分析的声音文本。只有充分调动读者对于诗人所捕捉到的声音的倾听和把握能力,才能清晰再现诗人用文字所塑造的音景。"音景(soundscape),又译声景或声境,是声音景观、声音风景或声音背景的简称。……音景这一概念有利于提醒人们:声音也有自己独特的风景,忽视音景无异于听觉上的自戕。"[②]

音景研究第一人夏弗把声学意义上的音景划分为三个层次:主调音(keynote sound)、信号音(signal sound)、标志音(soundmark)。[③] 主调音"确定整幅音景的调性,形象地说它支撑起或勾勒出整个音响背景的基本轮廓"[④],如华兹华斯《孤独的割麦女》的歌声;雪莱的《致云雀》和济慈的《夜莺颂》中始终萦绕诗人耳畔的鸟叫声;雪莱《西风颂》中的风声,正是这呼呼作响的、拥有摧枯拉朽之势的怒吼,让该诗成为一场听觉盛宴。信号音"在整幅音景中因个性鲜明而特别容易引起注意",如拜伦的《雅典的少女》中反复在每小节末尾出现的誓语"你是我的生命,我爱你",强烈传达了诗人不舍离去的爱的信号;标志音"标志着一个地方的声音特征",如华兹华斯笔下汀腾寺边瀑布和泉水的声音,就是大山深处特有的标志音。

我们还可以在英国浪漫主义诗歌中找到很多声音与形象共存的痕迹,以证明音景与图景平分秋色的叙事线索。华兹华斯热爱"这个眼前和耳旁的大千世界,/无论那是它们的半创造还是/直觉;我高兴地在自己天性和/感官的语言中认出系住我最/纯净思想的锚,认出我心灵的/保姆、向导和护卫,还有我整个/精神世界的核心"(《汀腾寺》)。在拜伦的眼耳里,"你的美,遗世而独立,你的声音,似流水之韵;我不语,不寻,亦不吐露

---

① 傅修延:《中国叙事学》,北京:北京大学出版社,2015 年,第 245 页。

② 傅修延:《论音景》,《外国文学研究》2015 年第 5 期,第 60 页。

③ R. Murry Schafer. *The Soundscape: Our Sonic Environment and the Turning of the World*. New York: Knopf, 1977, p. 79.

④ 傅修延:《论音景》,《外国文学研究》2015 年第 5 期,第 60 页。

你的芳名”(《乐章》)。

同一个季节——秋天，雪莱倚靠听觉呈现了那恣意横扫落叶的西风和革命的激情。济慈在视听两个层面上的感知平衡，带来的不是对即将到来的冬的忧伤，而是对自然的礼赞。《秋颂》第二章展现的是“秋之图景”，仓廪与打谷场上，未割完的麦垄中，小溪与榨果架旁，一幅幅秋天适意的画面；第三章则是“秋之音景”，诗人让咩咩的山羊、吟唱的蟋蟀、知更鸟的呼哨、群飞燕子的呢喃，共同谱写一曲丰收的乐章。

在大自然面前，诗人的所有感官总是无比敏锐，时而“放眼于大海的广阔，/假如你的双目迷惑、厌倦”，又“假如你的耳朵苦于喧腾/或袅袅之音”，济慈会让你坐在洞边沉思。(《咏海》)哪怕死寂无声的冬雪把大地笼罩，幻想也会带给你夏日的乐趣。“你会听到/隐隐的收割者的歌谣，/谷穗的沙沙的声音，/还有小鸟在歌唱清晨；/而同时，听！那是云雀/啁啾在早春的四月，/或是乌鸦不停地聒噪，/忙于搜索树枝和稻草。”与门户大开的耳朵对应的是眼睛，“只消一眼，你就会看见/雏菊、金盏花，和篱边/初开的樱草，点点黄色，/还有白绫的野百合，/还有紫堇，五月中旬的/花后，在树荫里隐蔽”。不仅这些在雨露下晶莹的花与叶，视野所及还有田鼠、蛇、雌鸟、蜜蜂。(《幻想》)对于一个久居城市的人来说，“一面用耳朵/听夜莺的歌唱，一面观看/流云在空中灿烂的飘过”，没有什么比视听感官带来的享受更让人愉快的了。(《对于一个久居城市的人》)

1819 年秋天的济慈沐浴爱河。他所创作的《明亮的星》和同一时期他其他的作品如《致芳妮》《白天逝去了》一样，都充满着对爱情的无限向往和对每一个共处的甜蜜瞬间的回味。《明亮的星》更是明确了他的爱将像那高悬夜空的星一般坚定执着。那颗明亮的星，“从不闭上守望的眼睛，/看那涌动的海水像教士般劳作，/冲洗净化着人类居住的海岸，/或凝望初次降落的皑皑白雪/徐徐笼罩山冈与荒原”。当然，最让诗人销魂的是能够头枕在恋人酥软的胸脯上，“去聆听，去感受她那柔和的气息”，就这样活着，或者昏迷地死去，于他都是幸福。这样的视听意境，眼耳传达的是诗人对宁静的渴望，不再有病痛扰身，不再有世俗烦忧。

艾德里安娜·卡维热芮(Adriana Caverero)在她的《多种声音》一文中写道：“有一种言语的国度，语言的统治地位让位于声音。我说的，当然是指诗歌。……在诗歌里，这样一个体现语言音乐性的声音的王国，带来的是肉体的欢愉。"[①]而要真实记录这一过程，自然需调动人的视听感官，才可使之成为一个有机统一、相互联系的完整的作品。每种感受的存在被体察，我们的内心才能因此变得立体而多元，且具有生机和创造力，从而达到麦克卢汉所声称的超越文字人的局限，恢复人的"整体性"，这是人们在20世纪的努力[②]。

三、耳纳心声、返璞归真

罗兰·巴特从形态学上给耳朵做了界定，"也就是说从最贴近事物方面讲，耳朵似乎是为了截取正在出现的标示而配置的。耳朵是不动的、固定的、直立的，就像是一只正在警觉窥视的动物；就像一只从外向内的漏斗，耳朵收取尽可能多的感觉，并将其引向一个监视、选择和决策中心"。[③] 耳朵被济慈比喻为"玲珑玉壳"，他在《给》中感慨，"假如我面貌英俊，我的轻叹/就会迅速荡过那玲珑玉壳"，即"你的耳朵，把你的心找到"。黑格尔也在他的《美学》中写道："耳朵一听到它，它就消失了；所产生的印象就马上刻在心上了；声音的余韵只在灵魂最深处荡漾，灵魂在它的观念性的主体地位乐声掌握住，也转入运动的状态"。[④] 这种种阐释无法不让我们把耳朵的功用与心灵的回归联系起来，声音与诗歌叙事密切相关。

耳朵接听到的声音最能反映诗人细密和敏感的心思，声音与灵魂相契相生。华兹华斯用雄迈的笔调在《伦敦，1802年》中写出豪放的诗情："啊，回来吧，快把我们扶挽；/给我们良风，美德，力量，自由！/你的灵魂是独立的明星，/你的声音如大海的波涛，/你纯洁如天空，奔放，崇高……。"他在《汀腾寺》中写道："我学会重新/观察自然；不再像头脑简单的/年轻时那样，而是经常倾听那/无声而忧郁的人性之歌。这歌/柔美动听，却有着巨大的力量，/使心灵变得纯洁平静。我感到/高尚思想带来的欢乐扰动了/我的心。"倾听给他带来心灵的宁静。而"书！只带来沉闷和无穷烦恼，/不如来听听林中的红雀，/它唱得何等甜美！我敢担保/歌声里有更多的

---

① Adriana Caverero. "Multiple Voices". Jonathan Sterne (ed.). *The Sound Studies Reader*. London and New York: Routledge, 2012, p. 527.

② 马歇尔·麦克卢汉：《理解媒介——论人的延伸》，何道宽译，南京：译林出版社，2011年，第109页。

③ 罗兰·巴特：《显义与晦义》，怀宇译，天津：百花文艺出版社，2005年，第254页。

④ 黑格尔：《美学》，朱光潜译，北京：商务印书馆，1996年，第333页。

才学”(《反其道》)。

拜伦的《乐章》中,声音激荡起心灵的回响:“你甜蜜的声音/有如音乐漂浮水上:/仿佛那声音扣住了/沉醉的海洋,使它暂停,/波浪在静止和眨眼,/和煦的风也像在做梦。”而“我的心灵也正是这样/倾身向往,对你聆听;/就像夏季海洋的浪潮/充满了温柔的感情。”耳廓通向心的幽门,旁若无物。

声音不仅带来学识和美感,而且它还是对心灵的拯救,拜伦在《我的心灵是阴沉的》里有最直白的表述。“我的心灵是阴沉的—噢,快一点/弹起那我还能忍着听的竖琴,/那缠绵的声音撩人心弦,/让你温柔的指头弹给我听。/假如这颗心还把希望藏住,/这乐音会使它痴迷得诉出衷情。”这样一颗沉重又忧伤的心,即将破碎,除非“皈依歌唱”。

无独有偶,雪莱那颗自喻为“干渴得像枯萎的花”似的心,也在“渴求神圣的音乐”。他在《音乐》中呼喊,“快让旋律如美酒般倾泻,/让音调似银色的雨洒下”,他的心“像荒原没有甘露,寸草不生,/呵,我喘息着等待乐音苏醒”。“一条蛇被缚在我的心中,/让乐声解开忧烦的锁链;/这融化的曲调从每条神经/流进了我的头脑和心灵。”这些声音的鸣响体现了德里达在《声音与现象》中所蕴含的“声音就是意识”的两种可能。一种可能是:声音就是“生命”的异名。另一种可能是,声音是体现“生命”的一种方式。[①]

济慈在《哦,孤独》中,明言虽然他热爱大自然,但更喜欢“和纯洁的心灵亲切会谈”,因为那些话语是“优美情思的表象”,而这样的对话就是心灵的欢愉,和“人的至高的乐趣”。让人心灵欢愉的对话,有如他在《阵阵寒风》中写到的,在“小村屋”里和李·汉特的对话,他们对弥尔顿和彼特拉克的谈论,友谊的温暖让他感觉不到一点户外的寒意,和“返家的遥远的距离”。对话是和倾听密切联系在一起的。“说同时也是听”,而且,“首先就是一种听”。[②]

在《有多少诗人把闲暇镀成金》中,诗人“熟练地调动一系列意象,酣

① 倪梁康:《直观的原则,还是在场的形而上学?——德里达〈声音与现象〉中的现象学诠释与解构问题导论》,《浙江学刊》2004年第2期,第62页。

② 耿幼壮:《倾听:后形而上学时代的感知范式》,北京:北京大学出版社,2013年,第30页。

畅淋漓地表现自己对前辈诗人的敬仰和吸收”。[①] 而这一系列意象，就是“黄昏容纳的无数声音：/树叶的低语，鸟儿的歌唱，/水流的潺潺，由暮钟的振荡/所发的庄严之声，和千种/缥缈得难以辨识的声响，/它们构成绝唱，而不是喧腾。”当诗人想要直抒胸臆时，首选对象就是声音。无怪乎，“到了浪漫主义时期，声音获得了优先的地位，成为诗学的理想”。[②]

“文学最初是一种诉诸听觉的艺术，听觉叙事研究的最大意义，在于弘扬感觉在文学中的价值”，傅修延教授在其《中国叙事学》中如是说。[③] 对诗歌中声音、听觉与倾听的关注，就是对人的心灵“最原始、最彻底遗忘的底层”[④]的回归。听觉，不是浪漫主义诗歌中可有可无的叙事媒介，它支配着诗人的感觉感知，也因此而创造出更加富有想象力的、生动鲜活的叙述效果。

本节从听觉优先、视听并重与听诗以心的关系三个层面，分析诗歌的语言如何言说自身，我们如何倾听诗歌语言的言说，以及这言说与倾听的意义所在。运用听觉叙事，关注被视觉屏蔽的浪漫主义诗歌中的声音世界，在捕获自然原声的基础之上，又揭示声音之后的和谐和回响，从而展现诗歌语言感性之美。

小 结

综上，先秦诗歌本身内容丰富，它往往通过歌、赋、诵等方式传播，由此形成一个源远流长的赋诵传统。固然，在赋诵活动中，赋诗者采用怎样的声调节奏赋诵什么样的内容非常重要，但同样不能忽视的是听诗者的身份、修养及他们所听之内容。我们唯有竖起耳朵安静地倾听，才能真切领略中国古人强大的听觉辨别力与细腻的听觉灵敏度。

英国浪漫主义诗歌就是听觉叙事的语料库。无数的声音文本，让具有想象力的任何一颗简朴心灵，都可以用这样一种更为优美的方式，来重

---

① 傅修延：《济慈评传》，北京：人民文学出版社，2008 年，第 84 页。

② 耿幼壮：《倾听：后形而上学时代的感知范式》，北京：北京大学出版社，2013 年，第 89 页。

③ 傅修延：《中国叙事学》，北京：北京大学出版社，2015 年，第 241 页。

④ Eliot T. S. *The Use of Poetry and the Use of Criticism*. New York: Barnes & Noble, 1933, p. 118.

温这些以最浓郁的人间沉思酿出来的天上陈醪。听觉叙事的出现，读者感知方式的变换，为重读英国经典诗歌提供了一条理想而又新颖的路径。它让诗歌语言充满活力，也把新的艺术观、社会观、审美观注入诗歌的内容。

通过上面的比较论述，我们可以得出以下认识：中西诗歌都对声音事件有着细腻的描摹，其中尤为关注大自然的声音，这些声音构成了诗歌叙事的内在动力。但与西方诗歌不同的是，中国诗歌更重应用和传播，瞽矇瞍等以口头韵诵的方式进行传播，广泛运用于“赋诗言志”的政治外交活动。在此活动中，《诗经》被倾听，由此成为一种新的符号，被赋予新的意义。

第八章 缺类研究:《诗经》与中国诗歌的叙事传统

中国古典诗歌的抒情传统根基深厚,而另一条叙事传统同样悠久而深厚,并且,这两条传统一直以来都是相辅相成、相伴相生的关系。我们在中国古典诗歌叙事传统的视阈下观照《诗经》,发现《诗经》是中国文学叙事传统的重要组成部分,甚至可以说,它对中国文学的叙事传统的生成发展有着积极的开创之功。具体而言,主要表现为以下几个方面。

第一节 日常化事境的营造

"意境"是中国古典诗学一个由来已久的概念,但这一概念却无法覆盖所有的诗歌类型,也无法包容诗歌的所有特质,尤其是注重记录情境、记述事实、忠实呈现外在世界的这一类诗歌[①]。为了解决这一问题,周剑之在中国传统诗学中寻找到了与"意境"并行,且符合中国古代诗歌传统的有效阐释方式,即"事境"。将"意境"和"事境"二者并提,源于清代学者方东树,他在《昭昧詹言》中论述道:"凡诗写事境宜近,写意境宜远。近则亲切不泛,远则想味不尽。"[②]虽未对"意境"和"事境"的具体内涵作进一步解释,但启发我们思考:能否以"事境"为基点,建立一条新的诗学阐释路径?翁方纲也多次提及"事境"一词,并把它作为诗歌的要素之一。他

① 周剑之:《论古典诗学中的"事境说"》,《上海大学学报》2015年第1期。

② 方东树:《昭昧詹言》,汪绍楹校点,北京:人民文学出版社,1984年,第5页。

主张："若以诗论，则诗教温柔敦厚之旨，自必以理味事境为节制。即使以神兴空旷为至，亦必于实际出之也。"[①]在他看来，诗应该是质实的，即使是神兴空旷的诗篇，也应以"实际出之"。诗教要想达到温柔敦厚的目的，就必须以理味和事境加以节制。因此他以《诗经》为例加以具体论证："风人最初为送别之祖，其曰'瞻望弗及，泣涕如雨'，必衷之以'其心塞渊''淑慎其身'也。《雅》什至《东山》，曰'零雨其濛''我心西悲'，亦必实之以'鹳鸣于垤''有敦瓜苦'也。"[②]可见，"事境"一词成为翁方纲诗学体系的重要一环。

通过对中国诗学中"事境"一词的全面梳理与总结，周剑之解释"事境"为"古典诗歌所创造的一种诗境，它包含着鲜明的事的因素，是基于某一时刻、某一地点的特殊情境而产生，包括了背景、境遇、见闻、事件过程，乃至诗人的所思所感等多种内容；它强调对现实存在的各种要素的具体呈现"[③]。此概念适用于分析《诗经》中那些注重呈现现实境遇的诗歌。吉川幸次郎曾说："最初的《诗经》三百篇所歌咏的，大多是日常的素材。"[④]可见，《诗经》的一个典型特征即贴近日常生活，并呈现日常生活，营造日常化的事境。具体而言，体现为以下两方面：一是场景式叙事，二是注重对生活的实录与再现。

一、场景式叙事

与小说、戏曲等叙事文体有所不同，中国古典诗歌在表现"事"时，较少叙说因果完整的事件，而更倾向于提取事的要素，采用场景式叙事方式，即选取生活中的某一场景或描述事件发展过程中的一个断面，而略去情节的进展，并善于呈现具体而片段式的细节。正如陈平原所言："'场面'成了中国叙事诗的基本单位，长篇叙事诗不过是众场面的'剪辑'。"[⑤]《诗经》亦如此，如《邶风 · 静女》：

静女其姝，俟我于城隅。爱而不见，搔首踟蹰。

---

① 翁方纲：《石洲诗话》，北京：人民文学出版社，1981年，第241—242页。

② 同上。

③ 周剑之：《论古典诗学中的"事境说"》，《上海大学学报》2015年第1期。

④ 吉川幸次郎：《宋元明诗概说》，李庆、骆玉明等译，上海：复旦大学出版社，2012年，第15页。

⑤ 陈平原：《中国小说叙事模式的转变》，上海：上海人民出版社，1988年，第319—320页。

静女其娈,贻我彤管。彤管有炜,说怿女美。

自牧归荑,洵美且异。匪女之为美,美人之贻。[①]

这首诗以男子的视角和口吻描写了一次充满乐趣的约会。先写静女与其相约于城隅,当男子到达约会地点时,静女调皮地和男子玩起了捉迷藏,而男子只能"搔首踟蹰"。将少女活泼娇憨之态和男子心急如焚之状,描摹得细致入微、自然生动,如在眼前。接着叙写静女将彤管与荑作为礼物送给男子,及男子的欣喜与爱屋及乌的心理。此诗虽然简短,但鲜明地体现了事件的各个要素,如邀约、赴约、游戏、赠礼等,细致地讲述了一对处于热恋中的男女在城墙外的一场情趣盎然的约会,并细腻地揭示了人物内心情感的微妙变化,留给读者一幅形象生动的画面。

再看《齐风・东方之日》:

东方之日兮,彼姝者子,在我室兮。在我室兮,履我即兮。

东方之月兮,彼姝者子,在我闼兮。在我闼兮,履我发兮。[②]

这首仅两章的作品,讲述的则是一场发生在室内的约会,反复描摹的是女子"履我即兮""履我发兮"的动作。"即"和"发"指的是膝和脚的部位。诗篇虽然没有交代约会的具体内容,如双方交谈的内容、约会的气氛等,但通过这一动作的刻画,我们仿佛可以看到男女在室内约会的场景:男子可能由于初次约会,显得略微拘谨。相比之下,女子则更为大胆热情,她亲切地靠近男子,与之交谈,甚至碰触到他的膝和脚。

男女恋爱有时还存在不期而遇的惊喜,如《召南・野有死麕》为我们讲述了一个发生在郊外丛林里的故事:

野有死麕,白茅包之。有女怀春,吉士诱之。

林有朴樕,野有死鹿。白茅纯束,有女如玉。

舒而脱脱兮!无感我帨兮!无使尨也吠![③]

前两章叙写一位男子在郊外邂逅了一位温润如玉的少女,对其一见钟情,当即便把刚猎到的小鹿,用白茅包好,作为礼物送给少女。末章以少女口吻,诉说约会的场景,极具戏剧化色彩:"舒而脱脱兮!无感我帨

---

① 程俊英、蒋见元:《诗经注析》,北京:中华书局,2017年,第125—127页。

② 同上书,第291—292页。

③ 同上书,第59—60页。

兮！无使尨也吠”。诗人以戏剧性的场景描写为中心，表现了少女既欢愉急切又紧张娇羞的心理状态。

《诗经》中亦有不少的作品，为我们大致还原了当时亲迎、结婚的场景，如《齐风·著》《邶风·匏有苦叶》《唐风·绸缪》等。试看《邶风·匏有苦叶》：

匏有苦叶，济有深涉。深则厉，浅则揭。
有弥济盈，有鷕雉鸣。济盈不濡轨，雉鸣求其牡。
雝雝鸣雁，旭日始旦。士如归妻，迨冰未泮。
招招舟子，人涉卬否。人涉卬否，卬须我友。[①]

陈子展明确指出“此诗全为赋体”，认为“《匏有苦叶》显为女求男之作。……诗写此女一大清早至济待涉，不厉不揭，以至旭日有舟，亦不肯涉，留待其友人。并纪其顷间所见所闻，极为细致曲折，歌谣体杰作也”[②]。的确，全诗详细铺陈了当时亲迎的场景。此外，该诗末章也颇为巧妙，诗人选取了女子在岸边焦急地等待未婚夫时的画面。船夫误认为女子在等渡船，关切地连声召唤：“快上船吧！”女子却心怀羞涩，连忙解释道：“我不急着渡河，我在等我的朋友。”末尾插入“卬须我友”的口头语，不仅增强了诗歌的叙事性，也让诗歌更加情韵摇曳。《唐风·绸缪》则通过在场宾客之口，描绘了婚礼上闹新房的热闹场面，如“今夕何夕，见此良人？子兮子兮，如此良人何”，诗人精心截取了婚礼上气氛最热烈的一个场景来表现嫁娶场面的喜庆欢快。

以场景式叙事方式为特征的作品，有时为了展现人物活动的广阔背景，诗人往往注重营造环境氛围，如《郑风·野有蔓草》：

野有蔓草，零露漙兮。有美一人，清扬婉兮。邂逅相遇，适我愿兮。

野有蔓草，零露瀼瀼。有美一人，婉如清扬。邂逅相遇，与子偕臧。[③]

开篇便着重烘托环境，在广袤的田野上，草间的露珠因阳光的照耀而

---

① 程俊英、蒋见元：《诗经注析》，北京：中华书局，2017年，第96—98页。
② 陈子展：《诗经直解》，上海：复旦大学出版社，1983年，第102页。
③ 程俊英、蒋见元：《诗经注析》，北京：中华书局，2017年，第279页。

显得格外晶莹,这就像电影中的远景。随着镜头的拉近,一位美丽的姑娘缓缓登场,她含情不语,秋波一转,妩媚动人。这样一幅春日丽人图,不仅使诗人沉醉其间,也使读者仿佛进入画中,邂逅了那位美丽的姑娘。《秦风·蒹葭》同样在每章的开头对深秋清晨霜寒露重之景进行了细致的刻画,“蒹葭苍苍,白露为霜”“蒹葭萋萋,白露未晞”“蒹葭采采,白露未已”,这三章的环境描写不是简单的重复,而是暗含了时间的推移,并以此来推动事件的发展。整首诗刻画的是在深秋的早晨,一位男子在河边等待伊人的场景。伊人迟迟未到,随着时间的流逝,男子望着长满芦苇且被雾气所笼罩的水面,眼前出现了幻觉。自己所等的伊人仿佛出现在水的另一边,可无论自己如何上下求索,伊人始终可望不可即。

董乃斌说:“它(指诗歌)往往是通过截取一个或几个内涵丰富、富有动态性的画面(场景),推出作品的主人公,讲述与他(她)有关的故事片段,勾勒与其相关的典型细节(包括心理活动),营造出一种隐含着某个更大更复杂故事的诗意氛围,而读者则从这一鳞半爪的描写中领略故事的梗概,再靠想象推衍故事的发展趋势,进而理解诗人的情感指向和创作动机。”[①]《诗经》中男女不期而遇、男子等待情人等场景都属于事境的营造,尽管其中所涉之“事”,仅是某些片段或画面,却留给读者无限的想象空间。

二、注重对生活的记录与再现

《诗经》日常化事境的营造,除了片段式、场景式叙事外,还体现为对生活的记录与再现。如《郑风·女曰鸡鸣》:

> 女曰鸡鸣,士曰昧旦。子兴视夜,明星有烂。将翱将翔,弋凫与雁。
>
> 弋言加之,与子宜之。宜言饮酒,与子偕老。琴瑟在御,莫不静好。
>
> 知子之来之,杂佩以赠之。知子之顺之,杂佩以问之。知子之好之,杂佩以报之。[②]

---

① 董乃斌:《古典诗词研究的叙事视角》,《文学评论》2010年第1期。

② 程俊英、蒋见元:《诗经注析》,北京:中华书局,2017年,第255—256页。

这首诗以夫妇间的对话构成全篇，第一章是夫妻对答，第二章是妻言，第三章是夫言。诗中所展现出的夫妻琴瑟和鸣、相约白头偕老的真实家庭生活图景，引起了人们的羡慕与向往，因为这种婚姻生活建立在双方自由平等的基础之上，“这是人类最原始最本真的生存理想，拥有最永恒的价值，是人类亘古不变的亲情、友情、爱情的源头”[①]。《齐风 · 鸡鸣》在结构上与《郑风 · 女曰鸡鸣》有异曲同工之妙，同样是以夫妇俩的问答构成全篇，展现的也是夫妇的日常生活。

又如《齐风 · 东方未明》：

东方未明，颠倒衣裳。颠之倒之，自公召之。
东方未晞，颠倒裳衣。倒之颠之，自公令之。
折柳樊圃，狂夫瞿瞿。不能辰夜，不夙则莫。[②]

这首诗以妻子的视角讲述她的丈夫因忙于公事，早起手忙脚乱、穿错衣衫的生活场景，“东方未明，颠倒衣裳”“折柳樊圃，狂夫瞿瞿”，描写虽简洁，却展现出一个真实的日常家庭生活画面。

生产劳作一直以来都是人们物质生活的重要来源，为了解决温饱问题，底层百姓不得不勤勉地从事生产劳动。将这种日常劳作生活记录下来的诗，典范者当属《豳风 · 七月》，从中我们可以清楚地看到古代劳动人民一年之中的多项活动。

表 8-1 《豳风 · 七月》中各项农事和祭祀活动

月份	活动
正月	于耜、纳冰凌阴
二月	举趾、献羔祭韭、籍田
三月	采蘩、条桑
四月	—
五月	—
六月	采郁、采薁

① 李鸿雁：《先秦汉魏六朝叙事诗研究》，北京：中国社会科学出版社，2017 年，第 112 页。
② 程俊英、蒋见元：《诗经注析》，北京：中华书局，2017 年，第 293 页。

(续表)

月份	活动
七月	采葵、采菽、采瓜
八月	制衣、剥枣、断壶
九月	叔苴、采荼薪樗、授衣、筑场圃
十月	纳禾稼、涤场、执宫功、穹室熏鼠、塞向墐户、入室处、乡饮酒礼
十一月	打貉子
十二月	会同田猎、凿冰

表8-1中的月份采用的是夏历,诗歌中的"一之日""二之日""三之日""四之日"分别指夏历的十一月、十二月、正月和二月。全诗八章都采用赋体叙事,所描写的内容十分丰富,不仅有春耕、采桑、纺织、制衣、田猎等劳动场景,也有献羔祭韭、籍田、宴饮等典礼场面。诗人以时空的变化来结构全篇,随着时间的变化,读者跟随诗人来到田间地头、桑林、庐舍、场圃、宗庙等多个地点。从诗中可看出,诗人并不追求某个事件的完整度,而是以生活中的各个侧面来客观地呈现古代劳动人民的日常生活,他们日出而作,日落而息,年复一年地忙碌着,一切都显得如此真实而亲切。

此外,周代人们十分爱好田猎,《周南·兔罝》《召南·驺虞》《郑风·叔于田》《郑风·大叔于田》《齐风·还》《齐风·卢令》《秦风·驷驖》等皆对日常田猎情景有真实呈现,同时也抒发了诗人对青年猎手们的赞美之情,如《齐风·还》:

> 子之还兮,遭我乎猺之间兮。并驱从两肩兮,揖我谓我儇兮。
> 子之茂兮,遭我乎猺之道兮。并驱从两牡兮,揖我谓我好兮。
> 子之昌兮,遭我乎猺之阳兮。并驱从两狼兮,揖我谓我臧兮。[①]

这是发生在两位猎人之间的故事,他们在山林间相遇,碰到对手免不了跃跃欲试,想要一决高下,于是便一起驱马追逐猎物。最后,其中一位猎人胜出,另一位便对他拱手称许。从诗人的描绘中,读者看到的是英姿飒爽、洒脱不羁的猎人形象。

① 程俊英、蒋见元:《诗经注析》,北京:中华书局,2017年,第286—287页。

再如反映男女恋爱风俗的作品，如《郑风·溱洧》：

> 溱与洧，方涣涣兮。士与女，方秉蕳兮。女曰："观乎？"士曰："既且。""且往观乎！洧之外，洵讦且乐。"维士与女，伊其相谑，赠之以芍药。
>
> 溱与洧，浏其清矣。士与女，殷其盈矣。女曰："观乎？"士曰："既且。""且往观乎？洧之外，洵讦且乐。"维士与女，伊其将谑，赠之以芍药。①

这是一首郑地风俗诗，由局部对话和客观描述构成，再现了郑国的青年男女在上巳节聚会的盛况。按照郑国的风俗，三月上巳节于水上祓禊，青年男女们也借此机会相聚游春、互表衷情。这首诗的叙事性非常强，包含了背景环境、人物对话、动作情态等相对完整的事的因素。正如方玉润所言："每值风日融合，良辰美景，竞相出游，以至兰勺互赠，播为美谈，男女戏谑，恬不知羞。"②这首诗完全切于"事境"，真正做到了切己、切时、切事。显然，诗人有了切身的感受，才能写出如此真实生动的作品。翁方纲《神韵论》云："诗必能切己、切时、切事、一一具有实地，而后渐能几于化也。未有不有诸己、不充实诸己，而遽议神化者也。"③在其看来，达到化境的诗歌必须切己、切时、切事。

综上，《诗经》在呈现日常生活的过程中，表现出明显的叙事性倾向，它重在对生活"纪事式、实录性的表达，尤其是对于人物行为、活动等人事内容的记录"④，增加了更多动态性和过程性的内容。同时，这种实录并不是对外在现实生活全面且完整的记录，而是经过诗人的选择和提取后才呈现的典型场景与细节。它们是对诗人人生中真实经历的"日常生活"之片段的呈现。因此，诗人营造日常化的事境，"能够给人以具体真实、亲切可感的印象，有利于还原诗人当时所处的整体情境，让人从具体的情境中体会作者的所思所感"⑤，读者亦产生了强烈的情感共鸣。

---

① 程俊英、蒋见元：《诗经注析》，北京：中华书局，2017年，第281—282页。

② 方玉润撰：《诗经原始》，李先耕点校，北京：中华书局，1986年，第226页。

③ 翁方纲：《复初斋文集》，见《清代诗文集汇编》(第382册)，上海：上海古籍出版社，2010年，第86页。

④ 周剑之：《从"意象"到"事象"：叙事视野中的唐宋诗转型》，《复旦学报》2015年第3期。

⑤ 周剑之：《论古典诗学中的"事境说"》，《上海大学学报》2015年第1期。

第二节　重复性套语叙事

口头程式理论,也可称作套语理论。该理论“最早是由美国哈佛大学古典文学教授米尔曼·帕里(Milman Parry)在本世纪30年代提出来的。后经帕氏的学生阿伯特·洛尔德(Albert Lord)发展扩充为一套完整的批评体系”[①]。口头程式理论包括三个基本的结构性单元概念,即程式(formula)、主题或典型场景(theme or typical scene)、故事范型或故事类型(story-patternor tale-type)。凭借着这几个概念工具而创建的文本分析模型及其田野验证程序,帕里—洛德的口头理论很好地回答了为何口头诗人能够不借助文字就能演绎出成千上万的诗行,又为何具有如此流畅的现场编创能力?[②] 原因在于,这些诗人平时就将大量的习语储存在大脑,然后根据特定的场合选用特定的习语来组合诗歌。

受该理论的启发,旅美华裔学者王靖献《钟与鼓——〈诗经〉的套语及其创作方式》一书,以《诗经》305篇作品为研究对象,全面地将套语理论应用于《诗经》研究。而且,他根据汉语单音节的特点和《诗经》四言为主的句型,确立了《诗经》套语的定义:“由不少于三个字的一组文字所形成的一组表达清楚的语义单元,这一语义单元在相同的韵律条件下,重复出现于一首诗或数首诗中,以表达某一给定的基本意念。”[③]换言之,即同样的诗句或同样的句法结构反复地在不同的诗篇出现。利用帕里—洛德的口头文学理论,王靖献还对《诗经》的“全行(句)套语”进行了统计分析,将《诗经》的全行(句)套语归纳为以下六种情况:“重复出现于数首诗中的诗句;在同一首诗中重复出现的诗句;语义上作为同一整体,只是由于韵律结构而在长短上有所不同(音节多少不等)的重复出现的诗句;只有感叹词不同的诗句;含有形体不同而其基本意义相同的词的诗句;含有可以互

① 王靖献:《钟与鼓——〈诗经〉的套语及其创作方式》,谢谦译,成都:四川人民出版社,1990年,第3页。

② 约翰·迈尔斯·弗里:《口头诗学:帕里—洛德理论》,朝戈金译,北京:社会科学文献出版社,2000年,第15—16页。

③ 王靖献:《钟与鼓——〈诗经〉的套语及其创作方式》,谢谦译,成都:四川人民出版社,1990年,第52页。

相替代的同义字的诗句。”[1]王靖献的统计数据如表8-2。因为重复的诗句出现在不同的诗篇中,对本节叙事主题的分析有很大的帮助,所以笔者另外初步统计了第一种情况,即重复出现于数首诗中的诗句,如表8-3。

表8-2 《诗经》套语分析

类别	诗行数目	全行套语	百分比
《国风》	2608	694	26.6
《大雅》	2326	532	22.8
《小雅》	1616	209	12.9
《颂》	734	96	13.1

表8-3 《诗经》中重复出现于数首诗中的诗句

序号	诗句	篇章
1	既见君子	《周南·汝坟》《郑风·风雨》《王风·扬之水》《秦风·车邻》《小雅·蓼萧》《小雅·頍弁》《小雅·隰桑》《小雅·菁菁者莪》
2	之子于归	《周南·桃夭》《周南·汉广》《召南·鹊巢》《邶风·燕燕》《豳风·东山》
3	王室靡盬	《唐风·鸨羽》《小雅·四牡》《小雅·采薇》《小雅·杕杜》《小雅·北山》
4	悠悠我思	《邶风·终风》《邶风·雄雉》《秦风·渭阳》《郑风·子衿》
5	彼其之子	《魏风·汾沮洳》《王风·扬之水》《唐风·椒聊》《郑风·羔裘》
6	播厥百谷	《小雅·大田》《周颂·噫嘻》《周颂·载芟》《周颂·良耜》
7	四牡骙骙	《小雅·采薇》《小雅·六月》《大雅·桑柔》《大雅·烝民》

① 王靖献:《钟与鼓——〈诗经〉的套语及其创作方式》,谢谦译,成都:四川人民出版社,1990年,第49—50页。

（续表）

序号	诗句	篇章
8	俶载南亩	《小雅・大田》《周颂・载芟》《周颂・良耜》
9	言观其旂	《小雅・庭燎》《小雅・采菽》《鲁颂・泮水》
10	实劳我心	《邶风・燕燕》《邶风・雄雉》《小雅・白华》
11	女子有行,远父母兄弟	《邶风・泉水》《卫风・竹竿》《鄘风・蝃蝀》
12	馌彼南亩,田畯至喜	《豳风・七月》《小雅・甫田》《小雅・大田》
13	报以介福,万寿无疆	《小雅・信南山》《小雅・甫田》《小雅・楚茨》
14	以享以祀,以介景福	《小雅・大田》《大雅・旱麓》《周颂・潜》
15	君子有酒	《小雅・瓠叶》《小雅・鱼丽》《小雅・南有嘉鱼》
16	济济多士	《大雅・文王》《周颂・清庙》《鲁颂・泮水》
17	经营四方	《小雅・北山》《小雅・何草不黄》《大雅・江汉》
18	行道迟迟	《邶风・谷风》《小雅・采薇》
19	驾言出游,以写我忧	《邶风・泉水》《卫风・竹竿》
20	执辔如组	《邶风・简兮》《郑风・大叔于田》
21	衣锦褧衣	《卫风・硕人》《郑风・丰》
22	春日迟迟,采蘩祁祁	《豳风・七月》《小雅・出车》
23	昔我往矣,今我来思	《召南・草虫》《小雅・采薇》
24	执讯获丑	《小雅・出车》《小雅・采芑》
25	之子于征	《小雅・车攻》《小雅・鸿雁》
26	君子至止	《小雅・庭燎》《小雅・瞻彼洛矣》
27	我行其野	《鄘风・载驰》《小雅・我行其野》
28	二三其德	《卫风・氓》《小雅・白华》
29	缵戎祖考	《大雅・烝民》《大雅・韩奕》
30	夙兴夜寐	《卫风・氓》《大雅・抑》
31	瞻卬昊天	《大雅・瞻卬》《大雅・云汉》
32	以为酒食	《小雅・楚茨》《小雅・信南山》

（续表）

序号	诗句	篇章
33	我有嘉宾	《小雅·鹿鸣》《小雅·彤弓》
34	钟鼓既设	《小雅·彤弓》《小雅·宾之初筵》
35	不遑启居	《小雅·采薇》《小雅·出车》
36	威仪反反	《小雅·宾之初筵》《周颂·执竞》
37	既醉既饱	《小雅·楚茨》《周颂·执竞》
38	子孙保之	《周颂·烈文》《周颂·天作》
39	以介眉寿	《豳风·七月》《周颂·载见》
40	泛彼柏舟	《邶风·柏舟》《鄘风·柏舟》
41	哀今之人	《小雅·正月》《小雅·十月之交》
42	君子万年	《小雅·鸳鸯》《大雅·既醉》
43	无竞维烈	《周颂·执竞》《周颂·武》
44	忧心孔疚	《小雅·采薇》《小雅·杕杜》
45	云谁之思	《邶风·简兮》《鄘风·桑中》
46	和乐且湛	《小雅·鹿鸣》《小雅·常棣》
47	笾豆有践	《豳风·伐柯》《小雅·伐木》
48	尔肴既将	《小雅·楚茨》《大雅·既醉》
49	尔肴既嘉	《小雅·頍弁》《大雅·凫鹥》
50	田车既好，四牡孔阜	《小雅·车攻》《小雅·吉日》
51	兕觥其觩，旨酒思柔	《小雅·桑扈》《周颂·丝衣》
52	一日不见，如三月兮	《王风·采葛》《郑风·子衿》
53	祀事孔明，先祖是皇	《小雅·楚茨》《小雅·信南山》
54	播厥百谷，实函斯活	《周颂·载芟》《周颂·良耜》
55	为酒为醴，烝畀祖妣，以恰百礼	《周颂·丰年》《周颂·载芟》

（续表）

序号	诗句	篇章
56	无逝我梁，无发我笱 我躬不阅，遑恤我后	《小雅·小弁》《小雅·谷风》
57	集于苞栩	《唐风·鸨羽》《小雅·四牡》
58	喓喓草虫，趯趯阜螽	《召南·草虫》《小雅·出车》
59	四牡奕奕	《小雅·车攻》《大雅·韩奕》
60	四牡彭彭	《小雅·北山》《大雅·烝民》
61	八鸾锵锵	《大雅·烝民》《大雅·韩奕》
62	倬彼云汉	《大雅·棫朴》《大雅·云汉》
63	日居月诸	《邶风·柏舟》《邶风·日月》
64	陟彼高冈	《周南·卷耳》《小雅·车舝》
65	陟彼北山，言采其杞	《小雅·北山》《小雅·杕杜》
66	王室靡盬，忧我父母	《小雅·北山》《小雅·杕杜》
67	凡百君子	《小雅·雨无正》《小雅·巷伯》
68	将翱将翔	《郑风·女曰鸡鸣》《郑风·有女同车》
69	觱沸槛泉	《小雅·采菽》《大雅·瞻卬》
70	不自我先，不自我后	《小雅·正月》《大雅·瞻卬》
71	自西徂东	《大雅·桑柔》《大雅·绵》
72	哀我人斯	《豳风·破斧》《小雅·正月》
73	是用大谏	《大雅·民劳》《大雅·板》
74	旻天疾威	《小雅·雨无正》《小雅·小旻》
75	亦孔之哀	《小雅·十月之交》《小雅·小旻》
76	云何不乐	《唐风·扬之水》《小雅·隰桑》
77	夙夜在公	《召南·采蘩》《召南·小星》

从上述两个表中，我们可以看到《诗经》中的《国风》《大雅》《小雅》《颂》都存在套语现象。另外，王靖献还对“全行(句)套语”的前两种情况

做过定量分析:"《诗经》诗句总数是7284行,而全句是套语的诗句是1531行,即占《诗经》总句数的21%。"[①]《诗经》属于口头创作,这一数字通过了约瑟夫·达根在分析古代法语诗歌时所作的"口述创作"(程式频密度超过20%)的限定线。[②] 可知,如果将句法套语包括在内,《诗经》的套语比例无疑会大大增加。而且,《诗经》中的部分套语呈现出鲜明的叙事色彩,如"既见君子""之子于归""行道迟迟""执辔如组""执讯获丑""我行其野""泛彼柏舟""陟彼高冈""播厥百谷""俶载南亩""馌彼南亩"等诗句。

不仅如此,《诗经》中这些重复的诗句,虽在不同诗篇中,却总是出现在相同的场景之中,表达着相同或相似的主题。所谓的"主题",洛德认为是"传统的口述诗歌中反复出现的叙述与描写的成分……但它们并不像套语那样必须受到严格的韵律条件的限制;也不是拘泥于逐字逐句的准确无误的重复。"[③]弗赖则认为,口头传统创作除了程式化主题,还有典型场景的单元,典型场景"作为一种反复出现的、套用成规的陈述方式,由已成惯例的细节构成,常常用以描述一个已确知的叙事的事件,他既不需要逐字逐句的重复,也不需要某种指定的程式内容"[④]。主题或典型场景是口头诗人的一种创作技巧,它并不是简单的重复,而是一种艺术呈现,有助于口头诗人的现场创编与演唱,缩减其间思考的时间,缓解现场的压力。细加考察,《诗经》中也存在着四种叙事性较强的主题,分别是"采摘"主题、"登高"主题、"战争"主题、"宴饮"主题。

一、"采摘"主题

"采摘"是《诗经》中常见的叙事主题,多以"言采其+某种植物"的结构出现,如《召南·草虫》:

> 喓喓草虫,趯趯阜螽。未见君子,忧心忡忡。亦既见止,亦既觏

---

① 王靖献:《钟与鼓——〈诗经〉的套语及其创作方式》,谢谦译,成都:四川人民出版社,1990年,第57页。

② 约翰·迈尔斯·弗里:《口头诗学:帕里—洛德理论》,朝戈金译,北京:社会科学文献出版社,2000年,第192—193页。

③ 王靖献:《钟与鼓——〈诗经〉的套语及其创作方式》,谢谦译,成都:四川人民出版社,1990年,第120页。

④ 约翰·迈尔斯·弗里:《口头诗学:帕里—洛德理论》,朝戈金译,北京:社会科学文献出版社,2000年,第176页。

止,我心则降。

陟彼南山,言采其蕨。未见君子,忧心惙惙。亦既见止,亦既觏止,我心则说。

陟彼南山,言采其薇。未见君子,我心伤悲。亦既见止,亦既觏止,我心则夷。①

这首诗高度套语化,每一句诗都可以在其他的诗篇中找到与它相同或类似的表达。尤其值得注意的是"言采其+某种植物"的套语结构,王靖献将其称之为"套语系统",即"一组通常在韵律与语义上无甚关系的诗句,因其中的两个成分位置相同而构成形式上的关联,其中一部分是恒定不变的词组,另一成分则是可变的词或词组,以完成押韵的句型"②。"言采其"是固定的成分,"植物名"可任意替换,即在"采摘抒怀"的场景中,采摘的行为固定,可变的是所采植物的名称。并且,这种套语结构已形成较为固定的系统,出现在数首诗中,见表 8-4。

采摘主题的诗歌有两种情感基调:一是低沉的,即通过采集植物来抒发内心的思念、怨恨、忧伤之情,如《小雅·杕杜》《小雅·北山》两首诗中登高的对象与采集的对象完全相同,都是"陟彼北山,言采其杞",所抒发的也都是忧伤之情。另一种则是欢乐的,即通过采集植物来抒发喜悦、赞美之情,以《小雅·采菽》为例,这首诗除了涉及"言采其芹"的采摘场景,还包括"泛泛杨舟"这一泛舟场景。《诗经》中的泛舟场景,还见于《邶风·柏舟》《鄘风·柏舟》《小雅·菁菁者莪》《小雅·采菽》等,前两首所泛之舟为柏舟,表达的是忧伤的情绪;后两首所泛之舟为杨舟,表达的则是欢乐的情绪。冯文开认为:"'泛舟'的典型场景在《诗经》中多次出现,它每次出现并非仅仅描述在河中泛舟的场景这种表层含意,而是决定了口头诗人接下来要表达的情思。"③熟谙当时演唱传统的听众亦敏锐地察觉出"泛彼柏舟"和"泛彼杨舟"两者所传达的不同情思,这是传播者与接受者之间的默契,也是口头诗人和听众之间共同的一种符码。

由此可知,这些叙事主题或典型场景"既是口头诗歌的创作技法,又

---

① 程俊英、蒋见元著:《诗经注析》,北京:中华书局,2017 年,第 38—40 页。

② 王靖献:《钟与鼓——〈诗经〉的套语及其创作方式》,谢谦译:成都:四川人民出版社,1990 年,第 63 页。

③ 冯文开:《口承与书写视域下的〈诗经〉研究》,《民俗研究》2016 年第 5 期。

是具有传统内涵的符码，其传达的涵义要比字面含意大得多和丰富得多，口头诗人多借助它指向接下来要表达的歌意”①。虽然典型场景所蕴含的传统内涵与后面传递的歌意无必然的因果联系，但对于当时的诗人和受众而言，两者是浑然一体、不可分割的。

表 8-4 《诗经》中“言采其”套语结构

言采其 +	蕨/薇	《召南 · 草虫》
	莫/桑/蕒	《魏风 · 汾沮洳》
	蝱	《鄘风 · 载驰》
	芹	《小雅 · 采菽》
	杞	《小雅 · 杕杜》《小雅 · 北山》
	蓫/葍	《小雅 · 我行其野》

二、“登高”主题

由表 8-5 可知，“登高”的叙事主题多以“陟彼＋高地”的形式出现。在“登高抒怀”的场景中，登高的行为通常是固定的，变化的是所登的地点。有时，登高与采摘结合，如《召南 · 草虫》《鄘风 · 载驰》《小雅 · 杕杜》《小雅 · 北山》等都加上了“采摘”这一行动要素，而且都体现出一种共同的思归之情，如《鄘风 · 载驰》：

> 载驰载驱，归唁卫侯。驱马悠悠，言至于漕。大夫跋涉，我心则忧。
>
> 既不我嘉，不能旋反。视尔不臧，我思不远。既不我嘉，不能旋济。视尔不臧，我思不閟。
>
> 陟彼阿丘，言采其蝱。女子善怀，亦各有行。许人尤之，众稚且狂。
>
> 我行其野，芃芃其麦。控于大邦，谁因谁极！
>
> 大夫君子，无我有尤。百尔所思，不如我所之。②

根据王靖献的统计分析，该诗“约有 80％的诗句是套语化的，包括套

① 冯文开：《口承与书写视域下的〈诗经〉研究》，《民俗研究》2016 年第 5 期。

② 程俊英、蒋见元著：《诗经注析》，北京：中华书局，2017 年，第 163—167 页。

语式短语和套语群”[①]。其作者是许穆夫人,许穆夫人本是卫国人,嫁于许国,后来卫国被狄所灭,许穆夫人奔赴漕邑吊唁,提出联齐抗狄的主张,却遭到了拒绝。为此,许穆夫人只能通过登高、采摘来抒发思归之情。

表 8-5 《诗经》中“陟彼”套语结构

陟彼+	岵/屺/冈兮	《魏风·陟岵》
	崔嵬/高冈/砠矣	《周南·卷耳》
	南山	《召南·草虫》
	北山	《小雅·杕杜》《小雅·北山》
	阿丘	《鄘风·载驰》

由表 8-4 和表 8-5 可知,“采摘”和“登高”的叙事主题多出自《国风》和《小雅》。《国风》是各地的歌谣,《小雅》中也包含少量民歌,它们不仅口述程度最高,套语化程度亦最高。其中所叙之事,无论是采摘,还是登高,都不是即目所见、当下所为,而是一种经验与联想,属于非写实性的描写。古代诗人将大量的习语贮存于大脑中,然后在特定的场合和背景下,根据现场要求,将这些习语重新组合,从而出口成章。

三、“战争”主题

《小雅·出车》《小雅·六月》《小雅·采芑》《小雅·采薇》《大雅·大明》《大雅·江汉》《大雅·常武》等都是表现“战争”叙事主题的诗歌。尤其值得一提的是《小雅·出车》一诗:

> 我出我车,于彼牧矣。自天子所,谓我来矣。召彼仆夫,谓之载矣。王事多难,维其棘矣。
>
> 我出我车,于彼郊矣。设此旐矣,建彼旄矣。彼旟旐斯,胡不旆旆?忧心悄悄,仆夫况瘁。
>
> 王命南仲,往城于方。出车彭彭,旂旐央央。天子命我,城彼朔方。赫赫南仲,玁狁于襄。
>
> 昔我往矣,黍稷方华。今我来思,雨雪载途。王事多难,不遑启

---

① 王靖献:《钟与鼓——〈诗经〉的套语及其创作方式》,谢谦译,成都:四川人民出版社,1990年,第 78 页。

居。岂不怀归，畏此简书。

喓喓草虫，趯趯阜螽。未见君子，忧心忡忡。既见君子，我心则降。赫赫南仲，薄伐西戎。

春日迟迟，卉木萋萋。仓庚喈喈，采蘩祁祁。执讯获丑，薄言还归。赫赫南仲，猃狁于夷。①

这首诗的套语化程度可谓非常之高。第三章的"昔我往矣，黍稷方华。今我来思，雨雪载途"与《小雅·采薇》的"昔我往矣，杨柳依依。今我来思，雨雪霏霏"属于同一个套语系统；第四章的"喓喓草虫，趯趯阜螽。未见君子，忧心忡忡。既见君子，我心则降"与《召南·草虫》"喓喓草虫，趯趯阜螽。未见君子，忧心忡忡。亦既见止，亦既觏止，我心则降"的表达几乎完全相同；末章的"春日迟迟，卉木萋萋。仓庚喈喈，采蘩祁祁"则是完全截取了《豳风·七月》里的诗句。其次，这首诗还包含了"战争"主题诗歌的一个共同的叙事要素，即描写军队中的车马旗帜等军事装备，如"设此旐矣，建彼旄矣""出车彭彭，旂旐央央"。类似的套语还出现在其他诗歌中，如"织文鸟章，白旆央央""戎车既安，如轾如轩。四牡既佶，既佶且闲""四牡修广，其大有颙""四牡骙骙"（《小雅·六月》）；"四骐翼翼""路车有奭，簟茀鱼服，钩膺鞗革""其车三千，旂旐央央"（《小雅·采芑》）；"戎车既驾，四牡业业""驾彼四牡，四牡骙骙""四牡翼翼，象弭鱼服"（《小雅·采薇》）；"檀车煌煌，驷騵彭彭"（《大雅·大明》）。当然，诗人没有将主要的笔墨放在战争血腥场面的铺叙上，而是重点描写王师的军容军威，以车马旗帜之盛衬托王师之盛，这是一种典型的战争呈现模式。再如《大雅·江汉》和《大雅·常武》，前者叙写周宣王命令召虎带兵讨伐淮夷，后者叙写周宣王平定徐国叛乱。二者皆以战前誓师、战后嘉奖的君臣问答形式来表达古人对仁德的颂美及对和平的向往，显示出口头诗人们在周朝"尚德"精神影响下的叙事倾向。

四、"宴饮"主题

表现"宴饮"叙事主题的作品，主要集中在《小雅》中，如《鹿鸣》《常棣》《伐木》《鱼丽》《南有嘉鱼》《蓼萧》《湛露》《楚茨》《桑扈》《鱼藻》《彤弓》《頍

① 程俊英、蒋见元：《诗经注析》，北京：中华书局，2017年，第502—506页.

弁》《宾之初筵》《瓠叶》等;少数分散在《大雅》和《周颂》中,如《行苇》《凫鹥》《既醉》《丝衣》等。酒、食物、乐器和宴饮器具是“宴饮”主题中常见的意象。

宴饮场景的叙事要素,主要包括四个方面:一是音乐的演奏,如“鼓瑟吹笙”“吹笙鼓簧”“鼓瑟鼓琴”(《小雅·鹿鸣》),“坎坎鼓我,蹲蹲舞我”(《小雅·伐木》),“钟鼓既戒”“乐具入奏”(《小雅·楚茨》),“钟鼓既设”“籥舞笙鼓、乐既和奏”(《小雅·宾之初筵》)。二是美酒佳肴的陈列,宴饮诗大多具备这一叙事要素,甚至还存在一系列的套语现象,如“尔肴既将”见于《小雅·楚茨》和《大雅·既醉》;“尔肴既嘉”见于《小雅·頍弁》和《大雅·凫鹥》;“兕觥其觩,旨酒思柔”见于《小雅·桑扈》和《周颂·丝衣》。三是宴饮礼节的呈现,如“酌言献之”“酌言酢之”“酌言酬之”(《小雅·瓠叶》),“或献或酢”(《大雅·行苇》),这是敬酒、回敬的礼节。同时还有以射箭来劝酒的方式,如“大侯既抗,弓矢斯张。射夫既同,献尔发功。发彼有的,以祈尔爵”(《小雅·宾之初筵》),“敦弓既坚,四鍭既钧,舍矢既均,序宾以贤”(《大雅·行苇》)。四是宴饮场面的欢乐气氛,如“嘉宾式燕以敖”“和乐且湛”(《小雅·鹿鸣》),“和乐且孺”“和乐且湛”(《小雅·常棣》),“嘉宾式燕以乐”“嘉宾式燕以衎”(《小雅·南有嘉鱼》),“燕笑语兮,是以有誉处兮”(《小雅·蓼萧》)。这些叙事要素按照一定的逻辑顺序组成“宴饮”的场景,但它们并非一定要全部具备,而是在不同的场合呈现出或多或少的变化。

套语化的叙事现象在《诗经》中频繁出现,无疑受到了《周易》的影响。《周易》中的卦爻辞属于口头歌谣创作的产物,存在着大量的套语。流传至今的《诗经》文本就是在口头文学向书面文学过渡这一时期完成的。口头文学的特点就是“套语化”,即通过节奏韵律和重复程式化的方式方便和加深记忆,沃尔特·翁在《口语文化与书面文化:语词的技术化》一书中提出“早期用文字创作的诗歌,似乎必然要模仿口头吟诵的诗歌。世界各地,概莫能外”[①]。王靖献也指出,《小雅·节南山》《小雅·巷伯》《大雅·崧高》《大雅·烝民》《鲁颂·閟宫》等五首诗在结尾都点出了诗人的姓名,分别是家父、寺人孟子、吉甫、奚斯,这些都是文人在模仿歌手演唱时使用

① 沃尔特·翁:《口语文化与书面文化:语词的技术化》,何道宽译,北京:北京大学出版社,2008年,第19页。

套语所作的诗歌,并进一步总结道:“在过渡时期,诗歌的文人作者,还没有认识到语言独创性的需要,他们经常利用来源于职业歌手口头语言的套语式短语。”[①]由此看来,套语创作的方式并非只属于即席创作的口述诗人,也曾被文人诗人所运用。

楚辞中同样存在着大量重复的诗句。熊良智作过统计,称“重复的诗句占《楚辞章句》全书诗句总数的12%左右”[②]。屈原将这种现象称之为“重著”,其在《惜诵》中云:“恐情质之不信兮,故重著以自明。”[③]关于“重著”的概念,黄文焕的解说较为透辟:“重著者,语多重叠也。曰侘傺,曰申侘傺,曰干傺……无一而非重著也。屡言情,屡言志,屡言路,又无一非重著也。”[④]因此,“重著”可概括为多样的重复表现形式,屈原“重著”的目的是反复强调自身的高洁与自信。楚辞中的“重著”与《诗经》中的“套语”皆指诗句的重复现象,都是口头文学向书面创作转变的产物。

《诗经》中的重复性套语叙事还与周代礼乐制度的程式特性有关。殷尊鬼,周尚文,“周代的礼乐文化是当时先进的人文社会制度,而程式化叙事或许是其诗歌的基础架构”[⑤],就像《诗经》中的祭祀诗。祭祀仪式在周代逐渐实现了礼制化,并由此成为周代礼乐文化的重要组成部分,成为维护统治者政权的手段和工具。到了春秋时期,礼崩乐坏,现实中崩毁的周礼仪式功能、程序沉淀为文化记忆并被反复歌咏于《雅》中,文本由此被赋予了重整周礼的任务。仪式的特点是反复搬演,程式化演绎的语言重复,也往往是仪式表演的标志。

《诗经》中的祭祀诗常以“祖神降临和回归”这一仪式总体框架结构全篇,引入嘏辞等套语化的言语和句法,呈现出鲜明的程式化特征。如“先祖是皇,神保是飨。孝孙有庆,报以介福,万寿无疆”(《小雅·楚茨》),“祀事孔明,先祖是皇。报以介福,万寿无疆”(《小雅·信南山》),“报以介福,

---

① 王靖献:《钟与鼓——〈诗经〉的套语及其创作方式》,谢谦译,成都:四川人民出版社,1990年,第107页。

② 熊良智:《口头传统与文人创作——以楚辞的诗歌生成为中心》,《中国社会科学》2016年第8期。

③ 洪兴祖撰:《楚辞补注》,白化文、许德楠、李如鸾、方进点校,北京:中华书局,1983年,第127页。

④ 黄文焕:《楚辞听直》,《续修四库全书》(第1301册),上海:上海古籍出版社,2002年,第595页。

⑤ 张节末:《〈诗经〉程式化叙事刍议》,《中国社会科学报》2013年8月23日,第492期。

万寿无疆"(《小雅·甫田》),"以享以祀,以介景福"(《小雅·大田》《大雅·旱麓》《周颂·潜》)等,这些套语在不同的诗篇中重复出现,同时亦反映了当时人们的内心愿望,即对神灵的祷告能够通过重复性的形式得以实现。

套语并非是一种语言上的雷同或是一种变相的"抄袭",而是口头传统的惯用语言,是历代民间歌手传承下来的文化遗产,展现了歌手的个性和创作才能。事实上,重复性的套语叙事不仅在《诗经》中是一种司空见惯的现象,在古代史诗、歌谣、神话、传说等口头传统中,也大都借助这种方式进行创作。古代诗人将这种套语作为记忆、联接手段来进行叙事或抒情。如今,《诗经》的演唱传统已经不复存在,但其中的程式和典型场景并不会真正消亡,它们在书面文学中获得了另一种生命,即转化为书面文学中的叙事母题、叙事原型和叙事意象,如采摘、登高、宴饮、战争等主题莫不如此。[①]

第三节　事在诗内与事在诗外

《诗经》中有一类诗,即"政治讽喻诗",也可称之为"政治抒情诗"。这类诗歌大都产生于西周末年周王室衰微、政局动荡、国家昏乱的背景之下,其创作主旨往往表现为对君主无道的讽谏、权臣无德的批判及世道不公的抱怨等。这种种情感,皆因某种外在的事件而触发,因而使其又具有程度不等的叙事性。其叙事性又分为两种:"事在诗内"与"事在诗外"。

一、事在诗内

"事在诗内"是指"作品本身已将所述之事基本描写清楚,读者即使不假外求,仅从作品本身已能知道其事的大概,参考有关创作的背景资料,则能更深地了解诗中所写之事"[②],如《小雅·十月之交》:

> 十月之交,朔月辛卯,日有食之,亦孔之丑。彼月而微,此日而微。今此下民,亦孔之哀。

① 冯文开:《口承与书写视域下的〈诗经〉研究》,《民俗研究》2016 年第 5 期。

② 董乃斌:《古典诗词研究的叙事视角》,《文学评论》2010 年第 1 期。

日月告凶，不用其行。四国无政，不用其良。彼月而食，则维其常。此日而食，于何不臧！

烨烨震电，不宁不令。百川沸腾，山冢崒崩。高岸为谷，深谷为陵。哀今之人，胡憯莫惩。

皇父卿士，番维司徒。家伯维宰，仲允膳夫。棸子内史，蹶维趣马。楀维师氏，艳妻煽方处。

抑此皇父，岂曰不时？胡为我作，不即我谋？彻我墙屋，田卒污莱。曰予不戕，礼则然矣。

皇父孔圣，作都于向。择三有事，亶侯多藏。不慭遗一老，俾守我王。择有车马，以居徂向。

黾勉从事，不敢告劳。无罪无辜，谗口嚣嚣。下民之孽，匪降自天。噂沓背憎，职竞由人。

悠悠我里，亦孔之痗。四方有羡，我独居忧。民莫不逸，我独不敢休。天命不彻，我不敢效我友自逸。[①]

这首诗共八章，前两章描写了发生在周幽王六年，即公元前776年九月六日的一次日食。这是由清代及现代的一些学者考证，被大多数天文学家所承认，并被断定为世界上有年代可考的最早一次的日食记录。[②]第三章则描述了发生在周幽王时期的一次地震事件。第四章概述了国内小人当权、艳妾受宠的政治局面。朱熹认为正是由于小人把持朝政、艳妾蛊惑王心才导致天降灾异。[③] 从这几章的描述中，我们可以看到西周灭亡前夕的政治环境和社会状况。接着，诗人又叙写自己与皇父之间的矛盾以及皇父所做的一些贪利自私之事。在最后两章中，诗人表达了对周幽王宠褒姒、用小人的忧思与不满。可见，这首长诗所包含的事件较为丰富，可以看作是“事在诗内”的作品。

再如《秦风·黄鸟》：

交交黄鸟，止于棘。谁从穆公？子车奄息。维此奄息，百夫之特。临其穴，惴惴其栗。彼苍者天，歼我良人！如可赎兮，人百其身！

交交黄鸟，止于桑。谁从穆公？子车仲行。维此仲行，百夫之

---

① 程俊英、蒋见元：《诗经注析》，北京：中华书局，2017年，第613—620页。

② 同上书，第613页。

③ 朱熹集撰：《诗集传》，赵长征点校，北京：中华书局，2017年，第206—207页。

防。临其穴,惴惴其栗。彼苍者天,歼我良人!如可赎兮,人百其身!

交交黄鸟,止于楚。谁从穆公?子车鍼虎。维此鍼虎,百夫之御。临其穴,惴惴其栗。彼苍者天,歼我良人!如可赎兮,人百其身![1]

这首诗共三章,每章末尾充斥着抒情人对苍天的呼告,“彼苍者天,歼我良人!如可赎兮,人百其身”,其间的悲惋之情不可遏止。但这种强烈情感的抒发并非没有来由,前面所描写的子车氏之三子奄息、仲行、鍼虎给秦穆公殉葬一事,可作为后面情感抒发的铺垫。《左传・鲁文公六年》的记载有助于我们进一步理解该诗:“秦伯任好卒。以子车氏之三子奄息、仲行、鍼虎为殉,皆秦之良也。国人哀之,为之赋《黄鸟》。”[2]可知此诗控诉的是秦国以活人殉葬的制度。

《小雅・十月之交》和《秦风・黄鸟》这两首诗,由于叙事和抒情的成分相当,所以我们不难看出其中的叙事性。而另外一些抒情色彩更加鲜明的政治讽喻诗,同样存在着叙事性。虽然其叙事性较弱,但其中所指之“事”对于读者更深入地体会诗人的情感,有着不可忽视的作用。如《小雅》中的《正月》《雨无正》《小旻》《小弁》以及《大雅》中的《瞻卬》《召旻》《民劳》《板》《荡》《抑》《桑柔》等,这些诗篇中的抒情人多为统治阶级内部成员,如大夫、老臣,他们能够最直接地感受统治集团内部的矛盾,体会下层民众的苦难与不幸。这些作品常以第一人称“我”的口吻为群众和国家发声,如《小雅・正月》,该诗篇幅较长,共十三章。《毛诗序》认为:“《正月》,大夫刺幽王也。”[3]诗中“赫赫宗周,褒姒灭之”二句,言及周幽王宠幸褒姒,荒淫无度,最终导致国家灭亡的史实。这两句诗极为重要,正是因为有了它,诗作的年代才可以定位为周幽王宠幸褒姒的年代,诗中流露的忧愁悲愤以及不着边际、无甚联系的比兴,才可以找到合理的解释。[4]

这类揭示西周阴暗面的诗歌,需要适当的叙事。这种叙事简洁概括、要言不烦,却一针见血,痛切淋漓,令人触目惊心。如《大雅・瞻卬》的前

---

① 程俊英、蒋见元:《诗经注析》,北京:中华书局,2017年,第376—377页

② 杨伯峻编著:《春秋左传注》,北京:中华书局,1995年,第546—547页。

③ 毛亨传:《毛诗正义》,郑玄笺,孔颖达疏,北京:北京大学出版社,1999年,第706页。

④ 董乃斌:《〈诗经〉史诗的叙事特征和类型——〈诗经〉研读笔记之一》,《南国学术》2018年第3期。

三章：

瞻卬昊天，则不我惠。孔填不宁，降此大厉。邦靡有定，士民其瘵。蟊贼蟊疾，靡有夷届。罪罟不收，靡有夷瘳。

人有土田，女反有之。人有民人，女覆夺之。此宜无罪，女反收之。彼宜有罪，女覆说之。

哲夫成城，哲妇倾城。懿厥哲妇，为枭为鸱。妇有长舌，维厉之阶。乱匪降自天，生自妇人。匪教匪诲，时维妇寺。[①]

这三章不仅有主观的抒情议论，也有客观的叙事。首章前六句是情感的直接抒发，接着“蟊贼蟊疾，靡有夷届”则是比喻，用蟊贼比喻作恶为害的奸佞。第二章是客观事实，描述了周幽王占人田地、夺人人口、迫害无辜、纵容坏人等一系列倒行逆施之事。第三章把批判的矛头直指褒姒，诗人不仅将其比作“枭”与“鸱”，还发出了直接抨击：“乱匪降自天，生自妇人。匪教匪诲，时维妇寺。”诗人将客观的事实描述与主观情绪的表达浑融地结合起来，使沉重而压抑的时代气氛变得更为真实深刻。[②] 读者不假外求，便可对周幽王的所作所为有所认知，属于“事在诗内”之作。其余“二雅”中的政治讽喻诗，所抒发的怨刺情绪也都是有感于现实政治的黑暗，并无不涉于“事”的纯粹之“情”。如果有的话，这样的抒情也只能是一种空洞叫喊和无病呻吟。

彼得·霍恩在对抒情诗进行叙事分析时提出的“序列性”“事件性”等概念，对我们理解《诗经》的“事在诗内”有重要帮助，如《召南·摽有梅》：

摽有梅，其实七兮。求我庶士，迨其吉兮。

摽有梅，其实三兮。求我庶士，迨其今兮。

摽有梅，顷筐塈之。求我庶士，迨其谓之。[③]

这首抒情诗共三章，叙写女子看着梅子从树上一颗颗掉落，引起了青春将逝的伤感，表达了她想要同人结婚的迫切心情。梅子落地，这是诗内所涉及之“事”。围绕这一核心之“事”，抒情人展开了思索和情感的变化。

---

① 程俊英、蒋见元：《诗经注析》，北京：中华书局，2017年，第980—981页。

② 董乃斌：《〈诗经〉史诗的叙事特征和类型——〈诗经〉研读笔记之一》，《南国学术》2018年第3期。

③ 程俊英、蒋见元：《诗经注析》，北京：中华书局，2017年，第53—54页。

"其实七兮""其实三兮""顷筐塈之",是指树上的梅子由原来的七成掉落到只剩三成再到最后全部掉光,而这一场景的变化正是基于时间的先后顺序发生的,也就是这首诗中所表现的序列性。与此同时,抒情人的情感也随树上梅子数量的变化而变化,由"迨其吉兮""迨其今兮""迨其谓之"可知,抒情人待嫁的心情越来越焦急、迫切,这其实属于一种序列发展的情感序列性。彼得·霍恩明确指出:"有意义的序列只有借助于语境和世界知识的帮助才能产生。也就是说,作者和读者只有参照此前存在的有意义的结构,参照已具意义的熟悉的认知模式时才能把握和理解文本。"[①]因此,在这样的语境下,当抒情人看到梅子掉落而引发伤感,并表达出想要结婚的迫切愿望也就可以理解了。

《诗经》中有相当一部分抒情诗体现出了明显的事件性,较为典型的如《邶风·终风》:

终风且暴,顾我则笑。谑浪笑敖,中心是悼。
终风且霾,惠然肯来?莫往莫来,悠悠我思。
终风且曀,不日有曀。寤言不寐,愿言则嚏。
曀曀其阴,虺虺其雷。寤言不寐,愿言则怀。[②]

在这首抒情诗中,抒情人的内心情感经历了多次转折:首章是抒情人对丈夫轻薄狂暴的行为表示伤心,次章又转而思念起丈夫,第三章中抒情人更因思念丈夫而辗转难眠,并希望丈夫知其思念而打喷嚏,最后一章由己及彼,希望丈夫反过来思念她。抒情人在后面三章抒发对丈夫思念、不舍的情感明显与首章怨恨、伤心的情感相悖。而且,由于"偏离序列类型所预期的延续",读者会因此感到"意外"。也正是由于这种"意外",这首抒情诗的事件性,才得以鲜明体现。

另一首抒情诗《周南·汝坟》,其中的事件性同样值得我们细致分析:

遵彼汝坟,伐其条枚。未见君子,惄如调饥。
遵彼汝坟,伐其条肄。既见君子,不我遐弃。
鲂鱼赪尾,王室如毁。虽则如毁,父母孔迩。[③]

---

① 彼得·霍恩、詹斯·基弗:《抒情诗叙事学分析:16—20世纪英诗研究》,谭君强译,北京:北京师范大学出版社,2020年,第5页。

② 程俊英、蒋见元:《诗经注析》,北京:中华书局,2017年,第82—84页。

③ 同上书,第29—30页。

这首诗的情感变化可从每章的结句中看出，“惄如调饥”是对远方服役丈夫的思念之情，“不我遐弃”则指与丈夫相见时的欣喜及丈夫不抛弃她的安慰，“父母孔迩”蕴含着希望丈夫不要再去服役的委婉劝说。这首诗的二、三章是抒情人的想象，抒情人借助想象来缓解自己的思念之情，想象见到丈夫后自己的心情和行为。虽然想象相见的愉快和欣喜在情理之中，但对丈夫不抛弃自己感到安慰，让读者有些出乎意料，这是事件性的第一次体现。再者，首章叙写抒情人的思念之苦，之后抒情人以自身不想再忍受离别之苦为理由，劝说丈夫回来后就别再去服役，这在我们的期待之中。而末章抒情人却以父母需要赡养为理由劝说丈夫，使得“期待中的延续或变化未曾发生”，这便是事件性的第二次体现。

二、事在诗外

诗歌总是因为某种“事”而触动了“情”，进而使诗人灵感迸发，产生创作冲动。然而在实际的创作过程中，“诗人也可能不把触发他创作冲动的那事情写入诗中或写得影影绰绰，甚至加以变形幻化，而将笔墨主要用在抒发感慨、发表议论上”[①]，这便是董乃斌所说的“事在诗外”，这些作品本身“对事件描述不细不清，必须参照作品以外的相关资料才能了解其事”[②]。《国风》中的一部分政治讽喻诗便属于“事在诗外”之作，如《邶风·新台》《鄘风·墙有茨》《鄘风·君子偕老》《鄘风·载驰》《郑风·清人》《齐风·南山》《齐风·敝笱》《陈风·墓门》《陈风·株林》《卫风·河广》等。这些诗只写出了事件的一鳞半爪，甚至只是蛛丝马迹而已，读者只能借助《左传》《史记》等相关资料的记载才能了解事件的全貌。

试看《鄘风·墙有茨》：

> 墙有茨，不可扫也。中冓之言，不可道也。所可道也？言之丑也。
>
> 墙有茨，不可襄也。中冓之言，不可详也。所可详也？言之长也。
>
> 墙有茨，不可束也。中冓之言，不可读也。所可读也？言之辱也。[③]

---

① 董乃斌：《古诗十九首与中国文学的抒叙传统》，《北京大学学报》2014年第5期。

② 董乃斌：《古典诗词研究的叙事视角》，《文学评论》2010年第1期。

③ 程俊英、蒋见元：《诗经注析》，北京：中华书局，2017年，第135—137页。

这首诗的特点是讽刺尖锐,但所指之事又隐约含蓄。抒情人自问自答,反复陈述"中冓之言,不可道也。所可道也?言之丑也",到底是怎样的丑恶?丑恶到何种程度?抒情人并未明说,因此难免使人觉得云里雾里,摸不着头脑。《毛诗序》云:"《墙有茨》,卫人刺其上也。公子顽通乎君母,国人疾之不可道也。"[①]读者需根据《毛诗序》的解释,再结合《左传》等其他文献,才能明白这首诗的讽刺对象可能是卫宣姜。宣姜本被聘为卫宣公世子伋的妻子,后被卫宣公中途劫夺据为己有。宣公死后,他的庶长子公子顽又与宣姜私通。[②] 这首诗暗含的便是这桩卫国宫廷内的丑闻,所以诗人以"墙茨不可扫"起兴,有内丑不可外扬之意。而《陈风·株林》讽刺的则是陈灵公和夏姬之间的私通之事,诗中所含之事,抒情人吞吞吐吐,欲说还休,显得闪烁其词,读者只能借助《左传》《史记》等历史典籍才能更全面地理解文本之意,如《左传·宣公九年》记载:"陈灵公与孔宁、仪行父通于夏姬,皆衷其衵服,以戏于朝。"[③]再联系《史记·陈世家》,我们方了解整个事件的原委,即夏姬原是郑穆公的女儿,后嫁给陈国大夫夏御叔,生下一个儿子,名叫夏徵叔,字南。陈灵公与孔宁、仪行父都曾与夏姬私通。后来陈灵公被夏徵叔射杀在马厩,陈国也被楚国所灭。

再如《郑风·清人》:

清人在彭,驷介旁旁。二矛重英,河上乎翱翔!
清人在消,驷介麃麃。二矛重乔,河上乎逍遥。
清人在轴,驷介陶陶。左旋右抽,中军作好。[④]

此诗用反衬手法来表达讽刺之意。诗人先渲染战马的强壮和武器的精良,然后与末句的"河上乎翱翔""河上乎逍遥""左旋右抽,中军作好"形成反差,说明中军带领军队操练只是装模作样,并非在真正抵御敌人。诗中的"中军"具体是谁?《左传·闵公二年》"郑人恶高克,使帅师次于河上,久而弗召,师溃而归,高克奔陈。郑人为之赋《清人》"[⑤]的记载,为我们提供了这首诗的具体创作背景。

---

① 毛亨传:《毛诗正义》,郑玄笺,孔颖达疏,北京:北京大学出版社,1999年,第215页。
② 程俊英、蒋见元:《诗经注析》,北京:中华书局,2017年,第135页。
③ 杨伯峻编著:《春秋左传注》,北京:中华书局,1995年,第701—702页.
④ 程俊英、蒋见元:《诗经注析》,北京:中华书局,2017年,第247—249页.
⑤ 杨伯峻编著:《春秋左传注》,北京:中华书局,1995年,第268页.

其余“事在诗外”之作,如《陈风·墓门》讽刺陈桓公不能去陈佗,其事见于《左传·桓公五年》;《邶风·新台》讽刺卫宣公劫夺儿媳,其事见于《左传·桓公十六年》及《史记·卫世家》;《齐风·南山》讽刺齐襄公与文姜私通,其事见于《左传·桓公十八年》;《鄘风·载驰》涉许穆夫人归卫吊唁其弟卫公,其事见于《左传·闵公》二年;《鄘风·君子偕老》讽刺卫宣姜,其事见于《毛序》《郑笺》等。

应当注意的是,在寻找“诗外之事”的过程中,我们需采取一种审慎的态度,切不可穿凿附会各种史事。《毛诗》的每一诗篇前面都有一则题解,称为“小序”。这些小序通常采用“以史证诗”的方法,其中多为附会史传、杂记,难以据信。我们并非要一味排斥“以史证诗”,前提是所引的史事确实与本诗有关。有多种史传记载作为佐证,并与诗中内容相吻合,才能证明某诗确有所本。作品之外相关资料的记载,对于读者全面了解此类诗歌中所写之事及挖掘文本更深层次的意义确实具有重要作用。在形式上,这些事件属于诗歌的一部分,二者休戚相关,不可分离。

无论是“事在诗内”还是“事在诗外”,这些或明或暗的事都直接影响着抒情人情感的抒发。诗歌的艺术性和美感关键在于它的叙事,而不是抒情。诗人之情,除一小部分直接抒出外,绝大部分融合在事的叙述之中,不含事的直接抒情是无法使读者真正感动的。[①]

第四节　隐喻叙事

《文心雕龙·谐隐》曰:“讔,隐也。遁辞以隐意,谲譬以指事也。”[②]此处的“隐”为“隐藏”之意,即用隐约的话语来暗含某种意义,用曲折的比喻来暗指某件事情。季广茂在《隐喻视野中的诗性传统》一书中对“隐喻”作如下界定:“隐喻是在彼类事物的暗示之下感知、体验、想象、理解、谈论此类事物的心理行为、语言行为和文化行为。”[③]朱光潜也认为“以甲事物影

---

① 董乃斌:《从赋比兴到叙抒议——考察诗歌叙事传统的一个角度》,《徐州工程学院学报》2016年第1期。

② 刘勰著:《文心雕龙义证》,詹锳义证,上海:上海古籍出版社,1989年,第539页。

③ 季广茂:《隐喻视野中的诗性传统》,北京:高等教育出版社,1998年,第14页。

射乙事物时,甲乙大半有类似点,可以相互譬喻。有时甲乙并举,则为显喻,有时以乙暗示甲,则为隐喻"[①]。这里的"乙"即季广茂所谓的"彼类事物",而"甲"则指"此类事物"。隐喻能够产生一种"'言在此而意在彼'的美学效果"[②]。诗歌与隐喻之间的关系尤为密切,诗歌离不开抽象的情感或思想,当这些抽象的情思无法被直观地领会时,则需要将自然、生活中可感的事物与难以表达的主体情思进行类比关联,以此来完成诗歌的创作。

《诗经》中有不少篇章采用了隐喻性叙事的策略,如《鄘风·墙有茨》《鄘风·鹑之奔奔》《王风·兔爰》《齐风·南山》《齐风·敝笱》《陈风·墓门》《曹风·鸤鸠》《豳风·鸱鸮》《豳风·狼跋》《小雅·鹿鸣》《小雅·南有嘉鱼》《小雅·鸿雁》《小雅·鹤鸣》《小雅·青蝇》《小雅·何草不黄》等,在一定程度上影射了政治时事,诗人并不直白地吐露其中之事,而是委婉含蓄地呈现,此如陈望道所言"婉转辞"。构成这种辞格又有两种方法,"第一是不说本事,单将余事来烘托本事;第二类是说到本事的时候,只用隐约闪烁的话来示意"[③]。采用了第一种方法的诗篇,如《小雅·鹤鸣》:

> 鹤鸣于九皋,声闻于野。鱼潜在渊,或在于渚。乐彼之园,爰有树檀,其下维萚。它山之石,可以为错。
>
> 鹤鸣于九皋,声闻于天。鱼在于渚,或潜在渊。乐彼之园,爰有树檀,其下维榖。它山之石,可以攻玉。[④]

这是一首以隐喻为主的诗。其中存在四组物象,分别是"鹤""鱼""树檀""它山之石",这些物象都以喻体的方式存在于诗中,全诗并无本体出现[⑤]。这四组物象都指代同一个本体,即"贤人"。"鹤鸣于九皋,声闻于野"指贤人即使隐居,他的名声也会被世人所知;"鱼潜在渊,或在于渚"指贤人时而隐居,时而出仕;"乐彼之园,爰有树檀,其下维萚"中的"园"指国家,"萚"则代指小人,暗示这个国家原来"树檀"型的贤才已经凋零。面对

① 朱光潜:《诗论》,上海:华东师范大学出版社,2018年,第42页。
② 季广茂:《隐喻视野中的诗性传统》,北京:高等教育出版社,1998年,第54页。
③ 陈望道:《修辞学发凡》,上海:复旦大学出版社,2008年,第109—110页。
④ 程俊英、蒋见元:《诗经注析》,北京:中华书局,2017年,第566—567页。
⑤ 朱全国:《文学隐喻研究》,北京:中国社会科学出版社,2011年,第233页。

这种情况,末尾提出“它山之石,可以为错”的对策,意为即便是他国之人才,也可以招纳为我国所用。诗人借大自然中的事物来影射当时国家人才稀缺的现实,物事与人事融合无间,旨在劝告统治者多与民间交流,并重用其中的贤人能士[①]。

《齐风·南山》与《齐风·敝笱》则采用了第二种方法。先来看《齐风·南山》:

南山崔崔,雄狐绥绥。鲁道有荡,齐子由归。既曰归止,曷又怀止?

葛屦五两,冠緌双止。鲁道有荡,齐子庸止。既曰庸止,曷又从止?

艺麻如之何?衡从其亩。取妻如之何?必告父母。既曰告止,曷又鞠止?

析薪如之何?匪斧不克。取妻如之何?匪媒不得。既曰得止,曷又极止?[②]

这首诗字里行间影射的是齐襄公与文姜私通之事,只以“鲁道有荡,齐子由归”“鲁道有荡,齐子庸止”16字隐约点出本事,剩下的全由隐喻和诘喻组成。据《左传·桓公十八年》记载:“公会齐侯于泺,遂及文姜如齐,齐侯通焉。公谪之,以告。夏四月丙子,享公。使公子彭生乘公,公薨于车。”[③]讲述的便是齐襄公与其妹文姜的丑闻。“南山崔崔,雄狐绥绥”,郑笺云:“雄狐行求匹耦于南山之上,行貌绥绥然。”[④]齐襄公作为一国之君,不操心国事,却为淫逸之行,诗人以“雄狐绥绥”隐喻齐襄公追随文姜之态。接着写齐文姜嫁给鲁桓公后,依然与齐襄公私会。最后两章叙写鲁桓公与齐文姜之间经过父母之命、媒妁之言而成婚,鲁桓公应该以礼约束齐文姜,而非任由其入齐国,穷其所欲而无止,最终给自己招来杀身之祸。由此可见,这首诗讽刺的对象不仅是齐襄公,还包括齐文姜和鲁桓公。

再看《齐风·敝笱》:

敝笱在梁,其鱼鲂鳏。齐子归止,其从如云。

---

① 朱全国:《文学隐喻研究》,北京:中国社会科学出版社,2011年,第233页。

② 同上书,第295—296页。

③ 杨伯峻编著:《春秋左传注》,北京:中华书局,1995年,第153页。

④ 毛亨传,郑玄笺,孔颖达疏:《毛诗正义》,北京:北京大学出版社,1999年,第341页。

敝笱在梁,其鱼鲂鱮。齐子归止,其从如雨。

敝笱在梁,其鱼唯唯。齐子归止,其从如水。[①]

这首诗共三章,所影射的依然是齐文姜和齐襄公的淫乱之事。诗中并未直写该事件,而是闪烁其词地反复描写当初齐文姜嫁到鲁国时,随从人员的声势浩大。关于“敝笱”的含义,历来有两种说法:一种认为“笱”是收鱼的器具,笱坏了,鱼留不住,便摇摇摆摆地自由进出,以此来隐喻失去夫权的鲁桓公,管不住文姜之事。另一种认为“敝笱”象征没有节操的女性,自由进出的各色鱼类,象征她所接触的众男子。闻一多更认同第二种说法,“因为通例是以第三句应第一句,第四句应第二句”[②]。此外,“云”“雨”“水”都是性方面的隐喻,指齐文姜像“水”一样,与娘家人随意“云雨”。

影射政治时事的作品,常借助具体的动物形象来隐喻,如《小雅·青蝇》:

营营青蝇,止于樊。岂弟君子,无信谗言。

营营青蝇,止于棘。谗人罔极,交乱四国。

营营青蝇,止于榛。谗人罔极,构我二人。[③]

该诗影射的是朝廷小人当道、颠倒黑白、扰乱国家的政治环境。诗人以“营营青蝇”来隐喻那些向统治者进谗言的小人嘴脸,取喻形象传神。另外,《鄘风·鹑之奔奔》以自然界中的鹌鹑、喜鹊尚且有自己固定的配偶,反比在位者过着荒淫无耻的乱伦生活,讽刺其连禽鸟都不如。《豳风·狼跋》则以老狼滑稽搞笑的走路姿态隐喻公孙进退维谷的狼狈处境[④]。此外,《豳风·鸱鸮》一诗也值得注意:

鸱鸮鸱鸮,既取我子,无毁我室。恩斯勤斯,鬻子之闵斯!

迨天之未阴雨,彻彼桑土,绸缪牖户。今女下民,或敢侮予!

予手拮据,予所捋荼,予所蓄租,予口卒瘏。曰予未有室家!

予羽谯谯,予尾翛翛。予室翘翘,风雨所漂摇。予维音哓哓![⑤]

---

① 程俊英、蒋见元:《诗经注析》,北京:中华书局,2017年,第302—303页。

② 闻一多:《神话与诗》,武汉:武汉大学出版社,2009年,第107页。

③ 程俊英、蒋见元:《诗经注析》,北京:中华书局,2017年,第740页。

④ 同上书,第463页。

⑤ 程俊英、蒋见元:《诗经注析》,北京:中华书局,2017年,第447—449页。

这首诗反映了压迫者的残酷与被压迫者的悲愤。全诗以母鸟的口吻,诉说了自己的幼鸟被猫头鹰抓走,但依然辛勤地修缮巢窝,抵御外侮。面对育子修巢的辛苦和当前处境的危险,它发出了内心强烈的控诉,情感显得凄厉而哀愁。猫头鹰是压迫者的象征,而母鸟象征的则是被压迫者,以自然界中欺凌压迫的行为隐喻现实生活中统治者的残暴不仁,显得更加生动形象。

这些诗中多用"比",正如《毛诗序》云:"见今之失,不敢斥言,取比类以言之。"[①]由于黑暗的政治专制使人们敢怒不敢言,只能采用隐喻的方式委婉道之。其实,统治者并非都是荒淫无道的,也有一些仁德贤明的君主,他们励精图治,维系君臣团结,如《小雅·南有嘉鱼》:

> 南有嘉鱼,烝然罩罩。君子有酒,嘉宾式燕以乐。
> 南有嘉鱼,烝然汕汕。君子有酒,嘉宾式燕以衎。
> 南有樛木,甘瓠累之。君子有酒,嘉宾式燕绥之。
> 翩翩者鵻,烝然来思。君子有酒,嘉宾式燕又思。[②]

这首诗用了一系列的隐喻,首章中"嘉鱼"代指贤人,在野贤人很多,在朝君子乐而求之,待贤者到来之时,与之和乐燕饮;三章中"南有樛木,甘瓠累之",指宾主之间的关系就像是甘瓠缠绕在曲木上,彼此十分团结紧密;末章"翩翩者鵻,烝然来思",则以群飞的鵻鸟形容众多贤人赴宴的情景。与之相类似的还有《小雅·鹿鸣》一诗,该诗以"呦呦鹿鸣,食野之苹"隐喻"君燕群臣"。这两首诗旨在说明统治者诚心求贤且通过"燕乐"的方式来稳固君臣关系。国君的仁德统治,自然会引发诗人对其的赞美,如《曹风·鸤鸠》就以自然界中的鸤鸠能够平均地养育幼鸟,隐喻国君对待百姓也能做到平均如一、用心如一。

冯友兰曾说:"富于暗示,而不是明晰得一览无余,是一切中国艺术的理想。……拿诗来说,诗人想要表达的往往不是诗中直接说了的,而是诗中没有说的。"[③]采用隐喻叙事策略的诗歌同样如此,它们含蓄委婉而不直露,需要读者细细品味才能领会蕴含在文本之中的深层含义。

《诗经》中运用隐喻叙事策略的诗歌,数量颇为可观。当时的诗人们

---

① 毛亨传:《毛诗正义》,郑玄笺,孔颖达疏,北京:北京大学出版社,1999 年,第 11 页。
② 程俊英、蒋见元:《诗经注析》,北京:中华书局,2017 年,第 514—515 页。
③ 冯友兰:《中国哲学简史》,北京:北京大学出版社,1996 年,第 11 页。

把握住了他们那个时代各种各样的人事经验,并借助“类比联想”这座无形的桥梁,将具体的物象与抽象的情思沟通了起来。因此,后世读者在理解《诗经》时,亦需将“物”与“人”进行类比联想,方能与作者之间进行真正意义上的沟通。

小 结

通过对《诗经》叙事性的全面探析,我们可得出这样的观点,即中国古典诗歌的叙事传统与抒情传统一样悠久而深厚。在实际创作过程中,叙事和抒情并不是泾渭分明,而是彼此融合。诗人要么是在叙事中抒情,要么是在抒情中叙事。只是叙事和抒情的比重有所不同。闻一多曾言:“由《击鼓》,《绿衣》以至《蒹葭》,《月出》,是‘事’的色彩由显而隐,‘情’的韵味由短而长……再进一步,‘情’的成分愈加膨胀,而‘事’则暗淡到不合再称为‘诗’,只可称为‘境’,那便到达《十九首》以后的阶段,而不足以代表《三百篇》了。……《三百篇》主要作品之‘事’‘情’配合得恰到好处。”[①]将《诗经》放在中国古典诗歌叙事抒情两大传统交响共鸣的历史进程中考察,其地位和影响主要体现为以下四个方面:一、“感事”传统的形成;二、对答体叙事结构的设计;三、赋体叙事方式的运用;四、四言体式的选择。

一、“感事”传统的形成

傅修延认为“感事”,指的是“带着强烈的情感倾向来叙事,情感的冲动撞击时常影响着叙事的完整,以致抒情性成为外显的主要特征”[②]。早在《诗经》时代,中国古典诗歌就已形成了“感事”传统,而这一传统对后世诗歌的影响无疑是深远的。

“感事”艺术对乐府诗的影响最大。建安文人“以乐府旧题写时事”的诗篇,如曹操《蒿里行》《苦寒行》、王粲《七哀诗》(其一)、陈琳《饮马长城窟行》等作品都是“感事”的典范。曹操《苦寒行》一诗,不仅实现了叙事、写景、抒情的完美融合,而且将“感事”与“感时”相结合,展现了汉末建安年

---

① 闻一多:《神话与诗》,武汉:武汉大学出版社,2009年,第167页。

② 傅修延:《先秦叙事研究:关于中国叙事传统的形成》,北京:东方出版社,1999年,第111页。

间征战不休、生灵涂炭的社会图景，拓展了诗歌反映社会现实的广度。诗歌发展到唐代，发生了新的变化。一是杜甫的“即事名篇，无复依傍”的诗篇，如《悲陈陶》《哀江头》《兵车行》《丽人行》等，“在建安文人‘感事’与‘感时’相结合的叙事传统基础上又有所创新，形成了自己的特色，即将感怀与叙事融合，所叙之‘事’，既包括个人身世经历，也包括社会时事，故所感之‘怀’，也是个人身世之怀与社会时事之怀的交融”[①]。二是随着唐代新乐府运动的兴起，白居易等人逐渐摆脱对乐府旧题的依赖，采用自创新题的方式写时事，如白居易《长恨歌》《琵琶行》、元稹《连昌宫词》等。因此，最初由杜甫、元结确立，经过顾况、戴叔伦等人发展的“感事”传统，最后在元稹、白居易、张籍、王建、李绅等人的笔下得到了全面的发扬。诗歌的“感事”功能被发挥，诗歌的叙事作用也随之被强化。由此可见，乐府诗的“感事”传统与《诗经》一脉相传，其叙事性之强是述事寄情的必然结果。

陈平原认为“中国叙事诗的一个特性，即形成了倾向于以纪事、感事方法来发挥诗歌叙事功能”[②]。其实，不仅是叙事诗，“感事”传统还对以抒情为主的诗歌产生了一定的影响，“大凡感伤、感遇、怀旧、怀古、悼亡等不同题材的诗歌，几乎无不是先感事而发，而后述事以寄情”[③]。尤其是咏史诗，从第一首真正意义上的咏史诗（即汉代班固《咏史》），到西晋时期以左思《咏史》为代表的咏史诗及后代大量的咏史作品，无一不是情事的融合。

此外，“感事”一词还在诗题中频繁出现。如唐五代白居易《感事》《九年十一月二十一日感事而作》《春尽日宴罢感事独吟》《斋居春久感事遣怀》，元稹《感事》三首，许浑《下第寓居崇圣寺感事》《太和初靖恭里感事》《甘露寺感事贻同志》，韦庄《和郑拾遗秋日感事一百韵》等；至宋代，此类诗词同样不胜枚举，如陆游《乾道之初卜居三山今四十年八十有一感事抒怀》，史达祖《阮郎归·月下感事》（其二）、《凤来朝·五日感事》，蔡伸《望江南·感事》，陈人杰《沁园春·丁酉岁感事》（其九）等。而不以“感事”名题，却蕴含“感事”之意的词作亦为数不少，最具代表性的便是辛弃疾，如《南乡子·登京口北固亭有怀》《永遇乐·京口北固亭怀古》《汉宫春·会

① 周兴泰：《中国文学叙事传统中的“诗史”说》，《贵州社会科学》2020年第5期。

② 陈平原：《中国小说叙事模式的转变》，上海：上海人民出版社，1988年，第304页。

③ 李桂奎：《中国传统诗论中的“情”“事”互济观念》，《文艺理论研究》2018年第6期。

稽蓬莱阁怀古》《水龙吟·登建康赏心亭》等,都是面向现实、抚时感事的佳作。

关于诗歌的生发过程,大多数作品都是先"感事",后"生情","说到底,在中国古典诗歌创构之初,无论是睹物思人,还是见景生情,其实都属于'感事而生情',从而成为启动文本创构的理论概括"[①]。因此,《诗经》所形成的"感事"传统,对后世诗歌的发展亦起过不容忽视的作用。

第一,《诗经》的"感事"传统有助于拓宽诗歌的题材容量,使诗歌创作能够反映社会生活的各个侧面。诗人如果长期被抒情传统所束缚,而忽视叙事传统,必然会造成其眼界的狭窄和肤浅。《诗经》的"感事"艺术,则引导诗人关注生活、关注现实,并告诉诗人外在的世界同样精彩绚烂。如唐代诗人杜甫,他的诗既咏史怀古,也写风土民俗、人物轶事及日常生活琐事,为后世诗人大开创作法门。正是由于杜甫的开创之功,后来的韩愈、苏轼才能够继续沿着这一道路前进,其肇端就在于诗之"感事"[②]。直至宋代,诗人的目光变已从家庭或家庭周围的事物拓展到整个社会、国家,其感觉之敏锐也是前所未有的[③]。陈平原在其《中国小说叙事模式的转变》一书的附录《说"诗史"——兼论中国诗歌的叙事功能》中提出,中国文学史上出现大量精彩的咏史怀古诗以及着力于纪时事的"诗史"未变成史书,都应该归功于诗歌的"感事抒情"[④],可见"感事"传统对后世诗歌发展的深远影响。

第二,《诗经》的"感事"传统有助于启发诗人更新自己的思维方式。传统的写景抒情诗依赖"景语"和"情语",而感事诗则讲究"事象"与"事境",依赖的是"事象"的思维,即通过构建事象来营造事境,并叙写具体的事态。而且,我们可以明显地察觉到,"事象"的含义远比"物象"丰富、复杂得多。如周剑之所说:"'事象'的'事',是以古典诗歌的泛事观为基础的,泛指对各种客观存在的情事的记录。这个'事'不等同于过程完整的具体事件,而主要是与事相关的要素,既包括事件的情境、人物的行为、动

---

① 李桂奎:《中国传统诗论中的"情""事"互济观念》,《文艺理论研究》2018年第6期。

② 陈伯海:《"感事写意"说杜诗——论唐诗意象艺术转型之肇端》,《上海师范大学学报》2014年第2期。

③ 吉川幸次郎:《宋元明诗概说》,李庆、骆玉明等译,上海:复旦大学出版社,2012年,第16页。

④ 陈平原:《中国小说叙事模式的转变》,上海:上海人民出版社,1988年,第316页。

态，也包括片断的闻见和事实，甚至还包括景物、情绪、感受等多方面的内容”[①]。

二、对答体叙事结构的设计

对答体是《诗经》中一种较为常见的叙事结构，其中不仅有以问答对话结构全篇的作品，亦有在叙述中穿插问答以及真实反映当时人们对答唱和场景的作品，如《郑风·女曰鸡鸣》《齐风·鸡鸣》《郑风·溱洧》《郑风·东门之墠》《小雅·绵蛮》《大雅·江汉》《郑风·萚兮》《陈风·东门之池》《唐风·绸缪》等；甚至还有一些仅述单方话语，而将对方意思隐含在内的作品，这些作品可视为对答体的变形，如《召南·野有死麕》《魏风·陟岵》等。此外，《诗经》中还存在大量的问答句式，如《召南》中的“于以采蘩？于沼于沚”“于以采蘋？南涧之滨”“厌浥行露，岂不夙夜？谓行多露”“何斯违斯？莫敢或遑”“何彼秾矣？唐棣之华”，《卫风》中的“岂不尔思？远莫致之”“焉得谖草？言树之背”“谁谓河广？一苇杭之”，《郑风·东门之墠》中的“岂不尔思？子不我即”，《秦风·终南》中的“终南何有？有条有梅”，《小雅·庭燎》中的“夜如何其？夜未央”等。这种对答体的叙事结构对后世诗歌产生了深远的影响。

第一，楚辞继承和延续了《诗经》的对答体，洪兴祖《楚辞补注》云：“《卜居》《渔父》皆假设问答以寄意耳。”[②]《卜居》假托屈原与太卜郑詹尹的问答，《渔父》假托屈原与渔父的问答，表达了屈原自身坚贞不屈、不愿同流合污的人生态度。至汉代，主客问答的结构甚至成了汉大赋的定式。

第二，对答体在乐府诗中的运用也极其频繁。例如《上山采蘼芜》是弃妇与前夫的对答、《陌上桑》是罗敷与使君的对答、《董娇饶》是桃李同蚕妇的对话，《战城南》《妇病行》《东门行》等都是运用对答体的经典诗篇。叙事长诗《孔雀东南飞》更以人物对话构建全篇并塑造人物形象、推动故事情节发展。陈琳《饮马长城窟行》亦以对话的形式展开叙事，堪称文人模仿乐府民歌对答体的典范。

---

① 周剑之：《从“意象”到“事象”：叙事视野中的唐宋诗转型》，《复旦学报》2015年第3期。

② 洪兴祖撰：《楚辞补注》，白化文、许德楠、李如鸾、方进点校，北京：中华书局，1983年，第179页。

三、赋体叙事方式的运用

“赋”是《诗经》中一种重要的表现手法，谢榛曾对《诗经》中赋、比、兴的数量做过统计，“予尝考之《三百篇》，赋七百二十，兴三百七十，比一百一十”[①]。可见，与“比”“兴”相比，“赋”的数量是最多的。

关于“赋”的具体含义，历来有多种解释。朱熹《诗集传》曰：“赋者，敷陈其事而直言之者也。”[②]“赋”注重对事物的铺陈直叙，朱光潜也注意到了赋法的这一功能，他说：“赋偏重铺陈景物，把诗人的注意渐从内心变化引到自然界变化方面去。从赋的兴起，中国才有大规模的描写诗。”[③]其实，“赋”的功能十分强大，它并不等同于叙事，可以说，它比叙事涵盖的范围更大，含义也更多。因为“赋”既可以叙事，也可以抒情，甚至可以议论。清人黄生在总结诗歌创作经验时，曾指出：“诗有写景，有叙事，有述意，三者即三百篇之所谓赋、比、兴也。事与意，只赋之一字尽之，景则兼兴、比、赋而有之。”[④]这段话中的“意”是指作者内心的情志，所以“述意”指的是抒情。“事与意，只赋之一字尽之”是指叙事和抒情都可以使用赋法。“景则兼兴、比、赋而有之”是指写景的情况的较为复杂，赋比兴三法皆可使用。换言之，“赋”既可以叙述外在的客观事物（事与物），也可以叙述内在的心灵活动（情意）。《诗经》中以赋法铺陈客观事物的例子俯拾皆是，大部分叙事性较强的诗篇无疑都会采用赋法。同样，以赋法来抒情、议论的篇章也不在少数，如《邶风·式微》一诗，便是使用赋法来抒情的典范。该诗是诗人的牢骚与呼吁，但究竟所为何事？诗中并未写出，整首诗所写的也只是胸中郁积的怨气，也就是为了抒发感情而已。具体事情不明，也不可能考明。因此，我们读者也只能淡化对本事的追溯[⑤]。

赋法除了用来抒情，还可以用来发表议论和阐明观点。如《小雅·伐木》第一章“伐木丁丁，鸟鸣嘤嘤。出自幽谷，迁于乔木。嘤其鸣矣，求其

---

① 谢榛：《四溟诗话》，见丁福保辑：《历代诗话续编》（下册），北京：中华书局，1983 年，第 1169 页。

② 朱熹集撰：《诗集传》，赵长征点校，北京：中华书局，2017 年，第 6 页。

③ 朱光潜：《诗论》，上海：华东师范大学出版社，2018 年，第 73 页。

④ 黄生撰：《一木堂诗麈》，张寅彭编：《清诗话三编》（第一册），上海：上海古籍出版社，2014 年，第 101 页。

⑤ 董乃斌：《从赋比兴到叙抒议——考察诗歌叙事传统的一个角度》，《徐州工程学院学报》2016 年第 1 期。

友声，相彼鸟矣，犹求友声；矧伊人矣，不求友生？神之听之，终和且平”，前六句是兴，也可说是含赋的兴，言鸟为求友，从低处飞往高处；后六句则是以赋法来发表议论，说鸟尚且知道求友，何况是人？人一旦朋友多了，神知晓了，也会为他赐福，这就是作者想要说明的观点。

“《诗》固有赋，以述情切事为快，不尽含蓄也”[①]，王世贞所言切中肯綮，一语道出了《诗经》中赋法的抒情、叙事效果。在中国诗歌发展史上，我们可以看到，继承《诗经》赋体叙事方式而创作出的优秀作品可谓数不胜数，像被王世贞称为“叙事如画，叙情若诉”[②]的《孔雀东南飞》便是这一类佳作。

四、四言体式的选择

钟嵘曰：“夫四言，文约意广，取效风骚，便可多得。每苦文繁意少，故世罕习焉。”[③]四言体由于体制短促，容量较小，所以其叙事、抒情的方式有别于其他诗体。在《诗经》的时代，人们创作通常以单音节词为主，遵循两句一意的规则建构诗行，多使用叠字和虚字，以此展开叙事和抒情。同时，《诗经》作为中国诗歌的源头，带有某种诗文混杂的特质。而这种特质，反而有助于诗人以四言体式进行叙事。《诗经》的散文化特性便于叙事，这可从其中四言句的句法特点中看出。《诗经》中诸多四言句都是以三言为主，在前后加上虚字或“兮”“思”之类的感叹词构成，如“士之耽兮”“如三月兮”“言之丑也”“仲可怀也”“不可休思”“鸡既鸣矣”“美孟姜矣”“言念君子”“彼苍者天”等；或由一个动词加一个三言词组构成，如“弋凫与雁”“平陈与宋”等。这些三言词组，尽管有些是由一个单音词加一个双音词构成，但更多的是三个有独立意义的单音词结合。这类常在句首冠一个单音词的句式结构是典型的散文句法，如“谓他人父”“秋以为期”等皆如此。倒装句在先秦散文中十分常见，《诗经》中同样保留了该类句法，如“不我以归”“不死何为”“倡予和女”“子不我即”“亦莫我顾”等。后来，随着用韵的趋于规则化、双音词的使用、多样化的重章复沓，《诗经》的四

---

① 王世贞：《艺苑卮言》，丁福保辑：《历代诗话续编》（中册），北京：中华书局，1983年，第1010页。

② 同上书，第980页。

③ 钟嵘：《诗品》，何文焕辑：《历代诗话》（上册），北京：中华书局，1981年，第3页。

言诗逐渐完成了诗化的过程[①]。不过,完成诗化的四言体式仍然具有叙事性。

第一,采用重章复沓的形式来叙述事件的进展。如《周南·芣苢》一诗,叙述的是妇女们采集车前草的热闹场面。全诗共三章,每一章只更换了两个动词,"采""有""掇""捋""袺""襭"的变化,为我们呈现了芣苢越采越多的过程。"采"表明采摘劳动刚刚开始,"有"指采取了一部分,较"采"更进一步。而"掇"是拾取之意,"掇"是顺茎抹下来,说明劳动已经到达紧张而热烈的高潮。"袺"和"襭"是指将采好的车前草放在衣襟兜回来。全诗看似简单重复,整体上以抒情为主,却以四言体式完整细致地叙述了采集的过程。类似的诗篇还有《小雅·采薇》《小雅·庭燎》等。

第二,采用组诗的形式来呈现事件的进程。如《小雅》中的《六月》《采芑》《车攻》《吉日》等。《六月》描写宣王北伐,《采芑》叙述宣王南征,《车攻》讲述宣王召集诸侯在东都举行田猎一事,《吉日》则叙述宣王在西都田猎。这一组诗呈现了宣王中兴时的一系列战争和田猎之事。另外,《大雅》中的《生民》《公刘》《绵》《皇矣》《大明》五首诗,虽未放在一起,但历来被称为周民族史诗,因为它以组诗的形式叙述了周人的诞生、发展、迁徙及灭商建国的历史。

后世的曹操、嵇康以及陶渊明都对《诗经》的四言体式有所继承与创新,他们以四言独有的体式来叙事和抒情,开创了四言体叙事、抒情的新局面。曹操《短歌行》等"以结构独立而句意连贯的散句构成画面,而并不着意追求《诗经》那样的重叠排偶,从而使《诗经》原来短促的节奏感变得自由而舒缓"[②],对四言句法和诗行建构皆有创新。嵇康笔下的四言诗多以组诗的形式出现,如《兄秀才公穆入军赠诗十九首》。与曹诗以散句为主的结构不同,嵇康的四言诗开始朝着骈俪化方向发展,如"朝游高原,夕宿兰渚""弃此荪止,袭彼萧艾""良马既闲,丽服有晖。左揽繁弱,右接忘归""南凌长阜,北厉清渠。仰落惊鸿,俯引渊鱼""泳彼长川,言息其沚。陟彼高冈,言刈其楚""嗟我独征,靡瞻靡恃。仰彼凯风,载坐载起""穆穆惠风,扇彼轻尘。奕奕素波,转此游鳞"等。此外,其《幽愤诗》以四言长诗的形式叙述了自己的人生经历,字里行间充满着激荡的情感,是一篇叙事

---

① 葛晓音:《四言体的形成及其与辞赋的关系》,《中国社会科学》2002年第6期。

② 同上。

与抒情融合的佳作。

嵇康之后，陶渊明将田园题材和清新淡远的风格引入四言诗的创作，激发了四言诗新的生命活力，但在体式上却向《诗经》回归，正如葛晓音所言："与曹诗和嵇诗相比，陶渊明的四言从章法到句法是更接近《诗经》体的。"[①]在章法上，陶渊明的四言诗采用了四章八句、重章复沓的经典结构，如《归鸟》《停云》等。值得注意的是，陶渊明的四言诗还借鉴了《诗经》中赋比兴的手法来叙事或抒情。以赋为例，《劝农》中的"熙熙令德，猗猗原陆。卉木繁荣，和风清穆。纷纷士女，趋时竞逐。桑妇宵兴，农夫野宿"，即采用赋法铺叙美好的田园风光与忙碌和谐的劳作生活。尽管自陶渊明之后，四言诗日渐衰微，但《诗经》的四言体式对陶渊明诗歌叙事的影响是显而易见的。

综上，作为中国文学的源头之一，《诗经》所蕴含的丰富叙事性，对中国文学史叙事、抒情两大传统交响共鸣的景象产生了深远的影响。

（本章由周兴泰和徐镜合作完成）

① 葛晓音：《四言体的形成及其与辞赋的关系》，《中国社会科学》2002年第6期。

余论 中国诗歌叙事传统与中国叙事学的建构

我们从中西方诗学文献或叙事理论中有关诗歌叙事的阐论入手，比较中西诗歌叙事观念的差异，这为后续中西诗歌叙事传统的比较研究提供了有力的理论支撑。在此基础上，全面勾画中西诗歌叙事传统各自不同的生成演变进程，并深入分析造成中西诗歌叙事传统差异的文化背景，提炼抽绎出中西诗歌不同的叙事范式。除此之外，缺类研究可以集中凸显中国诗歌叙事传统的某些特质。由此，我们对中国诗歌的叙事传统已有较为全面深入的认识，那么它对于建构中国叙事学有何启发呢？这是我们需要进一步思考的问题。

浦安迪、杨义、傅修延先后撰写同名著作《中国叙事学》。浦著只限于中国古典小说的叙事探究，未能观照其他文体；杨著采取文化学思路，返回中国叙事本身，但其“结构篇”“时间篇”“视角篇”等仍未脱西方叙事学之藩篱；傅著则带着跨文类、跨学科的宏通视野来看待中国的叙事传统，如青铜叙事、瓷叙事、听觉叙事等，由此走出了一条有中国特色的叙事学研究之路。董乃斌《中国文学叙事传统研究》一书认为中国文学史由叙事传统和抒情传统两大传统贯穿，二者同源共生、互动互渗；在此基础上探讨了历史、诗词、赋、散文、戏曲、小说等不同文体中融汇的两大传统，进而从理论上总结中国文学史的发展方向。尽管学界对建构中国叙事传统乃至中国叙事学做出过种种努力，取得了丰硕成果，但不可否认的是，中国叙事学目前还未能如西方叙事学一样，成为一门真正独立、成熟的学科，要想建立真正意义上的中国叙事学，任重而道远，还有诸多问题要解决，问题之一即要从中国源远流长的叙事传统中提炼并确立一些具有普遍意义的范畴或关键元素，如元叙事、春秋笔法、实录与虚构、言事相兼、客主问答、卒章显志、听声类形等。就诗歌叙事传统来看，其对于建构中国叙事学，以下两点尤为值得注意：

一、抒叙交融

我们的研究立足于中国诗歌叙事传统，以西方诗歌叙事传统为参照，以期对讲好当今中国的故事有所裨益。当然，以中国诗歌为聚焦点并由此观照整个中国文学，我们还可以看到一种特别的景象，即中国文学存在着抒情传统与叙事传统并行发展、共生交融的景象。

抒情传统的关键在于文学以言志抒情为创作宗旨，这在中国古代文论中已多有论述，如“诗言志，歌永言，声依永，律和声”（《尚书·虞书·舜典》），“诗者，志之所之也，在心为志。发言为诗。情动于中而形于言，言之不足故嗟叹之，嗟叹之不足故永歌之，永歌之不足，不知手之舞之，足之蹈之也”（《诗大序》），“诗缘情而绮靡”（陆机《文赋》），“夫诗虽以情志为本，而以成声为节”（挚虞《文章流别论》），“气之动物，物之感人，故摇荡性情，形诸舞咏”（钟嵘《诗品·序》），等等。“抒情传统说”的提出，并不是陈世骧等人的发明，而是对古代文论家关于中国文学性质阐述的理论明确与标举。

陈世骧等人的“抒情传统”说，是在与西方文学叙事传统对照的语境下提出的，在主观上有意或无意忽略了中国文学的叙事传统，但这并不意味着客观上中国文学不存在叙事传统。另外一种情况是，诸多学者认为中国文学确实存在叙事传统，但它是在小说、戏剧产生后才有的，这表现出他们在认知上的一些局限。

要真正认识并承认中国文学的叙事传统，需要从文学的两大表现手段（抒情、叙事）说起。抒情，即抒发情感；叙事即叙述故事，当然，这可能是一个因果完整的故事，也有可能只是故事的一个片段或场景。一个表现主观，一个反映客观，两者看似没有联系。然而，具体文学创作中，抒情与叙事绝非毫无纠葛，而是呈现出抒情中有叙事、叙事中有抒情的密切联系，只不过有时叙事性占主导，有时抒情性占主导，但一方占主导并不意味着另一方不存在，我们可以试想：一首抒情性很强的作品难道背后没有一个故事吗？一首叙事作品难道不是蕴含作者的主观情感在里面吗？基于此，我们需要充分深入地挖掘中国文学中的叙事传统。在文字被创造出来之前，最初是口舌言事传事，甚至采用结绳、刻契等办法来记事叙事，使之能够传达并保存。而后文字的发明，大大方便了记事。中国古老的文字，就是为适应人类叙事的需要而产生的。借助文字，才有了甲骨问事、青铜铭事、《易经》隐事、《诗经》感事、史传运事、诸子言事等多样化的叙事形态，叙事才逐渐走向兴盛、繁荣。从《山海经》《尚书》到《春秋》《左传》，到诸子百家，到纪传体始祖《史记》及其子孙，再到编年体史书《资治通鉴》，以录载往事为职责的史述在中国得以迅速发展并繁荣成熟。而伴随着人的叙事能力的进步与提高，以虚构叙事为特征的小说、戏剧在明清时期得到高度的发展，并由此成为中国叙事文学的代表性文体。

以诗歌发展为例，抒情传统悠久深厚，叙事传统同样亦源远流长。原始歌谣《弹歌》曰："断竹，续竹，飞土，逐宍。"尽管比较简略，但毕竟描述了古代先民狩猎的全过程。到西周春秋时期，《诗经》中出现如《生民》《公刘》《绵》这样的周民族史诗。发展至汉代，出现如《陌上桑》《孔雀东南飞》这样的乐府诗，再到建安诗歌，如曹操《蒿里行》、王粲《七哀诗》，唐代杜甫的"三吏""三别"、白居易《秦中吟》、元稹《田家词》等新乐府，宋代范仲淹《接花歌》，明清时期吴伟业《圆圆曲》等。诗歌叙事传统在上述这些叙事性非常强的诗篇中生长发展，当然是毋庸置疑的，但是，我们也不能忽视诗歌发展史上抒情与叙事紧密融合的诗篇及抒情色彩较浓的诗篇，这些作品中的叙事因子或要素也是对诗歌叙事传统的一种培植或繁衍。人类的叙事经历了一个从低级到高级、从简单到繁复、从粗略地记叙到细腻曲折地描述的发展过程，中国诗歌乃至整个中国文学的叙事传统就有力地证明了这一点。中国诗歌自身的发展以及诗歌批评中出现的"事象""事境""感事""诗史"等传统，乃是对中国叙事学"抒叙交融"特性的最好说明。

二、韵散相生

从中国诗歌的叙事传统看中国叙事学的建构，其中韵散相生的叙事格局鲜明突出。

中国诗歌（包括词、曲）在作品前往往有一段散体文字，称之"序"或"引"。这种现象最早可追溯到《诗经》。《诗经》中有"小序""大序"之分。"大序"相当于《诗经》的总序，"小序"则是每篇前一段阐述该诗作者或介绍写作背景的散体文字，相传为子夏（或毛公、卫宏）所作。"《诗》小序"传达的信息未必符合诗歌的本义，但这一形式深刻地影响了后世的诗歌创作。魏晋以还，很多诗人也仿效"《诗》小序"，在作品前加入一段散体文字，以说明写作缘由或本事。例如，长篇叙事诗《孔雀东南飞》前置“序言”，就交代了该诗所述的本事——“焦仲卿妻刘氏，为仲卿母所遣，自誓不嫁。其家逼之，乃投水而死。仲卿闻之，亦自缢于庭树。”白居易《琵琶行》中的“小序”，也介绍了所述故事发生的时间、地点、琵琶女的身世及作诗缘起。序之功用，如孔安国《尚书序》所云：“序，所以为作者之意，昭然义见。”清代王之绩《铁立文起》说：“序之体，议论如周卜商《诗序》；叙事如汉孔安国《尚书序》。变体如韩愈《送李愿归盘谷序》。有谓序文，叙事者为正体，议论者为变体。此说亦可救《明辨》先议论后叙事之偏。”明确将叙事视为序之正体。古典诗歌中的“序”，是作品的重要组成部分，常见的多为散体叙述文字，它将诗歌内外之事一一揭示，不仅具有交代写作缘由、背景、本事的功能，同时也弥补了古典诗歌语言、体式不利于叙事的缺陷。它是诗歌叙事的辅助或延伸，即叙事学所谓“副文本”。诗序与诗文本，一为散文，一为韵文，乃中国文学韵散相生叙事格局的重要构成。

中国古代历来推尊诗文，小说、戏曲则遭到轻视，甚至被贬称为稗体。但是，正体与稗体并非别若冰炭，而是互相渗透。中国古代小说、戏曲常出现“有诗为证”现象，即在叙事进程或结尾突然插入一首韵文，或作为叙事的补充，或对故事发表评论，例如《三国演义》开篇的《临江仙·滚滚长江东逝水》，《水浒传》末尾的两首长诗。这种“引诗入稗”现象说明了韵文叙事传统的深远影响，以及中国文学叙事韵散相生的特色，也反映了中国文学批评史上“诗重稗轻”的观念。当然，西方小说与史诗之间也有着密切的关联。菲尔丁将小说称为“散文体喜剧史诗”，表明了小说创作受到了史诗叙述笔法的深刻影响。菲尔丁认为小说与史诗的区别在于前者滑稽，后者严肃，这与中国的“诗重稗轻”的观念颇为相类，只不过“有诗为证”的现象为中国文学所独有。

总之，叙事作为人的一种行为，作为一种社会现象和历史存在，作为一切文学作品所必须借重的表现手段，它绝非仅仅体现于史述、小说、戏剧的创作中，而是渗透于其他各种文类如诗词曲赋、戏剧散文、碑志杂传、野史笔记甚至如章表奏议等应用性文章，贯穿于全部的人类生活。因此，要建构中国叙事学，既要关注叙事性文体，也不能忽视那些非叙事性文体；既要聚焦文学性文体，也要涉及那些非文学性文体。这种种不同的文体，皆以自身性质不一、程度不等的叙事成就，构筑成丰富成熟、圆融自洽的中国叙事学。

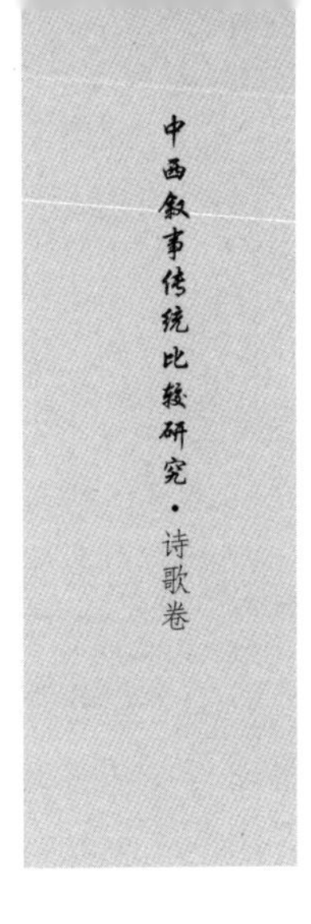

参考文献

专著

1. 班固:《汉书》,北京:中华书局,1962 年。
2. 包亚明主编:《现代性与空间的生产》,上海:上海教育出版社,2003 年。
3. 蔡英俊:《语言与意义》,武汉:华中师范大学出版社,2011 年。
4. 曹植:《曹植集校注》,赵幼文校注,北京:人民文学出版社,1984 年。
5. 陈平原:《中国小说叙事模式的转变》,上海:上海人民出版社,1988 年。
6. 陈戎女:《荷马的世界:现代阐释与比较》,北京:中华书局,2009 年。
7. 陈世骧:《中国文学的抒情传统》,北京:生活·读书·新知三联书店,2015 年。
8. 陈望道:《修辞学发凡》,上海:复旦大学出版社,2008 年。
9. 陈岩肖:《庚溪诗话》,北京:中华书局,1985 年。
10. 陈寅恪:《寒柳堂集》,北京:生活·读书·新知三联书店,2001 年。
11. 陈寅恪:《金明馆丛稿二编》,北京:生活·读书·新知三联书店,2001 年。
12. 陈子展:《诗经直解》,上海:复旦大学出版社,1983 年。
13. 程俊英、蒋见元:《诗经注析》,北京:中华书局,1991 年。
14. 程相占:《中国古代叙事诗研究》,桂林:广西师范大学出版社,2002 年。
15. 仇兆鳌:《杜诗详注》,北京:中华书局,1979 年。
16. 丁福保辑:《历代诗话续编》,北京:中华书局,1983 年。
17. 董乃斌:《中国古典小说的文体独立》,北京:中国社会科学出版社,1994 年。
18. 董乃斌:《中国文学叙事传统论稿》,上海:东方出版中心,2017 年。
19. 董乃斌:《中国文学叙事传统研究》,北京:中华书局,2012 年。
20. 董治安:《先秦文献与先秦文学》,济南:齐鲁书社,1994 年。
21. 范况:《中国诗学通论》,北京:商务印书馆,2017 年。
22. 范文澜:《中国通史简编》(第一编),北京:人民出版社,1964 年。

23. 方东树:《昭昧詹言》,北京:人民文学出版社,1984 年。
24. 方玉润撰:《诗经原始》,李先耕点校,北京:中华书局,1986 年。
25. 冯友兰:《中国哲学简史》,北京:北京大学出版社,1996 年。
26. 傅修延:《济慈诗歌与诗论的现代价值》,北京:北京大学出版社,2014 年。
27. 傅修延:《先秦叙事研究:关于中国叙事传统的形成》,北京:东方出版社,1999 年。
28. 傅修延:《中国叙事学》,北京:北京大学出版社,2015 年。
29. 傅璇琮、徐尚君、徐俊编撰:《唐人选唐诗新编》,北京:中华书局,1993 年。
30. 高步瀛:《唐宋诗举要》,上海:上海古籍出版社,1978 年。
31. 高士奇:《左传记事本末》,北京:中华书局,1979 年。
32. 高友工、梅祖麟:《唐诗三论:诗歌的结构主义批评》,北京:商务印书馆,2013 年。
33. 顾颉刚:《古史辨》,上海:上海古籍出版社,1982 年。
34. 顾炎武著:《日知录集释》,黄汝成集释,上海:上海古籍出版社,2006 年。
35. 郭绍虞编选:《清诗话续编》,上海:上海古籍出版社,1983 年。
36. 郭绍虞:《郭绍虞说文论》,上海:上海古籍出版社,2000 年。
37. 韩经太:《诗学美论与诗词美境》,北京:北京语言文化大学出版社,2000 年。
38. 何文焕辑:《历代诗话》,北京:中华书局,1981 年。
39. 洪兴祖:《楚辞补注》,北京:中华书局,1983 年。
40. 胡念贻:《先秦文学论集》,北京:中国社会科学出版社,1981 年。
41. 胡适:《白话文学史》,上海:上海古籍出版社,1999 年。
42. 胡适:《胡适古典文学研究论集》,上海:上海古籍出版社,1988 年。
43. 胡秀春:《唐代叙事诗研究》,北京:人民出版社,2013 年。
44. 胡应麟:《诗薮》,上海:上海古籍出版社,1979 年。
45. 黄侃:《文心雕龙札记》,北京:中华书局,2006 年。
46. 黄宗羲:《黄梨州文集》,北京:中华书局,1959。
47. 蒋寅:《古典诗学的现代诠释》,北京:中华书局,2003 年。
48. 李鸿雁:《先秦汉魏六朝叙事诗研究》,北京:中国社会科学出版社,2017 年。
49. 林庚:《唐诗综论》,北京:人民文学出版社,1987 年。
50. 刘熙载撰:《艺概注稿》,袁津琥校注,北京:中华书局,2009 年。
51. 刘勰著:《文心雕龙注》,范文澜注,北京:人民文学出版社,1958 年。
52. 刘义庆著,余嘉锡笺疏:《世说新语笺疏》,北京:中华书局,1983 年。
53. 鲁迅:《鲁迅全集》,北京:人民文学出版社,2005 年。
54. 陆游著:《剑南诗稿校注》,钱仲联校注,上海:上海古籍出版社,1985 年。
55. 梅家玲:《汉魏六朝文学新论——拟代与赠答篇》,北京:北京大学出版社,2004 年。
56. 欧阳修、宋祁:《新唐书》,北京:中华书局,1975 年。
57. 潘万木:《汉语典故的文化阐释》,武汉:华中科技大学出版社,2014 年。
58. 浦起龙:《读杜心解》,北京:中华书局,1961 年。

59. 钱穆:《中国学术思想史论丛》,合肥:安徽教育出版社,2004 年。
60. 钱谦益:《牧斋初学集》,上海:上海古籍出版社,1985 年。
61. 钱锺书:《管锥编》,北京:中华书局,1979 年。
62. 钱锺书:《谈艺录》,北京:生活・读书・新知三联书店,2008 年。
63. 钱仲联:《清诗纪事》,南京:江苏古籍出版社,1987 年。
64. 申丹、王丽亚:《西方叙事学:经典与后经典》,北京:北京大学出版社,2010 年。
65. 施议对编纂:《文学与神明——饶宗颐访谈录》,北京:生活・读书・新知三联书店,2011 年。
66. 孙作云:《诗经与周代社会研究》,北京:中华书局,1979 年。
67. 谭君强:《叙事理论与审美文化》,北京:中国社会科学出版社,2002 年。
68. 汤炳正:《屈赋新探》,济南:齐鲁书社,1984 年。
69. 唐圭璋:《词话丛编》,北京:中华书局,1986 年。
70. 王夫之著:《姜斋诗话笺注》,戴鸿森笺注,北京:人民文学出版社,1981 年。
71. 王国维:《人间词话》,上海:上海古籍出版社,1998 年。
72. 王昆吾:《中国早期艺术与宗教》,上海:东方出版中心,1998 年。
73. 王水照编:《历代文话》,上海:复旦大学出版社,2007 年。
74. 闻一多:《神话与诗》,武汉:武汉大学出版社,2009 年。
75. 闻一多:《唐诗杂论》,上海:上海古籍出版社,1998 年。
76. 闻一多:《闻一多全集》,武汉:湖北人民出版社,1993 年。
77. 翁方纲:《石洲诗话》,北京:人民文学出版社,1981 年。
78. 徐师曾:《文体明辨序说》,北京:人民文学出版社,1962 年。
79. 许学夷著:《诗源辩体》,杜维沫校点,北京:人民文学出版社,1987 年。
80. 扬雄著:《扬雄集校注》,张震泽校注,上海:上海古籍出版社,1993 年。
81. 杨伯峻编著:《春秋左传注》,北京:中华书局,1981 年。
82. 杨向奎:《宗周社会与礼乐文明》,北京:人民出版社,1992 年。
83. 杨荫浏:《中国古代音乐史稿》,北京:人民音乐出版社,2004 年。
84. 叶舒宪:《诗经的文化阐释》,西安:陕西人民出版社,2005 年。
85. 尹虎彬:《古代经典与口头传统》,北京:中国社会科学出版社,2002 年。
86. 余英时:《士与中国文化》,上海:上海人民出版社,2003 年。
87. 袁枚:《随园诗话》,北京:人民文学出版社,1982 年。
88. 袁行霈、丁放:《盛唐诗坛研究》,北京:北京大学出版社,2012 年。
89. 张伯伟:《全唐五代诗格汇考》,南京:江苏古籍出版社,2002 年。
90. 张晖:《中国"诗史"传统》,北京:生活・读书・新知三联书店,2016 年。
91. 张寅彭编:《清诗话三编》,上海:上海古籍出版社,2014 年。
92. 章太炎:《章太炎全集》,上海:上海人民出版社,1985 年。
93. 章学诚著:《文史通义校注》,叶瑛校注,北京:中华书局,2005 年。

94. 赵敏俐:《两汉诗歌研究》,北京:商务印书馆,2011 年。
95. 赵毅衡:《当说者被说的时候——比较叙述学导论》,北京:中国人民大学出版社,1998 年。
96. 赵毅衡:《广义叙述学》,成都:四川大学出版社,2013 年。
97. 郑玄注,贾公彦疏:《周礼注疏》,阮元校刻:《十三经注疏》,北京:中华书局,1980 年。
98. 钟嵘撰:《诗品注》,陈延杰注,北京:人民文学出版社,1961 年。
99. 周剑之:《事象与事境:中国古典诗歌叙事传统研究》,北京:商务印书馆,2022 年。
100. 周振甫:《文心雕龙今译》,北京:中华书局,1986 年。
101. 朱光潜:《诗论》,上海:华东师范大学出版社,2018 年。
102. 朱光潜:《朱光潜全集》,合肥:安徽教育出版社,1993 年。
103. 朱全国:《文学隐喻研究》,北京:中国社会科学出版社,2011 年。
104. 朱熹:《楚辞集注》,上海:上海古籍出版社,1979 年。
105. 朱熹集撰:《诗集传》,赵长征点校,北京:中华书局,2017 年。
106. 朱自清:《诗言志辨》,上海:华东师范大学出版社,1996 年。

译著

1. 阿尔伯特·贝茨·洛德:《故事的歌手》,尹虎彬译,北京:中华书局,2004 年。
2. 彼得·霍恩、詹斯·基弗:《抒情诗叙事学分析:16—20 世纪英诗研究》,谭君强译,北京:北京师范大学出版社,2020 年。
3. 遍照金刚撰:《文镜秘府论汇校汇注》,卢盛江校考,北京:中华书局,2015 年。
4. 格雷戈里·纳吉:《荷马诸问题》,巴莫曲布嫫译,桂林:广西师范大学出版社,2008 年。
5. 荷马:《荷马史诗》,罗念生、王焕生译,北京:人民文学出版社,1994 年。
6. 黑格尔:《美学》,朱光潜译,北京:商务印书馆,1996 年。
7. 列维·布留尔:《原始思维》,丁由译,北京:商务印书馆,1981 年。
8. 罗伯特·汉弗莱:《现代小说中的意识流》,程爱民、王正文译,长沙:湖南人民出版社,1987 年。
9. 罗伯特·斯科尔斯、詹姆斯·费伦、罗伯特·凯洛格:《叙事的本质》,于雷译,南京:南京大学出版社,2015 年。
10. 马丁·海德格尔:《存在与时间》,陈嘉映、王庆节译,北京:生活·读书·新知三联书店,1999 年。
11. 马丁·海德格尔:《荷尔德林诗的阐释》,孙周兴译,北京:商务印书馆,2000 年。
12. 马丁·海德格尔:《人,诗意地安居》,郜元宝译,上海:上海远东出版社,2004 年。
13. 马歇尔·麦克卢汉:《谷登堡星汉璀璨:印刷文明的诞生》,杨晨光译,北京:北京理工大学出版社,2014 年。
14. 迈克·克朗:《文化地理学》,杨淑华、宋慧敏译,南京:南京大学出版社,2003 年。

15. 米克・巴尔:《叙述学:叙事理论导论》,谭君强译,北京:中国社会科学出版社,1995年。
16. 米歇尔・希翁著:《声音》,张艾弓译,北京:北京大学出版社,2013年。
17. 热拉尔・热奈特:《热奈特论文集》,史忠义译,天津:百花文艺出版社,2001年。
18. 萨福:《萨福抒情诗集》,罗洛译,天津:百花文艺出版社,1989年。
19. 松浦友久:《中国诗歌原理》,孙昌武、郑天刚译,沈阳:辽宁教育出版社,1990年。
20. 托・斯・艾略特:《艾略特文学论文集》,李赋宁译注,南昌:百花洲文艺出版社,1994年。
21. 王靖献:《钟与鼓——〈诗经〉的套语及其创作方式》,谢谦译,成都:四川人民出版社,1990年。
22. 维吉尔:《埃涅阿斯纪》,杨周翰译,南京:译林出版社,1999年。
23. 雅克・德里达:《声音与意识》,杜小真译,北京:商务印书馆,2010年。
24. 亚里士多德:《诗学》,罗念生译,北京:人民文学出版社,1962年。
25. 宇文所安:《中国早期古典诗歌的生成》,胡秋蕾等译,北京:生活・读书・新知三联书店,2012年。
26. 约翰・迈尔斯・弗里:《口头诗学:帕里—洛德理论》,朝戈金译,北京:社会科学文献出版社,2000年。

学术论文

1. 曹虹:《诗人之赋与辞人之赋——汉魏六朝赋研究》,《学术月刊》1991年第11期。
2. 朝戈金:《"回到声音"的口头诗学:以口传史诗的文本研究为起点》,《西北民族研究》2014年第2期。
3. 陈伯海:《"感事写意"说杜诗——论唐诗意象艺术转型之肇端》,《上海师范大学学报》2014年第2期。
4. 陈中梅:《人物的讲述・像诗人・歌手——论〈荷马史诗〉里的不吁请叙事》,《外国文学评论》2003年第3期。
5. 董乃斌:《从诗史名实说到叙事传统》,《文艺理论研究》2019年第1期。
6. 董乃斌:《古典诗词研究的叙事视角》,《文学评论》2010年第1期。
7. 董乃斌《李商隐诗的叙事分析》,《文学遗产》2010年第1期。
8. 傅修延:《听觉叙事初探》,《江西社会科学》2013第2期。
9. 葛晓音:《四言体的形成及其与辞赋的关系》,《中国社会科学》2002年第6期。
10. 蒋寅:《角色诗综论——对一种文化心理的探讨》,《文学遗产》1992年第3期。
11. 李桂奎:《中国传统诗论中的"情""事"互济观念》,《文艺理论研究》2018年第6期。
12. 刘建军:《关于文化、文明及其比较研究等问题》,《东北师范大学学报》2002年第2期。
13. 刘建军:《思维方式差异与中西文化的不同特性》,《上海交通大学学报》2021年第

2 期。
14. 钱志熙:《从群体诗学到个体诗学——前期诗史发展的一种基本规律》,《文学遗产》2005 年第 2 期。
15. 申丹:《何为“隐含作者”》,《北京大学学报》2008 年第 2 期。
16. 谭君强:《从互文性看中国古典抒情诗的“外故事”》,《思想战线》2016 年第 2 期。
17. 谭君强:《论抒情诗的叙事动力结构——以中国古典抒情诗为例》,《文艺理论研究》2015 年第 6 期。
18. 谭君强:《论中国古典抒情诗中的“外故事”》,《江西社会科学》2014 年第 1 期。
19. 王树人:《文化观转型与“象思维”之失》,《杭州师范大学学报》2008 年第 3 期。
20. 吴承学:《“诗能穷人”与“诗能达人”——中国古代对于诗人的集体认同》,《中国社会科学》2010 年第 4 期。
21. 吴玲英:《从“诗歌吁求”看弥尔顿对西方史诗传统的继承与发展》,《外国文学评论》2013 年第 4 期。
22. 熊良智:《口头传统与文人创作——以楚辞的诗歌生成为中心》,《中国社会科学》2016 年第 8 期。
23. 杨海明:《“男子而作闺音”——唐宋词中一个奇特的文学现象》,《苏州大学学报》1992 年第 3 期。
24. 张海鸥:《论词的叙事性》,《中国社会科学》2004 年第 2 期。
25. 周剑之:《论古典诗学中的“事境说”》,《上海大学学报》2015 年第 1 期。
26. 周兴泰:《中国文学叙事传统中的“诗史”说》,《贵州社会科学》2020 年第 5 期。

后　记

《中西叙事传统比较研究·诗歌卷》是傅修延老师主持的国家社科基金重大招标项目“中西叙事传统比较研究”之子课题的最终成果。七年前，傅老师如同一名总舵手，以宏通的眼光、睿智的思维，高屋建瓴地为我们这艘学术之舟设计了精密的航行方向。课题历时七年，终成如今这番模样，乃课题组成员共同努力的结果。本书具体分工如下：

绪论、第二章、第三章第一节、第五章、第七章第一节、第八章、余论：周兴泰

第一章：张泽兵

第三章第二节：唐伟胜

第三章第三节：陈国女

第三章第四节：徐丽鹃

第四章：王文勇

第六章：刘碧珍

第七章第二节：蔡芳

在研究过程中，课题组始终立足中国诗歌叙事传统，以西方诗歌叙事传统为参照，考察两大叙事传统的异同及相互影响，目的在于彰显中国诗歌叙事传统的本土特色，由此印证中国文学存在抒情、叙事两大传统交响共鸣的景象，而这对于讲好当今中国的故事亦有所裨益。

本书由周兴泰进行整体的统筹规划工作，在体例、观点、风格、文字等方面力求统一。尽管如此，因课题组成员在中西文学融通方面的素养不

一等问题，文稿仍存在疏谬不当之处，恳请各位方家哂正！

《中西叙事传统比较研究 · 诗歌卷》课题组

2023 年 8 月